Jack Vance
Meisje van goud
en andere verhalen

Meisje van goud
en andere verhalen

Jack Vance

VERZAMELD WERK **25**

Golden Girl © 1951, 2002
Masquerade on Dicantropus © 1951, 2002
Abercrombie Station © 1952, 2002
Cholwell's Chickens © 1952, 2002
The Mitr © 1953, 2002
The World Between © 1953, 2002
When the Five Moons Rise © 1954, 2002
Meet Miss Universe © 1955, 2002
The Insufferable Red-headed Daughter of
Commander Tynnott, O.T.E. © 1974, 2002
Copyright © Jack Vance

Vertaling Venugopalan Ittekot (1, 8), Annemarie van Ewyck (2),
Warner Flamen (3, 6, 9), Evert Jan de Groot (4) en
Jaime Martijn (5, 7)
Omslagillustratie Howard Kistler

Uitgegeven door Spatterlight, Amstelveen 2020

ISBN 978-1-61947-255-6

www.spatterlight.nl

INHOUD

Meisje van goud

De *Des Moines Post* had een wereldprimeur met het geweldigste nieuwsbericht uit de geschiedenis en Bill Baxter werd een held.

Een uur nadat de krant op straat verscheen, was elke weg naar Kelly's Hill al verstopt door kijklustige karavanen — de dagjesmensen en het beroepspubliek: verslaggevers, fotografen en correspondenten van de nieuwsmedia, nationaal en internationaal.

De FBI en de Militaire Inlichtingendienst hadden zich het eerst vertoond. Wegafzettingen hielden later duizenden auto's tegen, in het veld onderschepten kordons de wandelaars en jachtvliegers verjoegen de vliegtuigen die om Kelly's Hill dartelden als motten naar een lamp.

De ene overlevende van de ramp lag de hele nacht in het ziekenhuisje van dokter Blackney, waar Bill Baxter haar had gebracht. Vroeg in de ochtend ontwaakte ze en daar lag ze dokter Blackney aan te staren, de lakens geklemd in gouden vingers.

Een stel federale agenten stond naast de deur van haar kamer; tientallen andere bewaakten het ziekenhuis en hielden de drommen tegen van de lui die het wonder kwamen zien en er onder elkaar over rumoerden.

Een militaire arts en een schraal, steriel persoon, die naar men zei wat met de geheime dienst te maken had, onderschreven dokter Blackney's diagnose, een gebroken sleutelbeen, gepaard met een lichte shock; de behandeling werd goedgekeurd. De vrouw onderging alles met hulpeloze afkeer.

Het geheime gedoe was voor de pers meer een prikkel dan een rem. Het zette aan tot woekerende verbeelding. Het ongeluk was een uitheemse wind uit verre eilanden, een gerucht over geweldige gebieden van nieuwe waarheid. De rest van de wereld verschrompelde tot een buurtschap, het friste nieuws leek oudbakken en sullig. Duizenden kolommen werden gevuld met giswerk, tonnen papier verspild aan geruchten, hectaren werden uitgegeven vol foto's, landkaarten, sterrenkaarten en fantasierijk tekenwerk. Zelfs had iemand een foto van Bill Baxter opgeduikeld — de verslaggever die dacht te zoeken naar een spectaculair gevallen meteoorsteen, maar op een neergestort ruimteschip stuitte, waaruit hij de slappe vrouw met het gouden vel had gesleept. En als laatste toets voor deze magnifieke ballon vol sensatie — het dwingende slotakkoord — kwam nu het gerucht dat de gouden vrouw mooi was — jong en van een fantastische schoonheid.

Van meet af aan weigerde Bill Baxter zich van de vrouw te laten scheiden. Zo veel mogelijk zat hij elke minuut vanuit de leunstoel tegenover het bed heimelijk de broze, slapende gedaante te bekijken. De gouden vrouw was iets persoonlijks en bekoorlijks, een wonderbaar juweel dat hij had aangetroffen in de nacht. Zij nam hem in beslag; ze riep zijn stoutste beschermingsinstinct op, alsof hij door haar uit het brandende wrak te tillen de verantwoordelijkheid had genomen voor haar overleven.

Zijn aangenomen sponsorschap werd schoorvoetend aanvaard, alsof zelfs de overheid een soort primitieve regel van eigendomsrecht erkende — of tenminste toegaf dat Baxter evenveel recht had om als haar agent op te treden als elk ander. Dokter Blackney aanvaardde zijn aanwezigheid als natuurlijk en gewenst; de federale agenten hielden hem nauwlettend in de gaten, maakten onder elkaar sarcastische opmerkingen, maar probeerden niet zijn contacten te beperken.

Ze at weinig, vooral groentesoep en vruchtensap, nu en dan wat geroosterd brood, maar weigerde eieren, melk en vlees met flauwe weerzin. Overwegend lag ze de eerste dagen slap en lijdzaam, als verdoofd door de ramp die haar ten deel was gevallen.

Op de derde dag richtte ze zich op op haar elleboog; ze keek de kamer rond, staarde enkele minuten door het raam en ging langzaam weer liggen. Ze sloeg geen acht op Baxter en dokter Blackney, die vanaf het andere eind naar haar keken.

Blackney, een door het leven getekende plattelandsarts die geen alwetendheid veinsde, klakte bedachtzaam zijn tong. "Het klopt niet dat ze zo slap is...ze is volmaakt gezond, volstrekt in orde. Haar temperatuur is een graadje te hoog, maar dat kan normaal zijn bij haar ras. We weten tenslotte maar weinig van haar."

"Normaal." Baxter greep dat woord aan. "Is zij een — *normale* mensenvrouw, dokter?"

Blackney lachte flauwtjes. "Op de röntgenplaten zien we het skelet van een — mensentype, en kennelijk menselijke organen. Haar trekken, haar bouw — nou, je ziet het zelf. Het enige opvallende kenmerk is de metalige tint van haar huid."

"Ze lijkt maar half bij bewustzijn," zei Baxter mismoedig. "Ze heeft nergens belangstelling voor…"

"Shock," zei Blackney. "Haar brein past zich nu langzaam aan… Daarom wordt ze ook nog niet overgeplaatst."

"Overgeplaatst?" riep Baxter. "Waarheen? Van wie moet dat?"

"Opdracht van Washington," zegt Blackney. "Maar dat heeft geen haast. Ze is nog zwak, in de war. Ze moet de tijd krijgen voor herstel. Dat kan hier net zo goed als overal elders."

Baxter beaamde dat met nadruk. In Washington, tussen al die officiële lui, kon hij weleens aan de kant worden geschoven. Hij wreef over zijn kin en perste zijn lippen op elkaar. "Dokter, hoe oud zou u schatten dat ze is?"

"Och, als ze net zo veroudert als wij, misschien negentien of twintig."

"In dat geval zou ze voor de wet minderjarig zijn… Denkt u dat ik kan worden aangesteld als haar wettig voogd?"

Blackney schudde zijn hoofd. "In geen duizend jaar, Bill. Vergeet niet dat dit meisje niet zomaar een verwaarloosd kind is."

"Iemand moet toch voor haar zorgen," zei Baxter koppig.

Blackney lachte flauwtjes. "Ik vermoed dat de overheid zich over haar zal ontfermen."

Baxter fronste zijn voorhoofd en balde zijn vuisten in zijn broekzakken. "Dat staat nog te bezien."

Op de middag van de vierde dag zag Baxter tot zijn verbazing hoe ze het dek van zich afwierp en uit bed stapte zonder enig blijk van zwakte. Ze liep naar het raam en bleef daar staan om uit te kijken over Blackney's tuin.

Baxter trippelde zenuwachtig achter haar aan, bezorgd dat ze zich zou vermoeien, maar ook niet van zins haar te hinderen. Ten slotte keerde ze zich om en in de witte nachtjapon kwam ze hem ongerijmd jong en weerloos voor. Voor het eerst leek ze Baxter op te merken — ze nam hem op van schoenen tot haardos, heel terloops en met koel vorsende blik.

Bill ging over op een duizendvoudig bewezen techniek. Hij deed een stap vooruit, tikte op zijn borst en zei: "Bill."

Ze trok een wenkbrauw op, als verbaasd dat hij beschikte over een verstandige gedachte, en herhaalde "Bill" met een zachte stem.

Bill knikte gretig en wees naar haar. "Jij?"

Ze raakte zichzelf aan en zei een woord vol slepende medeklinkers en kelige klinkers. Het dichtst dat Baxter het kon benaderen was een geluid dat klonk als *Lurr'lu,* of *Lurulu.*

Met ijver begon hij haar zijn taal te leren en al toonde ze geen geestdrift, ze kon ideeën meteen vatten en vergat nooit een eenmaal uitgesproken woord.

Haar verhaal, dat Baxter gaandeweg beetje bij beetje vergaarde, was eenvoudig genoeg. Haar thuiswereld was "heel ver voorbij de stroom van blauwe sterren" — zo drukte ze dat uit, en ze noemde hem *Ghh'lekthwa.* Baxter kon de keelklank aan het begin niet de baas worden en sprak het louter uit als *Lekthwa,* wat het meisje blijkbaar grappig vond.

Het ruimteschip was een plezierjacht, vertelde ze, verwant aan een zeiljacht op aarde; ze waren toevallig bij de aarde beland zonder een bepaald doel voor ogen. Een slordige reparatie had een van de motoren verzwakt en toen die het op een kritiek moment begaf, was het schip op Kelly's Hill neergestort en vernield.

Op de zevende dag verklaarde Blackney het meisje gezond en Baxter liet een verpleegster de kleren regelen. Toen hij in de kamer terug-kwam — hij had die verlaten, hoewel ze geen gêne leek te hebben — trof hij haar aan terwijl ze zich in de spiegel bekeek.

"Zijn er nog kleren van mezelf gevonden in het wrak? Deze —" ze trok aan een kasjmieren rok "— ze zijn heel schilderachtig, maar ze voelen ruw en vreemd aan mijn vel."

Baxter, die vond dat ze er schitterend uitzag, antwoordde stotte-rend: "Alles is door het vuur verwoest…Maar als je me zegt wat je wilt, zou ik iets voor je kunnen laten maken."

Ze haalde haar schouders op. "Ik draag deze wel."

Baxter had een vraag die allang in hem brandde. "Ga je — denk je dat je naar je thuiswereld terug kunt? Kun je in verbinding komen met je eigen mensen? Weet je iets van ruimtevaarttechniek?"

Ze staarde in de verte over de tuin. "Nee, louter wat van de beginselen... Lekthwa is veel sterren verderop. Ik zou nauwelijks weten waar ik moest beginnen."

Baxter keek haar scherp aan. Haar stem klonk koel, heel zacht, als een stille, donkere vijver in het woud. Met in zijn keel een brok van spanning pakte hij een van de boeken die hij bij zich had. Hij ging bij haar staan aan het raam en liet haar een kaart zien.

"Hier zijn we nu," en hij wees hun positie aan. Ze boog haar hoofd en Baxter keek eens goed naar haar profiel. Zo dicht was hij nog niet bij haar geweest sinds de nacht dat hij haar had meegebracht uit het brandende wrak, en een vreemd bevende hartslag werd in hem wakker.

Ze keek even op en Baxter zag diep in de goudgele ogen. Hij zag de pupillen veranderen en ze schoof wat van hem weg. Haar blik ging weer naar de kaart. "Vertel me meer van je wereld."

Baxter gaf haar een vingerhoed beschavingsgeschiedenis, verwees naar de Nijl, Mesopotamië en de Indusvallei. Hij liet haar wat zien van Griekenland, beschreef het Helleense denken en het effect ervan op de Europese cultuur, schetste de industriële revolutie en de huidige stand van zaken.

"Dus ook nu zijn er nog gebieden op deze wereld die elkaar vijandig zijn en naar het leven staan?"

"Dat is helaas het geval," gaf Baxter toe.

"Een paar honderdduizend jaar geleden," peinsde Lurulu, "hadden wij een periode die 'het Krankzinnige Tijdperk' heet. Dat was toen de witharige mensen uit het Zuiden en de goudharige uit het Noorden elkaar met opzet dood maakten." Ze zweeg even, en zei toen vaagjes: "Die hadden een cultuur die ruwweg overeenkomt met die van jullie."

Baxter bekeek haar onderzoekend. "Jouw haar is heel licht goudkleurig."

"De witharige en goudharige mensen zijn nu goed vermengd. In de barbaarse tijden bestond een groot vooroordeel tegen goudharigen en men vond ze op een of andere manier minder bewonderenswaardig. Dat lijkt nu zo eigenaardig en wreed."

Ze legde het boek neer en liep naar het raam. "Ik zou graag in het zonlicht zijn. Jullie zon heeft veel weg van die van ons." Een vliegtuig doorkruiste de lucht. "Is er dan luchtvaart op aarde?" vroeg ze in lichte verrassing.

Baxter verzekerde haar dat luchtverkeer doodgewoon was, al vele jaren. Ze knikte afwezig.

"Aha. Nou — laten we dan buiten wat wandelen."

"Zoals je wilt," zei Baxter.

De overheidsagenten in de gang volgden op een afstandje.

Lurulu gebaarde naar de bewakers. "Wat is hun functie en wat is die van jou? Ben ik een gevangene?"

Haastig stelde Baxter haar gerust. "Zij dienen louter om je te beschermen tegen excentriekelingen. En wat mij betreft — ik ben je vriend." En stijfjes voegde hij eraan toe: ik zal me niet opdringen als je dat niet wilt!"

Lurulu gaf geen antwoord, maar ze liep het trottoir op en keek de straat naar beide kanten uit. Bij de kruisingen ter weerszijden had de politie barricades opgericht en voor beide stond nu een kleine menigte in de hoop een glimp op te vangen van de buitenwereldse vrouw. De bewakers renden vooruit en wezen de toeschouwers achteruit.

Lurulu negeerde hen, totaal onverschillig voor de starende blikken en het opgewonden gepraat. Baxter voelde zich maar ongemakkelijk en vagelijk beledigd toen hij haar volgde. Het leek of ze genoot van het zonlicht en ze hield haar hand uitgestoken alsof ze de structuur van het licht aftastte. Haar huid glansde als kostbaar satijn. Ze haalde diep adem en keek in de huizen die langs de straat stonden. Blackney's kleine kliniek lag in een aardige buitenwijk, belommerd met grote iepen en met tuinen rond de wat terug gelegen huizen.

Opeens keerde ze zich om naar Baxter. "Wonen jouw mensen dan allemaal op de grond?"

"Nou — er zijn ook flatgebouwen," antwoordde Baxter. "Soms steken die wel honderden meters de lucht in... Hoe wonen jullie op Lekthwa?"

"Wij hebben heerlijke paleizen die zweven in de lucht — soms in de heldere zonnige lucht, soms omsloten door wolken. Er is alleen het geluid van de wind. Wij genieten van alleen-zijn en van schitterende vergezichten."

Half in ongeloof sperde Baxter zijn ogen. "Niemand woont op de grond? Zijn er geen huizen?"

"Ach —" ze gebaarde wat "— nu en dan is er een landhuisje of een kamp bij een prachtig meer of een bos. Het oppervlak van Lekthwa is grotendeels woest — uitgezonderd het Industriesegment."

"En wie werkt er in de industrie?"

"Vooral jonge mensen — kinderen. Het werk is onderdeel van hun opvoeding. Soms verbeteren ze de machines of ontwikkelen ze nieuwe biotypes — is dat een goed woord? Nee? — Geeft niet. Na een periode van machines bedienen worden zij die dat willen ontwerpers of werktuigbouwers of hogere technici."

"En wie liever wat anders wil?"

"Ach — sommigen doen niets, sommigen gaan op ontdekkingsreis, sommigen worden beeldend kunstenaar, musicus, sommigen doen van alles wat."

Een paar tellen liep Baxter somber zwijgend verder. "Dat klinkt me verstard in de oren... Klinkt alsof je je zou vervelen."

Lurulu lachte luidop, maar gaf geen antwoord of tegenwerping, wat Baxter nog meer ergerde.

"En zijn er ook misdadigers?" vroeg hij even later.

Nog steeds lachend keek ze hem even aan. "Op Lekthwa houdt iedereen van zijn leven en van zijn individualiteit. Maar zelden komen er misdrijven voor en die worden behandeld met een soort psychotherapie."

Baxter gromde wat.

"Misdaad doet zich voor als de sociale structuur op zichzelf niet genoeg voorkomend en ontvankelijk is," zei ze nonchalant, "als de cultuur geen ruimte biedt voor ontplooiing."

Met een vleugje sarcasme vroeg Baxter: "Hoe kan je nu met zoveel gezag redeneren over sociale problemen als je die op Lekthwa niet hebt?"

Ze haalde haar schouders op. "We kennen een stuk of wat werelden waar sociale problemen voorkomen. Op elk daarvan hebben we een missie ingesteld en geleidelijk aan laten we er hervormingen ontstaan."

Baxter vroeg verbaasd: "Wonen er ook mensen — menselijke wezens — op die andere werelden? Ik beschouw het al als vreemd dat onze twee werelden twee identieke soorten hebben opgeleverd."

Ze lachte wrang bij zijn woorden. "Ik neem aan dat onze lichaams-bouw min of meer hetzelfde is. Maar 'identiek' zijn we toch nauwelijks."

Ze bleef staan om een bloembed vol bloeiende geraniums te bekijken. Baxter vroeg zich af wat haar reactie zou zijn als hij zijn arm om haar middel deed. Zijn arm trok even — maar de bewakers slenterden vlakbij en van alle kanten loerden ogen.

Ze kwamen aan de kruising en hielden stil. Lurulu keek in de kruideniersszaak op de hoek en bekeek de vleeshandel. Met opengesperde ogen draaide ze zich naar Baxter om. "Zijn dat karkassen?"

"Eh, ja," gaf Baxter toe.

"Eten jullie dode dieren?"

Het begon Baxter te ergeren dat hij steeds in de verdediging moest. "Die zijn geen vergif," gromde hij, "en ze zijn een gezonde bron van eiwitten."

"Je hebt me toch niks van dat — dat dierenvlees te eten gegeven?"

"Tot nog toe heel weinig. Het schijnt dat je liever vruchten of groente lust."

Lurulu draaide zich om en haastte zich voorbij de winkel.

"Tenslotte," zei Baxter, "is het niets dan koolstof, zuurstof, water-stof…Je vertoont hier een eigenaardig soort vooroordeel."

Haar stem werd weer kil en afwezig. "Er zijn psychologische rede-nen om de dood niet in de mond te nemen…"

De volgende morgen stopte er een onmiskenbaar officieel ogende zwarte auto voor de kliniek; een man in legeruniform en twee anderen in burger stapten uit.

De twee FBI bewakers verstrakten wat. Er werd wat heen en weer gemompeld en het drietal besteeg de stoep. In het kantoortje werden ze ontvangen door dokter Blackney.

"Ik ben generaal-majoor Devering," zei de geüniformeerde. "Van de CIA. Dit is doctor Rheim van het Instituut van Hoger Onderzoek en dit is professor Anderson van de Ledyard Universiteit."

Dokter Blackney gaf elk om de beurt een hand — generaal-majoor Devering, een gezette vent met een roze knobbelneus en glanzende, wat uitpuilende ogen; doctor Rheim, lang, mager en plechtstatig; pro-fessor Anderson, kort, dik en al even plechtstatig.

"Ik neem aan," opperde dokter Blackney, "dat u komt in verband met mijn gast?"

"Zo is het," zei Devering. "Ik neem aan dat ze gezond genoeg is om te worden verhoord? Volgens mijn mannen ging ze gister aan de wandel en het scheen dat ze vrijuit in gesprek was met meneer Baxter."

Blackney kneep bedachtzaam een oog dicht en tuitte zijn lippen. "Tja, lichamelijk is ze genoeg in orde. Volmaakt gezond, zover ik het begrijp."

"Misschien," opperde doctor Rheim, "is het dan mogelijk haar over te brengen naar een plek die voor ons wat meer toegankelijk is?" Hij trok zijn wenkbrauwen vragend op.

Blackney wreef fronsend over zijn kin. "Toegankelijk met welk doel?"

"Nou, voor studie, voor allerlei onderzoek…"

"Lichamelijk is ze in staat overal heen te gaan," zei Blackney. "Maar tot nog toe is haar wettelijke status niet vastgesteld. Ik zie eigenlijk geen reden om haar over te plaatsen — tenzij ze zelf weg wil."

Generaal-majoor Devering versmalde zijn ogen. "Afgezien van dat aspect, dokter, beschikt deze jongedame misschien over inlichtingen die voor het land van grote waarde zijn. Vindt u het niet van belang om dat na te gaan? Hoe dan ook, u hebt daar geen zeggenschap over."

Blackney trok zijn onderkaak in, opende tweemaal zijn mond om wat te zeggen en klapte hem tweemaal weer dicht. Toen zei hij: "Ik heb zeggenschap over wie hier binnenkomt. Niettemin mag u met de jongedame spreken."

Devering deed een pas voorwaarts. "Wijs ons alstublieft haar kamer."

"Hier de gang door, alstublieft."

Bill Baxter zat naast Lurulu en las haar voor uit een dik boek. Hij keek op, verrast en verstoord.

Blackney stelde zijn bezoekers voor. "Deze lieden," zei hij tegen Lurulu, "willen je wat vragen over je leven op Lekthwa. Heb je bezwaar?"

Ze keek even naar de drie, zonder veel belangstelling. "Nee."

Generaal-majoor Devering kwam naar voren. "We hebben een nogal uitgebreid programma, en hadden graag dat u meeging naar een nieuw verblijf — iets dat beter uitkomt voor alle betrokkenen."

Baxter sprong op. "Helemaal niet!" riep hij. "God, u durft! Eén ding dat in elk geval niet gebeurt, is een 'uitgebreid programma', een derde-graadsverhoor, of hoe u het noemen wilt!"

Devering oogde hem aan met een blik van steen. "Ik wil u eraan her-inneren, meneer Baxter, dat u geen officiële status hebt met betrekking tot deze jongedame; en dat ze onder curatele staat van de overheid, ondergeschikt aan de statuten voor de nationale veiligheid."

"Hebt u een schriftelijke volmacht?" informeerde Baxter. "Zo nee, dan is uw positie officieel nog hachelijker dan de mijne. En wat onder-vragen betreft, ik begrijp dat u heel wat wilt weten en ik wil u best helpen — maar u kunt uw ondervragen hier doen, een uur of zo per dag. U kunt uw ondervragen inrichten naar het de jongedame uitkomt, en niet andersom."

Deverings mond zakte open zodat witte tanden verschenen en zijn kin stak vooruit. "Wij doen verdomme wat ons uitkomt en laten ons niet hinderen door een verdomd provinciaal verslaggevertje."

Dokter Blackney kwam tussenbeide. "Mag ik voorstellen, heren, om die beslissing aan de jongedame over te laten? Tenslotte is zij er het nauwst bij betrokken."

Lurulu had een en ander met licht gefronst voorhoofd aangezien. "Ik heb geen zin met deze lui mee te gaan. Maar hun vragen zal ik beantwoorden."

Er kwam een verpleegster binnen die wat in dokter Blackney's oor fluisterde. Blackney trok zijn wenkbrauwen op en ging vlug staan. "Excuseert u mij even, de president aan de telefoon."

"Laat mij met hem praten," zei Baxter onbeheerst. "Dan zal ik hem eens een en ander vertellen."

Blackney negeerde hem en liep de kamer uit. Er viel een norse stilte. Devering en Baxter beloerden elkaar dreigend, de wetenschappers hielden de vrouw van Lekthwa in de gaten en zij, alsof het haar niets aanging, volgde een kolibrie buiten voor het raam.

Blackney kwam tamelijk hijgend terug. "De president," zei hij tegen Lurulu, "heeft je uitgenodigd om een week op het Witte Huis door te brengen."

Onwillekeurig keek Lurulu even naar Bill Baxter. Met tegenzin zei hij: "Ik neem aan dat dat het beste voor haar zou zijn, gegeven de omstandigheden. Wanneer begint dat bezoek?"

Blackney dacht na. "Ik denk nu meteen. Ik vergat het te vragen."

Baxter keerde zich om. "Dan kunnen we net zo goed meteen vertrekken."

Devering wendde zich naar de deur en ging zonder een woord weg; de twee wetenschappers bogen voor de vrouw van Lekthwa en volgden.

Washington reageerde op de vrouw van Lekthwa met ongeëvenaarde geestdrift.

Allereerst was ze geen beroemdheid van het gewone slag. Ze had geen imperium opgebouwd, noch er een vernietigd, was niet gekozen tot enig ambt, vertoonde geen kunsten op scherm of toneel en was evenmin verwikkeld in enige vorm van ontucht of boosaardigheid. Ze was afkomstig van een andere ster. Daarbij werd gemeld dat ze beschikte over een schitterende schoonheid. Het eindresultaat was drama en opwinding.

Het scheen Lurulu onverschillig te laten. Ze ging naar enkele feestjes, bezocht de opera en ontving talloze geschenken van publiciteitsbeluste fabrikanten — vier nieuwe auto's, kleren van elk soort beschrijving, reukwaters en manden vol fruit. Er was een aannemer die aanbood een huis voor haar te bouwen volgens elk plan dat ze ook maar dacht in te dienen.

Ze werd met veel overdaad rondgetoerd om New York te bezichtigen. Mevrouw Bliss, de gastvrouw op deze expeditie, informeerde of er op haar eigen planeet ook zulke monumentale gebouwen waren. Nee, antwoordde Lurulu, ze betwijfelde zelfs of er op heel Lekthwa een bouwsel was van drie verdiepingen, of een brug langer dan de paar meter boomstam die een beek overspanden.

"We hebben zulke grote massa's niet nodig," vertelde ze mevrouw Bliss. "Mensen zijn nooit in zo grote groepen bijeen dat het grote gebouwen vergt, en wat zeeën en rivieren betreft, die maken gewoon deel uit van het planeetoppervlak waarboven we het grootste deel van ons leven doorbrengen."

Baxter was haar voortdurende metgezel en zij moedigde die betrokkenheid nu aan. Baxter had een idee van wat wel of niet haar voorkeur had en hij schermde haar af van de meeste gastvrouwen en agenten. En naarmate zij hem nuttig ging vinden, ging hij zich voor haar als onmisbaar beschouwen en niets dan Lurulu had nog zin in zijn leven.

Een wulps gerucht kwam hem ter ore en met bezwaard gemoed vertrouwde hij het toe aan Lurulu. Verrast keek ze op. "Echt?" Maar verder had ze geen belangstelling voor dat onderwerp. Boos liet Baxter haar alleen.

Hij regelde elke dag een kort interview met wetenschappers — biologen, natuurkundigen, taalkundigen, geschiedkundigen, antropologen, sterrenkundigen, werktuigkundigen, militaire tactici, chemici, bacteriologen, psychologen en anderen. Deze vonden haar algemene kennis uitgebreid en opwindend, maar vaag in de details — vooral nuttig waar ze de grenzen kon aangeven van terreinen die nog wetenschappelijk moesten worden onderzocht.

Na een van die zittingen trof Baxter haar alleen aan, zittend op de divan in de flat die hij voor haar had gehuurd. Het was vroeg in de avond en ze zat uit te kijken over het park, de oplichtende blauwgrijze hemel in.

Hij ging naast haar zitten. "Ben je moe?"

"Ja — heel moe. Van nieuwsgierige mensen… gewichtige vragen… praten… onzin…"

Hij bleef zwijgend zitten en tuurde naar buiten het schemerduister in. Ze voelde de aard van zijn zwijgen aan.

"Neem me niet kwalijk, Bill. Ik vind het nooit erg met jou te praten."

Meteen veranderde zijn stemming; hij voelde zich dichter bij haar, intiemer, dan ooit eerder sinds hun kennismaking.

"Je hebt het nooit over je persoonlijke leven gehad," begon hij bedeesd. "Was je… getrouwd?"

Ze antwoordde rustig. "Nee."

Baxter wachtte even.

"Ik was beeldend kunstenaar — van een soort dat jullie op aarde onbekend is." Ze sprak zachtjes, haar blik nog gericht naar de avondlucht. "Wij scheppen in de geest — kleur, beweging, geluid, ruimte, gevoel, stemming; alles beweegt, wisselt, groeit. Als de schepper klaar is, dan stelt die zich de hele opeenvolging van zo'n schepping voor, zo levendig mogelijk — en dat wordt opgenomen door een psychische recorder en geconserveerd. Om deze schepping te ondergaan, ervan te genieten, stopt iemand een opname in een apparaat en dat plant dezelfde beelden in zijn geest. Zodoende ziet hij de beweging, het kleurpatroon, de stroming en wisseling van ruimte, de verbeeldingen van de kunstenaarsgeest, tegelijk met de taferelen, klanken en, het allerbelangrijkst, de wisselende stemmingen van het stuk … Het is een moeilijk medium om je eigen te maken, want het vergt enorme concentratie. Ik ben maar een beginneling, maar bepaalde verbeeldingen van me hebben lof geoogst."

"Dat is erg interessant," zei Baxter moeizaam. En na een tijdje: "Lurulu."

"Ja?"

"Heb je toekomstplannen?"

Ze zuchtte. "Nee. Niks. Mijn leven is een leegte." Ze tuurde de hemel in, waar nu de sterren te zien waren. "Daarboven is mijn huis en alles wat ik liefheb."

Baxter boog zich voorover. "Lurulu — wil je met me trouwen?"

Ze draaide zich om en keek hem aan. "Met jou trouwen? Nee, Bill."

"Ik hou heel veel van je," zei hij, zijn blik naar buiten de lucht in. "Je bent alles op de wereld voor me geworden. Ik aanbid je — wat je ook doet — of zegt — of aanraakt … Ik weet niet of je ook maar iets om me geeft — ik vermoed van niet — maar je hebt me nodig, en ik zou alles van de hele wereld doen om je gelukkig te maken."

Ze lachte flauwtjes, afwezig. "Op Lekthwa kiezen we een levensgezel als we merken dat iemand geestelijk verwant is. We zullen op jou wel kil overkomen."

"Misschien passen jij en ik geestelijk bij elkaar," opperde Bill Baxter.

Haast onmerkbaar huiverde ze. "Nee, Bill. Het is — ondenkbaar."

Hij stond op. "Welterusten." Bij de deur hield hij even in om terug te kijken in het donker naar waar ze zat, de hemel in turend naar de verre witte sterren.

Teruggekeerd in zijn eigen flat trof hij dokter Blackney aan, die op hem zat te wachten met een krant in een leunstoel.

Bill groette hem met terneergeslagen warmte. Blackney keek oplettend toe hoe Bill een paar sterke borrels mixte.

"Ik dacht dat ik maar eens moest zien hoe mijn ex-patiënt zich aanpast aan het leven op aarde."

Bill zweeg.

"Wat is jouw mening?" vroeg Blackney.

Bill haalde zijn schouders op. "Ze redt zich best. Wel moe van al die mensen… Ik heb zojuist gevraagd of ze met me wilde trouwen."

Blackney leunde achterover met zijn borrel in zijn hand. "En zij zei nee."

"Daar komt het op neer."

Blackney zette zijn glas neer en raapte een boek op dat naast hem op de stoel lag. "Ik kwam dit toevallig tegen toen ik door wat ouwe rommel snuffelde… Het is een nogal lang hoofdstuk. Ik zal het niet voorlezen. Maar de hoofdzaken zijn —" hij sloeg het boek open bij een vol kleine lettertjes gedrukte bladzij en keek Bill snel even aan. "De titel is trouwens *Vreemde vertelsels van de zeven zeeën*, uitgegeven in 1839, en dit hoofdstuk heet 'Schipbreuk bij Guinee, een dagboek'.

"Het gaat over een schipbreuk — in 1835, toen een Brits schip verging in een storm bij equatoriaal Afrika. In de verwarring kwam juffrouw Nancy Marron, een meisje uit een beschermd milieu, in haar eentje terecht in een van de reddingsboten. De boot bleef drijven in de storm en verzeilde allengs tot bij een eilandje dat toen niet op de kaarten voorkwam, maar dat we nu kennen als Matemba. Het vasteland van Afrika lag zowat vijftig kilometer voorbij de horizon, maar die nabijheid was Nancy Marron onbekend. Hoe dan ook, ze wist zich aan land en het strand op te krijgen, waar een inboorling haar vond en naar zijn dorp bracht." Hij sloeg de bladzij om. "Ze werd er met veel ontzag ontvangen. De inboorlingen hadden nog nooit een blanke man of vrouw gezien en ze hielden haar voor een godheid. Ze bouwden haar een fraaie nieuwe bladerhut; ze brachten haar eten, en veel daarvan — schrijft ze in haar dagboek — vond ze oneetbaar: slakken, ingewanden en zo. Bovendien waren ze kannibalen, want ze aten de lijken op van iedereen van de stam die stierf."

Blackney keek op. "Haar dagboek vertelt dit allemaal nogal afstandelijk. Ze was een goed verslaggever en hield over het algemeen haar heimwee buiten de tekst. Ze leerde de inheemse taal en merkte dat ze de eerste blanke was die ooit op Matemba was gezien en dat er nooit schepen bij het eiland kwamen. Die ontdekking maakte een eind aan haar laatste spoortje hoop. De laatste notitie luidt: 'Ik houd het hier niet langer uit tussen deze wilden, hoe vriendelijk ze ook lijken. Mijn hart is ziek, ik verlang naar Engeland, naar de gezichten van mijn familie, de klank van mijn eigen gezegende taal, de geuren en geluiden van het lieflijke landschap. Ik weet dat ik ze nooit meer zal horen of zien in deze wereld. Ik kan deze gruwelijke eenzaamheid niet langer verdragen. Ik heb een mes en het zal me heel makkelijk vallen het te gebruiken. Moge God het begrijpen en me vergeven.' "

Blackney keek weer op. "Daarmee eindigt het dagboek."

Baxter zat als een standbeeld.

Een moment later sprong hij overeind.

Hij rende de trap op met twee treden tegelijk, sloeg de gang in en hield stil bij een witte deur. Hij belde aan en wachtte…wachtte.

Hij wierp zich tegen het deurpaneel; het slot versplinterde en Baxter wankelde de donkere kamer in. Hij deed het licht aan en stokstijf staarde hij naar de gestalte op de vloer, de gouden gestalte die lag in een plas van helderrood bloed…

MASKERADE OP DICANTROPUS

TWEE VRAAGSTUKKEN BEHEERSTEN Jim Roots bestaan. Het eerste, dat van de piramide in de woestijn, prikkelde en wekte zijn nieuwsgierigheid. En door het tweede, de vraag hoe hij moest omgaan met zijn vrouw, verkeerde hij in een voortdurende staat van hooggespannen, bange afwachting. Op het ogenblik had die vraag het raadsel van de piramide naar een achterafstraatje van zijn geest verdreven.

Root nam zijn vrouw eens voorzichtig op en besloot dat er weer een van haar buien zat aan te komen. De verschijnselen waren overbekend — de felle rukjes waarmee ze de bladzijden van een oud tijdschrift omsloeg, haar gespannen rug en starre, kaarsrechte houding, haar nadrukkelijk zwijgen en de samengeknepen mondhoeken.

Zonder voorafgaande waarschuwing smeet ze het tijdschrift de kamer door en sprong overeind. Ze liep naar de deur en keek uit over de vlakte terwijl ze op de deurpost trommelde. Root hoorde haar zeggen, maar op zachte toon alsof het niet voor hem bestemd was: "Nog één zo'n dag en dat beetje hersens dat ik nog heb ben ik ook kwijt!"

Root liep behoedzaam op haar af. Als je hem met een labrador kon vergelijken, dan was zijn vrouw een zwarte panter — lang, gevuld en met weelderige vormen. Zelfs hier op het uitgedroogde, verlaten, onherbergzame Dicantropus lakte ze haar nagels en droeg ze een zwarte huispyjama.

"Kom nou, liefje," zei Root. "Rustig nou maar. Zo erg is het toch niet?"

Ze draaide zich met een ruk om en de felheid van haar blik verraste Root. "Zo erg is het niet, zeg je? Jij hebt makkelijk praten, jij hebt toch nooit ook maar dát om mensen gegeven. Maar ik ben het zat! Versta je? Ik wil terug naar de Aarde! Ik hoef van mijn leven geen andere planeten meer te zien. Ik wil het woord archeologie nooit meer horen en ik wil geen stuk steen en geen bot en geen microscoop meer onder ogen krijgen …"

Ze maakte een onbeheerst gebaar dat de hele kamer omvatte, met inderdaad een aantal stukken steen, wat beenderen en een paar microscopen, naast boeken, organen op sterk water, fotografische apparatuur en een aantal inheemse voorwerpen.

Root probeerde haar met logische argumenten te sussen. "Er zijn maar heel weinig mensen die het voorrecht hebben op een buitenplaneet te wonen, liefje."

"Dan zijn de meeste mensen verstandiger! Als ik geweten had hoe het hier was, dan was ik nooit meegegaan." En weer op zachtere toon vervolgde ze: "Elke dag weer datzelfde zand, diezelfde stinkende inboorlingen, datzelfde smerige eten uit blik en geen mens om mee te praten …"

Onzeker pakte Root zijn pijp, en legde hem toen weer weg. "Ga anders even liggen, liefje," zei hij met een gemaakt zelfvertrouwen dat niet kon overtuigen. "Doe een dutje! als je wakker wordt kijk je er weer heel anders tegenaan."

Ze wierp hem blikken als dolkstoten toe, draaide zich om en beende het schelle blauwwitte schijnsel van de zon in. Root nam Barbara's zonnehelm en volgde haar, wat langzamer, terwijl hij zijn eigen helm vastgespte. Werktuiglijk keek hij schuin omhoog naar de antenne, de bestaansreden van het station en de aanleiding voor zijn aanwezigheid. Dicantropus was een relaisstation voor ultralichtboodschappen tussen Clave II en Polaris. De antenne stond er prima bij zoals gewoonlijk, een glimmende metalen buis van honderdtwintig meter hoog.

Barbara was blijven staan bij de oever van het meertje, een brakke poel in de mond van een oude vulkaan en een van de weinige plaatsen op deze planeet waar water van nature voorkwam. Root kwam zwijgend naast haar staan en gaf haar de zonnehelm. Ze zette hem met een klap op haar hoofd en beende weer weg.

Root haalde zijn schouders op en keek hoe ze rond het meertje liep en bij een bosje schijnpalmen met veervormige bladeren stilhield. Ze liet zich op de grond vallen in een broeierig lome houding, met haar rug tegen de grijsgroene stam, en scheen helemaal op te gaan in de bezigheden van de inboorlingen — kleine schepsels met de kleur van grijs leer en grote uilenogen, die de openingen van hun woonberg in en uit schoten.

De woonberg was een hoop aarde van een paar honderd meter lengte, begroeid met stekelbosjes en roestzwarte klimplanten. Het was op één uitzondering na de enige verheffing in heel die geblakerde, hulpeloze uitgestrektheid van de woestijn, zo ver het oog reikte van horizon tot horizon.

Die uitzondering was de trappiramide, het raadsel dat Root zo dwars zat. Het ding was opgetrokken van zware blokken graniet die zonder mortel op elkaar waren gestapeld, maar dan wel zo zorgvuldig dat er amper een naad te zien was. Kort na aankomst had Root de piramide van alle kanten beklommen en vergeefs naar een ingang gezocht.

Toen hij ten slotte zijn atomietstraler erbij had gehaald om te proberen een gat in het graniet te branden, had een onverwachte zwerm inheemsen hem weggeloodst en hem in het steenkolentaaltje van Dicantropus te verstaan gegeven dat het verboden was de piramide binnen te gaan. Root had zich met tegenzin erin geschikt en werd sindsdien verteerd door nieuwsgierigheid…

Wie hadden die piramide gebouwd? De stijl deed denken aan de ziggoerats van het oude Assyrië. De stenen waren aaneengevoegd met een vaardigheid waarover de inboorlingen, voor zover Root kon zien, niet beschikten. Maar als de inboorlingen hem niet hadden opgetrokken, wie dan wel? Wel duizend keer had Root die vraag in gedachten nagejaagd. Waren de inboorlingen de verworden nazaten van een ooit hoogbeschaafd volk? Zo ja, waarom waren er dan geen andere ruïnes? En wat was het doel van de piramide? Tempel? Mausoleum? Schatkamer? Misschien dat hij toegankelijk was via een tunnel onder de grond…

Terwijl Root op de oever van het meertje stond maalden de vragen werktuiglijk door zijn geest, zij het minder indringend dan anders. Op het ogenblik drukte de vraag hoe hij zijn vrouw moest kalmeren hem zwaar. Een poosje verkeerde hij in tweestrijd: zou hij naar haar toe gaan of niet? Misschien was ze intussen afgekoeld en wilde ze wel graag wat aanspraak hebben. Hij liep om het meertje heen en keek neer op haar glanzend zwarte haar.

"Ik ben hier gaan zitten om alleen te zijn," zei ze, zonder enige nadruk of stemverheffing; hij werd kil vanbinnen van die onverschilligheid, meer nog dan wanneer ze hem zou hebben uitgescholden.

"Ik dacht... ik dacht dat je misschien wilde praten," zei Root. "Ik vind het heel erg voor je dat je zo ongelukkig bent, Barbara."

Ze bleef zwijgen met haar hoofd achterover tegen de boomstam gedrukt.

"Met het volgende bevoorradingsschip gaan we naar huis," zei Root. "Dat is nog maar, laat eens zien..."

"Drie maanden en drie dagen," zei Barbara op vlakke toon.

Root wipte van zijn ene voet op zijn andere en sloeg haar vanuit zijn ooghoek gade. Dit was een nieuwe uitingsvorm. Tranen, verwijten, woede — die waren er altijd in overvloed geweest.

"Laten we dan proberen ons tot die tijd te vermaken," zei hij wanhopig. "Laten we wat spelletjes bedenken. Misschien badminton — of we zouden vaker kunnen gaan zwemmen."

Barbara snoof en slaakte een venijnig, sarcastisch lachje. "Terwijl dat soort gedrochten hun kop boven water steekt?" Ze wees naar een van de Dicantrops die loom in hun richting kwam zwemmen. Toen kneep ze haar ogen tot spleetjes en boog zich voorover. "Wat heeft die nou om z'n nek?"

Root keek ook. "Dat lijkt nog het meest op een diamanten halssnoer."

"Grote god," fluisterde Barbara.

Root liep naar de rand van het water. "Hé, zeg!" De grote fluwelen ogen van de Dicantrop wentelden in hun kassen. "Kom eens!"

Barbara kwam bij hem staan terwijl de inboorling naar hen toe zwom.

"Laat eens zien wat je daar hebt," zei Root terwijl hij zich voorover boog naar het halssnoer.

"Ze zijn prachtig!" fluisterde zijn vrouw.

Root beet nadenkend op zijn lip. "Die zien er inderdaad uit als diamanten. De zetting is platina, of iridium misschien. Hé zeg, waar heb je die vandaan?"

De Dicantrop zwom achteruit. "Gevind."

"Waar?"

De Dicantrop blies schuim uit zijn ademopeningen maar Root

meende te zien dat de ogen heel even in de richting van de piramide waren gewenteld.

"Gevind in grote stapel steen?"

"Nee," zei de inboorling en verdween onder water.

Barbara ging weer zitten bij de boom en keek fronsend naar het water. Root kwam naast haar zitten. Even bleef het stil. Toen zei Barbara: "Die piramide zit natuurlijk vol met die dingen!"

Root slaakte een brommend geluidje. "Dat zou kunnen, ja." zei hij voorzichtig.

"Waarom ga je dan niet eens kijken?"

"Zou ik best willen, maar we krijgen er last mee, dat weet je."

"Je zou 's nachts kunnen gaan."

"Nee," zei Root, slecht op zijn gemak. "Het is gewoon niet zoals het hoort. Als zij dat ding gesloten en geheim willen houden dan moeten zij dat weten. Het is tenslotte hun gebouw."

"En hoe weet je dat?" vroeg zijn vrouw door met harde, scherpe doelgerichtheid. "Zij hebben die piramide niet gebouwd en waarschijnlijk ook de diamanten er niet in opgeslagen." Minachting klonk door in haar stem. "Ben je bang soms?"

"Ja," zei Root. "Ik ben bang, ja. Zij zijn met een heleboel en wij zijn maar met ons tweeën. Dat is één bezwaar. Maar het tweede, en belangrijkste…"

Barbara liet zich terugvallen tegen de boomstam. "Ik wil het niet eens horen."

Root, die nu zelf ook kwaad was, deed er een minuut lang het zwijgen toe. Toen dacht hij aan de drie maanden en drie dagen die hen nog restten voordat het bevoorradingsschip kwam en zei: "Het heeft geen zin vervelend tegen elkaar te doen. Het maakt het alleen maar nog moeilijker voor ons allebei. Het was een vergissing van mijn kant om jou mee te nemen en dat spijt me. Ik dacht dat je het een leuke ervaring zou vinden, met zijn tweetjes helemaal alleen op een vreemde planeet…"

Barbara luisterde niet. Haar gedachten waren elders.

"Barbara!"

"*Sst!*" beet ze hem toe. "Stil! Hoor dan!"

Met een ruk hief hij zijn hoofd op. Een ver grommen deed de lucht trillen. Root sprong op, uit de schaduw vandaan, en zocht de hemel af. Het geluid werd luider. Geen twijfel aan, dat was een schip dat uit de ruimte kwam en op het punt stond te landen. Root holde naar het station en knipte de com aan maar er kwamen geen signalen binnen. Hij liep weer naar de deur en keek toe hoe het schip langzaam daalde en een harde, hotsende landing maakte, tweehonderd meter van het station.

Het was een klein schip van het type dat rijkelui wel gebruiken als privéjacht maar dit was oud en gehavend. Het stond in een zinderende wolk hete gassen met straalpijpen die kreunend en sissend afkoelden. Root liep erheen.

De grendels op de scheepsdeur begonnen te draaien en toen zwenkte de deur open. In de deuropening stond een man. Even bleef hij daar staan wankelen met knieën die knikten, toen viel hij languit voorover.

Root sprong toe en wist hem nog net op te vangen voordat hij op de grond belandde. "Barbara!" riep Root. Zijn vrouw kwam aanlopen. "Pak zijn voeten. We moeten hem naar binnen dragen. Hij is ziek."

Ze legden hem op de bank en hij opende zijn ogen een klein eindje. "Wat scheelt eraan?" vroeg Root. "Wat voel je en waar?"

"Mijn benen zijn koud als ijs," zei de man schor. "Mijn schouders doen pijn. Ik krijg geen adem."

"Wacht even, ik zoek het op in het boek," mompelde Root. Hij pakte de *Officiële Ruimtevaardersgids voor Eigen Hulp* en trok de symptomen na. Hij keek de zieke man aan. "Ben je in de buurt van Alfard geweest?"

"Kom ik net vandaan," hijgde de man.

"Dan ziet het ernaar uit dat je Lyma's virus hebt opgelopen. Met een spuitje mycosetine ben je er zo weer vanaf — volgens het boek."

Hij schoof een ampul in de verstuiver, zette de punt op de arm van zijn patiënt en drukte de zuiger in. "Dat moet voldoende zijn, volgens de gids dan."

"Dankjewel," zei zijn patiënt. "Ik voel me nu al beter." Hij sloot zijn ogen. Root richtte zich op en keek naar Barbara. Die stond de man aandachtig op te nemen met een vreemd berekenende blik. Root keek nog eens omlaag en zag de man eigenlijk nu pas goed. Hij was jong, een jaar of dertig misschien, en mager maar sterk, met strakke, pezige spieren. Zijn gezicht was smal, bijna mager, en hij was zwaar gebruind. Hij had kort zwart haar, zware zwarte wenkbrauwen, een lange kaaklijn en een hoge, smalle neus.

Root wendde zich af. Hij wierp een blik op zijn vrouw en voorzag met een weemakende zekerheid hoe de toekomst eruit zou gaan zien.

Hij spoelde de verstuiver uit en zette de Gids terug in het rek met onzekere, stijve bewegingen. Toen hij zich omdraaide stond Barbara naar hem te staren met grote, nadenkende ogen. Root liep langzaam de kamer uit.

De volgende dag was Marville Landry alweer op de been en toen hij zich geschoren en verkleed had, was er niets meer van ziekte te merken. Van beroep was hij mijningenieur, zo vertelde hij Root, en hij was onderweg geweest naar Thuban XIV waar hij een opdracht had aangenomen.

Het virus had heel snel toegeslagen en het was puur geluk geweest dat hij had op de sterrenkaart had gezien dat Dicantropus in de buurt lag. Omdat hij snel zwakker werd was hij gedwongen geweest zo overhaast af te remmen en onbeheerst te landen, dat hij vreesde vrijwel geen brandstof meer over te hebben. En inderdaad, toen ze gingen kijken troffen ze nog net genoeg brandstof aan om het schip een paar honderd meter de lucht in te krijgen.

Landry schudde spijtig zijn hoofd. "En dat terwijl er een contract van tien miljoen munit op me wacht, op Thuban XIV!"

Treurig zei Root: "Het bevoorradingsschip komt over drie maanden."

Landry vertrok zijn gezicht. "Drie maanden... in een hel als deze?" En toen ze terugliepen naar het station zei hij: "Hoe houden jullie het uit, hier?"

Barbara hoorde dat. "Het is ook niet om uit te houden. Ik zit al een half jaar tegen het hysterische aan. Ja, Jim..." ze trok een lelijk gezicht tegen haar man. "Jim die heeft z'n botjes en zijn stenen en zijn radio-antenne. Dus aan hem heb je ook niet veel."

"Misschien kan ik dan iets betekenen," opperde Landry luchtig.

"Wie weet," zei ze met een koele, nietszeggende blik op Root. Even later liep ze de kamer uit, heel gracieus en met een soort raadselachtige opgewektheid.

Die avond was het eten een galagebeurtenis. Zodra de zon zijn schelblauwe schijnsel achter de horizon had gestoken, droegen Barbara en Landry een tafel naar de rand van het meertje en dekten hem met alle weelde die het radiostation te bieden had. Zonder het Root te vragen ontkurkte Barbara de magnum cognac waar hij een jaar lang zuinig-aan mee gedaan had, en schonk gulle cocktails op ijs, met limoensap en cocktailkersjes uit blik.

Terwijl de kaarsen straalden en lichtende schimmetjes toverden in hun glazen, was zelfs Root een poos lang vrolijk. De lucht was verrukkelijk koel en het woestijnzand breidde zich wit en zuiver als damast voor hen uit tot in de schemer. En zo smulden ze van kip uit blik met champignons uit blik en fruit uit de diepvries en sloegen Roots cognac achterover, terwijl de inboorlingen aan de andere kant van de vijver toekeken vanuit het donker.

En toen na een poosje Root slaperig en duf werd, werd Landry steeds vrolijker en begon Barbara te sprankelen — de volmaakte gastvrouw, charmant en geestig. En de nacht van Dicantropus weerklonk van haar klokkende, kelige lach. Landry en zij dronken elkaar toe en wierpen elkaar lacherige opmerkingen toe waarvan Root het doelwit was — Root, die er nu onderuitgezakt bij zat, half in slaap. Uiteindelijk kwam hij onvast overeind en liep wankelend terug naar het radiostation.

Op de tafel bij het meer brandden de kaarsen steeds lager. Barbara schonk nog een cognacje in. Hun stemmen werden gedempt tot gemurmel en ten slotte doofden de kaarsen uit.

Ondanks het menselijk verlangen de tijd vast te houden in gezegende duisternis, brak de ochtend aan en bracht een nieuwe dag, vol zwijgen en afwerende blikken. En andere dagen en nachten volgden elkaar op; de tijd vergleed zoals te doen gebruikelijk. De schijn werd amper meer opgehouden, op het station.

Barbara meed Root ronduit en als ze iets tegen hem moest zeggen klonk er verholen vermaak door in haar stem. Landry met zijn arendsneus, zeker van zijn zaak en vol zelfvertrouwen, had er een handje van erbij te zitten en van de een naar de ander te kijken alsof hij zich inwendig verkneukelde over het hele gedoe. Root bewaarde een gekunstelde kalmte en sprak op een gedempte, vlakke toon waaruit niets anders op te maken viel dan de letterlijke betekenis van de woorden zelf.

Er waren een paar lichte aanvaringen. Op een ochtend toen Root de badkamer binnenkwam stond Landry zich te scheren met Roots apparaat. Heel rustig pakte Root hem het apparaat af.

Landry keek hem een ogenblik niet-begrijpend aan. Toen vertrok hij zijn lippen in het begin van een grauw.

Root glimlachte bijna bedroefd. "Begrijp me goed, Landry. Er is verschil tussen een scheerapparaat en een vrouw. Dit apparaat is van mij. Mensen kun je niet bezitten. Laat mijn persoonlijke eigendommen voortaan met rust."

Landry trok zijn wenkbrauwen hoog op. "Man, ben jij even geschuffeld." Hij draaide zich om. "Volgens mij is de hitte in je hersens geslagen."

De dagen verstreken en ze waren allemaal hetzelfde, net als voorheen, alleen waren ze loodzwaar beladen, nu. Woorden werden steeds schaarser en afkeer hing er vanaf als verfomfaaide feestslingers. Elke beweging, elke lichaamshouding werd verfoeilijk om te zien, een gemeenheid waar de ander nadrukkelijk mee pronkte.

Root begroef zich bijna wanhopig in zijn stenen en botjes, tuurde door zijn microscoop, deed wel duizend metingen en maakte wel duizend aantekeningen. Landry en Barbara kregen de gewoonte 's avonds lange wandelingen te maken, meestal naar de piramide en dan langzaam weer terug over het stille, koele zand.

Het raadsel van de piramide begon Landry opeens te fascineren en hij vroeg er Root zelfs naar.

"Ik heb er geen idee van wat dat ding voorstelt. Wie het weet mag het zeggen. Ik weet alleen dat de inboorlingen niet willen dat je probeert erin te komen."

"Hm," zei Landry terwijl hij uitstaarde over de woestijn. "D'r valt natuurlijk niets van te zeggen, wat ze daarin hebben zitten. Barbara vertelde dat een van de inboorlingen een diamanten halssnoer droeg dat een paar duizendjes waard is."

"Ach, alles is mogelijk," zei Root. Hij had dat begerige trekken van Landry's mondhoek wel gezien, de tot grijpen gekromde vingers. "Maar haal je maar liever niets in je hoofd. Ik wil geen last met de inboorlingen. Vergeet dat niet, Landry."

Landry vroeg, ogenschijnlijk heel minzaam: "Heb je enige zeggenschap over de piramide?"

"Nee," zei Root. "Volstrekt niet."

"Het is dus niet… jouw eigendom?" Sarcastisch legde Landry de nadruk op dat woord en Root herinnerde zich het voorval met het scheerapparaat.

"Nee."

"Nou," zei Landry terwijl hij opstond. "Bemoei je dan verder met je eigen zaken." Hij liep de kamer uit.

Die dag zag Root dat Landry en Barbara in diep gesprek gewikkeld waren en later dat Landry in zijn schip stond te rommelen. Bij het avondeten werd er geen stom woord gezegd.

Zoals gewoonlijk kuierden Barbara en Landry, zodra de nagloed was gedoofd tot een koele, blauwe glinstering, de woestijn in. Maar dit keer keek Root hen na en zag dat Landry een ransel op zijn rug had en dat Barbara een handtas scheen te dragen.

Hij ijsbeerde heen en weer, heftig paffend aan zijn pijp. Landry had gelijk — het ging hem niet aan. Als het iets opleverde hoefde hij er niets van te hebben. En als het gevaar met zich meebracht dan zou dat alleen diegenen treffen die het hadden uitgelokt. Maar was dat wel zo? Zou hij, Root, er automatisch bij worden betrokken omdat hij hoorde bij Landry en Barbara? Voor de Dicantrops was een mens een mens en als een mens straf verdiende, gold dat misschien voor alle mensen...

Zou er... zou er moord en doodslag van komen? Root pafte aan zijn pijp, kauwde op de steel en blies straaltjes rook uit tussen zijn tanden. In zekere zin was hij verantwoordelijk voor Barbara's welzijn. Hij had haar uit haar beschermde bestaan op Aarde gehaald. Hij schudde zijn hoofd, legde zijn pijp neer en liep naar de la waar hij zijn pistool bewaarde. Het was verdwenen.

Root keek nietsziend de kamer door. Landry had het pistool. Er viel niets van te zeggen hoelang al. Root liep naar de keuken, zocht een vleesbijl uit de kast, stak het ding onder zijn trui en toog op weg door de woestijn.

Hij beschreef een grote cirkel om de piramide van achteren te kunnen naderen. De nachtlucht was stil en donker en koel, als water in een oude put. Het rulle zand knisperde zachtjes onder zijn voeten. Boven hem strekte zich de hemel uit, met een licht strooisel van duizend sterren. Ergens daarboven stonden de Zon en de Oude Aarde.

Opeens doemde de piramide voor hem op. Nu zag hij ook een schijnsel en hoorde het gedempte rinkelen van gereedschap. Hij kwam stilletjes dichterbij en bleef op een honderd meter afstand in het donker staan, om zich heen kijkend, bedacht op elk geluid.

Landry's atomietstraler vrat door het graniet. Terwijl hij de blokken kerfde sleepte Barbara de losse brokken opzij, het zand op. Nu en dan richtte Landry zich op en deed een paar stappen achteruit, zwetend en hijgend van de hitte die het ding verspreidde.

Hij was een halve meter gevorderd, driekwart meter, een meter... toen hoorde Root opgewonden gefluister. Ze waren er doorheen, ze hadden de binnenruimte bereikt. Zonder te zien of de kust vrij was lieten ze zich door het gat glijden dat ze hadden uitgesneden. Root, die veel meer op zijn hoede was, luisterde, probeerde de duisternis te doorzien... niets.

Hij rende naar de piramide toe, haastte zich naar de opening en loerde naar binnen. Het gele schijnsel van Landry's zaklantaarn zwiepte langs zijn ogen. Hij kroop de opening in en stak zijn hoofd naar binnen, in de leegte. De lucht was hier koud en riekte naar stof en nat gesteente.

Landry en Barbara stonden een meter of vijftien verderop. Bij het heen en weer waaierende schijnsel van de lamp ontwaarde Root stenen muren en een stenen vloer. Zo te zien was de piramide een leeg omhulsel. Waarom deden de inboorlingen er dan zo lichtgeraakt over? Hij hoorde Landry bitter zeggen: "Niks, verdomme. Zelfs geen mummie voor die man van je om zich over te verkneukelen."

Root voelde dat Barbara huiverde. "Laten we nou maar gaan. Ik krijg er koude rillingen van. Het is net een kerker, hier."

"Wacht even. Laten we eerst nog eens goed kijken... Hm." Hij liet de lichtbundel over de muur spelen. "Dat is raar."

"Wat is raar?"

"Het ziet er net uit alsof de stenen met een atomietstraler zijn gesneden. Zie je hoe het gesteente hier aan de binnenkant versmolten is..."

Root tuurde om een hoekje en probeerde het ook te zien.

"Vreemd," hoorde hij Landry mompelen. "Aan de buitenkant zijn de stenen bekapt, aan de binnenkant glad gesmolten met een straler. En het ziet er hier vanbinnen ook lang zo oud niet uit."

"Als de lucht niet ververst wordt, blijft alles misschien zoals het was," opperde Barbara twijfelend.

"Zou kunnen, maar oude gebouwen ogen ook oud. Er ligt stof en er gaat een zekere matheid van uit. Dit ziet er nieuw uit."

"Ik snap niet hoe dat kan."

"Ik ook niet, maar er is hier iets raars aan de hand."

Root verstijfde. Hoorde hij daar geluid, buiten? Het geschuifel van wijd uitstaande tenen door het zand — hij begon achteruit te kruipen. Hij kreeg een zet, schoot naar voren en viel languit op de vloer. Het blinkende oog van Landry's lantaarn scheen in zijn richting. "Wat is dat?" klonk een harde stem. "Wie is daar?"

Root keek achterom. De lichtbundel gleed over hem heen en stootte op een tiental grijze, benige gedaanten. Ze stonden heel stil, net onder de opening, met ogen als donzige zwarte ballen.

Root krabbelde overeind. "Ha!" riep Landry. "Dus jij bent er ook!"

"Niet uit eigen verkiezing," gaf Root hem grimmig ten antwoord.

Landry kwam langzaam naar voren terwijl hij zijn lantaarn op de Dicantrops gericht hield. "Zijn die lui gevaarlijk?" vroeg hij Root op scherpe toon.

Root nam de inboorlingen eens op. "Dat weet ik niet."

"Blijf staan," zei een van de inheemsen die vooraan stond. "Blijf staan." Zijn stem klonk diep en schor.

"Blijven staan!? Om de dooie dood niet!" riep Landry. "We gaan. Ik heb hier verder niks nodig. Dus opzij, jij." Hij deed een stap naar voren.

"Blijf staan... Wij dood maken..."

Landry bleef staan.

"Wat is er dan mis?" kwam Root bezorgd tussenbeide. "Kijken kan toch geen kwaad? Er is hier immers niets?"

"Daarom wij dood maken. Hier niet, jullie zoeken verder. Toen jullie denken dit hier belangrijk, niet zoeken verder. Wij dood maken. Nieuwe mens komt. Denkt dit hier belangrijk."

Landry mompelde: "Snap jij waar hij heen wil?"

Root zei langzaam: "Dat weet ik nog niet zeker." Tegen de Dicantrop zei hij: "Wij geven niet om jullie geheimen. Het is niet nodig dingen voor ons te verbergen."

De inboorling maakte een hoofdgebaar. "Waarom dan jullie hier? Jullie zoeken geheimen."

Van achter hen klonk opeens Barbara's stem: "Wat zijn jullie geheimen dan? Diamanten?"

De inboorling maakte nog zo'n hoekig hoofdgebaar. Vermaak?

Boosheid? Bij zijn onaardse gemoedsbewegingen pasten geen aardse woorden. "Diamanten zijn niets — stenen."

"Geef mij anders maar een kar vol," zei Landry binnensmonds.

"Luister nou eens," probeerde Root hen te overreden. "Laat ons er nou uit, dan zoeken we verder niet naar jullie geheimen. Het was verkeerd van ons om in te breken en het spijt me dat het gebeurd is. We zullen de schade herstellen —"

De Dicantrop maakte een zwak sputterend geluidje. "Je begrijpt niet. Jullie zeggen andere mensen piramide is niets in. Andere mensen zoeken naar ander iets. Overlast, zoek, zoek, zoek. Allemaal niet goed. Jullie dood, alles als vroeger."

"D'r wordt me hier te veel gekletst," zei Landry verbeten. "En wat er gezegd wordt zint me niet. Laten we weggaan." Hij trok Roots pistool. "Kom op!" beet hij Root toe.

En tegen de inboorlingen zei hij: "En nou uit de weg anders ga ik ook hier en daar wat doodmaken!"

Geritsel, beweging; een ijl, opgewonden gejammer steeg uit de groep inboorlingen op.

"We moeten ze overweldigen!" schreeuwde Landry. "Als ze buiten weten te komen dan slaan ze ons tegen de vlakte zodra we eruit klimmen. Vooruit!"

Hij sprong op de inboorlingen af en Root volgde hem op de voet. Landry mepte met de kolf van het pistool om zich heen en Root gebruikte zijn vuisten. De Dicantrops sloegen tegen de muren met een dor geritsel als van maïsstengels. Landry dook met een vaart door de opening. Root duwde Barbara er eerst door en klom toen zelf, achteruit trappend naar de inboorlingen, de open lucht weer in.

Landry had zo'n vaart gehad dat hij een eindje naast de piramide was geland — in een krioelende menigte Dicantrops. Root, die langzamer naar buiten was gekomen, stond met zijn rug tegen het graniet gedrukt. Hij voelde de woelende beroering in de wijde duisternis. "De hele kolonie zit hier, volgens mij!" riep hij in Barbara's oor. Een minuut lang was hij bezig de inboorlingen van zich af te slaan, waarbij hij Barbara zo veel mogelijk probeerde af te schermen. De eerste granieten richel liep op schouderhoogte.

"Stap in mijn handen," zei hij hijgend. "Dan geef ik je een zetje naar boven."

"Maar — Landry!" klonk Barbara's verstikte jammerklacht.

"Kijk dan naar die menigte!" beet Root haar woedend toe. "We kunnen niets uitrichten." Een plotselinge stormloop van kleine benige gedaanten overweldigde hem op een haar na. "Schiet op!"

Zachtjes jankend zette ze haar voet in zijn gevouwen handen. Hij duwde haar omhoog tot ze op de richel kon stappen, schudde de klauwende inboorlingen die hem besprongen hadden van zich af, sprong, en krabbelde naast haar overeind. "En nou rennen!" riep hij in haar oor. Ze snelde de richel af.

Vanuit het donker klonk een woeste kreet. "Root! *Root!* Help dan toch om Gods wil — ik ga eraan —" Opnieuw een schorre schreeuw die overging in een ijselijk gekrijs van pijn. Toen niets meer.

"Schiet op!" zei Root. Ze bereikten de hoek van de piramide. "En nu springen," zei Root. "Omlaag!"

"Landry," kreunde Barbara, wankelend op de rand van de richel.

"Omlaag!" grauwde Root. Hij trok haar omlaag, het witte zand op, pakte toen haar hand en begon te rennen door de woestijn, terug naar het station. Toen ze een minuut of wat later hun achtervolgers hadden afgeschud, ging hij over op een sukkeldrafje.

"We moeten terug," huilde Barbara. "Laat je hem zomaar stikken, tussen al die duivels?"

Root zweeg een ogenblik. Toen zei hij, zijn woorden met zorg kiezend: "Ik heb tegen hem gezegd dat hij daar weg moest blijven. Als hem iets overkomt is het zijn eigen schuld. Het is trouwens al gebeurd, wat het ook moge zijn. We kunnen nu niets meer doen."

Een donkere massa torende op tegen de hemel — Landry's schip.

"Laten we daar gaan zitten," zei Root. "Daar zijn we veiliger dan in het station."

Hij hielp haar het schip in en vergrendelde de toegangsdeur. "*Pffff!*" Hij schudde zijn hoofd. "Ik had nooit gedacht dat dit zou gebeuren."

Hij klom in de stoel van de piloot en ging zitten uitkijken over de woestijn. Ergens achter hem zat Barbara ineengekropen zachtjes voor zich heen te snikken.

Er ging een uur voorbij waarin ze geen van beiden een woord zeiden. Toen steeg er zonder voorafgaande waarschuwing een vurige oranje bal op van de heuvel aan de overkant van het meertje, een oranje bal die op het station af zweefde. Root knipperde met zijn ogen en schoot overeind op zijn stoel. Hij graaide naar het boordmachinegeweer en rukte aan de trekker — zonder resultaat.

Toen hij eindelijk de veiligheidspal had gevonden en omgezet zweefde de oranje bal al boven het station, zodat Root maar niet vuurde. De bol streek langs de antenne — en een geweldige explosie vulde alle hoeken van zijn gezichtsveld, zengde zijn ogen, wierp hem op de grond, en deed het schip wankelen. Suf en half bewusteloos bleef hij liggen.

Barbara lag te kreunen. Root hees zich overeind. Een uitgebrande kuil met een wirwar van metalen staken gaf de plek aan waar het station had gestaan. Verdwaasd liet Root zich in de bestuurdersstoel vallen. Hij zette de brandstofpomp aan en drukte de katalysatorknoppen helemaal omlaag. Het schip sidderde en hobbelde een paar meter voorwaarts. De straalbuizen sputterden en hijgden.

Root keek naar de brandstofmeter, en keek nog eens. De naald stond op nul, iets wat Root wel had geweten maar vergeten was. Hij verwenste zich om zijn stommiteit. Dat ze in het schip zaten zou misschien niet eens zijn opgevallen, maar nu had hij er de aandacht op gevestigd.

Een tweede oranje bal zweefde omhoog van achter de heuveltop. Root sprong naar het machinegeweer en liet er een regen explosieve kogels op los. Opnieuw dat bulderende geluid en die lichtflits en toen werd de hele bovenkant van de heuvel weggeblazen en kwamen zo te zien gladde lagen zwart gesteente bloot.

Root keek achterom naar Barbara. "Nou, dat was het dan."

"Wat — wat bedoel je?"

"We kunnen niet weg. Vroeg of laat —" Zijn stem stierf weg. Hij stak zijn hand uit en draaide boven zijn hoofd een knop om, waarop het woord SOS stond. De scheeps-ULR begon te zoemen. Root sprak in het microfoonrooster: "Station Dicantropus — we worden aangevallen door de inheemsen. Stuur ogenblikkelijk hulp."

Hij zakte terug op zijn stoel. De band zou zijn boodschap eindeloos herhalen tot hij het apparaat uitzette.

Barbara wankelde naar de stoel naast de zijne en ging zitten. "Wat waren dat voor oranje bollen?"

"Vroeg ik me ook af. Een soort bommen denk ik."

Maar er kwamen er niet meer. En na een poosje begon de horizon op te lichten en werd de heuvel een donkere omtrek tegen de schelwitte hemel. En boven hen stuurde de zender een eindeloze boodschap de ruimte in.

"Hoelang zou het duren voordat er hulp komt?" fluisterde Barbara.

"Te lang," zei Root terwijl hij in de richting van de heuvel staarde. "Ze zijn waarschijnlijk huiverig voor het machinegeweer — ik begrijp anders niet waar ze nog op wachten. Misschien op beter licht."

"Ze kunnen —" Haar stem stokte. Ze keek met grote ogen. Root ook, bevangen door ongeloof, verbijstering. De heuvel aan de overkant van het meertje brak open, viel uit elkaar...

Root zat aan de cognac met de kapitein van het bevoorradingsschip *Method* dat hen te hulp was geschoten. De kapitein schudde zijn hoofd.

"Ik heb heel wat vreemde zaken gezien in deze sterrenhoop, maar deze maskerade slaat alles."

"Aan de ene kant is het vreemd," zei Root, "maar aan de andere zo koud en logisch als de tafel van twee. Ze hebben het zo goed mogelijk gebracht — en dat was verdraaid goed. Als die schobbejak van een Landry er niet was geweest zouden ze ons tot in lengte van dagen voor de mal hebben gehouden."

De kapitein zette zijn glas met een klap op zijn bureau neer en keek Root aan. "Maar *waarom*?"

Root zei langzaam: "Ze waren op Dicantropus gesteld. Wat ons betreft is het een hel, een woestijn, maar voor hen was het een paradijs. Ze waren dol op de hitte en de droogte. Maar ze wilden niet dat een heel stel buitenwerelders de neus in hun zaken kwam steken — wat we zeker zouden hebben gedaan als we die maskerade hadden doorzien. Het moet een enorme schok voor ze geweest zijn toen dat eerste Aardse schip hier landde."

"En die piramide..."

"Ja, dat is ook zoiets vreemds. Het waren prima psychologen, die Dicantrops, beter dan je van een buitenwerelds volk zou verwachten. Als je het verslag van die eerste landing naleest zie je, dat die piramide niet wordt genoemd. En waarom? Omdat die er toen niet was. Landry zei dat het ding er nieuw uitzag. Dat was ook zo. Het ding was nieuw. Het was bedrog, een afleidingsmanœuvre — net merkwaardig genoeg om ons zand in de ogen te strooien.

"Zolang die piramide daar stond en ik er al mijn mentale energie op richtte, waren zij veilig — en wat zullen ze gelachen hebben. Zodra Landry er binnendrong en het bedrog ontdekte was het over...

"En daar zouden ze zich weleens misrekend kunnen hebben," zei Root peinzend. "We nemen aan dat ze niets afwisten van misdaad en asociaal gedrag. Zolang iedereen maar deed wat hem gezegd werd, was hun privacy voorgoed verzekerd." Root lachte. "Misschien kenden ze de mens achteraf toch niet zo goed."

De kapitein schonk de glazen nog eens vol en ze dronken zwijgend. "Ik vraag me af waar ze vandaan kwamen," zei hij ten slotte.

Root haalde zijn schouders op. "Dat zullen we wel nooit weten. Een andere hete, droge planeet, dat is wel zeker. Misschien waren het vluchtelingen, of was het een buitenissige godsdienstige sekte, of misschien was het een kolonie."

"Ja, niets van te zeggen," beaamde de kapitein wijs. "Een ander ras — een heel andere psychologie. Dat kom je voortdurend tegen."

"De hemel zij dank waren ze niet echt wraakzuchtig," zei Root voor zich heen. "Ze hadden ons vast en zeker op wel tien verschillende manieren van het leven kunnen beroven, nadat ik die noodoproep had uitgestuurd waardoor zij moesten vertrekken."

"Het is allemaal zo logisch," gaf de kapitein toe.

Root nipte van zijn cognac en knikte. "Toen dat ULR-signaal eenmaal was verstuurd was het met hun afzondering afgelopen. Of we nu al dan niet dood waren, de Aardlingen zouden neerstrijken bij het station en hun tunnels binnendringen — en weg was hun geheim."

En de kapitein en hij namen zwijgend het grote gat aan de overkant van het meertje in ogenschouw, waar het reusachtige ruimteschip begraven had gelegen onder stekelbosjes en roest-zwarte klimplanten.

"En als dat ruimteschip eenmaal was blootgelegd," vervolgde Root, "dan zou je een heisa hebben gehad, van hier tot Fomalhaut. Een massa van zo'n reusachtige omvang? We zouden alles willen weten — wat hun aandrijving was, wat hun geschiedenis was, alles en alles en alles. En als ze nu juist met rust gelaten wilden worden, dan was dat daarmee voorgoed voorbij. Als zij een kolonie waren uit een ander zonnestelsel, dan moesten ze hun geheimen wel bewaren, net als wij zouden doen."

Barbara stond bij de droeve resten van het station en roerde met een stok door de rommel. Ze draaide zich om en Root zag dat ze zijn pijp in haar hand had. Geblakerd en gebutst maar nog herkenbaar als zodanig. Ze stak hem langzaam aan Root toe.

"En?" zei Root.

Ze antwoordde met zachte, teruggetrokken stem: "Nu ik wegga denk ik dat ik Dicantropus nog zal missen ook." Ze draaide zich naar hem om. "Jim..."

"Ja?"

"Ik wil nog wel een jaar blijven, als je wilt."

"Nee," zei Root. "Ik vind het hier zelf ook niet prettig."

Nog steeds op diezelfde zachte toon zei ze: "Je hebt het me dus niet vergeven dat ik zo dwaas ben geweest..."

Root trok zijn wenkbrauwen op. "Zeker wel. Ik heb het je nooit verweten. Je bent menselijk. Onmiskenbaar menselijk."

"Waarom gedraag je je dan zo — zoals Mozes?"

Root haalde zijn schouders op.

"Je kunt me geloven of niet," zei ze terwijl ze haar blik afwendde, "maar ik heb het nooit —"

Hij onderbrak haar met een gebaar. "Wat doet het ertoe, ook al had je het gedaan? Je had redenen te over. Ik zou het je echt niet nagedragen hebben."

"In je hart wel."

Root zweeg.

"Ik wilde je kwetsen. Ik werd langzaam gek hier en jij scheen je er gewoon niets van aan te trekken. Je hebt zelfs tegen hem gezegd dat ik — dat ik niet je eigendom was."

Root glimlachte droevig. "Ik ben ook maar menselijk."

Hij gebaarde achteloos naar het gat waar het ruimteschip van de Dicantrops had gelegen. "Als je nog diamanten wilt, klim dan met een emmertje naar beneden. Er zitten daar diamanten zo groot als pompelmoezen. Het is een oude vulkaangang, de rijkste diamantmijn die ooit is gevonden. Ik heb het land rondom gepacht; zodra de machines arriveren kunnen we met diamanten ballen biljarten."

Ze draaiden zich om en liepen langzaam terug naar de *Method*.

"Drie is algauw te veel op Dicantropus," zei Root nadenkend. "Op aarde, met ons drie miljard, kunnen we tenminste weer een beetje op onszelf zijn."

STATION ABERCROMBIE

I

DE PORTIER WAS een forse, taaie man met een ongezond paardengezicht en een huid als geroest zink. Twee meisjes bestookten hem met
schalkse vragen.

Jean hoorde hem met een gromstem zeggen: "Blijf gewoon maar in
de buurt; ik mag jullie niks wijzer maken."

Hij wenkte het meisje dat naast Jean zat, een blond en heel geraffineerd uitgemonsterd kind. Ze stond op; de portier schoof de deur
open. Zij liep er vlot doorheen waarna de deur weer dichtging.

Aarzelend liep ze nog enkele passen en bleef toen abrupt staan.

Op een ouderwetse leren bank zat een rustige man die haar met
halfgeloken ogen aankeek.

Niets om bang van te worden, was haar eerste indruk. Hij was
jong — vier- of vijfentwintig. Middelmatig, dacht ze, niet klein en niet
groot, corpulent noch mager. Zijn haar was onbestemd, zijn gezicht
niet opvallend, zijn kleren rustig en neutraal.

Hij ging verzitten en zijn ogen sperden zich iets verder open. Het
blonde meisje schrok even. Misschien had ze zich vergist.

"Hoe oud ben je?"

"Ik ben — twintig."

"Trek je kleren uit."

Ze staarde hem aan. Haar hand op haar tasje verstrakte en de knok-
kels werden wit. Opeens kreeg ze een intuïtie, ze haalde vlug adem.
*Gehoorzaam hem eenmaal, geef éénmaal toe, en hij is je meester zolang je
leeft.*

"Nee... nee, dat doe ik niet."

Ze draaide zich vlug om en tastte naar de deurkruk. Zonder gevoel zei hij: "Je bent toch te oud."

De deur ging met een ruk open; vlug liep ze de wachtkamer door zonder links of rechts te kijken.

Iemand raakte haar arm aan. Ze bleef staan, keek in een jong roze gezicht met gitzwarte ogen. Het had een levenskrachtige en intelligente uitdrukking, een prachtig gave huid, een mond zonder make-up, kort zwart haar.

Jean vroeg: "Wat is het? Wat voor soort baan?"

Het blonde meisje zei strak: "Ik weet het niet. Ik ben niet lang genoeg gebleven om het te horen. Iets akeligs." Ze draaide zich om en verdween.

Jean zonk weer in haar stoel en dacht na. Een minuut later kwam er opnieuw een meisje uit de andere kamer. Zonder op of om te zien marcheerde ze naar de buitendeur. Jean glimlachte zwak. Ze had een brede, expressieve mond. Haar tanden waren klein, wit, en heel scherp.

De portier wenkte haar. Ze sprong overeind en ging naar binnen.

De kalme man zat te roken. Naast zijn gezicht steeg een zilveren rookpluim op die in de lucht boven zijn hoofd oploste. Jean dacht: *Er is iets vreemds aan die totale onbeweeglijkheid van hem. Hij is te gespannen.*

Ze hield haar handen op haar rug en wachtte af terwijl ze hem aandachtig opnam.

"Hoe oud ben je?"

Meestal bleek het verstandig deze vraag te omzeilen. Ze hield haar hoofd schuin, met een glimlach, een maniertje waardoor ze er wild en roekeloos uitzag. "Hoe oud denk je dat ik ben?"

"Zestien of zeventien."

"Min of meer, ja."

Hij knikte. "Min of meer. Hoe heet je?"

"Jean Parlier."

"Bij wie woon je?"

"Bij niemand. Ik woon alleen."

"Je vader? Je moeder?"

"Die zijn dood."

"Geen grootouders? Een voogd?"

"Ik ben alleen."

Hij knikte. "Geen problemen met de wet in dat opzicht?"

Ze keek hem behoedzaam aan. "Nee."

Hij bewoog zijn hoofd net genoeg om een knik in de veer van rook te maken. "Doe je kleren uit."

"Waarom?"

"Dat is een snelle manier om je hoedanigheden te controleren."

"Ach — ja. Eigenlijk zal dat wel ... Lichamelijk of moreel?"

Hij gaf geen antwoord maar zat haar onbewogen aan te kijken terwijl de grijze draad van rook langs zijn gezicht kringelde.

Ze haalde haar schouders op, bracht haar handen naar haar zijden, haar hals, haar middel, haar rug en naar haar benen en stond toen zonder kleren.

Hij hield de sigaret bij zijn mond, zoog eraan, drukte hem uit. Toen ging hij staan en liep langzaam naar haar toe.

Hij probeert me bang te maken, dacht ze, en glimlachte stil. *Hij mag het proberen.*

Op een halve meter afstand bleef hij staan en keek in haar ogen. "Wil je echt een miljoen dollar hebben?"

"Daarom ben ik hier."

"Je hebt de advertentie letterlijk opgevat?"

"Kan het dan anders?"

"Je zou de formulering als een — een metafoor, een hyperbool kunnen hebben opgevat."

Ze grijnsde met haar scherpe witte tanden. "Ik weet niet wat die woorden betekenen. Maar hier ben ik. Als die advertentie alleen maar bedoeld was om mij naakt te zien, dan ga ik weer."

Zijn uitdrukking veranderde niet. Eigenaardig, dacht Jean, hoe hij zijn lichaam beweegt, zijn hoofd draait, maar zijn ogen blijven onbeweeglijk. Alsof hij haar niet had gehoord zei hij: "Niet al te veel meisjes hebben gereageerd."

"Dat is mijn zaak niet. Ik wil een miljoen dollar hebben. Waar gaat het om? Chantage? Iemand imiteren?"

Hij negeerde haar vragen. "Wat zou je met een miljoen doen als je het had?"

"Ik weet het niet ... Daar maak ik me wel zorgen om als ik het heb. Heb je mijn hoedanigheden gecontroleerd? Ik krijg het koud."

Hij draaide zich snel om en liep terug naar de bank. Ze gleed in haar kleren en ging behoedzaam tegenover hem zitten.

"Je voldoet bijna te goed aan de eisen," zei hij droog.

"Hoe dat zo?"

"Is niet belangrijk."

Jean hield haar hoofd scheef en lachte. Ze zag eruit als een gezond, heel knap schoolmeisje dat meer zonneschijn zou kunnen gebruiken. "Vertel me wat ik moet doen om een miljoen dollar te verdienen."

"Je moet met een rijke jongeman trouwen, die lijdt aan — laten we het een ongeneeslijke ziekte noemen. Als hij doodgaat zijn zijn bezittingen van jou. Die verkoop je aan mij voor een miljoen dollar."

"Blijkbaar is hij meer waard dan een miljoen."

Hij wist welke vragen ze niet had gesteld. "Het gaat om ongeveer een miljard."

"Wat voor soort ziekte heeft hij? Misschien krijg ik het zelf."

"Daar ontferm ik me wel over. Jij krijgt het niet als je gehoorzaamt."

"O — o, ik snap het — vertel me meer over hem. Is hij knap? Groot? Sterk? Misschien vind ik het zielig als hij doodgaat."

"Hij is achttien jaar oud. Zijn voornaamste interesse is verzamelen." Sarcastisch: "Hij houdt ook van zoölogie. Hij is een vooraanstaand zoöloog. Hij heet Earl Abercrombie. Hij is de eigenaar van — hij gebaarde omhoog — Station Abercrombie."

Jean staarde hem aan. Toen lachte ze flauw. "Dat is een akelige manier om een miljoen te verdienen … Earl Abercrombie …"

"Overgevoelig?"

"Niet als ik wakker ben. Maar ik krijg weleens nachtmerries."

"Neem een besluit."

Ze keek zedig naar haar handen die samengevouwen in haar schoot lagen. "Een miljoen is geen erg grote hap uit een miljard."

Hij keek haar met iets van goedkeuring aan. "Nee, dat klopt."

Ze stond op, slank als een danseres. "Het enige wat jij hoeft te doen is een cheque tekenen. Ik moet met hem trouwen, met hem naar bed."

"Ze gebruiken geen bedden op Station Abercrombie."

"Als hij op Abercrombie woont heeft hij misschien geen interesse in mij."

"Earl is anders," zei de man. "Earl houdt van zwaartekrachtmeisjes."

"Je beseft natuurlijk dat als hij eenmaal doodgaat, jij genoegen zou moeten nemen met wat ik je geef. Of misschien komt de erfenis onder de hoede van een beheerder."

"Niet noodzakelijk. Het civiele reglement van Abercrombie staat toe dat bezittingen beheerd worden door iedereen van zestien of ouder. Earl is achttien. Hij voert een absoluut bewind over het Station, met maar een paar onbelangrijke beperkingen. Daar zorg ik verder wel voor." Hij ging naar de deur en schoof hem open. "Hammond."

De man met het lange gezicht kwam zonder een woord naar de deur.

"Ik heb haar. Stuur de anderen weg."

Toen de deur dicht was keerde hij zich weer naar Jean. "Ik wil dat je met me gaat eten."

"Daar ben ik niet op gekleed."

"Ik stuur de couturier naar boven. Probeer binnen een uur klaar te zijn."

Hij verdween. Jean rekte zich uit, wierp het hoofd in de nek, opende haar mond voor een geluidloze uitbundige lach. Ze stak haar armen boven haar hoofd, deed een stap naar voren, maakte een soepele rad-slag over het kleed en kwam lenig overeind naast het raam.

Knielend met haar hoofd op haar handen keek ze uit over Metropolis. Het was schemertijd. De grijsgouden hemel vulde driekwart van haar uitzicht. Duizend voet beneden haar lag de fletse grijze, lila en zwarte verbrokkeling van gebouwen en de bleke wegen die wemelden van stromen gouden stofjes. Rechts gleden vliegtuigen geruisloos over gidsbundels naar de buitenwijken in de bergen — vermoeide nor-male mensen die gebonden waren aan hun prettige normale huizen. Wat zouden ze denken als ze wisten dat zij, Jean Parlier, naar ze keek? Bijvoorbeeld de man in die glanzende Hemelbestormer met de licht-groene strepen... Ze vormde zich een beeld van hem: mollig, zijn voorhoofd doorgroefd van zorgelijke rimpels. Hij haastte zich naar zijn vrouw, die geduldig zou luisteren terwijl hij pochte of mopperde. Koeienvrouwen, schapenvrouwen, dacht Jean zonder wrok. Welke man kon haar onderwerpen? Waar was de man die wild en taai en slim genoeg was?...Weer aan haar nieuwe baan denkend trok ze een gezicht. Mevrouw Abercrombie. Ze keek naar de hemel. De sterren waren nog niet te zien en de lampen van Station Abercrombie ook niet.

Een miljoen dollar, wat een idee! "Wat ga je doen met een miljoen dollar?" had haar nieuwe werkgever gevraagd, en nu ze er weer aan dacht was het een onplezierig idee, als een brok in haar keel.

Wat zou ze voelen? Hoe zou ze... Haar gedachten keerden zich van het onderwerp af, deinsden terug met een spoor van woede, alsof het verboden terrein was. "Bah," zei Jean. "Dat zie ik wel als ik het krijg... Een miljoen dollar. Geen erg groot aandeel in een miljard, eigenlijk. Twee miljoen zou beter zijn." Haar ogen volgden een slanke rode luchtboot die met een scherpe bocht naar het parkeerterrein dook: een schitterende nieuwe Maanjager. Dat was nu iets dat ze hebben wilde. Het zou een van de eerste dingen worden die ze kocht.

De deur opende. De portier Hammond keek even naar binnen. Daarna kwam de couturier die zijn wagentje voor zich uit rolde. Het was een slanke blonde man met warme topaaskleurige ogen.

Jean keerde zich naar hem toe. De couturier — de naam *André* was op zijn karretje geschilderd — vroeg om meer licht, liep om haar heen, liet zijn ogen op en neer over haar lichaam strijken.

"Ja," mompelde hij terwijl hij zijn lippen naar binnen zoog en naar buiten stulpte. "Ah, ja... En wat had mevrouw in gedachten?"

"Een avondjapon, geloof ik."

Hij knikte. "Meneer Fotheringay sprak over avondkleding."

Dus zo heette hij — Fotheringay.

André klapte een scherm uit. "Bekijkt u als u wilt een paar van mijn effecten; misschien is er iets bij dat u bevalt."

Op het scherm verschenen mannequins die naar voren traden, glimlachten, wegliepen.

"Zoiets," zei Jean.

André maakte een goedkeurend gebaar en knipte met zijn vingers. "Mademoiselle heeft smaak. Nu zullen we eens zien... als mademoiselle toestaat dat ik haar help..."

Behendig ritste hij haar kleren los en legde ze op de bank.

"Eerstens — verfrissen wij onszelf." Hij koos een toestel uit zijn kar en terwijl hij haar pols tussen zijn fijngevoelige duim en wijsvinger hield, besproeide hij haar armen met koele mist en daarna met warme, geparfumeerde lucht. Fris en verkwikt begon haar huid te tintelen.

André klopte op zijn kin. "En nu de ondergrond."

Ze bleef met halfgesloten ogen staan terwijl hij zich rondrepte, een paar passen wegliep, in zichzelf fluisterde, vlugge gebaren maakte die alleen voor hemzelf iets betekenden.

Hij besproeide haar met grijsgroen rag, streelde het en trok eraan terwijl de vezels hechten. Hij stelde de geribbelde knoppen aan de uiteinden van een flexibele buis in, drukte hem rond haar middel, trok hem fluks omlaag zodat er glanzende groenzwarte zijde aan haar taille bleef hangen. Kunstig verdraaide en verboog hij de buis. Daarna legde hij de buis weer in zijn kar en trok en draaide aan de zijde terwijl deze droogde. Vervolgens besproeide hij haar met wit, sprong snel naar voren, vouwde, vormde en modelleerde en het materiaal viel in verstrengelde banden van haar schouders als een lange ritselende japon.

"Zo — de handschoenen." Hij bedekte haar armen en handen met warme groenzwarte pulp die opdroogde tot vonkend fluweel. Met een schaar begon hij er vaardig in te knippen zodat de rug van haar hand bloot kwam.

"Schoeisel." Zwart satijn met een rag van smaragdgroen fosfor.

"Nu — versieringen." Hij hing een rode snuisterij aan haar rechteroor, schoof een gepolijste robijn aan haar rechterhand.

"Parfum — een vleugje. De Levailleur, juist." Hij bespoot haar heel even met een geur die aan een Centraal-Aziatisch bloembed deed denken. "En mademoiselle is gekleed. En mag ik het zeggen —" hij boog zwierig "— bijzonder verfijnd."

Hij ging naar zijn kar en een zijkant viel weg. Van onder naar boven ontrolde zich een spiegel.

Jean inspecteerde zichzelf. Een levendige waternimf. Als ze het miljoen dollar kreeg — twee miljoen zou beter zijn — zou ze André op haar loonlijst zetten.

André stond nog complimenten te mompelen. "— superieur élan. Zij is betoverend schoon. Zeer frappant. Men kijkt de ogen uit…"

De deur gleed opzij en Fotheringay trad binnen. André boog diep en vouwde zijn handen ineen.

Fotheringay keek haar even aan. "Je bent klaar. Mooi. Kom mee."

Jean dacht: *dat moeten we meteen maar even uitvechten.*

"Waarnaartoe?"

Licht fronsend keek hij haar aan terwijl André zijn wagentje naar buiten reed.

Jean zei: "Ik ben hier uit eigen vrije wil gekomen. Ik ben op eigen kracht deze kamer ingelopen. Beide keren wist ik waar ik heenging. Nu zeg jij 'Kom mee.' Eerst wil ik weten waarnaartoe. Dan beslis ik of ik wil gaan of niet."

"Je hebt niet erg veel zin in dat miljoen."

"Twee miljoen. Ik heb er genoeg zin in om er een middag aan te verspillen... Maar — als ik het vandaag niet krijg, dan krijg ik het morgen wel. Of volgende week. Hoe dan ook. Dat heb ik lang geleden al besloten. Dus?" Ze maakte een luchtig knikje.

Zijn pupillen vernauwden zich. Op effen toon zei hij: "Uitstekend. Twee miljoen. Ik neem je nu mee om op het dak te gaan eten, waar ik je je instructies zal geven."

II

Ze zweefden onder de koepel in een groenige plastic bol. Beneden hen spreidde zich de commerciële fantasie van een buitenaards landschap uit: grijze grasvelden, knoestige rode en groene bomen die dramatische zwarte schaduwen wierpen; een vijver vol lichtgevende groene vloeistof; exotische bloemen; zwammenperken.

De bol zweefde luchtig rond, schijnbaar richtingloos, nu hoog onder de bijna onzichtbare koepel, dan laag onder de bladeren. Uit het midden van de tafel verschenen de verschillende gangen, tegelijk met gekoelde wijn en punch.

Het was prachtig en weelderig, dacht Jean. Maar waarom zou Fotheringay zijn geld aan haar verspillen? Misschien hield hij er romantische plannen op na... Ze speelde met dat idee, bekeek hem heimelijk... Het leek niet waarschijnlijk. Hij vermoeide zich met geen van de normale strategieën. Hij probeerde haar niet te overdonderen met zijn charme, noch haar te bedelven onder synthetische mannelijkheid. Hoezeer het Jean ook ergerde dat ze dit moest toegeven, hij leek werkelijk anders.

Ze kneep haar lippen op elkaar. Het was een onthutsend idee. Ze waagde een kleine glimlach, een zijdelingse blik van onder haar wimpers.

"Doe geen moeite," zei Fotheringay. "Je zult het allemaal nodig hebben als je op Abercrombie bent."

Jean ging verder met eten. Even later zei ze kalm: "Ik was nieuwsgierig."

"Nu weet je het."

Jean wilde hem plagen, uit zijn tent lokken. "Wat weet ik?"

"Dat waar je nieuwsgierig naar was."

"Poe. De meeste mannen zijn gelijk. Ze hebben allemaal hetzelfde knopje. Als je erop drukt springen ze allemaal dezelfde kant op."

Fotheringay fronste en keek haar speurend aan. "Misschien ben je toch eigenlijk niet zo vroegwijs."

Jean verstrakte. Op een vreemde onbestemde manier was het een heel belangrijk onderwerp, alsof haar voortbestaan verband hield met haar vertrouwen in haar eigen rijpheid en plooibaarheid. "Wat bedoel je?"

"Jij denkt precies wat de meeste knappe meisjes denken," zei hij met een zweem van minachting. "Ik dacht dat je slimmer was."

Jean fronste. Abstracte gedachten speelden geen grote rol in haar wereld. "Nou, ik heb nooit gemerkt dat het anders uitpakte. Al wil ik wel toegeven dat er uitzonderingen zijn... Het is een soort spel. Ik heb het nog nooit verloren. Als ik mezelf voor de gek houd, dan heeft het tot nu toe niet veel uitgemaakt."

Fotheringay ontspande zich. "Dan heb je geluk gehad."

Jean strekte haar armen uit, kromde haar lichaam en glimlachte alsof ze een geheim had. "Zo kun je het noemen."

"Aan geluk heb je niets met Earl Abercrombie."

"Jij bent over geluk begonnen. Ik geloof dat het een soort vaardigheid is."

"Je moet je hersens ook gebruiken." Hij aarzelde en zei toen: "Eerlijk gezegd houdt Earl van — vreemde dingen."

Jean keek hem fronsend aan.

Hij zei koel: "Je zit na te denken hoe je het best kunt vragen: 'Wat is er zo vreemd aan mij?'"

"Ik heb jou niet nodig om mij te vertellen wat er vreemd aan mij is. Dat weet ik zelf wel," snauwde zij.

Fotheringay zei niets.

"Ik sta helemaal alleen," zei Jean. "In de hele kosmos bestaat er niemand die mij een snars kan schelen. Ik doe precies wat ik leuk vind." Ze hield hem zorgvuldig in het oog. Hij knikte onverschillig. Jean onderdrukte haar ergernis. Achterover leunend bestudeerde ze hem alsof hij in een glazen vitrine zat. Een vreemde man. Glimlachte hij ooit? Ze dacht aan de Fibraten van Capella die in het volksgeloof in staat waren zich aan iemands ruggengraat vast te hechten en zijn verstand te beheersen. Fotheringay's koele gedrag was eigenaardig genoeg om zo'n soort bezetenheid te suggereren ... Maar Capellanen konden maar één hand tegelijk bedienen. Fotheringay had zijn mes in de ene hand en zijn vork in de andere en hij bewoog ze allebei tegelijk. Dus dat was het niet.

Rustig zei hij: "Ik heb ook naar jouw handen gekeken."

Jean lachte, een gezonde adolescente lach. Fotheringay bekeek het zonder merkbare emotie.

"Eigenlijk wil je graag alles van me weten, maar je bent te stijf om iets te vragen."

"Je bent geboren in Engelenstad op Codiron," zei hij. "Je moeder heeft je in de steek gelaten in een kroeg, en een gokker die Joe Parlier heette zorgde voor je tot je tien was, toen je hem samen met drie andere mannen vermoordde en als verstekeling meeging aan boord van de *Bucyrus* van de Grijze Pakketvaartlijn. Je bent naar het Straatkinderentehuis in Paie op Bella's Trots gebracht. Je liep weg en men vond de opzichter dood ... Zal ik verder gaan? Ik heb nog stof van vijf jaar."

Jean dronk wat wijn. Ze was geenszins uit het veld geslagen. "Dat is snel werk ... Maar je probeert me te bedriegen. 'Ik heb nog stof van vijf jaar,' zei je. Maar je kunt helemaal niet verder gaan. Van de volgende vijf jaar weet je niets."

Zijn gezicht veranderde geen millimeter. Alsof ze niet had gesproken zei hij: "Luister nu goed. Dit moet je onthouden."

"Ga je gang, ik ben een en al oor." Ze ging gemakkelijk zitten. Een slimme tactiek, iedere onwelkome situatie negeren alsof hij niet bestond. Maar als je daar succes mee wilde hebben, had je natuurlijk wel een zeker temperament nodig. Zo'n kouwe vis als Fotheringay lukte het heel aardig.

"Vanavond ontmoeten we hier een man die Webbard heet. Hij is hoofdsteward van Station Abercrombie. Toevallig kan ik bepaalde daden van hem beïnvloeden. Hij neemt je mee naar Abercrombie en bezorgt je een baan als bediende in de privéverblijven van de Abercrombies."

Jean trok rimpels in haar neusje. "Als bediende? Waarom kan ik niet als betalende gast gaan?"

"Dat zou niet erg geloofwaardig zijn. Een meisje als jij zou naar *Capricornus* of *Horizon* gaan. Earl Abercrombie is uiterst achterdochtig. Hij zou je beslist uit de weg gaan. Zijn moeder, de oude mevrouw Clara, houdt hem nogal grondig in de gaten, en zij hamert er voortdurend op dat alle Abercrombie-meisjes alleen maar achter zijn geld aanzitten. Als bediende krijg je de kans hem intiem te ontmoeten. Hij komt zelden uit zijn studeerkamer; hij gaat helemaal op in zijn verzamelingen."

"Zozo," mompelde Jean. "Wat verzamelt hij?"

"Alles wat je maar kunt bedenken," zei Fotheringay. Zijn lippen gingen omhoog in een vlugge grimas, bijna een glimlach. "Maar ik heb van Webbard begrepen dat hij nogal romantisch is, en hij heeft een aantal affaires gehad met de meisjes van het station."

Jean wrong haar mond in een uitdrukking van kieskeurige minachting. Fotheringay keek er onbewogen naar.

"Wanneer begin ik?"

"Webbard gaat morgen met de voorraadschuit omhoog. Jij gaat met hem mee."

Uit de zoemer kwam een fluisterend geluid. Fotheringay drukte op de knop. "Ja?"

"Meneer Webbard voor u, meneer."

Fotheringay stuurde de bol omlaag naar de landingsplaats.

Webbard stond te wachten. Het was de dikste man die Jean ooit had gezien.

De plaat op de deur vermeldde *Richard Mycroft, advocaat.* Jaren geleden had iemand waar Jean bij was eens gezegd dat Richard Mycroft een goede advocaat was.

De receptioniste was een donkere vrouw van ongeveer vijfendertig met een doordringende blik. "Heeft u een afspraak?"

"Nee," zei Jean. "Ik heb nogal haast."

De vrouw aarzelde even, maar boog zich toen over de intercom. "Er is hier een jongedame — Jean Parlier — die u spreken wil. Ze is hier voor het eerst."

"Uitstekend."

De receptioniste knikte naar de binnendeur. "Gaat u maar verder," zei ze kortaf.

Ze mag me niet, dacht Jean. *Omdat ik ben wat zij was en wat zij opnieuw wil zijn.*

Mycroft was een vierkante man met een prettig gezicht. Jean richtte een behoedzame verdediging tegen hem op. Als je iemand aardig vond en hij wist het, dan voelde hij zich verplicht advies te geven en zich met je te bemoeien. Ze wilde geen advies en geen bemoeizucht. Ze wilde twee miljoen dollar.

"Zo, jongedame," zei hij. "Wat kan ik voor je doen?"

Hij behandelt me als een kind, dacht Jean. *Misschien maak ik een kinderlijke indruk op hem.* Ze zei: "Ik wou graag advies hebben. Ik weet niet veel van honoraria. Ik kan u honderd dollar betalen. Als u me advies ter waarde van honderd dollar heeft gegeven, zeg het me dan en ik ga."

"Met honderd dollar kun je een hoop advies kopen," zei Mycroft. "Advies is goedkoop."

"Niet bij een advocaat."

"Wat zijn je problemen?"

"Dit is toch allemaal vertrouwelijk?"

"Zeker." Mycrofts glimlach verstarde tot een beleefde grijns.

"Het gaat niet om iets onwettigs — wat mij betreft, maar ik wil niet dat u stille wenken geeft aan — mensen die er misschien belang bij zouden hebben."

Mycroft ging rechtop zitten. "Advocaten worden geacht het vertrouwen van hun cliënten te eerbiedigen."

"Okay... Nou, het zit zo." Ze vertelde hem over Fotheringay, over Station Abercrombie en Earl Abercrombie. Ze zei dat Earl een ongeneeslijke ziekte had. Ze maakte geen gewag van Fotheringay's opvattingen daarover. Dat was een kwestie die ze voortdurend met voorzichtige vegen uit haar gedachten wiste. Fotheringay had haar gehuurd. Hij had haar verteld wat ze moest doen, dat Earl ziek was. Dat was genoeg voor haar. Als ze te veel vragen had gesteld, had gemerkt dat het zelfs naar haar smaak te akelig was, dan had hij een ander, minder nieuwsgierig meisje aangenomen…De precieze aard van Earls ziekte liet ze in het ongewisse. Zelf wilde ze het ook niet weten.

Mycroft luisterde aandachtig zonder iets te zeggen.

"Wat ik weten wil," zei Jean, "is het zeker dat de echtgenote op Abercrombie erft? Ik wil niet een heleboel moeite voor niets doen. En tenslotte is Earl nog geen eenentwintig — ik dacht dat het, mocht hij sterven, het beste was als ik — nou ja, eerst uitzocht hoe alles zit."

Mycroft keek haar een poos aan. Toen plempte hij tabak in zijn pijp.

"Jean," zei hij, "ik zal je een goeie raad geven. Gratis. Zonder verplichtingen."

"Doe geen moeite," zei zij. "Het soort goeie raad dat gratis is wil ik niet hebben. Ik wil het soort waar ik voor moet betalen."

Hij trok een gezicht. "Je bent een bijzonder wijs kind."

"Dat moest ik ook zijn…Noem me maar een kind als u wilt."

"En wat ga je precies doen met een miljoen dollar? Of twee miljoen?"

Ze staarde hem aan. Dat lag toch voor de hand…niet soms? Toen ze een antwoord probeerde te bedenken kwam er niets boven.

"Nou," begon ze onzeker, "ik wil een luchtboot hebben, wat leuke kleren, en misschien…" Voor haar geestesoog zag ze zich opeens omringd door vrienden. Aardige mensen, zoals meneer Mycroft.

"Als ik psycholoog was en geen advocaat," zei Mycroft, "zou ik zeggen dat je sterker verlangt naar je vader en moeder dan naar twee miljoen dollar."

Jean antwoordde heftig: "Nee, nee! Die wil ik helemaal niet hebben. Die zijn dood." Wat haar betrof waren ze dood. Voor haar waren ze gestorven toen ze haar achterlieten op Joe Parliers biljarttafel in de oude Aztec Taverne.

Verontwaardigd zei ze: "Meneer Mycroft, ik begrijp dat u het goed bedoelt, maar vertel me alstublieft wat ik weten wil."

"Dat zal ik," zei hij, "want als ik het niet deed, dan deed iemand anders het wel. Bezittingen op Abercrombie, als ik me niet vergis, vallen onder een aparte regeling…Eens kijken —" Hij draaide zijn stoel en begon op een aantal knoppen in zijn bureau te drukken.

Op het scherm verscheen de index van de centrale rechtskundige bibliotheek. Mycroft koos verder tot hij vond wat hij zocht. Even later zei hij: "De leeftijd waarop je wettelijk bezittingen kunt hebben is zestien. De weduwe erft minstens vijftig procent; en tenzij het testament uitdrukkelijk iets anders bepaalt, krijgt ze de volledige nalatenschap."

"Mooi," zei Jean. Met een sprong kwam ze overeind. "Dat wilde ik maar even weten."

Hij vroeg: "Wanneer vertrek je?"

"Vanmiddag."

"Ik hoef je natuurlijk niet te vertellen dat dit plan dat erachter zit niet — fatsoenlijk is."

"Meneer Mycroft, u bent een schat. Maar ik heb helemaal geen fatsoen."

Hij keek haar scheef aan, haalde zijn schouders op.

"Weet je het zeker?" vroeg hij met een haal aan zijn pijp.

"Ach — ja." Jean dacht erover na. "Ik geloof van wel. Moet ik details geven?"

"Nee. Ik bedoelde eigenlijk: weet je zeker wat je van het leven verwacht?"

"Jazeker. Scheppen geld."

Hij grijnsde. "Dat is geen echt antwoord. Wat ga je met je geld kopen?"

Jean voelde een onredelijke woede opkomen. "O, allerlei dingen." Ze werd ongeduldig. "Wat ben ik u precies schuldig, meneer Mycroft?"

"O — tien dollar. Geef maar aan Ruth."

"Dank u wel, meneer Mycroft." Ze liep met grote stappen het kantoor uit. Toen ze door de gang marcheerde betrapte ze zich erop dat ze boos op zichzelf was en geërgerd om Mycroft. Hij had het recht niet om de mensen aan het twijfelen te brengen. En dat zou nog niet zo erg zijn als ze daar zelf al niet een beetje mee was begonnen.

Maar dat was allemaal flauwekul. Twee miljoen dollar was twee miljoen dollar. Als ze rijk was zou ze Mycroft opbellen en hem vragen of hij echt vond of dat niet een paar kleine misstapjes waard was.

En vandaag — naar Station Abercrombie. Plotseling werd ze opgewonden.

III

De piloot van de voorraadboot was heel gedecideerd. "Nee echt, ik geloof dat je een vergissing begaat, zo'n knap meisje als jij."

Hij was een grofgebouwde dertiger, taai en zelfverzekerd. De hoofdsteward van Abercrombie, Webbard, zat achterin in een speciale kast. De normale veiligheidswebben waren niet voldoende om zijn corpulentie te beschermen; hij dreef tot aan zijn kin in een tank met vloeistof die hetzelfde soortelijk gewicht had als zijn lichaam.

Er was geen passagierscabine en Jean zat naast de piloot. Ze droeg een bescheiden wit jurkje en een grijs met zwart gestreept jasje.

De piloot was niet bijzonder te spreken over Station Abercrombie. "Dat vind ik nou doodzonde, een meisje als jij dat voor dat soort lieden gaat werken…Waarom zoeken ze niet iemand van hun eigen soort? Dat zou toch voor allebei de partijen prettiger zijn?"

Onschuldig zei Jean: "Ik ga maar voor een poosje."

"Dat denk je. Het is besmettelijk. Over een jaar ben je precies als de rest. De lucht alleen al is om misselijk van te worden, zwaar en zoet als olijfolie. Ik, ik zet geen voet buiten de schuit als ik het helpen kan."

"Denkt u dat ik daar — veilig zal zijn?" Ze bestookte hem met haar roekeloze zijdelingse blik met de grote ogen.

Hij likte zijn lippen af en verschoof in zijn stoel. "O, veilig zat," mompelde hij. "Tenminste voor de mensen die er al een poos zijn. Misschien moet je er een paar ontwijken die net van de Aarde komen…Als ze een poosje op het station wonen krijgen ze andere ideeën, en dan willen ze nog niet spugen op het beste deel van een Aards meisje."

"Hmmf." Jean pruilde. Earl was op het station geboren.

"Maar dat bedoelde ik eigenlijk niet," zei de piloot. Hij vond het moeilijk om zo'n jong en onervaren ding iets aan het verstand te brengen. "Ik bedoel dat je in die atmosfeer de neiging krijgt je te laten gaan. Het duurt niet lang of je ziet er net zo uit als de rest dan wil je nooit meer terug. Sommigen kunnen niet eens meer terug, die zouden de Aarde niet overleven."

"O — daar ben ik niet bang voor."

"Het is besmettelijk," zei de man heftig. "Luister, meiske — ik kan 't weten. Ik heb naar alle stations geschipperd, ik heb ze zien komen en gaan. Elk ervan is op zijn eigen manier eigenaardig, en je kunt je er niet aan onttrekken." Hij grinnikte. "Daarom ben ik zelf misschien wel zo raar... Neem nu Station Madeira. Flikkers. Frou-frou." Hij deed aanstellerig met zijn vingers. "Dat is Madeira. Daar zul je wel niet veel van weten... Maar kijk 's naar het Balchesternest, de Merlijnvallei, Sterrenhuis —"

"Er zijn toch ook gewone vakantieoorden bij?"

De piloot gaf ongaarne toe dat van de tweeëntwintig vakantie-satellieten ruim de helft zo normaal was als Miami Beach. "Maar de andere — o Mozes!" Hij rolde met zijn ogen. "En Abercrombie is 't ergst van allemaal."

Het werd stil in de cabine. De Aarde was een monsterlijk grote groene, blauwe, zwarte en witte bal achter Jeans schouder. De zon maakte een laaiend gat in de hemel beneden haar. Vooruit lagen de sterren — en een stel knipperende blauwe en rode lampen.

"Is dat Abercrombie?"

"Nee, dat is de Vrijmetselaarstempel. Abercrombie is nog een eind verder..." Hij keek haar bedeesd aan uit zijn ooghoek. "Zeg, luister eens! Denk niet dat ik brutaal ben, maar als je om een baan verlegen zit — waarom kom je dan niet met mij mee naar de Aarde? Ik heb een heel aardig hutje in Long Beach — niks luxueus — maar het is aan het strand en het is heel wat beter dan voor een stel kermisgedrochten werken."

"Nee dank u," zei Jean afwezig. De piloot trok zijn kin naar achter en drukte zijn ellebogen tegen zijn lichaam en keek nijdig.

Na een uur kwam er van achter een ratelend geluid en er schoof een luikje open. Webbards gezwollen gezicht keek erdoor. De boot dreef zonder versnelling voort en de zwaartekracht was opgeheven. "Hoelang nog naar het station?"

"Het ligt vlak voor ons. Nog een halfuur, min of meer, dan liggen we keurig afgemeerd."

Webbard trok zich goedkeurend terug.

In de verte flikkerden gele en groene lampen. "Dat is Abercrombie," zei de piloot. Hij pakte een hefboom beet. "Zet je schrap." Hij trok eraan. Uit de voorkant van de boot straalden lichtblauwe remvlammen.

Achter hen klonk een bons en een woedend gevloek. De piloot grinnikte. "Die had ik mooi te pakken." Na een minuut gingen de brullende straalpijpen uit. "Iedere keer is 't weer lachen geblazen. Zo meteen steekt hij zijn snuit door het gat en scheldt me uit."

Het luikje gleed open en Webbard liet zijn razende gezicht zien. "Waarom kun je me voor de donder niet waarschuwen voordat je gaat remmen? Ik heb nu net een dreun opgelopen die ernstig had kunnen zijn. Je bent geen erg goeie piloot als je je passagiers zulke risico's laat lopen!"

Met een grappig stemmetje zei de piloot: "Het spijt me, meneer, echt. Het zal niet meer gebeuren."

"Dat is je geraden! Als het nog eens gebeurt zal ik ervoor zorgen dat je ontslagen wordt."

Hij sloeg het luik dicht. "De ene keer neem ik hem beter te pakken dan de andere," zei de piloot. "Dat was een goeie, dat hoorde ik aan de klap."

Hij draaide zich half om en legde zijn arm om Jeans schouders. Terwijl hij haar tegen zich aan trok zei hij: "Geef me een kusje voordat we aanleggen."

Jean boog voorover, stak haar arm uit. Hij zag haar gezicht naar zich toe komen — het prachtige gezicht, onyx, lichtroze, ivoor, glimlachend, gloeiend van leven... Ze gaf een ruk aan de remhefboom. De vier straalpijpen vlamden los. De schuit schokte. De piloot knalde met een komisch verraste uitdrukking op zijn gezicht tegen het bedieningspaneel aan.

Uit de speciale cabine kwam een dreunende bons.

De piloot hees zich weer op zijn stoel en duwde de hefboom terug. Zijn kin bloedde. Het luik vloog open. Donker van razernij keek Webbard naar binnen.

Toen hij eindelijk uitgeraasd was keek de piloot naar Jean die vredig op haar stoel zat en dromerig naar buiten keek.

Met een stem die diep uit zijn keel kwam zei hij: "Als ik je hier alleen had, zou ik je halfdood slaan."

Jean trok haar knieën onder haar kin, vouwde haar armen eromheen en keek zwijgend voor zich uit.

✳

Station Abercrombie was gebouwd volgens het model van de Fitch-cilinder: een kern voor diensten en energie, een reeks ronde dekken, een transparante schede. Aan het origineel waren een aantal wijzigingen en bijgebouwen toegevoegd. Rondom de cilinder cirkelde een buitendek van staalplaat voor de magnetische ankers van kleine boten, vrachtnetten, magnetische schoenen, alles wat voor korte of lange tijd op zijn plaats moest worden gehouden. Aan beide uiteinden van de koker liepen buizen naar de bijgebouwen. Het eerste daarvan, een bol, was de privé-residentie van de Abercrombies. Het tweede, een cilinder, roteerde met voldoende snelheid om zijn vulling van water gelijkmatig en met een diepte van drie meter over de binnenwand te verdelen; dit was het zwembad van het station, een trekpleister die men slechts op drie stations aantrof.

De voorraadschuit zweefde langzaam naar de kade en stootte ertegen. Vier mannen maakten klemtouwen vast aan ringen in de romp en trokken de boot naar de vrachtsluis. Daar klikte de schuit in zijn houder, de ankers schoten naar buiten en de sluizen gingen met een zuigend geluid open.

Hoofdsteward Webbard smeulde nog maar nu was een vertoon van woede beneden zijn waardigheid. Magnetische schoenen versmadend trok hij zich naar de ingang terwijl hij Jean naderbij wenkte. "Breng je bagage mee."

Jean pakte haar keurige koffer en tilde hem op, waarna ze hulpeloos in de lucht hing te spartelen. Webbard kwam ongeduldig terug met magnetische klemmen voor haar schoenen en hielp haar de koffer het station in te duwen.

Hier ademde ze een andere lucht. De boot had naar ozon geroken, naar olie en jutezakken, maar het station...Jean moest onwillekeurig denken aan wafels met boter en stroop, vermengd met talkpoeder.

Webbard zweefde voor haar uit. Dat was een imposant spektakel. Niet langer hing zijn vet in plooien om hem heen; nu bloesemde het rondom, glad, zonder rimpels. Zijn gezicht was zo egaal als een watermeloen en het leek alsof zijn gelaatstrekken er in waren uitgesneden. Hij richtte zijn ogen op een punt boven haar donkere hoofd. "Het is beter als wij elkaar goed begrijpen, jongedame."

"Jazeker, meneer Webbard."

"Als een gunst aan mijn vriend, meneer Fotheringay, heb ik je meegenomen om hier te komen werken. Na deze oorspronkelijke en uitzonderlijke daad ben ik verder niet voor jou verantwoordelijk. Je staat niet onder mijn bescherming. Meneer Fotheringay heeft je hoog geprezen, dus zorg dat je goed werk levert. Je staat direct onder mevrouw Blaiskell, en je moet haar onvoorwaardelijk gehoorzamen. Wij hebben hier op Abercrombie zeer strikte regels — een goede behandeling en een redelijke beloning — maar je moet het wel verdienen. Je werk moet voor zichzelf spreken, en je mag geen speciale gunsten verwachten." Hij schraapte zijn keel. "Als ik het zeggen mag, mag je je gelukkig prijzen hier een betrekking te vinden; gewoonlijk nemen wij mensen in dienst van ons eigen soort, dat brengt de harmonie niet in gevaar."

Jean wachtte met deemoedig gebogen hoofd. Webbard deelde verder nog specifieke waarschuwingen uit, sprak vermaningen uit, vaardigde bevelen uit.

Jean knikte plichtsgetrouw. Het had geen zin de pompeuze Webbard tegen zich in het harnas te jagen. En Webbard dacht dat hij hier een eerbiedige jongedame voor zich had, mager en heel jong en met een eigenaardig wilde glans in haar ogen, maar voldoende onder de indruk van zijn gewicht... Een goeie kleur had ze ook. En een prettig gezicht. Als ze alleen maar tweehonderd pond vlees op haar botten wist te krijgen, dan zou zijn forse natuur zich misschien tot haar aangetrokken voelen.

"Deze kant op, dan," zei hij.

Hij zweefde voor haar uit en door een magnifiek aangeboren vermogen bleef hij een onverbiddelijke waardigheid uitstralen, zelfs nu hij languit door de gang dook.

Jean volgde hem iets bezadigder op haar magnetisch gemaakte schoenen terwijl ze de koffer voor zich uit duwde alsof het een papieren zak was.

Bij de centrale kern aangekomen zette Webbard zich na een blik over zijn bollende schouder af in de schacht.

Vensters in de wand van de kern keken uit in de diverse zalen, lokalen, eetkamers en salons. Jean bleef hangen bij een kamer die versierd was met weelderige rode wandtapijten en marmeren beelden. Eerst verwonderd en toen geamuseerd staarde ze naar binnen.

Webbard riep ongeduldig: "Kom nu mee, juffrouw, kom mee."

Jean rukte zich los van het raam. "Ik keek naar de gasten. Ze zien eruit als —" Ze giechelde.

Webbard fronste. Jean dacht dat hij op het punt stond naar de reden van haar vrolijkheid te vragen, maar kennelijk was dat zijn waardigheid te na. "Kom nu mee," riep hij, "ik heb maar een ogenblik de tijd."

Na een laatste blik in de zaal ging ze verder, maar nu lachte ze hardop.

Dikke vrouwen, als koffervissen in een aquarium. Dikke vrouwen, rond en sappig als gele perziken. Dikke vrouwen, wonderlijk vlot en lenig door het ontbreken van zwaartekracht. Er scheen een muziekmiddagje aan de gang te zijn. De zaal hing vol ballen roze vlees gehuld in witte, lichtblauwe en gele blouses en broeken.

De mode op Abercrombie leek ontworpen om de ronde lichamen extra goed te doen uitkomen. Koppels met draagriemen drukten de borsten omlaag en naar buiten onder de armen. Het haar had een scheiding in het midden en liep glad uit in een kleine rol in de nek. Bollen van mals vlees, glad glanzende ballons. Heel kleine gezichten, dansende vingers en tenen, schelms opgeverfde ogen en lippen. Op Aarde zou elk van deze vrouwen er roerloos bij hebben gezeten, een massa zwetend weefsel. Op Station Abercrombie — het 'Spekspa' — bewogen zij zich luchtig als paardenbloempluis, en hun gezicht en lichaam waren glad als boterklonten.

"Kom, kom, kom!" blafte Webbard. "Op Abercrombie wordt niet gelanterfant!"

Jean bedwong de opwelling om haar koffer door de schacht tegen Webbards massale billen te laten kaatsen, die een verleidelijk doelwit boden.

Hij wachtte haar op aan het eind van de gang.

"Meneer Webbard," vroeg ze bedachtzaam, "hoeveel weegt Earl Abercrombie?"

Webbard trok zijn hoofd achteruit en loerde afkeurend langs zijn neus. "Dergelijke intieme zaken, juffrouw, horen hier niet thuis in wellevende gesprekken."

"Ik vroeg me alleen af of hij even — ja, indrukwekkend was als u."

Webbard zei kieskeurig: "Dat kan ik je niet zeggen. Meneer Abercrombie is een persoon met grote capaciteiten. Zijn — aanwezigheid is een kwestie waarover niet wordt gesproken, zoals je zult moeten leren. Dat is niet netjes, dat doe je niet."

"Dank u, meneer Webbard," zei Jean gedwee.

Webbard zei: "Je leert het wel. Uit jou kan nog iets goeds groeien. Nu de buis in, dan breng ik je naar mevrouw Blaiskell."

Mevrouw Blaiskell was klein en gedrongen als een kalebas. Haar haren waren staalgrijs en modieus in een rol in haar nek getrokken. Ze droeg een strakke zwarte hansop, wat zoals Jean zou merken het uniform van de bedienden van Abercrombie was.

Jean vermoedde dat ze geen hoge ogen gooide bij mevrouw Blaiskell. Ze voelde dat de priemende grijze ogen haar van top tot teen opnamen, maar zelf hield ze haar ogen zedig neergeslagen.

Webbard legde uit dat Jean opgeleid moest worden tot dienstmeisje, en hij stelde voor dat Blaiskell haar inzette in de Lusthof en de slaap-vertrekken.

Blaiskell knikte. "Een goed idee. De jonge meester is wat vreemd, zoals iedereen weet, maar de laatste tijd valt hij de meisjes lastig en hindert ze bij hun werk. Daarom is het verstandig om er een zoals zij heen te sturen — dat is niet als belediging bedoeld, meiske, ik bedoel gewoon dat het de zwaartekracht is die het 'm doet — maar zij zal niet zo gauw zijn aandacht trekken."

Webbard wenkte haar en ze zweefden een eindje weg terwijl ze fluis-terend verder spraken.

Jeans mondhoeken trilden. Ouwe dwazen!

Na vijf minuten begon Jean ongeduldig te worden. Waarom deden ze niets? Waarom stuurden ze haar niet ergens heen? Ze onderdrukte haar onrust. Leven! Wat was het goed, wat was het lustig! Ze vroeg zich af: *Zal ik er ook zo van genieten als ik twintig ben? Als ik dertig ben, veertig?* Ze trok haar mondhoeken naar achter. *Natuurlijk! Ik zorg dat ik nooit verander... Maar ik moet het leven uitbuiten. Iedere vonk van opwinding moet gevangen en geproefd worden.* Ze grijnsde. Hier zweefde ze en ademde de overrijpe lucht van Station Abercrombie in. Eigenlijk was het een avontuur. Het betaalde goed, twee miljoen dollar, en alleen maar voor het verleiden van een jongen van achttien. Hem verleiden, met hem trouwen — wat maakte het uit? Natuurlijk was hij Earl Abercrombie, en als hij even imposant was als Webbard... Ze bestudeerde Webbards immense lichaam met een wrang oog. O nou ja, twee miljoen was twee miljoen. Als het al te erg werd, ging de prijs misschien omhoog. Tien miljoen, bijvoorbeeld. Nog geen grote hap uit een miljard.

Webbard vertrok zonder een woord; met een vlotte beweging zwom hij de schacht weer in.

"Kom," zei mevrouw Blaiskell. "Ik zal je je kamer laten zien. Daarna kun je uitrusten en morgen zal ik je instrueren."

IV

Mevrouw Blaiskell stond er heel kritisch naast toen Jean de zwarte hansop aanpaste. "De Heer hebbe genade, maar je moet het middel niet zo insnoeren! Je ziet er nu al rachitisch en op sterven na doodge-hongerd uit, arm kind; leg er toch niet zo de nadruk op! Misschien zijn er nog een paar luchtkussens om je op te vullen; niet dat het essentieel is, dat weet de Heer, voor een stoffer-en-blik-meisje. Toch toont het beter als een huishouden een staf van knappe vrouwen heeft, en jonge-heer Earl, dat moet ik hem nageven ondanks al zijn rare kuren, die weet het vrouwelijk schoon toch wel te waarderen... Nu dan je boezem, daar moeten we iets aan doen; jee, je bent bijna plat! Zie je wel, er is geen ruimte voor een goed gordijn onder je armen, snap je?" Ze wees naar haar eigen massieve rollen vet. "Als we nu eens een klein kussentje oprollen en —"

"Nee," zei Jean met een bevend stemmetje. Vonden ze haar nu echt zo lelijk? "Ik wil geen vulsel."

Mevrouw Blaiskell zei snuffend: "Het is voor je eigen bestwil, mijn liefje. Ik weet zeker dat ík hier niet het verschrompelde exemplaar ben."

Jean boog zich over haar zwarte sloffen. "Nee, u bent heel gestroom-lijnd."

Mevrouw Blaiskell knikte trots. "Ik hou mezelf goed in vorm, en ik profiteer ervan. Toen ik zo oud was als jij was dat wel anders, meiske, laat me je dat wel vertellen; ik was toen op Aarde —"

"O, u bent niet hier geboren?"

"Nee, meiske, ik was een van die arme zielen die geteisterd en gekweld werden door de zwaartekracht, en mijn lichaam verteerde door de inspanning van het lopen. Nee, ik ben geboren in Sydney, in Australië, en mijn ouders waren fatsoenlijke mensen, maar te arm om mij een plaats op Abercrombie te kopen. Maar ik had het geluk dat ik net zo'n positie kon krijgen als jij nu, en dat was toen meneer Justus en ouwe mevrouw Eva, zijn moeder — dat was Earls grootmoeder — nog bij ons waren. Sindsdien ben ik nooit meer naar de Aarde geweest. Ik zal er nooit meer een voet zetten."

"Mist u de festivals en de grote gebouwen en al het mooie landschap niet?"

"Bah!" Ze spuwde het woord uit. "En rondlopen in afschuwelijke plooien en rimpels? En in een karretje moeten rijden, en iedereen naar me laten staren en giechelen? Mager als latten zijn ze door hun voortdurende geworstel tegen de kracht van de grond! Nee, meiske, wij hebben hier onze eigen omgeving en feesten; morgenavond is er een pavane, en dan een gemaskerde pantomime, een parade van mooie vrouwen, allemaal in de komende maand. En het best van al is dat ik tussen mijn eigen mensen woon, de ronde mensen, en nooit krijg ik een rimpel in mijn gezicht. Ik ben gezond en mooi rond, en ik zou met niemand daarbeneden willen ruilen."

Jean haalde haar schouders op. "Als u maar gelukkig bent, dat is het enige wat telt." Tevreden keek ze in de spiegel. Zelfs als de dikke Blaiskell er anders over dacht, zat het zwarte pakje haar goed nu het nauw om haar middel en heupen sloot. Haar benen — slank, rond en glanzend ivoor — waren goed, dat wist ze. Zelfs als die griezel van Webbard en ouwe Blaiskell er een andere mening over hadden. Wacht maar tot ze de jonge Earl ermee bewerkte. Hij had liever zwaartekracht-meisjes; dat had Fotheringay haar verteld. En toch — Webbard en mevrouw Blaiskell hadden allebei het tegenovergestelde gesuggereerd. Misschien vond hij allebei de soorten aantrekkelijk … ? Jean glimlachte. Als Earl ze allebei leuk vond, dan zou hij bijna alles leuk vinden wat warm was en bewoog en adem haalde. En daar hoorde Jean zelf beslist ook bij.

Als ze het mevrouw Blaiskell plompverloren vroeg zou die schrikken en gechoqueerd zijn. De brave, keurige mevrouw Blaiskell. Een moederlijke ziel, heel iemand anders dan de matrones in de diverse asielen en kindertehuizen uit haar jeugd. Potige karonjes waren dat geweest — praktisch en met losse handen... Maar mevrouw Blaiskell was aardig; ze zou haar kind nooit te vondeling hebben gelegd op een biljarttafel. Mevrouw Blaiskell zou gesloofd en zich het eten uit de mond hebben gespaard om haar kind bij zich te houden en het fatsoenlijk op te voeden... Onwillekeurig stelde Jean zich voor hoe het zou zijn om mevrouw Blaiskell als moeder te hebben. En meneer Mycroft als vader. Het gaf haar een raar, kriebelig gevoel en riep ook diep in haar binnenste een doffe, donkere wrok met een zweem van woede op.

Ze bewoog zich ongedurig. *Hou op met die onzin! Je staat er alleen voor. Wat moet je met familieleden? Wat een goddeloze last!* Dan zou ze nooit aan dit avontuur op Station Abercrombie hebben mogen beginnen... Aan de andere kant zou het als ze familieleden had heel wat minder moeite kosten om twee miljoen dollar op te maken.

Ze zuchtte. Haar eigen moeder was niet vriendelijk en aardig zoals mevrouw Blaiskell. *Vergeet het. Ban het helemaal uit je gedachten.*

Blaiskell haalde schoenen tevoorschijn die iedereen op het station had: sloffen met magnetische spoelen in de zolen. Van daar liepen draden naar een accu aan de riem. Met een schuifweerstand kon iedere gewenste magnetische sterkte worden ingesteld.

"Als je werkt, moet je je ergens aan kunnen verankeren," legde mevrouw Blaiskell uit. "Natuurlijk is er niet veel te doen, als je het eenmaal te pakken hebt. Het schoonmaken is heel makkelijk, met de goeie filters die we hebben; toch waait er soms wat stof rond en de olie uit de lucht legt op alles een laagje neer."

Jean richtte zich op. "Okay, mevrouw B., ik ben klaar. Waar beginnen we?"

Mevrouw Blaiskell fronste om deze familiare term maar was er niet ernstig ontstemd door. Het meiske leek wel eerbiedig, bereidwillig en verstandig. En — dat was het voornaamste — niet het soort dat een toestand met meneer Earl zou maken.

Zich met haar teen tegen de muur afzettend stuwde ze zich de gang in. Bij een witte deur hield ze halt.

Ze kwamen de kamer binnen via het plafond. Jean voelde zich even duizelig toen ze zich met haar hoofd vooruit naar de vloer afduwde.

Mevrouw Blaiskell greep handig een stoel, draaide haar lichaam rond en zette haar voeten op de vloer. Jean kwam bij haar. Ze stond in een grote ronde kamer, blijkbaar een doorsnede dwars door het station. De ramen keken uit op de ruimte, van alle kanten schenen de sterren binnen; de hele dierenriem presenteerde zich aan de toeschouwer.

Het zonlicht kwam van beneden en viel op het plafond en aan de zijkant hing de halvemaan, zo hard en scherp als een nieuwe munt. De kamer was een beetje te weelderig naar Jeans smaak. Haar eerste indruk was van een overstelpende overvloed van mosterdkleurig tapijt, witte betimmeringen met gouden arabesken, een ronde tafel die aan de vloer was geschroefd en omringd door stoelen met magnetische zwenkwielen. Een kristallen kroonluchter priemde star omlaag; met tussenruimten tuurden er bolronde cherubijntjes uit de hoek tussen de muur en het plafond.

"De Lusthof," zei mevrouw Blaiskell. "Het allereerste wat je 's ochtends doet is hier schoonmaken." Ze omschreef Jeans taken in detail.

"En nu gaan we —" Ze stootte Jean even aan. "Hier komt ouwe mevrouw Clara, de moeder van Earl. Buig, precies als ik."

Een in het roze en paars geklede vrouw dreef de kamer in. Ze droeg een uitdrukking van verstrooide arrogantie, alsof er in de hele kosmos geen twijfel, onzekerheid of dubbelzinnigheid bestond. Ze was bijna volmaakt bolvormig, even breed als hoog. Haar haar was zilvergrijs, haar gezicht een globe van glad vlees met schijnbaar willekeurig aangebrachte klodders rouge. Ze droeg een ketting van stenen uitgespreid over haar uitpuilende boezem en schouders.

Mevrouw Blaiskell boog gedienstig. "Mevrouw Clara, lieve, mag ik u het nieuwe binnenmeisje voorstellen — ze is zojuist van de Aarde gearriveerd en heel handig."

Mevrouw Clara Abercrombie keek Jean vlug even aan. "Uitgeteerd wezentje."

"O, ze komt wel aan," kirde mevrouw Blaiskell. "Massa's goed eten en hard werk zullen wonderen voor haar doen; tenslotte is ze nog maar een kind."

"Mmmf. Onwaarschijnlijk. Het ligt aan het bloed, Blaiskell, en dat weet je best."

"Ach natuurlijk, mevrouw Clara."

Mevrouw Clara vervolgde met haar schelle stem, terwijl ze flitsende blikken in het rond wierp: "Of je hebt goed bloed of azijn. Dit meisje hier, dat zal nooit behaaglijk worden, dat zie ik zo. Het zit niet in haar bloed."

"Nee, mevrouw, u heeft volkomen gelijk."

"Het zit ook niet in Earls bloed. Om hem maak ik me zorgen. Hugo was volmaakt, maar zijn broer Lionel daarna, die arme lieve Lionel —"

"Wat is er met Lionel?" vroeg een hese stem. Jean draaide zich vlug om. Dit was Earl. "Wie heeft er van Lionel gehoord?"

"Niemand, lieveling. Hij is weg, hij komt nooit meer terug. Ik zei alleen maar dat geen van jullie beiden ooit in de groei is gekomen, maar altijd vel over been zijn gebleven."

Earl keek nijdig langs zijn moeder, langs mevrouw Blaiskell, en zijn blik viel op Jean. "Wat moet dat? Weer een bediende? We hebben haar niet nodig. Stuur haar weg. Altijd weer nieuwe ideeën om nog meer geld uit te geven."

"Ze is voor jouw kamers, Earl, mijn lieve jongen," zei zijn moeder.

"Waar is Jessy? Wat is er verkeerd aan Jessy?"

Mevrouw Clara en mevrouw Blaiskell wisselden blikken van verstandhouding uit. Jean keek Earl lang en schalks aan. Hij knipperde met zijn ogen. Toen fronste hij. Jean sloeg haar ogen neer en tekende met haar teen een figuur op het kleed, een operatie waarvan ze wist dat hij interessante bewegingen van haar been opleverde. De twee miljoen dollar verdienen zou niet zo hinderlijk worden als ze had gevreesd. Want Earl was helemaal niet dik. Hij was gedrongen, massief, had de schouders van een stier en de nek van een stier. Zijn haardos bestond uit blonde krullen, zijn gezicht was rossig, hij had een forse neus en zware kaken. Zijn mond was goed, maar hing nu slap van ergernis.

Hij was bepaald minder dan aantrekkelijk, dacht Jean. Op Aarde zou ze hem genegeerd hebben, en als hij aanhield had ze hem tot razernij gedreven met een reeks stekende beledigingen. Maar ze had iets veel ergers verwacht: een kogelrond schepsel als Webbard, een menselijke ballon... Natuurlijk was er geen enkele reden waarom Earl dik zou moeten zijn; de kinderen van vette mensen hadden alle kans om normaal te zijn.

Mevrouw Clara gaf Blaiskell haar dagelijkse instructies, waarbij de laatste om de zes woorden knikte en alle opdrachten op haar vingers aftelde.

Toen dat gebeurd was knikte ze tegen Jean. "Kom, meiske, de plicht roept."

Earl riep ze na: "Denk eraan; niemand komt in mijn studeerkamer!"

Nieuwsgierig vroeg Jean: "Waarom wil hij daar niemand binnen hebben?"

"Daar bewaart hij zijn collecties. Niemand mag eraan komen. Heel vreemd is-ie soms, meneer Earl. Je moet hem gewoon maar ontzien, en je goed gedragen. In sommige opzichten is hij moeilijker tevreden te stellen dan mevrouw Clara."

"Is hij hier geboren?"

Ze knikte. "Hij is nog nooit op Aarde geweest. Hij vindt dat het er wemelt van gekken, en de Heer mag het weten, hij heeft niet zo'n klein beetje gelijk."

"En wie zijn Hugo en Lionel?"

"Dat zijn de twee oudsten. Hugo is dood, de Here hebbe zijn ziel, en Lionel is altijd op reis. En na Earl heb je nog Harper en Dauphin en Millicent en Clarice. Dat zijn allemaal de kinderen van mevrouw Clara, allemaal heel trots en welgedaan. Earl is het magere ventje, en hij heeft enorm gezwijnd, want toen Hugo doodging was Lionel aan de boemel en dus erfde Earl alles... En hier is zijn suite, en wat een puinhoop is het weer."

Onder het werk leverde mevrouw Blaiskell commentaar op diverse aspecten van de kamer. "Dat bed bijvoorbeeld! Earl is er niet tevreden mee om onder een band te slapen zoals de rest van ons, nee, hij draagt een pyjama van gemagnetiseerde stof en dat drukt hem tegen zijn kussen, bijna alsof hij op Aarde woonde... En al dat lezen en studeren, op mijn woord, er is niets dat die knaap zich niet in zijn hoofd haalt! En die telescoop van hem! Urenlang zit hij in zijn koepeltje naar de Aarde te kijken."

"Misschien zou hij er graag eens heen willen?"

De vrouw knikte. "Het zou me niets verbazen als je daar de spijker op zijn kop slaat. Het trekt hem verschrikkelijk aan. Maar hij mag Abercrombie niet verlaten, weet je."

"Wat gek. Waarom niet?"

Mevrouw Blaiskell keek wijs. "Want dan verspeelt hij zijn erfenis; zo staat het in het handvest, dat de eigenaar verblijf moet houden op het eigendom." Ze wees naar een grijze deur. "Dat daar is zijn studeerkamer.

En nu zal ik je er even in laten gluren, zodat je niet gekweld wordt door nieuwsgierigheid en misschien in moeilijkheden komt door naar binnen te gaan als ik er niet ben om een oogje op je te houden ... Schrik nu niet van wat je ziet; er is niets dat je kwaad kan doen."

Met de houding van een priesteres die een mysterie ontsluiert morrelde mevrouw Blaiskell even aan de deurkruk op zo'n manier dat Jean het niet kon zien.

De deur zwaaide open. Blaiskell grijnsde toen Jean geschrokken achteruit sprong.

"Kalm maar, kalm maar, maak je niet ongerust; ik heb je toch verteld dat hier niets is dat je kwaad kan doen. Dat is een van meneer Earls zoölogische exemplaren, en heel wat moeite en kosten heeft hij zich getroost om —"

Jean zuchtte diep en wijdde haar aandacht aan het gehoornde zwarte schepsel dat op twee benen vlak binnen de deur stond, voorovergebogen alsof het gereed was iedere indringer in zijn zwarte leren armen te sluiten.

"Dit is het engste deel," zei mevrouw Blaiskell met kalme voldoening. "Daar heeft hij zijn insecten en torren —" ze wees "— en daar zijn edelstenen, hier zijn oude muziekschijven, daar zijn postzegels, en zijn boeken in die kast. Akelige dingen, ik schaam me ervoor. Laat ik niet merken dat je in die akelige boeken gluurt waarin meneer Earl zich verlustigt."

"Nee, mevrouw Blaiskell," zei Jean gedwee. "Ik ben niet in dat soort dingen geïnteresseerd, als het zijn wat ik denk."

Ze knikte nadrukkelijk. "Het is wat je denkt en erger nog." Ze weidde niet uit over haar kennis van de bibliotheek en het leek Jean raadzaam er niet naar te informeren.

Earl stond achter ze. "Zo?" vroeg hij met een zware, sarcastische stem. "Genieten jullie?" Hij lanceerde zich door de kamer en schopte de deur dicht.

Mevrouw Blaiskell zei op verzoenende toon: "Echt, meneer Earl, ik liet het nieuwe meisje alleen maar zien waar ze niet mag komen, waar ze niet naar mag kijken, omdat ik wou voorkomen dat ze bezwijmde aan een hartverlamming als ze er in alle onschuld per ongeluk eens binnen keek."

Earl maakte een grommend geluid. "Als ze naar binnen gluurt als ik er ben, dan 'bezwijmt' ze aan iets ergers dan een hartverlamming."

"Ik kan ook goed koken," zei Jean en wendde zich af. "Kom, mevrouw Blaiskell, laten we weggaan tot meneer Earl weer zichzelf is. Ik wil niet hebben dat hij uw gevoelens kwetst."

Mevrouw Blaiskell hakkelde: "Werkelijk! Het kan toch geen kwaad..." Ze hield op. Earl was zijn studeerkamer ingestampt en had de deur dichtgeslagen.

De ogen van mevrouw Blaiskell glommen van tranen. "Ach, mijn liefje, ik heb zo'n afschuw van grove woorden..."

In stilte werkten ze verder en maakten de slaapkamer af. Bij de deur zei mevrouw Blaiskell op vertrouwelijke toon: "Waarom denk je dat Earl zo nors en kribbig is?"

"Ik heb geen idee," fluisterde Jean ademloos. "Helemaal niet."

"Nou," zei de oudere vrouw behoedzaam, "het komt allemaal neer op zijn uiterlijk. Hij schaamt zich zo voor zijn magere lijf dat hij van binnen helemaal opgevreten wordt. Hij kan het niet verdragen dat er iemand naar hem kijkt, hij denkt dat ze hem uitlachen. Dat heb ik hem tegen mevrouw Clara horen vertellen. Natuurlijk is dat niet waar; ze hebben alleen medelijden met hem. Hij eet als een paard, hij slikt hormonenpillen, maar hij blijft zo mager als een bezemsteel en een al harde spieren." Ze inspecteerde Jean grondig. "Ik geloof dat we jou maar hetzelfde dieet moeten geven, en eens kijken of we geen mooie vrouw van je kunnen maken." Toen schudde ze weifelend het hoofd en klakte met haar tong. "Maar misschien zit het niet in je bloed, zoals mevrouw Clara zegt. Ik zie het eigenlijk niet in je bloed zitten..."

V

Er zaten kleine rode linten aan Jeans sloffen, een rood lint in haar haren, een koket zwart schoonheidsvlekje op haar wang. Ze had haar hansop vermaakt zodat hij onopvallend aan haar middel en heupen kleefde.

Voor ze de kamer verliet bekeek ze zichzelf in de spiegel. *Misschien ben ik degeen die uit de pas loopt! Hoe zou ik er uitzien met een paar honderd pond extra spek? Nee. Liever niet. Ik ben het straatjongenstype. Als ik zestig ben zie ik eruit als een wolvin, maar de eerste veertig jaar — oppassen geblazen.*

Ze bewoog zich door de gang, langs de Lusthof, de muziekkamers, de salon, de eetzaal, omhoog naar de slaapkamers. Bij Earls deur bleef ze staan; ze gooide hem open en stapte naar binnen terwijl ze de elektrostatische stofafnemer voor zich uit duwde.

De kamer was donker; de transparwanden waren ondoorzichtig door de werking van een lichtverstorend krachtveld.

Jean zocht de knop van het licht.

Earl was wakker. Hij lag op zijn zij in zijn gele magnetische pyjama die hem op de matras drukte. Hij had een lichtblauwe sprei tot aan zijn schouders getrokken en zijn arm lag over zijn gezicht. Onder de schaduw van zijn arm lag zijn oog smeulend naar Jean te kijken.

Hij bleef roerloos liggen, te woedend om in actie te komen.

Jean zette haar handen op haar heupen en zei met haar heldere jonge stem: "Opstaan, luiaard! Je wordt nog zo vet als de rest als je de hele ochtend in je nest blijft liggen rotten..."

De stilte was drukkend. Jean bukte zich om onder zijn arm te gluren. "Leef je nog?"

Zonder te bewegen zei Earl met een grove stem: "Wat denk je precies dat je aan het doen bent?"

"Ik ben bezig aan mijn dagelijkse taak. Ik ben klaar met de Lusthof. Daarna is jouw kamer aan de beurt."

Zijn blik verplaatste zich naar de klok. "Om zeven uur 's ochtends?"

"Waarom niet? Hoe eerder ik klaar ben, hoe eerder ik aan mijn eigen zaken kan beginnen."

"Naar de duivel met je eigen zaken. Verdwijn voordat ik je iets doe."

"Nee meneer. Ik ben een onafhankelijk individu. Als mijn werk eenmaal gedaan is, is er niets belangrijkers dan zelfexpressie."

"Rot op!"

"Ik ben een kunstenares, een schilderes. Of misschien zal ik dit jaar een dichteres zijn. Of een danseres. Ik zou een prachtige ballerina zijn. Kijk maar." Ze probeerde een pirouette, maar ze belandde in de buurt van het plafond — wel sierlijk, daar zorgde ze voor.

Ze duwde zich terug. "Als ik geen magnetische sloffen aanhad zou ik anderhalf uur kunnen rondtollen. Grand jetés zijn heel makkelijk..."

Hij verhief zich met woedend knipperende ogen op zijn elleboog alsof hij op het punt stond zich bovenop haar te storten.

"Of jij bent gek — of zo verrekte brutaal dat het op hetzelfde neerkomt."

"Helemaal niet," zei Jean. "Ik ben zeer wellevend. Misschien is er een verschil van mening, maar dat betekent niet automatisch dat jij gelijk hebt."

Hij zakte weer op het bed neer. "Ga maar met ouwe Webbard ruziën," zei hij moeizaam. "En nu — voor de laatste keer — verdwijn!"

"Ik ga wel," zei Jean, "maar het zal je berouwen."

"O ja?" Zijn stem steeg bijna een octaaf. "Waarom dan wel?"

"Stel dat ik aanstoot nam aan jouw grove gedrag en meneer Webbard vertelde dat ik ontslag wilde nemen?"

Met strakke lippen zei Earl: "Ik zal vandaag met Webbard praten en misschien krijg je dan wel het verzoek om ontslag te nemen... Wonderbaarlijk!" zei hij bitter. "Meiden als vogelverschrikkers die binnen komen vallen in het holst van de nacht..."

Jean staarde hem verrast aan. "Een vogelverschrikker? Ik? Op Aarde vinden ze me een heel knap meisje. Dingen als dit, mensen lastigvallen, lukken me omdat ik knap ben."

"Dit is Station Abercrombie," zei Earl droog. "Goddank!"

"Je bent zelf nogal knap," zei Jean voorzichtig.

Earl schoot overeind met een woedend rood gezicht. "Verdwijn hier onmiddellijk!" schreeuwde hij. "Je bent ontslagen!"

"Pah," zei Jean. "Je zou niet durven me de zak te geven."

"Zou ik dat niet durven?" zei Earl op een gevaarlijke toon. "Waarom zou ik dat niet durven?"

"Omdat ik slimmer ben dan jij."

Hij maakte een schor geluid. "En waarom denk je dat?"

Jean lachte. "Je zou heel aardig zijn, Earl, als je niet zo lichtgeraakt was."

"Goed, dan beginnen we daarmee. Waarom ben ik lichtgeraakt?" Jean haalde haar schouders op. "Ik vertel je dat je er aardig uitziet en meteen spring je uit je vel." Ze veegde een denkbeeldig pluisje van haar hand. "Dat noem ik lichtgeraakt."

Earl vertoonde een verbeten grijns die Jean aan Fotheringay deed denken. Earl zou taai kunnen blijken als hij ver genoeg werd opgejend. Maar niet zo taai als Ansel Clellan bijvoorbeeld. Of Fiorenzo. Of Party MacClure. Of Fotheringay. Of zijzelf trouwens.

Hij staarde haar aan alsof hij haar voor het eerst zag. Zo wilde ze het hebben. "En waarom ben jij slimmer?"

"O, ik weet niet... Ben jij slim?"

Even schoot zijn blik naar de deur van de studeerkamer; een zelfvoldane trilling gleed over zijn gezicht. "Ja, ik ben slim."

"Kun je schaken?"

"Natuurlijk kan ik schaken," zei hij vechtlustig. "Ik ben een van de beste schakers die er zijn."

"Ik zou je kunnen verslaan met een hand op mijn rug gebonden." Jean had in haar hele leven vier keer geschaakt.

"Ik wou dat je iets had dat ik hebben wil," zei hij langzaam. "Dan zou ik het je afnemen."

Jean keek hem snaaks aan. "Laten we pandverbeuren spelen."

"Nee!"

"Ha!" lachte zij met schitterende ogen.

Hij bloosde. "Goed dan."

Jean pakte haar stoffer. "Maar niet nu."

Ze had al meer bereikt dan ze had durven hopen. Over haar schouder kijkend zei ze: "Ik moet aan het werk. Als mevrouw Blaiskell me hier vindt beschuldigen ze jou er natuurlijk van dat je mij probeert te verleiden."

Hij maakte een snuivend geluid. Hij zag eruit als een nijdig blond zwijn, dacht Jean. Maar twee miljoen dollar was twee miljoen dollar. En het had erger kunnen zijn; hij was tenminste niet vet. En ze had een idee in zijn geest geplant. "Denk jij maar na over het pand," zei Jean. "Ik moet werken."

Met een laatste blik over haar schouder waarvan ze hoopte dat hij cryptisch was verliet ze de slaapkamer.

De kamers van de bedienden waren in de hoofdcilinder gesitueerd, in het eigenlijke station. Jean zat rustig in een hoekje van de eetzaal te kijken en te luisteren terwijl de andere bedienden hun elfuurtje namen: onder slagroom bedolven chocolademelk, taartjes, ijs. Het geroezemoes was hoog van toon en ruziënd. Jean verwonderde zich over de mythe dat dikke mensen gemoedelijk en gezellig waren.

Uit haar ooghoek zag ze Webbard binnenzweven. Zijn gezicht was grijs en strak van woede.

Ze boog haar hoofd over haar chocola maar bleef van onder haar wimpers kijken.

Webbard tuurde recht naar haar met naar binnen gezogen lippen en bevende bolle wangen. Even leek het alsof hij naar haar toe wilde zweven, maar hij zag ervan af. Hij keek rond tot hij mevrouw Blaiskell ontwaarde. Met een vingerknip zeilde hij naar haar tafeltje waar zij met magneten aan haar hansop zat.

Hij boog zich over haar heen en mompelde in haar oor. Jean kon het niet verstaan, maar ze zag dat Blaiskells uitdrukking veranderde en dat ze de eetzaal begon af te speuren.

Toen Webbard klaar was met zijn dramatische verhaal voelde hij zich blijkbaar prettiger. Hij veegde zijn handen af aan zijn volumineuze donkerblauwe corduroybroek, draaide zich met een vlugge ruk van zijn schouders om en richtte zich met een duw van zijn teen op de deur.

Machtig, dacht Jean, hoe majesteitelijk en massief als een hemellichaam Webbard door de lucht zeilde. Het vollemaansgezicht, de zware oogleden, vredig; de roze wangen, de onderkinnen en kaken rond opgeblazen, olieglanzend, zonder ontsieringen of rimpels; de halve bol van zijn borst, daarna de in tweeën gespleten onderhelft in het weelderige donkerblauwe corduroy: en dit hele wonderlijke schepsel koerste voorwaarts met het onstuitbare momentum van een ertstanker…

Jean merkte dat mevrouw Blaiskell haar in de deuropening stond te wenken met cryptische gebaartjes van haar dikke vingers.

Ze wachtte Jean op in het hokje dat ze haar kantoor noemde. Haar gezicht weerspiegelde haar wisselende gevoelens. "Meneer Webbard heeft mij ernstige dingen verteld," begon ze met een streng bedoelde stem.

"Over mij?" vroeg Jean met een vertoon van ongerustheid.

Mevrouw Blaiskell knikte nadrukkelijk. "Meneer Earl heeft geklaagd over heel vreemd gedrag vanochtend. Om zeven uur of eerder nog —"

Jean hapte naar lucht. "Is het mogelijk, heeft Earl werkelijk de euvele moed gehad om —"

"*Meneer* Earl," verbeterde mevrouw Blaiskell streng.

"Goeie hemel, mevrouw Blaiskell, ik heb me met hand en tand moeten verdedigen om aan hem te kunnen ontsnappen!"

De vrouw keek onzeker. "Dat is niet precies wat meneer Webbard me vertelde. Hij zei dat jij —"

"Klinkt dat geloofwaardig? Is dat waarschijnlijk, mevrouw B?"

"Ach — nee," gaf ze toe, terwijl ze met een nagel op haar tanden tikte. "Het lijkt wel vreemd ja, als ik er iets dieper over nadenk." Ze keek Jean aan. "Maar hoe komt het dat —"

"Hij riep mij in zijn kamer, en toen —" Jean had nooit kunnen huilen, maar ze verborg haar gezicht in haar handen.

"Och, stil maar," zei mevrouw Blaiskell. "Ik geloofde meneer Webbard toch al niet. Heeft hij — heeft hij —" Ze wist de vraag niet met woorden te bekleden.

Jean schudde van nee. "Niet dat hij zijn best niet heeft gedaan."

"Zo zie je maar net," mompelde de vrouw. "En ik dacht nog wel dat hij die onzin ontgroeid was."

" 'Onzin'?" Het woord was uitgesproken op een toon die niet in de zin paste.

Mevrouw Blaiskell schaamde zich. Ze durfde Jean niet recht aan te kijken. "Earl heeft verschillende stadia doorgemaakt, en ik weet niet zeker welke nu het lastigst was... Een jaar of twee geleden — twee jaar, want toen leefde Hugo nog en was de familie compleet — keek hij naar zoveel Aardse films dat hij Aardse vrouwen begon te bewonderen en we maakten ons allemaal zorgen. De hemel zij dank heeft hij al die ongezonde toestanden van zich afgezet, maar het heeft hem wel extra verlegen en timide gemaakt." Ze zuchtte. "Als er maar een van de knappe meisjes van het station was die van hem hield, van zijn briljante geest... maar nee, ze zijn allemaal romantisch en ze vallen op weelderig gevulde ronde lichamen, en de arme broodmagere Earl weet zeker dat als een van hen dan eens een keer naar hem glimlacht, dat ze dan op zijn geld aast, en dat is nog heel goed mogelijk ook, als je 't mij vraagt!" Ze keek Jean peinzend aan. "Ik bedenk me net dat Earl misschien weer terugvalt in zijn ouwe — nou ja, vreemde gedoe. Niet dat jij geen aardig schepseltje bent dat het goed bedoelt, hoor, want dat ben je beslist."

Zo, zo, dacht Jean moedeloos. Blijkbaar had ze 's ochtends toch niet zoveel bereikt als ze dacht. Maar ach, iedere campagne kampte met tegenslagen.

"In ieder geval heeft meneer Webbard me gevraagd om je andere taken te geven, om je uit het gezicht van meneer Earl te houden, want hij heeft kennelijk een hekel aan je gekregen... En na vanmorgen zul je daar vast wel geen bezwaar tegen hebben."

"Natuurlijk niet," zei Jean afwezig. Earl, die geborneerde, gestoorde ellendelaar!

"Vandaag moet je je maar gereedhouden voor de Lusthof en voor de tijdschriften zorgen en de planten in het atrium water geven. Morgen — dan zien we wel weer."

Jean knikte en wilde weggaan. "Nog één ding," zei mevrouw Blaiskell aarzelend. Jean wachtte. De vrouw leek de woorden niet te kunnen vinden.

Plotseling kwamen ze er in een stortvloed uit. "Pas goed op jezelf, vooral als je alleen bent in de buurt van meneer Earl. Dit is Station Abercrombie, weet je, en hij is Earl Abercrombie, en de Opperrechter, en er gebeuren soms hele rare dingen..."

Geschrokken fluisterde Jean: "U bedoelt lichamelijk geweld, mevrouw Blaiskell?"

Ze hakkelde en bloosde. "Ja, zo zou je het kunnen noemen... Er zijn wel wat héél onbetamelijke dingen aan het licht gekomen. Helemaal niet netjes, al zou ik dat niet tegen jou moeten zeggen, omdat je pas een dag bij ons bent. Maar wees voorzichtig. Ik wil jouw zieltje niet op mijn geweten hebben."

"Ik zal eraan denken," zei Jean met de gepaste omfloerste stem.

Mevrouw Blaiskell knikte ten teken dat het gesprek afgelopen was.

Jean ging terug naar de eetzaal. Het was echt erg aardig van mevrouw Blaiskell dat ze zich zorgen om haar maakte. Bijna alsof ze haar wel mocht. Automatisch haalde Jean haar neus op. Dat was te veel gevraagd. Vrouwen verfoeiden haar altijd omdat hun mannen nooit veilig waren als Jean in de buurt was. Niet dat Jean welbewust met ze flirtte — althans niet altijd — maar zij had blijkbaar iets dat de mannen aantrok, zelfs oudere mannen. Ze bewezen wel lippendienst aan Jeans jeugd, maar hun ogen zwierven op en neer, precies zoals de ogen van jonge mannen.

Maar hier op Station Abercrombie was het anders. Spijtig moest Jean bekennen dat niemand jaloers op haar was, niemand op het hele station. Het was precies andersom; ze zagen haar als iemand waar je medelijden mee moest hebben. Maar het was toch aardig van mevrouw Blaiskell om haar onder haar vleugels te nemen; het gaf Jean een plezierig warm gevoel. Misschien als ze die twee miljoen dollar te pakken kreeg — en haar gedachten gingen weer naar Earl. Het warme gevoel stroomde weg.

Earl, de lichtgeraakte Earl, was uit zijn humeur omdat zij zijn rust had verstoord. Dus die blonde stier dacht dat zij broodmager en in de groei geremd was! Jean trok zich naar haar stoel. Toen ze met een bons was gaan zitten greep ze haar chocoladebol beet en zoog aan de tuit.

Earl! In gedachten zag ze hem voor zich: zijn stuurse gezicht, zijn blonde kroesharen, zijn overrijpe mond, zijn gedrongen lijf dat hij zo verschrikkelijk graag wilde vetmesten. En dit was de man die ze tot een huwelijk moest verleiden. Op Aarde, op bijna iedere andere planeet in het menselijk heelal zou het kinderspel zijn.

Maar dit was Station Abercrombie!

Ze dronk van haar chocola en dacht na over het probleem. De kans dat Earl verliefd op haar zou worden en uit zichzelf met een aanzoek zou komen, leek klein. Zou hij met een list in zo'n situatie gemanipuleerd kunnen worden dat hij met haar moest trouwen om zijn gezicht te redden of zijn reputatie te bewaren? Vast niet. Hier betekende een huwelijk met haar het toppunt van gezichtsverlies. Toch stonden er wegen open die nog verkend moesten worden. Stel dat ze Earl bij het schaken versloeg, en van tevoren afsprak dat hij dan met haar moest trouwen? Nee. Hij zou te listig en oneerlijk zijn om zijn belofte na te komen. Ze moest hem zover krijgen dat hij met haar *wilde* trouwen, en dat hield in dat ze in zijn ogen begeerlijk moest worden, wat weer een totale herziening van Earls levensbeschouwing noodzakelijk maakte. Om te beginnen zou hij het gevoel moeten krijgen dat hij zelf niet volslagen weerzinwekkend was (wat hij wel was). Earls zelfvertrouwen moest zo opgekweekt worden dat hij ervan overtuigd raakte dat hij superieur was aan de rest van het station, en er trots op zou zijn iemand van zijn eigen soort te trouwen.

Een mogelijkheid aan het andere eind: als Earls zelfrespect volkomen in de grond werd geboord, als hij zich zo verachtelijk en impotent voelde dat hij zijn gezicht niet meer durfde te vertonen, dan trouwde hij haar misschien bij gebrek aan beter... En nog een mogelijkheid: wraak. Als hij besefte dat de dikke meisjes die hem stroop om de mond smeerden hem in werkelijkheid achter zijn rug belachelijk maakten, trouwde hij misschien met haar om ze te pesten.

Een laatste mogelijkheid. Hem onder druk zetten. Trouwen of sterven. Ze overwoog giffen en tegengiffen, ziekten en medicijnen, recht voor zijn raap een pistool tussen zijn ribben...

Nijdig smeet ze de lege bol in de afvalkoker. Bedrog, seks, vleierij, intimidatie, wraak, angst — wat was het meest vergezocht? Het was allemaal ridicuul.

Ze concludeerde dat ze meer tijd nodig had, meer moest weten. Misschien had Earl een zwakke plek die ze kon bewerken. Als ze een of andere belangstelling gemeen hadden, dan zou ze heel wat verder zijn. Een onderzoek van zijn studeerkamer bracht haar misschien op een idee.

Er rinkelde een bel, er klapte een nummer op een bord om en een stem zei: "De Lusthof."

Mevrouw Blaiskell verscheen. "Dat is voor jou, meiske. Ga maar naar binnen, zo netjes als je kunt, en vraag mevrouw Clara wat er gewenst wordt, en daarna kun je tot drie uur vrij nemen."

VI

Maar Clara Abercrombie was er niet. In de Lusthof zaten twintig of dertig jonge mensen die nogal enthousiast praatten en discussieerden. De meisjes droegen pastel: fleurig satijn, fluweel, gaas, alles strak om hun bolle buiken, met massa's ruches en verder sokken, terwijl de jongemannen de voorkeur gaven aan elegant donkergrijs en blauw en beige met militaire biezen in wit en rood.

Langs de ene wand was een tiental toneeldecors in miniatuur opgesteld. Een papieren lint erboven droeg de woorden *Pandora in Elis. Libretto van A. Percy Stevanic, muziek van Colleen O'Casey.*

Jean keek de zaal rond wie haar had geroepen. Earl stak gebiedend zijn vinger op. Op haar magnetische schoenen liep ze naar de plek waar hij bij een van de miniatuurdecors hing. Hij wees naar een klont chocola met slagroom die als een tumor aan de zijkant van het decor hing. Blijkbaar was er een bol gebroken.

"Ruim die rommel op," zei hij scherp.

Jean dacht: *hij wil het me inpeperen, maar ook doen alsof hij me niet herkent.* Ze knikte braaf. "Ik zal een spons halen."

Toen ze terugkwam hing Earl aan de overkant ernstig te praten met een meisje wier bolvormige lichaam gevat was in een briljante roze japon van fluweel. Ze droeg rozenknoppen boven elk oor en speelde met een belachelijk wit hondje terwijl ze Earl met halfslachtig geveinsde belangstelling aanhoorde.

Jean werkte zo langzaam mogelijk en keek uit haar ooghoeken. Af en toe verstond ze flarden van gesprekken: "Lapwill heeft gewoon iets geweldig moois gemaakt van de montage, maar ik vind niet dat hij Myras evenveel ruimte heeft gegeven —" "Als het spektakel tienduizend dollar opbrengt, zegt mevrouw Clara dat zij ook nog eens tienduizend bijdraagt aan het bouwfonds. Stel je eens voor! Een eigen klein theater helemaal voor ons!" Opgewonden gefluister op samenzweerderstoon ritselde door de Lusthof: "— en waarom laten we voor de waterscène het koor niet als manen door de hemel zweven?"

Jean keek naar Earl. Hij hing aan de lippen van het meisje en deed een pathetische poging om intiem en kameraadschappelijk schertsend met haar te praten. Het kind knikte braaf, vertrok haar gezicht in een glimlach. Jean zag dat ze met haar ogen een jongeman volgde wiens lichaam zijn pruimkleurige broek deed opbollen als een spinnaker. Earl merkte dat haar aandacht elders was. Jean zag hem even haperen, en daarna nog meer zijn best doen op zijn badinage. Het dikke meisje likte haar lippen af, zwaaide haar bespottelijke hondje aan zijn touw rond, en keek weer naar de paarse knaap die bulderde van het lachen.

Opeens kreeg Jean een inval die haar tot spoed aanzette. Zonder twijfel was Earl hier tot de lunch bezig — nog twee uur. En mevrouw Blaiskell had haar tot drie uur vrij gegeven.

Ze verdween uit de zaal, bracht de schoonmaakspullen weg en dook de gang op naar Earls kamers. Bij de suite van mevrouw Clara wachtte ze even om aan de deur te luisteren. Gesnurk!

Nog vijftien meter. Vlug keek ze de gang af, schoof de deur open en glipte voorzichtig naar binnen.

Geruisloos verkende ze de kamer. De kast, de kleedkamer aan de ene kant, de zonovergoten badkamer aan de andere. Aan de overkant was de hoge grijze deur naar de studeerkamer. Er hing een bord op dat kennelijk onlangs was gemaakt:

PRIVÉ. GEVAAR. GEEN TOEGANG.

Jean dacht even na. Wat voor soort gevaar? Misschien had Earl slinkse voorzorgsmaatregelen genomen.

Ze onderzocht de deurknop. Er hing een schijnbaar onschuldige beschermer boven, maar misschien was hij aangesloten op een alarm-systeem. Ze drukte de gesp van haar riem tegen de sluiter op zo'n manier dat er een stroom kon blijven lopen, schoof toen de beschermkap opzij en drukte met een nagel op de knop — voorzichtig. Ze wist dat er knoppen bestonden waar een injectienaald uitschoot als erop werd gedrukt.

Geen gefluister van machinerie. De deur bleef op zijn plaats.

Kribbig liet ze haar adem tussen haar tanden door ontsnappen. Geen sleutelgat, geen knoppen voor een combinatiecode... Mevrouw Blaiskell had er geen moeite mee gehad. Jean probeerde haar bewegingen te reconstrueren. Ze hield haar hoofd zo dat ze de weerkaatsing van het licht van de muur kon zien... Er zat een vlekje op de glanslak. Van dichtbij bleek er een foto-elektrisch oog te glimmen.

Ze legde haar vinger erop, drukte op de knop. De deur gleed opzij. Ondanks dat ze er op voorbereid was, deinsde Jean terug voor de afzichtelijke zwarte gestalte die haar leek te willen aanvallen.

Ze wachtte. Na een ogenblik gleed het paneel geruisloos dicht.

Ze liep terug naar de gang, posteerde zich op een plek waar ze in de kamers van mevrouw Clara kon duiken als er een achterdochtige gedaante in de gang verscheen. Earl was misschien niet tevreden geweest met een simpel elektrisch slot.

Na vijf minuten was alleen mevrouw Clara's eigen bediende langs-gekomen, een kleine Chinese vrouw met ogen als glanzende zwarte kevers.

Jean duwde zich terug naar Earls kamer. Weer las ze de waarschu-wing. Ze aarzelde. "Ik ben zestien jaar oud, bijna zeventien. Te jong om te sterven. Net iets voor dat zonderlinge wezen om zijn studeerkamer met gemenigheidjes te versieren." Maar ze schudde het van zich af. "Wat je al niet over hebt voor geld."

Ze maakte de deur weer open en glipte erdoor.

Vlug liep ze weg van de zwarte demon en keek om zich heen in Earls heiligdom, links, rechts, omhoog, omlaag.

"Er is hier een heleboel te zien," mompelde ze. "Ik hoop dat Earl niet te gauw genoeg krijgt van zijn vette vriendin, of zich in zijn kop haalt dat hij beslist een bepaald krantenknipsel moet halen…"

Ze voerde energie toe aan haar slofmagneten en vroeg zich af waar ze moest beginnen. Het was bijna een museum of een pakhuis in plaats van een kamer, en ze kreeg een indruk van een wilde chaos die gerangschikt, gesorteerd en opgeborgen was door een buitengewoon nauwgezet persoon.

Op een bepaalde manier was het een prachtige kamer met een geleerde sfeer door al zijn donkere houtkleuren. Een van de wanden gloeide met gesmolten kleuren — een rozetraam uit de oude kathedraal van Chartres in zijn volle glorie door het vrije zonlicht van de ruimte.

"Jammer dat de buitenwand zo vlug op was," zei Jean. "Een verzameling glas-in-loodramen kost een boel wandruimte, en één raam is eigenlijk geen verzameling… Misschien is er nog een kamer…" Want de studeerkamer was wel groot maar besloeg zo te zien toch niet meer dan de helft van de totale ruimte. "Maar voorlopig heb ik hier genoeg aan."

Rekken, kasten, laden, kabinetten van walnotenhout en glas-in-lood stonden tegen de wanden; vitrines met glazen deksels namen de vloer in beslag. Links van haar stond een batterij tanks. In de eerste reeks zwommen palingen, honderden palingen: Aardse palingen en palingen van de buitenwerelden. Ze deed een kabinet open. Daarin hingen Chinese munten aan pennen en elk ervan was voorzien van een label vol kriebelig jongenshandschrift.

Ze cirkelde door de kamer, zich verwonderend om de overvloed.

Er waren rotskristallen van tweeënveertig verschillende planeten, en voor Jeans ongeoefende oog waren ze allemaal identiek.

Er waren papyrusrollen, Maya codices, middeleeuwse perkamenten geïllumineerd met goud en Tyrisch purper, Ogham-runen op schimmelend schapenleer, kleicilinders met spijkerschrift-inscripties.

Ingewikkeld houtsnijwerk — sierlijke kettingen, kooien in kooien, verbazende in elkaar grijpende bollen, zeven brahmaanse tempels in miniatuur.

Kubusjes van 1 cc van alle bekende elementen. Duizenden post-zegels, op blaadjes gemonteerd die uit een ronde kast konden draaien.

Er waren boeken met handtekeningen van beruchte misdadigers, samen met hun foto's en metingen volgens Bertillon en Pevetsky. Uit een hoek kwamen de rijke geuren van parfums — duizend minuscule flesjes met minutieuze beschrijvingen en codes, samen met een index en verklaring van de codes, en ook deze waren afkomstig van een menigte werelden. Er waren monsters van zwammen uit het ganse heelal, en rijen miniatuur-grammofoonplaten van twee centimeter doorsnede, gemicrovormd naar de originele persingen.

Ze vond foto's van Earls dagelijks leven met een opgave van zijn gewicht, lengte en omvang, en op iedere foto stond een gekleurde ster, een gekleurd vierkant en een rode of een blauwe schijf. Zo lang-zamerhand had Jean de smaak van Earls persoonlijkheid te pakken en ze wist dat er een index en een verklaring bij de hand zouden zijn. Die lagen bij de camera waarmee de foto's werden genomen. De schijven verwezen naar lichaamsfuncties; de sterren beschreven volgens een gecompliceerd systeem dat ze niet helemaal begreep Earls stemming, zijn gemoedstoestand. De gekleurde vierkantjes registreerden zijn liefdesleven. Jean grijnsde zuur. Ze dwaalde doelloos verder, betastte de fysiografische globes van honderd planeten en bekeek kaarten en diagrammen.

Earls grove kenmerken waren vertegenwoordigd door een collectie pornografische foto's en op een ezel stond een schilderij waarop hij bezig was aan een eigen wellustige studie. Jean kneep haar lippen op elkaar. Het vooruitzicht op een huwelijk met Earl werd steeds minder aanlokkelijk.

Ze vond een nis vol kleine schaakborden die allemaal in gebruik waren. Aan elk ervan hing een genummerde kaart met een opsomming van zetten. Jean raapte de onvermijdelijke index op en bladerde hem door. Earl schaakte per briefkaart met tegenstanders in het hele heelal. Toen ze zijn staatje van gewonnen en verloren partijen vond, bleek hij regelmatig maar niet altijd te winnen. Eén tegenstander, William

Angelo in Toronto, versloeg hem iedere keer. Ze prentte zijn adres in haar geheugen, redenerend dat als Earl ooit inging op haar uitdaging, zij nu wist hoe ze hem moest verslaan. Ze zou Angelo tot een spel overhalen en hem Earls zetten sturen alsof ze van haar waren en zijn tegenzetten tegen Earl uitspelen. Dat zou wel omslachtig en langdradig worden, maar feilloos — bijna.

Ze ging verder. Zeeschelpen, vlinders, waterjuffers, fossiele trilobieten, opalen, martelwerktuigen, verschrompelde mensenhoofdjes. Als al deze collecties een ware studie vertegenwoordigden, dacht Jean, dan zouden vier Aardse genieën er al hun tijd en kennis voor nodig hebben gehad. Maar de schat was niet meer dan het product van een mechanische en zielloze verzamelwoede van niet meer betekenis dan een kindercollectie van luciferdoosjes of vlaggetjes of stickers op enorm grote schaal.

Achter een van de wanden lag een kleine kamer die via een vrachtsluis in verbinding stond met de ruimte. Hij stond vol ongeopende dozen, kisten, kratten, balen, blijkbaar materiaal dat nog een plaats moest krijgen in Earls eksternest. In de hoek hing nog een grotesk en monumentaal wezen dat er uitzag alsof het haar wilde grijpen, en Jean voelde een vreemde aarzeling om binnen het bereik ervan te komen. Het was ongeveer twee en een halve meter lang. Het had de ruige vacht van een beer en leek vaag op een gorilla, al had het een lang en spits gezicht als van een Franse poedel.

Jean herinnerde zich dat Fotheringay Earl een 'vooraanstaand zoöloog' had genoemd. Ze keek de kamer door. De opgezette dieren, de bakken vol palingen, de tropische Aardse vissen en polywriemels van Maniaca waren de enige zichtbare dierkundige exemplaren. Nauwelijks voldoende om Earl de titel van zoöloog te geven. Natuurlijk was er nog een zijkamer... Ze hoorde een geluid. De buitendeur klikte.

Jean dook met een bonzend hart achter het opgezette dier. Geërgerd zei ze tegen zichzelf: *Het is een jongen van achttien jaar oud... Als ik hem niet kan intimideren, onder de tafel praten, te slim af zijn of verslaan in een gevecht, en in het algemeen de baas over hem spelen, dan wordt het tijd dat ik tafelkleedjes ga haken voor de kost.* Maar ze verstopte zich toch.

Earl stond kalm in de deuropening. De deur gleed achter hem dicht. Zijn gezicht was rood en vochtig, alsof hij net een woedeaanval of een beschamende gebeurtenis achter de rug had. Zijn delfts-blauwe ogen staarden zonder iets te zien naar het plafond voordat hij ten slotte weer bewust om zich heen keek.

Fronsend tuurde hij achterdochtig links en rechts en snoof de lucht op. Jean maakte zich klein achter de ruige vacht. Rook hij haar soms?

Hij trok zijn benen op, schopte tegen de wand, dook recht op haar af. Onder de arm van het wezen door kijkend zag ze hem naderen, groter en groter, met zijn armen langs zijn lichaam, zijn hoofd omhoog als een duiker. Hij botste tegen de harige borst en zette nog geen twee meter verder zijn voeten op de grond.

Hij bleef binnensmonds staan mompelen. Ze verstond hem duidelijk. "Vervloekte beledigingen…Ze moest eens weten! *Ha!*" Hij stiet een blaffende, minachtende lach uit. *"Ha!"*

Jean ontspande zich bijna hoorbaar zuchtend. Earl had haar niet gezien en had geen vermoeden dat ze er was.

Hij floot besluiteloos tussen zijn tanden. Ten slotte liep hij naar de muur en pakte een stuk snijwerk beet. Meteen zwaaide er een paneel opzij en een vloed van zonlicht stroomde de studeerkamer in.

Fluitend ging Earl de andere kamer in. De deur liet hij open. Jean schoot uit haar schuilplaats, keek door de deur, nam het interieur vlug op. Misschien stokte haar adem.

Earl stond twee meter van haar af met een lijst in zijn hand. Plotseling keek hij op, en Jean voelde zijn blik.

Hij verroerde zich niet…Had hij haar gezien?

Even maakte hij geen geluid, deed niets. Toen kwam hij naar de deur en staarde de studeerkamer in. Dat duurde tien of vijftien seconden. Van achter de opgezette gorilla zag Jean zijn mond bewegen alsof hij stond te rekenen.

Ze likte haar lippen af en dacht aan de andere kamer.

Hij ging de nis in met de ongeopende kisten. Hij trok er verschillende omhoog en duwde ze naar de deuropening waar ze in de gloed van licht bleven hangen. Hij duwde andere pakken opzij tot hij zocht wat hij vond, waarna hij een laatste pak achter de andere aan stuurde.

Hij kwam terug, opeens gespannen, met opengesperde neusgaten en loerende ogen. Hij snoof de lucht op. Zijn ogen draaiden naar het opgezette monster. Langzaam ging hij eropaf.

Hij keek achter het wezen, liet zijn adem langzaam en sissend ontsnappen. In de geheime kamer dacht Jean: *Of hij kan me ruiken, of het is telepathie!* Ze was in een flits verhuisd terwijl Earl met de kisten en dozen bezig was en gauw onder een brede divan gedoken. Plat op haar buik keek ze hoe Earl het opgezette dier inspecteerde en haar huid tintelde. *Hij ruikt me, hij voelt me, hij weet dat ik er ben.*

Na een poos deed Earl langzaam de deur dicht, schoof de grendel ervoor, ging weer terug.

Vijf minuten lang scharrelde hij tussen de kisten, maakte pakken open en rangschikte de inhoud, die uit flessen wit poeder scheen te bestaan, op schappen.

Jean drukte zich los van de vloer tegen de onderkant van de divan en verplaatste zich totdat ze kon kijken zonder zelf gezien te worden. Nu begreep ze waarom Fotheringay Earl een 'vooraanstaand zoöloog' had genoemd.

Er bestond een ander woord dat beter op zijn plaats was, een niet zo bekend woord dat Jean niet meteen uit haar geheugen wist op te diepen. Haar woordenschat was niet groter dan normaal voor haar leeftijd, maar dit woord was blijven hangen.

Teratologie. Dat was het. Earl was een teratoloog, een monsterfan.

Natuurlijk bestond ook deze collectie van hem alleen uit dingen die zich leenden tot vlot en bijna lukraak verzamelen. De monsters waren tentoongesteld in glazen kasten. Panelen tegen de achterkant schermden het licht van de zon af en op het absolute nulpunt zouden de dingen onbeperkt bewaard blijven zonder dat ze daarvoor opgezet of gebalsemd hoefden te worden.

Het was een bont maar monsterlijk groepje. Er waren echte mensenmonsters, zoals macro- en microcefalen, hermafrodieten, wezens met te veel ledematen en zonder ledematen, wezens waaraan weefsel ontsprong als knoppen aan een gistcel, verwrongen hoepelmensen, wezens zonder gezicht, groene, blauwe en grijze dingen.

En dan waren er nog andere, even afzichtelijke specimens, die in hun eigen omgeving misschien heel normaal waren: de opbrengst van honderd levendragende werelden.

In Jeans ogen was de opperste travestie een vette man die op een prominente plek stond geëtaleerd. Misschien had hij deze opvallende positie door eigen verdienste verworven. Hij was corpulent op een manier die ze niet voor mogelijk had gehouden. Naast hem zou Webbard actief en atletisch lijken. Als je dit schepsel naar de Aarde bracht zou hij inzakken als een kwal. Maar hier op Abercrombie dreef hij vrij rond, opgezwollen en uitpuilend als de keelblaas van een brulkikker. Jean keek naar zijn gezicht — en nog eens! Strakke blonde krullen zaten er op zijn kop...

Earl gaapte, rekte zich uit. Hij begon zich uit te kleden. Spiernaakt stond hij middenin de kamer. Langzaam, slaperig liet hij zijn ogen langs de rijen van zijn verzameling dwalen.

Hij nam een besluit, liep loom naar een van de hokken. Daar haalde hij een schakelaar over.

Jean hoorde een zwak gezoem, gesis, rook de geur van ozon. Even later kwam er een zuchtend geluid. De deur van een glazen hok ging open. Het wezen erbinnen zweefde met zwakke bewegingen de kamer in...

Jean klemde haar lippen stijf op elkaar. Na een ogenblik keek ze ergens anders naar.

Met Earl trouwen? Ze rilde. *Nee, meneer Fotheringay. Doe het zelf maar, je zou net zo goed voldoen als ik... Twee miljoen dollar?* Ze huiverde. Vijf miljoen klonk beter. Voor vijf miljoen zou ze misschien met hem trouwen. Maar daar bleef het dan ook bij. Ze zou zelf de ring aan haar vinger schuiven, en de bruid kussen was er niet bij. Ze was Jean Parlier, geen heilig boontje. Maar genoeg was genoeg, en dit was te veel.

VII

Na een poos verliet Earl de kamer. Jean bleef stil liggen luisteren. Ze hoorde niets. Ze moest oppassen. Earl zou haar beslist vermoorden als hij haar hier vond. Ze wachtte vijf minuten. Ze hoorde niets, helemaal niets. Behoedzaam werkte ze zich onder de divan uit.

De zon scheen lekker warm op haar huid maar ze merkte het nauwelijks. Ze voelde zich besmeurd; de lucht leek smerig en bevuilde haar keel en haar longen.

Ze wilde een bad nemen... met vijf miljoen dollar kon je heel wat keren in het bad. Waar was de index? Ergens moest er een index zijn.

Ja. Ze vond hem en zocht vlug de juiste aantekening op. Die gaf haar genoeg stof tot overpeinzing.

Er stond ook een beschrijving van het herlevingsmechanisme in. Ze las het gejaagd door zonder er veel van te begrijpen. Ze wist dat zulke dingen bestonden. Ontzaglijke magnetische velden drongen door het protoplasma, grepen ieder afzonderlijk atoom stevig beet, en als het voorwerp bij nul graden absoluut werd bewaard slonk de verbruikte energie tot bijna niets. Daarna hoefde je alleen het grijpveld uit te schakelen en de deeltjes met een doordringende trilling in beweging te schoppen, en het wezen leefde weer.

Ze legde de index op zijn plaats en duwde zich naar de deuropening.

Van buiten kwam geen geluid. Misschien schreef en codeerde Earl de gebeurtenissen van die dag in zijn archief... En wat dan nog? Ze was niet hulpeloos. Ze zweefde stoutmoedig naar binnen.

De studeerkamer was verlaten!

Ze dook naar de deur, luisterde. Een zwak geruis van stromend water. Earl stond onder de douche. Dit was een goed moment om te vertrekken.

Ze drukte op de deurkruk. De deur schoot open. Ze stapte in Earls slaapkamer en duwde zich naar de gang.

Earl kwam de badkamer uit. Zijn forse lijf was nat van het water.

Hij bleef stokstijf staan, drapeerde toen haastig een handdoek om zijn middel. Opeens werd zijn gezicht roze gevlekt. "Wat doe jij hier?"

Jean zei zoet: "Ik kom je linnengoed controleren, kijken of je schone handdoeken nodig hebt."

Hij gaf geen antwoord. Na een poos zei hij ruw: "Waar ben je het afgelopen uur geweest?"

Jean maakte een achteloos gebaar. "Hier en daar, overal. Zocht je me dan?"

Hij deed een stap naar voren. "Ik heb veel zin om —"

"Om wat?" Achter haar rug morrelde ze aan de deur.

"Om —"

De deur gleed open.

"Wacht," zei Earl. Hij zette zich af.

Jean glipte de gang in, gevolgd door Earls grijpende handen.

"Kom weer naar binnen," commandeerde Earl die haar probeerde te pakken.

Achter hen klonk de ontstelde stem van mevrouw Blaiskell. "Wel heb je ooit! Meneer Earl!" Ze was uit mevrouw Clara's kamer gekomen.

Earl verdween met onverstaanbare sissende vloeken in zijn kamer. Jean keek hem na. "De volgende keer dat je me ziet, zou je willen dat je met me had geschaakt."

"Jean!" blafte mevrouw Blaiskell.

Met een scherpe stem vroeg Earl: "Wat bedoel je?"

Jean had geen benul wat ze bedoelde. Haar hersens draaiden op volle toeren. Het was beter als ze haar ideeën voor zich hield. "Dat vertel ik je morgenochtend wel." Ze lachte ondeugend. "Om ongeveer zes uur of halfzeven."

"Juffrouw Jean!" kreet mevrouw Blaiskell boos. "Kom ogenblikkelijk bij die deur vandaan!"

In de eetzaal van de bedienden zat Jean weer op verhaal te komen met een pot thee.

Webbard zeilde dik, pompeus en druk als een egel naar binnen. Toen hij Jean in het oog kreeg steeg zijn stem tot een snerpende hoboklank. "Juffrouw, juffrouw!"

Jean kende een kunstje waarvan ze wist dat het effectief was; ze stak haar ferme kin uit, kneep haar ogen halfdicht, en gaf haar stem een metaalklank. "Zoekt u mij?"

Webbard zei: "Ja en of ik jou zoek. Waar voor de duivel —"

"Nou, ik heb u ook lopen zoeken. Wilt u wat ik u ga vertellen privé aanhoren of niet?"

Webbard knipperde met zijn ogen. "Je brutale toon bevalt me niet. Wil je zo vriendelijk zijn —"

"Goed dan," zei Jean. "Dan doen we het hier. In de eerste plaats neem ik ontslag. Ik ga terug naar de Aarde. Ik zal ervoor zorgen —"

Webbard stak geschrokken zijn hand op terwijl hij door de eetzaal keek. De gesprekken aan de tafeltjes waren verstomd. Een dozijn nieuwsgierige ogen staarden hen aan.

"Ik sta je een onderhoud in mijn kantoor toe," zei hij.

Hij drukte zijn bolle vorm op een stoel die hem op zijn plaats hield door magnetische draden in zijn broek. "Nou, en wat is dit allemaal? Er is ernstig over je geklaagd, weet je dat?"

Vol weerzin zei Jean: "Je kan me wat, Webbard. Praat als een normaal mens."

Webbard was als door de bliksem getroffen. "Jij bent een brutaal nest!"

"Luister. Wil je dat ik Earl vertel hoe ik aan deze baan ben gekomen?"

Webbards dikke gezicht beefde. Zijn mond viel open; vier of vijf keer achter elkaar knipperde hij snel met zijn ogen. "Dat zou je niet durven —"

Jean zei geduldig: "Vergeet de meester-en-slaaf-toestand even, Webbard. Dit is een gesprek van man tot man."

"Wat wil je eigenlijk?"

"Ik wil je een paar vragen stellen."

"Nou?"

"Vertel me over ouwe meneer Abercrombie, de man van mevrouw Clara."

"Er valt niets te vertellen. Meneer Justus was een zeer gedistingeerde heer."

"Hoeveel kinderen hadden hij en mevrouw Clara?"

"Zeven."

"En de oudste erft het station?"

"De oudste, altijd de oudste. Meneer Justus geloofde in een strakke organisatie. Natuurlijk kregen de andere kinderen een thuis hier in het station gegarandeerd, degenen die wilden blijven."

"En Hugo was de oudste. Hoelang na meneer Justus is hij gestorven?"

Webbard vond het gesprek onaangenaam. "Dit is allemaal leuterpraat en onzin," gromde hij met een diepe stem.

"Hoelang?"

"Twee jaar."

"En wat is hem toen overkomen?"

Webbard zei ferm: "Hij kreeg een beroerte. Had last van zijn hart. Nou, wat is dit allemaal dat jij ontslag wilt nemen?"

"Hoelang geleden?"

"Ah — twee jaar."

"En toen erfde Earl?"

Webbard kneep zijn lippen op elkaar. "Meneer Lionel was helaas niet op het station aanwezig, en toen werd meneer Earl de wettige meester."

"Wel aardig getimed, voor Earl."

Webbard blies zijn wangen op. "Zo, jongedame, nu is het wel genoeg geweest! Als —"

"Meneer Webbard, laten we elkaar voor eens en voor altijd goed begrijpen. Of u beantwoordt mijn vragen en houdt op met dit gedonderjaag, of ik vraag het aan iemand anders. En als ik klaar ben, zal die ander u ook vragen komen stellen."

"Onuitstaanbaar, hondsbrutaal kind!" snauwde Webbard.

Jean keerde zich naar de deur. Grommend werkte Webbard zich uit zijn stoel. Jean gaf een ruk met haar arm; uit het niets verscheen een vonkend glazen mes in haar hand.

Webbard spartelde onbeheerst in de lucht terwijl hij zijn voorwaartse beweging probeerde te stuiten. Jean stak haar voet uit en duwde tegen zijn buik, terug naar zijn stoel.

Ze zei: "Ik wil een foto van de hele familie zien."

"Die heb ik niet."

Jean haalde haar schouders op. "Ik kan naar iedere bibliotheek gaan en in de *Who's Who* kijken." Ze nam hem koel op terwijl ze met haar mes speelde. Webbard kromp ineen. Misschien dacht hij dat ze een moordlustige maniak was. Nou, dat was ze niet, tenzij ze ertoe gedwongen werd. Op een vlotte toon vroeg ze: "Is het waar dat Earl een miljard dollar waard is?"

Webbard snoof. "Een miljard? Bespottelijk! De familie heeft niets behalve het station en leeft van de inkomsten. Met honderd miljoen dollar bouw je een nieuw station dat tweemaal zo groot en luxueus is."

"Waar heeft Fotheringay dat bedrag dan vandaan?" vroeg ze verwonderd.

"Dat zou ik niet kunnen zeggen."

"Waar is Lionel nu?"

Webbards lippen bewogen wanhopig. "Hij — houdt ergens aan de Rivièra vakantie."

"Hmm... U zegt dat u geen foto's heeft?"

Webbard krabde aan zijn kin. "Ik geloof dat er een fotootje van Lionel is... Even kijken... Ja, een moment." Hij rommelde in zijn bureau, zocht en tuurde erin, en produceerde eindelijk een foto. "Meneer Lionel."

Jean bekeek hem met belangstelling. "Zo zo." Het gezicht op de foto en het gezicht van de dikke man in Earls zoölogische collectie waren gelijk. "Zo zo." Ze keek hem scherp aan. "En waar woont hij?"

"Ik weet het echt niet," antwoordde Webbard die iets van zijn overdreven waardigheid terugkreeg.

"Kom over de brug, Webbard."

"O, vooruit dan — Villa Passe-temps, Juan-les-Pins."

"Dat geloof ik zodra ik je adresboek zie. Waar is dat?"

Webbard begon zwaar te ademen. "Luister nu eens hier, jongedame, er staan gewichtige zaken op het spel."

"Zoals?"

"Nou —" Hij liet zijn stem dalen, keek loerend naar de wanden van zijn kamer. "Het is algemeen bekend op het station dat meneer Earl en meneer Lionel elkaar — hm, ja, niet mogen. En er is een gerucht, alleen maar een gerucht, denk daaraan — dat meneer Earl een bekende misdadiger heeft gehuurd om meneer Lionel te vermoorden."

Dat zou Fotheringay dan zijn, peinsde Jean.

Webbard vervolgde: "Dus je begrijpt, het is noodzakelijk dat ik de uiterste voorzichtigheid betracht —"

Jean moest lachen. "Laat me je adresboek zien."

Nu wees hij naar een kaartenbak. "Je weet welke ik moet hebben — haal hem eruit," zei Jean.

Triest bladerde Webbard de kaarten door. "Hier."

Het adres was: Hotel Atlantide, flat 3001, Franse Kolonie, Metropolis, Aarde.

Jean prentte zich het adres in en bleef toen besluiteloos staan terwijl ze andere vragen probeerde te bedenken. Webbard glimlach traag. Hem negerend knabbelde ze op haar vingertoppen. Op zulke momenten merkte ze pas goed wat de nadelen van haar prille leeftijd waren. Als het op actie aankwam — vechten, lachen, spioneren, spelletjes spelen, vrijen — voelde ze zich volmaakt op haar gemak. Maar het sorteren van mogelijkheden en beslissen welke ervan waarschijnlijk waren en welke onredelijk — daarbij voelde ze zich minder zeker van zichzelf. Zoals nu...Ouwe Webbard, die dikke spekbuik was weer gekalmeerd en verkneukelde zich. Laat hij maar genieten...Ze moest naar de Aarde. Ze moest Lionel Abercrombie spreken. Misschien was Fotheringay aangenomen om hem te vermoorden, misschien niet. Misschien wist

Fotheringay waar hij hem kon vinden, misschien niet. Webbard kende Fotheringay; vermoedelijk was hij als tussenpersoon van Earl opgetreden. Of misschien was Webbard bezig met zijn eigen ingewikkelde plannen. Maar het was nu glashelder dat ze belang had bij het welzijn van Lionel, en niet bij dat van Fotheringay, want met Earl trouwen daar was natuurlijk geen sprake meer van. Lionel moest blijven leven. Als ze daarvoor Fotheringay moest bedriegen, dan was dat pech voor Fotheringay. Hij had haar wel wat meer kunnen vertellen over Earls 'zoölogische verzameling' voor hij haar naar hem toestuurde... Maar, dacht ze, het was natuurlijk mogelijk dat Fotheringay geen benul had op welke buitenissige manier Earl zijn monsters gebruikte.

"En?" vroeg Webbard met een onprettige grijns.

"Wanneer gaat het volgende schip naar de Aarde?"

"De voorraadschuit vertrekt vanavond."

"Mooi zo. Als ik me de piloot van het lijf kan houden. Je mag me nu uitbetalen."

"Betalen? Je hebt maar één dag gewerkt. En je staat bij het station in de schuld voor je vervoer, je uniform, je maaltijden —"

"O, hou maar op." Jean trok zich de gang in, ging naar haar kamer en pakte haar spullen in.

Mevrouw Blaiskell stak haar hoofd om de deur. "O, ben je daar..." Ze sniffelde. "Meneer Earl heeft naar je gevraagd. Hij wil je meteen spreken." Het was duidelijk te zien dat ze het niet goedkeurde.

"Prima," zei Jean. "Ik kom zo."

Mevrouw Blaiskell verdween.

Jean zeilde de gang af naar de vrachtkade. De piloot hielp met het inladen van lege metalen vaten. Toen hij Jean zag, veranderde zijn gezicht. "Ben jij daar weer?"

"Ik ga met jou mee terug naar de Aarde. Je had gelijk. Het bevalt me hier niet."

Hij knikte zuur. "Deze keer ga je in het ruim. Dan blijven we allebei intact... Als je voorin meegaat kan ik niets beloven."

"Prachtig," zei Jean. "Ik stap vast in."

Toen Jean bij Hotel Atlantide in Metropolis kwam droeg ze een zwarte jurk en zwarte schoenen omdat ze vond dat ze er dan ouder uitzag. In de hal speurde ze naarstig in het rond of ze de hoteldetective zag. Soms koesterden die onvriendelijke vermoedens over jonge meisjes zonder escorte. Het was beter om de politie te vermijden. Als ze merkten dat ze geen vader en geen moeder had en ook geen voogd, gingen hun gedachten algauw in de richting van een of andere ellendige staatsinrichting. Bij sommige gelegenheden waren nogal extreme maatregelen nodig geweest om haar onafhankelijkheid te verzekeren.

Maar de detective van het Atlantide nam geen notitie van het meisje met de zwarte haren dat rustig door de hal liep, als hij haar al zag. De liftjongen vond dat ze rusteloos leek, door een heleboel opgekropt enthousiasme of nervositeit. Een kruier op de dertigste verdieping zag haar zoekend over de gang lopen en deelde haar in gedachten in bij de mensen die niet met het hotel bekend waren. Een kamermeisje zag haar op de bel van flat 3001 drukken, zag de deur opengaan, zag het meisje verrast terugdeinzen en toen langzaam binnen gaan. Vreemd, dacht het kamermeisje, en ze hield zich er nog even mee bezig. Toen ging ze de schuimbollen in de badkamers bijvullen en het incident vervaagde.

De flat was ruim, elegant, duur. De ramen keken uit op de centrale tuinen en het Morison-gebouw daarachter. De inrichting was het werk van een binnenhuisarchitect, harmonieus en steriel; hier en daar verraadden enkele dingen de aanwezigheid van een vrouw. Maar Jean zag haar niet. Alleen zij was er, en Fotheringay.

Hij droeg gedempt grijs flanel en een donkere stropdas. In een menigte van twintig mensen zou hij verdwijnen.

Na een verrast ogenblik stapte hij achteruit. "Kom binnen."

Jean keek vlug de kamer rond, half en half verwachtend een dik, verfomfaaid lijk aan te treffen. Maar misschien was Lionel niet thuis en wachtte Fotheringay hem op.

"Zo," vroeg hij, "wat voert jou hierheen?" Hij hield haar onopvallend in de gaten. "Ga zitten."

Jean zonk in de stoel en beet op haar lip. Fotheringay zat haar aan te kijken als een kat. Voorzichtig. Ze porde haar geest op. Wat voor aannemelijk excuus had ze om Lionel op te zoeken? Misschien had Fotheringay wel verwacht dat ze hem zou verraden...Waar was Hammond? Haar nek tintelde. Iemand bekeek haar van achter. Vlug keek ze om.

In de hal probeerde iemand als een haas te verdwijnen. Maar niet snel genoeg. In Jeans geest barstte een muur van onwetendheid open zodat er een warme stroom van kennis vrijkwam.

Glimlachend liet ze haar scherpe witte tandjes zien. Het was een dikke vrouw geweest die ze in de hal had gezien, een heel dikke vrouw, rozig, blozend en trillend.

"Waarom glimlach je?" vroeg Fotheringay.

Ze paste zijn eigen tactiek op hem toe. "Vraag je je af wie mij jouw adres heeft gegeven?"

"Webbard natuurlijk."

Jean knikte. "Is dat je vrouw?"

Fotheringay's kin kwam een millimeter omhoog. "Ter zake."

"Goed." Ze schoof iets naar voren. Het was nog steeds mogelijk dat ze een verschrikkelijke fout maakte, maar dat risico moest ze nemen. Als ze vragen stelde zou ze haar onzekerheid verraden en haar onderhandelingspositie ondermijnen. "Hoeveel geld kun je bij elkaar brengen — nu meteen? In contanten."

"Tien- of twintigduizend."

Blijkbaar was de teleurstelling op haar gezicht te lezen.

"Niet genoeg?"

"Nee. Je hebt me de mist ingestuurd."

Fotheringay bleef zwijgen.

"Earl wilde mij net zo lief verleiden als zijn tong afhakken. Zijn smaak wat vrouwen betreft is — gelijk aan de jouwe."

Hij liet geen ergernis blijken. "Maar twee jaar geleden —"

"Daar is een reden voor." Ze fronste treurig. "Geen prettige reden."

"Voor de draad ermee."

"Hij hield van Aardse meisjes omdat het gedrochten waren. In zijn mening dan natuurlijk. Earl is dol op gedrochten."

Hij wreef over zijn kin terwijl hij haar uitdrukkingsloos aankeek. "Daar heb ik nooit aan gedacht."

"Je plannetje had misschien gewerkt als Earl ook maar half normaal was. Maar ik kom eenvoudig niet in aanmerking."

Hij grijnsde kil. "Je bent niet gekomen om me dat te vertellen."

"Nee. Ik weet hoe Lionel Abercrombie het station kan krijgen… Maar jij heet natuurlijk Fotheringay."

"Als ik Fotheringay heet, waarom ben je me hier dan komen zoeken?"

Jean lachte vrolijk en schallend. "Waarom denk je dat ik jou ben komen zoeken? Ik zoek Lionel Abercrombie. Aan Fotheringay heb ik niks als ik Earl niet kan trouwen. En dat kan ik niet. Ik ben niet monsterlijk genoeg voor hem. Nu zoek ik Lionel Abercrombie."

VIII

Fotheringay klopte met een keurig verzorgde vinger op een keurige flanellen knie en zei kalm: "Ik ben Lionel Abercrombie."

"Kun je dat bewijzen?"

Hij gooide haar een paspoort toe. Ze keek er even in en gaf het terug.

"Goed. Nu — jij hebt twintigduizend. Dat is niet genoeg. Ik wil twee miljoen... Als je het niet hebt, dan heb je het niet. Ik ben niet onredelijk. Maar ik wil wel zorgen dat ik het krijg zodra je het hebt... Dus — jij moet mij een akte geven, een verkoopbewijs, iets wettigs waarmee je mij jouw aandeel in Station Abercrombie geeft. En ik teken een papier dat ik het aan jou verkoop voor twee miljoen dollar."

Hij schudde zijn hoofd. "Zo'n soort overeenkomst is voor mij wel bindend, maar niet voor jou. Jij bent minderjarig."

"Hoe eerder ik bevrijd ben van Abercrombie hoe beter. Ik ben niet hebzuchtig. Jij kunt je miljard krijgen. Ik wil alleen maar twee miljoen... Trouwens, hoe kom je bij dat miljard? Webbard zegt dat de hele toestand maar honderd miljoen waard is."

Lionels mond plooide zich tot een winterse glimlach. "Webbard rekende de bezittingen van de gasten niet mee. Sommige heel rijke mensen zijn vet. Hoe vetter ze worden, hoe minder ze het leven op Aarde waarderen."

"Ze zouden altijd naar een andere vakantiesatelliet kunnen gaan."

Hij schudde weer zijn hoofd. "De atmosfeer is niet hetzelfde. Abercrombie is het dikzakkenparadijs. De enige kleine plek in het heelal waar dikke mensen trots kunnen zijn op hun gewicht." Zijn stem had een droefgeestige ondertoon.

Jean zei zacht: "En jij smacht zelf naar Abercrombie."

Lionel grijnsde. "Is dat zo vreemd?"

Jean ging verzitten. "Nu moeten we naar een advocaat. Ik weet een goeie. Richard Mycroft. Ik wil dat deze akte zonder mazen wordt opgesteld. Misschien moet ik wel een voogd zoeken."

"Jij hebt geen voogd nodig."

Jean glimlachte voldaan. "Nee."

"Je hebt me nog steeds niet verteld hoe dat plan van jou moet werken."

"Dat vertel ik je zodra ik die akte heb. Je verliest er niets bij als je iets weggeeft dat niet van jou is. En als je het eenmaal hebt weggegeven, dan is het in mijn belang om te helpen zorgen dat je het krijgt."

Lionel stond op. "Ik hoop dat het een goed plan is."

"Dat is het."

De dikke vrouw kwam de kamer in. Het was duidelijk een Aards meisje en ze was verbluft en verrukt door Lionels aandacht. Toen ze Jean zag bewolkte haar gezicht van jaloezie.

Op de gang zei Jean wijs: "Als je haar meeneemt naar Abercrombie zet ze jou zo aan de dijk voor een van die dikke schavuiten."

"Hou je kop!" zei Lionel met een stem als een zeis die geslepen wordt.

De piloot van de voorraadboot zei nors: "Dit bevalt me helemaal niet."

Lionel vroeg kalm: "Stel je prijs op je baan?"

De piloot mopperde lomp maar protesteerde niet meer. Lionel gespte zich naast hem in de stoel. Jean, de man met het paardengezicht die Hammond heette en twee nerveuze oudere mannen met een professioneel uiterlijk installeerden zich in het ruim.

Het schip kwam los van de kade, verhief zich boven de atmosfeer en koerste naar de baan van Abercrombie.

Vooruit zweefde het schitterende station in het licht van de zon. De schuit landde op het vrachtdek, de mannen trokken hem naar zijn houder en de sluis ging zuchtend open.

"Kom mee," zei Lionel. "Opschieten. Laten we er gauw een eind aan maken." Hij klopte Jean op haar schouder. "Jij gaat voorop."

Zij leidde de anderen naar de centrale schacht. De dikke gasten dreven hen voorbij, licht en rond als zeepbellen met verraste gezichten om zoveel bottenmensen.

Door de schacht omhoog, door de tunnel naar de residentie van de familie. Ze kwamen voorbij de Lusthof waar Jean een glimp opving van mevrouw Clara, opgestopt als een bloedworst, samen met de gedienstige Webbard.

Ze passeerden mevrouw Blaiskell. "Niet te geloven, meneer Lionel!" hijgde ze. "Wel heb ik ooit, wel heb ik ooit!"

Lionel streek langs haar heen. Over haar schouder kijkend kreeg Jean een steek van onbehagen. Er smeulde iets donkers in zijn ogen. Triomf, kwaadaardigheid, wreedheid. Iets dat niet helemaal menselijk was. En Jean was uiterst menselijk, en ze had de neiging zich onbehaaglijk te voelen in het bijzijn van leven van een andere wereld... Zoals nu.

"Opschieten," klonk de stem van Lionel. "Opschieten."

Voorbij de kamers van mevrouw Clara, naar de deur van Earls slaapkamer. Jean drukte op de knop; het paneel gleed opzij.

Earl stond voor een spiegel en knoopte een rood met blauwe zijden kravat om zijn stierennek. Hij droeg een pak van parelgrijs gabardine, ruim gesneden en opgevuld om er rond en zacht in uit te zien. Hij zag Jean in de spiegel, en achter haar het harde gezicht van zijn broer Lionel. Hij wentelde om zijn as, raakte het contact met de vloer kwijt, zweefde spartelend de lucht in.

Lionel lachte. "Pak hem, Hammond. Breng hem hier."

Earl raasde en tierde. Hij was hier de baas, iedereen moest naar buiten. Hij zou ze allemaal laten opsluiten, laten doden. Hij zou ze zelf doden...

Hammond fouilleerde hem terwijl de twee oudere mannen onrustig op de achtergrond tegen elkaar stonden te mompelen.

"Luister eens hier, meneer Abercrombie," zei een van hen ten slotte, "wij kunnen geweld niet gedogen..."

"Kop dicht," zei Lionel. "U bent hier als getuigen, als doctoren. U wordt betaald om te kijken, meer niet. Als wat u ziet u niet aanstaat, dan heeft u pech." Hij gebaarde naar Jean. "Aan de slag."

Jean duwde zich naar de deur van de studeerkamer. Earl riep scherp: "Ga daar weg, weg! Dat is privé, dat is mijn privé-studeerkamer!"

Jean klemde haar tanden op elkaar. Het was ondoenlijk om geen medelijden met die arme magere Earl te voelen. Maar — ze dacht weer aan zijn 'zoölogische collectie'. Vastberaden dekte ze het elektrisch oog af en drukte op de knop. De openzwaaiende deur onthulde de glorie van het gebrandschilderde raam dat gloeide van hemelvuur.

Jean duwde zich af naar het ruige tweebenige wezen. Daar wachtte ze.

Earl verzette zich tegen Hammond die hem mee wilde nemen. Hammond manipuleerde zijn ellebogen; Earl stiet een schorre kreet uit en smeet zich voorwaarts.

Lionel zei: "Geen geintjes met Hammond, Earl; hij vindt het leuk om mensen pijn te doen."

De twee getuigen mompelden toornig. Lionel legde ze met een enkele blik het zwijgen op.

Hammond greep Earl beet bij het zitvlak van zijn broek, tilde hem boven zijn hoofd en liep met zijn magnetische schoenen over de rommelige vloer van de studeerkamer terwijl Earl hulpeloos spartelde en met zijn armen maaide.

Jean betastte het houtsnijwerk boven het luik naar de verborgen kamer. Earl schreeuwde: "Blijf daar met je handen af. O, hier zul je voor boeten, wat een straf, wat een straf." Zijn schorre stem ging over in snikkende uithalen.

Hammond schudde hem heen en weer als een terriër met een rat.

Earl snikte nog harder.

Het geluid deed Jean pijn aan haar oren. Fronsend vond ze de knop.

Het luik vloog open en allemaal dromden ze de helder verlichte kamer in. Earl snikte en smeekte als een gebroken man.

"Daar is het." wees Jean.

Lionel liet zijn blik over de verzameling monsters gaan. De dingen van andere planeten, de draken, basilisken, griffioenen, de gepantserde insecten, de slangen met reuzenogen, de wirwar van spieren, de opgerolde dieren met slagtanden, hersens, kraakbeen. En daarna kwamen de mensen, en die waren niet minder grotesk. Lionels ogen bleven hangen aan de dikke man.

Hij keek naar Earl, die nu zweeg.

"Arme ouwe Hugo," zei Lionel. "Je moest je schamen, Earl."

Earl zuchtte diep.

Lionel zei: "Maar Hugo is toch dood...net zo dood als al die andere dingen. Nietwaar, Earl?" Hij keek naar Jean. "Nietwaar?"

"Dat zal wel," zei Jean ongemakkelijk. Earl sarren deed haar geen plezier.

"Natuurlijk is hij dood," hijgde Earl.

Jean ging naar de sleutel die het magnetisch veld regelde.

"Heks! Heks!" krijste Earl.

Jean drukte de sleutel neer. Een muzikaal gezoem, een sissend geruis, een geur van ozon, na een ogenblik gevolgd door een zuigend geluid. Met een zucht zwaaide de kooi open. Hugo dreef de kamer in.

Hij trok met zijn armen, kokhalsde en braakte, maakte diep in zijn keel een ijl, huilend geluid.

Lionel keerde zich naar de twee getuigen. "Leeft deze man?"

Opgewonden mompelden ze: "Ja, ja!"

Lionel richtte zich tot Hugo. "Zeg ze hoe je heet."

Hugo fluisterde zwak, drukte zijn ellebogen tegen zijn zijden, trok zijn geatrofieerde beentjes op en probeerde de houding van een foetus aan te nemen.

Lionel vroeg de twee mannen: "Is hij bij zijn verstand?"

Ze aarzelden. "Dat is natuurlijk niet iets dat wij zo voor de vuist weg kunnen vaststellen." Ze mompelden wat over proeven, encefalogrammen, reflexen.

Lionel wachtte even. Hugo hing te rochelen en huilen als een baby. "Nou — is hij bij zijn verstand?"

De doctoren zeiden: "Hij lijdt aan een ernstige shock. Het klassieke effect van de diepvries is een storing van de synapsen —"

Lionel vroeg sarcastisch: "Heeft hij ze alle vijf?"

"Nou — nee."

Lionel knikte. "In dat geval — kijken jullie naar de nieuwe meester van Station Abercrombie."

Earl protesteerde: "Dat kun je niet maken, Lionel! Hij is al heel lang gek, en jij was niet op het station!"

Lionel grijnsde als een wolf. "Wil je de zaak voor het marinegerechtshof in Metropolis brengen?"

Earl zweeg. Lionel keek naar de doctoren, die nog verhit stonden te debatteren.

"Spreek tegen hem," zei hij. "Overtuig u ervan of hij bij zijn verstand is of niet."

Plichtsgetrouw spraken de artsen Hugo aan, die miauwende geluiden produceerde. Met tegenzin kwamen ze tot een definitieve conclusie. "Deze man is duidelijk niet in staat zelf zijn belangen te behartigen."

Kribbig rukte Earl zich uit Hammonds greep. "Laat me los."

"Pas maar op," zei Lionel. "Ik geloof niet dat Hammond je aardig vindt."

"Ik vind Hammond ook niet aardig," zei Earl vals. "Ik vind niemand aardig." Zijn stem daalde. "Mezelf ook niet." Hij staarde in het hok van Hugo.

Jean voelde dat hij overspoeld werd door een roekeloze bui. Ze deed haar mond open om te spreken.

Maar Earl was al begonnen.

De tijd stond stil. Earl leek zich verbijsterend traag te bewegen, maar de anderen stonden als aan de grond genageld.

Voor Jean kwam de tijd weer op gang. "Ik smeer 'm," hijgde ze omdat ze wist wat de halfgekke Earl van plan was.

Hij rende met klossende schoenen langs de rij monsters. Onder het rennen drukte hij schakelaars in. Toen hij klaar was stond hij aan de andere kant van de kamer. Achter hem kwamen de dingen tot leven.

Hammond schudde zijn verlamming af en dook achter Jean aan. Een zwarte tastende arm die willekeurig in het rond voelde kreeg zijn been te pakken. Er klonk een dof krakend geluid. Hammond brulde het uit van angst.

Jean wilde teruggaan. Krijsend sprong ze achteruit. Tegenover haar stond de gorilla-dinges van twee en een halve meter met het poedelsmoel. Ergens onderweg had Earl de knop ingedrukt die het monster uit zijn magnetische verlamming bevrijdde. De zwarte ogen glansden, de muil kwijlde, de handen maakten grijpbewegingen. Jean kromp ineen.

Achter haar klonken afschuwelijke geluiden. Ze hoorde Earl opeens naar adem snakken. Maar ze kon haar ogen niet van de poedelgorilla afnemen. Hij zweefde naar binnen. De zwarte hondenogen keken diep in Jeans ogen. Ze kon zich niet verroeren! Een doelloos tastende grote zwarte arm viel langs haar schouder, raakte de gorilla aan.

Het werd een krijsend gekkenhuis. Jean drukte zich tegen de muur. Een groen klapwiekend wezen dat zich voortdurend uit- en weer oprolde fladderde de studeerkamer in en smeet rekken tegen de vloer, verbrijzelde schermen en vitrines, sloeg boeken, mineralen, papieren, machientjes, kisten en kasten knallend en versplinterend de lucht in. Het gorilla-ding kwam er achteraan met een kromme en slaphangende arm. Een rollende furie van zwempoten, schubben, een gespierde staart en een menselijk lichaam volgden — Hammond met een griffioen van een planeet die heel toepasselijk Hellegat heette.

Jean schoot weg met het plan zich in de nis te verstoppen. Buiten op het dek lag Earls ruimteboot. Ze zette zich af naar de sluis.

Koortsachtig krabbelend kwam een van de artsen achter haar aan.

Jean riep: "Hierheen, hierheen!"

De dokter stortte zich in de boot.

Jean hurkte bij de sluis, gereed om hem bij het minste gevaar dicht te knallen… Ze zuchtte. Al haar verwachtingen en plannen, haar hele toekomst lag in duigen. De dood, een debacle, een catastrofe waren haar lot.

Ze keerde zich naar de dokter. "Waar is uw collega?"

"Die is dood! O hemel, o hemel, wat kunnen we doen?"

Jean keek hem aan met opkrullende lippen van walging. Toen zag ze hem in een nieuw, roze licht. Een onpartijdige getuige. Hij zag eruit of hij geld waard was. Hij kon getuigen dat Lionel minstens dertig seconden meester van Station Abercrombie was geweest. Dertig seconden waren voldoende om het eigendom op haar te laten overgaan. Of Hugo bij zijn verstand was of niet was niet belangrijk want Hugo was gestorven, dertig seconden voordat de metalen kikvors met de messcherpe schaarmuil zich in Lionels keel had vastgebeten.

Toch nuttig om het zeker te weten. "Luister," zei Jean. "Dit is misschien belangrijk. Stel dat u in de rechtbank zou moeten getuigen. Wie stierf er het eerst, Hugo of Lionel?"

De dokter was even stil. "Nou, Hugo! Ik zag dat zijn nek gebroken werd toen Lionel nog leefde."

"Weet u het zeker?"

"O, ja." Hij probeerde zich te vermannen. "We moeten iets doen."

"Goed," zei Jean. "Wat zullen we doen?"

"Dat weet ik niet."

Uit de studeerkamer kwam een rochelend geluid en even later

krijste er een vrouw. "God!" zei Jean. "Die dingen zijn ontsnapt naar de slaapkamer…Wat die in het station zullen aanrichten…" Ze verloor haar beheersing en gaf over tegen de wand van de boot.

Een bruin poedelgezicht met rode bloedvlekken bespetterd tuurde om de hoek. Heimelijk kwam het dichterbij.

Gehypnotiseerd zag Jean nu dat zijn arm helemaal afgedraaid was. Het dier sprintte vooruit. Jean schoof achteruit en ramde de sluis dicht. Een zwaar lichaam bonkte tegen het metaal.

Ze zaten opgesloten in Earls ruimteboot. De man was flauwgevallen. Jean fluisterde: "Ga nou niet dood, knaap. Jij bent geld waard…"

Zwak klonk er door het metaal een donderend en bonzend rumoer. En toen het gesmoorde gespetter van protonpistolen. Ze bleven met eentonige regelmaat vuren…

Toen viel er een absolute stilte.

Jean schoof de sluisdeur centimeter voor centimeter open. De nis was verlaten. Voor haar zweefde het gebroken lijk van de gorilla-poedel.

Jean waagde zich de nis in, loerde om de hoek in de studeerkamer. Tien meter verder stond daar Webbard, wijdbeens als een zeerover-hoofdman op de brug van zijn schip. Zijn gezicht was lijkwit en verwrongen; van zijn neus liepen striemen rond zijn bijna onzichtbare mond. Hij had twee grote protonpistolen waarvan de openingen wit-heet waren in zijn handen.

Toen zag hij Jean en zijn ogen begonnen te schitteren.

"Jij! Het is allemaal jouw schuld, jij met je spioneren en gluren!"

Met een ruk zwaaiden de pistolen in haar richting.

"Nee!" riep Jean. "Ik kan er niets aan doen!"

Toen klonk de zwakke stem van Lionel. "Doe die wapens weg, Webbard." Met zijn handen op zijn keel duwde hij zich naar binnen. "Dat is de nieuwe eigenaar," zei hij schor. "Je wilt je nieuwe baas toch niet vermoorden, wel?"

Webbard knipperde van verbijstering met zijn ogen. "Meneer Lionel!"

"Ja," zei Lionel. "Eindelijk weer thuis…En er valt heel wat rotzooi op te ruimen, Webbard…"

✳

Jean keek naar het bankboekje. De in het plastic gebrande cijfers namen bijna het hele bandje in beslag.

"Twee miljoen dollar."

Mycroft nam een haal van zijn pijp en keek uit het raam. "Er is nog iets waar je over na moet denken," zei hij. "Namelijk hoe je je geld wilt investeren. Dat kun je zelf niet af; de andere partijen zullen alleen met verantwoordelijke mensen willen werken — dat wil zeggen een voogd of zaakwaarnemer."

"Ik weet niet veel van die dingen," zei Jean. "Ik — ik nam eigenlijk aan dat u daarvoor zou zorgen."

Mycroft klopte de as uit zijn pijp.

"Wilt u niet?" vroeg Jean.

Met een verre glimlach zei Mycroft: "Ik wil wel... Ik zal met plezier voor een boedel van twee miljoen zorgen. Ik zal je wettelijke voogd worden, tot je meerderjarig bent. Dat zullen we door de rechtbank moeten laten bekrachtigen. Dat heeft tot gevolg dat jou het beheer van het geld wordt ontnomen, maar we kunnen wel een clausule opnemen dat jij het volledige inkomen ervan krijgt — ik neem aan dat je dat wilt. Dat zou ongeveer — ach, vijftigduizend per jaar moeten zijn na aftrek van belasting."

"Ik vind het best," zei Jean lusteloos. "Op het moment heb ik eigenlijk nergens veel belangstelling voor... Een soort anticlimax."

Mycroft knikte. "Dat kan ik me voorstellen."

"Ik heb het geld. Ik heb het altijd willen hebben, en nu heb ik het. En nu —" Ze maakte een gebaar. "Het is alleen een getal in een bankboekje... Morgenochtend sta ik op en zeg dan bij mezelf: 'Wat zal ik vandaag doen? Zal ik een huis kopen? Zal ik voor duizend dollar kleren bestellen? Zal ik een reis van twee jaar door Argo Navis gaan maken?' En dan luidt het antwoord: 'Nee, naar de duivel ermee.'"

"Wat jij nodig hebt," zei Mycroft, "zijn vrienden, een paar aardige meisjes van jouw leeftijd."

Jean produceerde een ietwat misselijke glimlach. "Ik ben bang dat we niet veel gemeen zouden hebben... Het zal wel een goed idee zijn, maar — het zou niet werken." Ze zat passief op haar stoel met een afgezakte mond.

Het viel Mycroft op dat het een lieve, gulle mond was.

Met een lage stem zei ze: "Ik moet er steeds weer aan denken dat ik ergens in het heelal een moeder en een vader heb…"

Mycroft wreef over zijn kin. "Mensen die hun baby in de steek laten in een kroeg zijn het niet waard om aan te denken, Jean."

"Weet ik," zei ze troosteloos. "O, meneer Mycroft, ik ben zo verdomde eenzaam…" Ze huilde met haar hoofd op haar armen.

Hij legde een besluiteloze hand op haar schouder.

Na een ogenblik zei ze: "U zult me wel een verschrikkelijke idioot vinden."

"Nee," zei hij nors. "Dat vind ik helemaal niet. Ik wou dat ik…" Hij kon er geen woorden voor vinden.

Ze vermande zich en stond op. "Zo is het wel genoeg…" Ze pakte zijn hoofd beet en zoende hem op zijn kin. "U bent echt erg aardig, meneer Mycroft…Maar ik wil geen medeleven. Dat haat ik. Ik ben eraan gewend om voor mezelf op te komen."

Mycroft ging weer zitten en begon zijn pijp te stoppen om iets met zijn vingers te kunnen doen. Jean pakte haar tasje. "Nu heb ik een afspraak met een couturier die André heet. Hij gaat mij tot op het bot aankleden. En daarna ga ik —" Ze hield op. "Ik zal het maar niet zeggen. U zou ongerust worden en schrikken."

Hij schraapte zijn keel. "Denk ik ook."

Ze knikte. "Tot ziens." Ze vertrok.

Mycroft schraapte zijn keel nogmaals, hees zijn broek op, verschikte zijn jasje, ging weer aan het werk…Het leek duf, grijs, muf. Hij had hoofdpijn. "Ik heb zin om me te gaan bedrinken…" zei hij.

Tien minuten later ging de deur open. Jean keek naar binnen.

"Hallo, meneer Mycroft."

"Hallo, Jean."

"Ik ben van gedachten veranderd. Ik dacht dat het leuker zou zijn als ik u mee uit eten nam, en daarna kunnen we misschien ergens heengaan…Zou u dat prettig vinden?"

"Bijzonder prettig," zei Mycroft.

CHOLWELLS KIPPEN

I

MENEER MYCROFT STREEK met een hand door zijn grijze haar en zei met een wrange stem, "Ik zal niet voorwenden je te begrijpen."

In de grote leren stoel speciaal ter ontspanning van de meer gestreste klanten van Mycroft, fronste Jean, strekte haar vingers en bekeek de rug van haar handen. "Ik begrijp mezelf niet eens."

Door het raam keek ze naar een tomaatrode Marshall Maanjager die langs de blauwe aprilhemel flitste. "Geld heeft me niet gebracht wat ik ervan had verwacht... Ik heb altijd zo'n klein schip gewild. Ik zou er een dozijn kunnen kopen als ik dat zou willen, maar —" ze schudde haar hoofd, haar blik nog steeds in de blauwe verte.

Mycroft herinnerde zich de eerste keer dat hij haar had gezien: op haar hoede en wild, gekenmerkt door een vroegrijpe ongetemde kwaliteit, een roekeloosheid waardoor gewone vrouwen flets en smakeloos leken. Mycroft glimlachte grimmig. Hij kon nauwelijks zeggen dat ze saai was geworden. Ze had nog steeds haar elan, haar felle charme. Ze was pek en ivoor en bleekroze; haar mond was breed en flexibel, haar kleine tanden waren wit en scherp; ze straalde stoere hartstocht uit — maar er miste iets, niet noodzakelijkerwijs ten kwade.

"Niets is zoals ik dacht dat het zou zijn," zei Jean. "Kleren..." Ze keek naar haar donkergroene broek, haar zwarte trui. "Deze zijn goed genoeg. Mannen..." Mycroft keek haar aandachtig aan. "Het zijn allemaal dezelfde, idiote minkukels."

Mycroft trok een kleine onwillekeurige grimas en ging op zijn stoel zitten. Met zijn vijftig jaar was hij drie keer haar leeftijd.

"De minnaars zijn matig," zei Jean, "maar ik ben aan ze gewend geraakt. Het heeft me daar ook nooit aan ontbroken. Maar de anderen — de financiers, de snelle jongens — ze maken me van streek. Net als spinnen."

Mycroft haastte zich om het uit te leggen. "Het is onvermijdelijk: ze jagen op iedereen die geld heeft. Die sjacheraars zullen je nooit met rust laten. Verwijs ze naar mij; als je voogd kan ik ze fluks laten verdwijnen."

"Toen ik nog arm was," zei Jean treurig, "wilde ik zoveel dingen. En nu —" ze zwaaide haar armen in een gebaar van overgave "— kan ik kopen en kopen en kopen. En ik wil niets. Ik kan alles hebben wat ik wil, en het is bijna alsof ik het al had. Ik wil graag nog wat extra verdienen. Nu ik bloed heb geroken wil ik alleen maar meer."

Mycroft schoot gealarmeerd achterover. "Mijn beste meisje, dat is de beroepsziekte van oude mannen! Niet voor een —"

Jean zei, ietwat geprikkeld: "U doet, meneer Mycroft, alsof ik geen mens ben." Dit was wel waar; Mycroft gedroeg zich instinctief tegenover Jean als was ze een mooi, verontrustend en onvoorspelbaar dier.

"Het is niet dat ik per se meer geld wil... Ik neem aan dat ik me verveel."

Het gaat van kwaad tot erger, dacht Mycroft. Verveelde mensen kwamen zonder uitzondering in de problemen. Wanhopig zocht hij naar oplossingen. "Eh — er is altijd nog het theater. Je zou een productie kunnen financieren en misschien zou je er zelf in willen spelen?"

"Pfff," zei Jean. "Stelletje fakers!"

"Zou je misschien weer een opleiding willen volgen?"

"Dat klinkt erg vermoeiend, meneer Mycroft."

"Ik veronderstel dat dat zou kunnen..."

"Ik ben niet het schoolse type. Bovendien heb ik iets anders aan mijn hoofd. Het is waarschijnlijk dwaas en zinloos, maar ik kan het niet loslaten. Ik wil graag meer weten over mijn vader en moeder... Ik heb me altijd bitter gevoeld tegenover hen — maar stel dat ik ben ontvoerd of gestolen? Als dat het geval was, zouden ze me vast graag zien."

Mycroft beschouwde een dergelijke mogelijkheid persoonlijk als onwaarschijnlijk. "Wel, dat is volkomen normaal en natuurlijk. Waarom zetten we er geen onderzoeker op? Ik herinner me dat je werd achtergelaten in een bar op een van de buitenwerelden."

Jeans ogen waren hard en helder geworden. "In de Aztec Taverne van Joe Parlier. Engelenstad op Codiron."

"Codiron," zei Mycroft. "Ja, ik ken dat district heel goed. Ik herinner me dat het geen grote wereld is en ook niet erg dichtbevolkt."

"Als het is zoals het was toen ik wegging — wat zeven jaar geleden was — is het achterlijk en ouderwets. Maar doe geen moeite voor een onderzoeker. Ik wil graag zelf op onderzoek uit."

Mycroft opende zijn mond om zijn afkeuring te uiten toen de deur open schoof en Ruth, de receptioniste van Mycroft, naar binnen keek.

"Dr. Cholwell om je te zien." Ze wierp een scherpe zijwaartse blik op Jean.

"Cholwell?" bromde Mycroft. "Ik vraag me af wat hij wil."

"Hij zei dat je had afgesproken om met hem te lunchen."

"Ja dat klopt. Laat hem maar binnen."

Met een laatste strenge blik op Jean verliet Ruth de kamer.

Jean zei: "Ruth mag me niet."

Mycroft ging ietwat ongemakkelijk op zijn stoel zitten. "Let maar niet op haar. Ze werkt al bijna twintig jaar voor me... Ik vermoed dat het zien van een mooi meisje op kantoor haar gevoel van eigenwaarde verstoort. Vooral —" zijn oren kleurden "— iemand waar ik zo veel belangstelling voor heb."

Jean glimlachte flauw. "Op een dag zal ik haar ons laten betrappen terwijl ik op uw schoot zit."

"Nee," zei Mycroft en verschoof wat papieren op zijn bureau. "Het lijkt me beter van niet."

Cholwell kwam kwiek de kamer binnen — een man van Mycrofts leeftijd, mager, heldere ogen, elegant op een schokkerige, vogelachtige manier. Hij had een scherpe kin, een mooie dos zilvergrijs haar, een lange gevoelige neus. Hij was zeer precies gekleed en aan zijn vinger ving Jean een glimp op van het gouden insigne van de Ruimte Bewoners Vereniging.

Jean keek weg, zich ervan bewust dat ze Cholwell niet leuk vond.

Cholwell staarde Jean verbaasd aan. Zijn mond viel open. Hij deed een korte stap vooruit. "Wat doe jij hier?" vroeg hij bruusk.

Jean keek hem verwonderd aan. "Ik praat alleen maar met meneer Mycroft... Maakt het uit?"

Cholwell sloot zijn ogen en schudde zijn hoofd alsof hij op het punt stond flauw te vallen.

II

Cholwell liet zich in een stoel zakken. "Excuus," mompelde hij. "Ik heb mijn medicatie nodig...een aandenken aan een chlorose-aanval in de sloebanken van Mendassir." Hij wierp nog een blik op Jean en wendde zijn ogen af. Zijn lippen bewogen alsof hij een bezwering opzegde.

Mycroft zei scherp: "Mijn beschermelinge, mejuffrouw Parlier. Dr. Cholwell."

Cholwell herwon zijn kalmte. "Aangenaam kennis te maken." Hij wendde zich tot Mycroft. "Je hebt me nooit verteld zo'n mooie, jonge verplichting te hebben."

"Jean is een recente aanwinst. De rechtbank heeft mij aangewezen om voor haar geld te zorgen." Hij zei tegen Jean: "Cholwell komt uit jouw deel van het heelal, tenminste voor zover ik weet." Hij keerde zich weer naar Cholwell. "U verblijft nog steeds in het Reclasseringstehuis?"

Cholwell trok zijn ogen weer weg van Jean. "Niet precies. Ja en nee. Ik woon wel op het oude terrein, maar het tehuis is verlaten — al geruime tijd."

"Hoe hou je dat in hemelsnaam vol? In mijn herinnering is het een godverlaten hol."

Cholwell schudde zelfgenoegzaam het hoofd. "Ik vind van niet. Het landschap is groots, monumentaal. Bovendien — welnu, ik heb een kleine onderneming die me bezighoudt."

"Onderneming?"

Cholwell keek uit het raam. "Ik ben, eh, kippen aan het fokken. Ja." Hij knikte. "Kippen." Zijn blik ging heen en weer tussen Jean en Mycroft. "Ik kan u zelfs een uitstekende investeringsmogelijkheid bieden."

Mycroft gromde. Cholwell ging onverstoorbaar verder.

"Jullie hebben ongetwijfeld verhalen gehoord over winsten van wel honderd procent en ze behoorlijk buitenissig gevonden. Wel, natuurlijk zal ik niet zo ver gaan. Om eerlijk te zijn weet ik niet precies wat het zal opleveren. Misschien niets. Mijn opstelling is nog steeds experimenteel; ik heb immers een tekort aan kapitaal."

Mycroft vulde zijn pijp met tabak. "Je bent op de verkeerde plaats, Cholwell." Hij streek een lucifer af. "Maar — uit nieuwsgierigheid — wat is je aanpak?"

Cholwell likte zijn lippen en staarde een ogenblik naar het plafond. "Ach, het plan is bescheiden genoeg. Ik heb een kippensoort ontwikkeld die opmerkelijk goed gedijt. Ik wil nu een moderne fokkerij beginnen. Met voldoende steun kan ik kippen in het hele Orioncircuit leveren tegen een prijs die geen enkele lokale leverancier kan evenaren."

Jean zei twijfelachtig: "Ik zou verwachten dat Codiron te koud en te winderig zou zijn voor kippen."

Cholwell schudde zijn hoofd. "Ik zit op een warmere locatie onder de Balmoralbergen. Een van de oude Trotterkoloniën."

"Ah."

"Waar ik naartoe wil is dit: ik wil jullie graag meenemen op een inspectietour door het bedrijf en dan kunnen jullie het zelf zien. Er zal vanzelfsprekend geen enkele verplichting zijn."

Mycroft leunde achterover en keek Cholwell koel aan. "Is dit niet een ietwat impulsief aanbod?"

Jean zei: "Ik zat er toch net aan te denken om weer eens naar Engelenstad te gaan voor een bezoek…"

Mycroft rommelde met wat papieren op zijn bureau. "Het klinkt goed, Cholwell. Ik hoop dat het je lukt, maar ik heb het geld van Jean behoudend belegd en ze vindt haar inkomen ook toereikend. Wat mij persoonlijk betreft, ik mag al blij zijn dat ik de huur kan betalen. Dus —"

"Natuurlijk, natuurlijk," zei Cholwell. "Ik ben te overhaast, te enthousiast. Dat gaat soms met me aan de haal." Hij wreef met zijn vingers over zijn kin. "Kent u Codiron, Juffrouw Parlier?"

"Ik ben geboren in Engelenstad."

Dokter Cholwell knikte. "Niet ver van mijn bedrijfspanden… Wanneer bent u van plan die kant op te gaan? Misschien zou ik…" Hij bleef even stil, alsof hij iets suggereerde waar Jean op in kon gaan.

"Ik weet niet zeker wanneer ik ga… In de nabije toekomst."

Cholwell knikte. "Welnu, ik hoop u weer te zien en u wellicht rond te mogen leiden en het een en ander over mijn werkzaamheden daar uit te leggen, en dan —"

Jean schudde haar hoofd. "Ik ben niet echt geïnteresseerd in kippen — behalve als voedsel dan. Hoe dan ook, meneer Mycroft heeft de zeggenschap over mijn geld gekregen. Ik ben minderjarig, en de aanname is kennelijk dat ik niet verantwoordelijk ben. Dus verleid vooral Mycroft en verspil uw tijd niet aan mij."

Cholwell nam hier geen aanstoot aan. Hij knikte ernstig. "Het is absoluut een wat riskantere investering, en ik weet dat Mycroft voorzichtig moet zijn." Hij keek op zijn horloge. "Hoe zit het met de lunch, Mycroft?"

"Ik zie je over tien minuten beneden."

Cholwell stond op. "Mooi zo." Hij boog voor Jean. "Het was een genoegen u te ontmoeten."

Nadat hij was vertrokken, zakte Mycroft terug in zijn stoel, bedachtzaam trekkend aan zijn pijp. "Nogal een rare kerel, die oude Cholwell. Er zit een degelijk stel hersens onder die mooie buitenkant, hoewel je het niet zou verwachten … Het klinkt alsof hij misschien wel een goede propositie heeft met zijn kippen."

"Codiron is vreselijk winderig en koud," zei Jean twijfelachtig. "Een planeet als Emeraud of Beau Aire zou beter zijn." Ze dacht aan de verre werelden met al hun vreemde bezienswaardigheden, kleuren, geluiden, de mysterieuze ruïnes, de bizarre volkeren.

Plotseling enthousiast sprong ze overeind. "Meneer Mycroft, ik vertrek met de eerstvolgende lijndienst."

"Die vertrekt vanavond."

Jeans gezicht betrok. "Die daarna dan."

Mycroft klopte uitdrukkingsloos de resten uit zijn pijp. "Ik weet wel beter dan me ermee te bemoeien."

Jean klopte op zijn schouder. "U bent echt een aardige man, meneer Mycroft. Ik mocht willen dat ik zo aardig was als u."

Toen hij naar haar stralende gezicht keek, wist Mycroft dat het deze dag niet meer van werken zou komen.

"Nu moet ik ervandoor," zei Jean. "Ik ga meteen naar het reisagentschap om passage te boeken." Ze rekte zich uit. "Jeetje, meneer Mycroft, ik voel me meteen al een stuk beter!"

Ze verliet het kantoor, vrolijk en dartel als de rode Maanjager die ze eerder had staan nakijken.

Mycroft legde zwijgend zijn papieren weg, stond op en boog zich over de communicator.

"Ruth, als er iets dringends is, ik ben vanmiddag in de club, waarschijnlijk in het stoombad."

Ruth knikte verontwaardigd. "Brutale spring-in-'t-veld! Waarom blijft ze niet weg, lekker op zichzelf? Arme oude Mycroft…"

III

Een samenleving in verval is een sombere plek. De straten raken verstoken van mensen; de hemel welft zich er helder boven, levenloos en sereen; de kleur schakeert tussen grijs en vies bruin. Gebouwen vervallen: pieren storten in, spanten zakken door, vensters gapen met gaten als zwarte zeeduivels.

De armere delen worden het eerst verlaten. De straten raken langzaam overwoekerd en gebarsten en liggen bezaaid met flarden vergeeld papier. De meer welvarende districten teren nog op het momentum van het verleden, maar slechts een paar zeer oude en zeer jonge mensen blijven over, de ouderen met hun herinneringen, de jongeren met weemoedige dagdromen. Op zolders en in bergingen vallen oude spullen uit elkaar, waardoor de geur van vernis en hout, van muf doek en droog papier vrijkomt.

Al tijdens Jeans jeugd was Engelenstad bezweken onder het verval. De drie oude vulkanen, El Primo, El Panatela, El Tiempo, staken log af tegen de zilveren hemel van Codiron. Ooit had de nu rottende leisteen aan hun voet geglinsterd met lange hexagonale kristallen. Die bezaten de unieke eigenschap dat ze geluid in snelle gekleurde lichtflitsen omzetten. In vroeger tijden gingen mijnwerkers 's nachts naar buiten om hun pistolen af te vuren en om toe te kijken hoe de flitsende schitteringen in prachtige golven in de verten wegrolden.

Die mijnen brachten welvaart naar Engelenstad. Fortuinen werden gemaakt en uitgegeven. Huizen werden gebouwd, een ruimtehaven met pakhuizen verrees, en Engelenstad werd een typische nederzetting zoals die op vele achterafplaneten voorkwamen — in menig opzicht zoals duizenden andere, maar tevens duidelijk opzichzelfstaand en met die unieke karakteristiek waardoor het Engelenstad werd. De zon

Mintaka Sub-30 was een kleine schijf van schitterend blauw-wit, de lucht had de kleur van zwarte parel. De vegetatie van de aarde werd door de bodem van Codiron afgestoten, en in plaats van geraniums, zinnia, viooltjes en petunia's, waren het mogadors, pelgrimsstokken met hun snel trillende hommelvruchten en gistbanken met grote massa's berenzwam die rond de witte huizen groeiden.

Toen, een voor een, als een clan van stervende oude mannen, raakten de kristalmijnen uitgeput en werden ze gesloten — rustig, bijna verontschuldigend — en Engelenstad ging over tot langzame ontbinding. De mijnwerkers verlieten de stad, de geldemporiums sloten hun deuren, verf begon van de huizen af te bladderen.

Maar toen gebeurde er iets totaal onverwachts: het Arkansas-meer breidde zich vanaf Engelenstad uit tot voorbij de horizon, roestig groen en glad als een biljartlaken, bedekt door een halve meter dikke laag algen, broos maar sterk genoeg om een aanzienlijk gewicht te dragen. Werkeloze mannen staarden over die groene uitgestrektheid en dachten aan tarwe: Noord-Afrika, de Grote Vlakten, de Oekraïne. Botanici werden van de Aarde gehaald en kweekten tarwesoorten die floreerden op het mineraalevenwicht van Codiron en die weerstand boden aan de bodemvirussen van de planeet, maar daarnaast kwam er ook maïs, riet, citrus, meloenen en andere groenten en fruit.

De ontwikkeling van Engelenstad nam een nieuwe wending.

Toen de piepende taxiboot zich uit de ruimtehaven verhief en richting Tabaksbotter schoot, was Jean dan ook zeer verrast. Waar ze zich sjofelheid en rotzooi herinnerde, trof ze een nette boerengemeenschap; schoon en blijkbaar welvarend.

De piloot draaide zich om. "Waar zal ik u heen brengen, juffrouw?"

"Naar het hotel. Is het nog steeds Polton's Herberg?"

De piloot knikte. "Polton's is er nog, en er is ook een nieuw etablissement in de binnenstad, het Huis Soone, een beetje chic en duur."

"Breng me maar naar Polton's," zei Jean. Het maakte geen deel uit van haar plan om op te vallen.

De piloot wierp haar een schattende blik toe. "U bent hier eerder geweest, zo lijkt het."

Jean beet geërgerd op haar lip. Ze wou overkomen als een vreemde; ze wilde liever niet geassocieerd worden met een viertal sterfgevallen zeven jaar tevoren. "Mijn vader werkte vroeger in de mijnen en hij heeft me verteld over Engelenstad."

Naar alle waarschijnlijkheid was de kans op herkenning gering. Vier doden in het Engelenstad van zeven jaar geleden zouden de sensatie van die ene week zijn geweest en daarna weer even snel uit het nieuws zijn verdwenen, opgegaan in de honderden andere moorden. Niemand zou juffrouw Alice Young, zoals ze zichzelf had besloten te noemen, in verband brengen met het grootogige, haveloze wezen dat Jean Parlier was geweest toen ze tien was. Ze nam echter het zekere voor het onzekere. "Ja, ik wil naar Polton's," zei Jean.

Polton's Herberg was een lang, vervallen gebouw met golfplaten dak op een kleine helling uitziend over de stad. Het had een brede veranda en de voorgevel was begroeid met blauwe pelgrimsstokken. In de begindagen van Engelenstad had het gediend als slaapzaal voor mijnwerkers; toen de omstandigheden verbeterden, had Polton een paar verfijningen aangebracht en zichzelf tot herbergier benoemd. In de herinnering van Jean was hij een gebogen oude man wiens ogen altijd de grond leken af te speuren. Hij was nooit getrouwd geweest en deed al het werk zelf, er kon nog geen bijkeukenjongen af.

De piloot liet de taxiboot op het plein voor het kantoor van Polton zakken, draaide zich om om te helpen, maar Jean was al als een kat op de grond gesprongen. Ze rende de veranda op en vergat haar vastberadenheid om zich als kalme jongedame te gedragen.

Polton stond op een hoek van de veranda, meer gebogen en kregelig dan Jean zich herinnerde.

"Wel," zei hij met een raspende lelijke stem, "je bent weer terug. Je hebt wel lef zeg."

Jean staarde hem aan, al het gevoel uit haar lijf getrokken. Ze opende haar mond om te antwoorden, maar ze kon geen woord uitbrengen.

"Pak je boeltje," zei Polton, "en ga weg van hier. Ik run een hotel, geen gekkenhuis. Misschien zal die nieuwe tent in de stad je fratsen wel waarderen. Ik, ik stoot me geen tweede keer aan dezelfde steen."

Jean bedacht dat hij zich haar onmogelijk van zeven jaar geleden kon herinneren; hij moest haar verwarren met een recentere gast. Ze merkte nu dat zijn wangen, bij de buitenste hoek van elk oog, verdikkingen hadden die kleine kunstmatige reservoirs verrieden, gevuld met oogvocht. Door zijn wangspieren samen te trekken kon hij vloeistof in zijn oogbol pompen en zo corrigeren voor verziendheid. Dit leek erop te wijzen dat zijn gezichtsvermogen niet het allerbeste meer was. Jean zei met vriendelijke overtuiging: "Meneer Polton, u houdt me voor iemand anders."

"Oh nee, dat doe ik helemaal niet," snauwde Polton, zijn lip opgetrokken in een wolfachtige grijns. "Ik heb je naam in het register staan als je wilt kijken. Juffrouw Sunny Mathison noem je jezelf, en je vingerafdrukken — die laten zien wie je bent."

"Die persoon ben ik niet!" riep Jean. "Mijn naam is Alice Young!"

Polton maakte een minachtend geluid. "Ik heb net vierhonderd dollar uitgegeven aan pompen voor mijn oude ogen. Ik kan zien als een telescoop. Denk je dat ik ernaast zit? Dat zit ik niet… En nu mijn terrein af. Ik wil jouw soort hier niet." Hij stond dreigend naar haar te kijken, totdat ze zich omkeerde.

Jean haalde haar schouders op en stapte ontgoocheld terug de taxiboot in.

De piloot zei sympathiserend: "De oude Polton is halfzacht, dat is bekend. En Huis Soone is hoe dan ook een stuk beter…"

"Oké," zei Jean, "laten we Huis Soone maar eens proberen."

De taxi vloog langs de hoogte naar beneden. Voor hen spreidde de stad zich uit, daarna het Arkansas-meer, een ongebruikelijke lappendeken van geel, donkergroen, lichtgroen, bruin en zwart, en daarachter, oprijzend vanaf de horizon, de stalen achtergrond van de hemel. De blauw gloeiende vonk van Mintaka Sub-30 hing op haar hoogste punt, glinsterend in de plastic ramen van de taxi en in Jeans ogen.

Ze volgde de haar bekende patronen van de stad: het Centrale Plein met het betonnen danspaviljoen, het blauw geschilderde gerechtsgebouw en de gevangenis, met de Paradijssteeg onopvallend daarachter. En die hoekige bruine gevel bijna aan de rand van de stad — dat was de oude Aztec Taverne van Joe Parlier.

IV

De taxi landde op een platform aan de achterkant van het nieuwe Huis Soone en de piloot droeg de bescheiden bagage van Jean naar de zijingang. Het hotel was duidelijk nieuw en deed oppervlakkige pogingen tot luxe, waarmee het slechts een nogal belachelijke tegenstelling bereikte tussen de toegepaste grootstedelijke stijl en het harde gegeven van een locatie in een klein stadje op een kleine planeet. Er lag een mooie vloer van lokaal mosagaat met handgeknoopte mozaïektapijten van een van de goedkope-arbeidsplaneten, omzoomd met een tiental aardpalmen in celadon potten. Maar er was geen lift naar de tweede en derde verdieping en de schoenen van de portier waren zichtbaar versleten.

De lobby was leeg, op de baliemedewerker na en een man die merkbaar urgent stond te praten. Jean bleef bruusk staan in de deuropening. De man was mager en vogelachtig, en droeg zijn kleding met iets van dezelfde elegantie als waarmee het hotel zijn mozaïekkleden droeg. Cholwell.

Jean rekende snel. Het was duidelijk dat hij op een sneller schip dan het hare was gekomen, mogelijk met de koeriersdienst. Terwijl ze weifelde, draaide Cholwell zich om, keek haar aan, keek nog een keer. Zijn mond klapte dicht, zijn wenkbrauwen ontmoetten elkaar in een boze frons. Hij deed drie grote passen voorwaarts en Jean dook achteruit, in de verwachting dat hij haar wilde slaan.

Cholwell zei woedend: "Ik heb overal in de stad naar je gezocht!"

Jeans nieuwsgierigheid was groter dan haar schrik en woede. "Wel — hier ben ik. En nu?"

Cholwell keek langs haar heen de straat op en vroeg heftig ademhalend, "Ben je alleen gekomen?"

Jean zei met gefronste blik: "Wat gaat u dat aan?"

Cholwell knipperde met zijn ogen en zijn mond vertrok in een lelijke, strakke lijn.

"Als ik je terug op het terrein krijg, zal ik je laten zien wat het mij aangaat!"

Jean zei ijzig: "Waar heeft u het in vredesnaam over?"

"Wat is je naam?" huilde Cholwell woedend. "Laat eens kijken…" Hij griste haar arm, draaide haar hand om en keek naar de binnenkant van haar pols.

Hij staarde ongelovig, keek haar in het gezicht en staarde dan terug naar haar pols.

Jean rukte haar hand los. "Bent u gek geworden? Het leven tussen de kippen lijkt u geen goed te hebben gedaan!"

"Kippen?" Hij fronste. "Kippen?" Zijn gezicht werd uitdrukkingsloos. "O, natuurlijk. Wat stom. U bent juffrouw Jean Parlier, en u bent op bezoek in Engelenstad... Ik had u pas over een week verwacht — de volgende lijndienst."

"Wie dacht u dan dat ik was?" vroeg ze boos.

Cholwell schraapte zijn keel. Woede had met verrassende snelheid plaatsgemaakt voor zorgzame hoffelijkheid. "Het was denk ik een combinatie van slecht zicht en slechte verlichting. Een nichtje van mij van uw leeftijd woont hier in de buurt en heel even —" Hij zweeg subtiel.

Jean wierp een blik op haar pols. "Hoe komt het dat u haar naam niet weet?"

Cholwell antwoordde vlot: "Een klein grapje tussen ons beiden." Hij lachte verlegen. "Een van die malle familiegrappen, u kent dat wel."

"Ik vraag me af of het uw nichtje was die me een plek in Polton's Herberg heeft gekost."

Cholwell verstijfde. "Wat heeft Polton gezegd?"

"Hij hamerde erop dat hij een hotel runde, geen gekkenhuis. Hij zei dat hij mijn 'fratsen' niet meer kon verdragen."

Cholwell veegde zijn handen op en neer over zijn jas. "Ik ben bang dat die oude Polton meer nog dan vroeger een beetje een brompot is." Er verscheen een nieuwe — meer enthousiaste — uitdrukking op zijn gezicht. "Nu u toch hier op Codiron bent kan ik u net zo goed mijn bedrijf laten zien. Mijn nichtje en u zullen ongetwijfeld spoedig vrienden worden."

"Ik weet het zo net nog niet. We lijken te veel op elkaar, als de oude Polton het tenminste enigszins bij het rechte eind heeft."

Cholwell maakte een protesterend geluid in zijn keel.

Jean vroeg: "Hoe heet uw nichtje precies, meneer Cholwell?"

Cholwell aarzelde. "Ze heet Martha. En ik weet zeker dat Polton overdreef. Martha is rustig en zachtaardig." Hij knikte nadrukkelijk. "Ik kan op Martha vertrouwen."

Jean haalde haar schouders op. Cholwell leek in gedachten verzonken. Hij bewoog zijn ellebogen rusteloos en knikte met zijn hoofd. Eindelijk leek hij tot een besluit te komen. "Ik moet ervandoor, juffrouw Parlier. Maar ik zal u opzoeken bij mijn volgende bezoek aan Engelenstad." Hij boog en vertrok.

Jean wendde zich tot de balie. "Ik wil een kamer... Komt meneer Cholwell vaak naar de stad?"

"Nee nee," zei de receptionist aarzelend. "Niet zo vaak als hij zou kunnen."

"En zijn nichtje?"

"Haar zien we nog minder. In feite," kuchte de receptionist, "zou je kunnen zeggen dat we haar maar heel zelden zien."

Jean keek hem opmerkzaam aan. "Heeft u haar ooit gezien?"

De man kuchte opnieuw. "Wel — eigenlijk niet... Ikzelf, ik denk dat meneer Cholwell er verstandig aan zou doen om naar de stad te verhuizen en misschien een mooie suite hier in het hotel te nemen."

"Waarom?"

"Wel — de Cornwallvallei is erg onherbergzaam, daar hoog onder de Balmoralbergen, en erg wild en primitief nu ze het oude Reclasseringstehuis gesloten hebben. Er woont niemand bij hem in de buurt, in geval van nood..."

"Vreemde plek voor een kippenboerderij," merkte Jean op.

De receptionist haalde zijn schouders op, alsof hij wilde benadrukken dat het niet zijn plaats was om over vaste hotelgasten te roddelen. "Wilde u zich registreren?"

V

Jean wisselde haar grijze reisgabardines om voor onopvallend donkerblauw en wandelde vervolgens door de hoofdstraat. Er hing een nieuw elan, maar afgezien van een paar cosmetische toepassingen van glas en roestvrij staal was Engelenstad bijna exact zoals ze het zich herinnerde. Er kwamen gezichten voorbij die ze van vroeger leek te herkennen, en een of twee van deze bekeken haar nieuwsgierig — op zich betekende dat niet veel; ze was eraan gewend dat er ogen op haar waren gericht.

Bij het oude gerechtsgebouw en de gevangenis, een constructie van massief blauw geverfd steenschuim uit de begindagen, sloeg ze rechtsaf de Paradijssteeg in. Ze voelde een lichte beklemming om haar keel; dit was het decor van haar haveloze en ellendige jeugd...

"Pfff," zei Jean. "Weg met deze sentimentaliteit. Hoewel ik veronderstel dat het om sentimentele redenen is dat ik hier überhaupt ben. Waarom zou ik anders een vader en een moeder lastigvallen?" Met afstandelijk amusement beschouwde ze zichzelf in het licht van een sentimentalist, om vervolgens terug te keren tot het onderwerp van het opsporen van haar ouders. "Vermoedelijk zal dat enige reuring veroorzaken. Als ze arm zijn, verwachten ze natuurlijk dat ik hen financieel steun…" Ze glimlachte en haar kleine tanden glommen. "Dat zullen ze nog wel eventjes dienen af te wachten." Het kwam in haar op dat kwaadaardigheid misschien wel de essentie van haar missie was: ze stelde zich voor dat ze een norse man en vrouw ontmoette en vervolgens met haar welvaart pronkte. "Jullie lieten twee miljoen dollar schieten toen jullie me op de pooltafel van Joe Parlier dumpten."

Maar waarschijnlijker waren haar ouders, samen of elk voor zich, verdwenen tussen de onnavolgbare donkere vergezichten van het menselijk universum; dan werd het de uitdaging om een zeventien jaar oud spoor tussen de sterren en de planeten te volgen…Joe Parlier had haar misschien kunnen vertellen over haar afkomst; meer dan eens had hij op zijn kennis gezinspeeld. Maar Joe Parlier was dood — al zeven jaar — en Jean voelde geen enkele steek van spijt. Nuchter was hij nors en hardhandig geweest; dronken was hij wellustig, wild en gevaarlijk.

Toen ze negen was, begon hij haar te mishandelen; al snel leerde ze zich onder de kroeg te verbergen wanneer ze hem zag drinken. Eén keer had hij geprobeerd haar te volgen, kruipend op zijn buik. Met een oude stoelpoot sloeg ze naar zijn zwetende gezicht en stak ze naar zijn ogen, tot hij ziedend van woede terugkroop om zijn pistool te zoeken. Ze had snel een andere verstopplek gezocht maar was uiteindelijk terug geslopen naar haar zolderkamer, omdat er geen andere plek was waar ze heen kon.

De volgende ochtend was hij naar haar toe gesloft, zijn gezicht nog steeds gekrast en gekneusd. Ze hield een mes vast en hield stand, bleek, vastberaden, wanhopig. Maar hij bleef op afstand, scheldend, treiterend. "Natuurlijk ben je een kleine rat en uiteraard weet ik zeker dat ik de enige vader ben die je hebt — maar ik weet nog wel meer. Mocht het er ooit om spannen dan weet ik waar ik heen moet. Ik sta ook mijn mannetje, en dan wordt het voor een zeker iemand heel moeilijk…"

Maar ze had Joe Parlier vermoord met zijn eigen pistool, Joe en drie van zijn dronken vrienden, voordat hij ooit had verteld wat hij wist.

Ze liep de Paradijssteeg af, en daar zag ze hem voor zich, de kroeg van Joe Parlier, de oude Aztec Taverne, en er zat nog geen plank anders. De verf was matter en de klapdeuren nog meer gehavend, maar zelfs op straat was de geur van tabak, bier, wijn en sterkedrank onmiskenbaar en hij bracht de eerste tien jaar van haar leven hard en scherp terug. Ze keek omhoog, naar het raam onder de dakrand — haar kleine uitkijk de straat in, richting de tweedehandswinkel van Dion Mulroney.

Joe Parlier was dood, maar wanneer hij over zijn 'bewijs' had gesproken, had hij veelbetekenend op zijn oude bruine portemonnee getikt. Misschien waren zijn persoonlijke spullen niet vernietigd... Dat zou haar eerste doel zijn.

Ze glipte onopvallend de kroeg in.

Ze zag een paar kleine veranderingen, maar over het algemeen was de kroeg zoals ze zich herinnerde. De bar liep door de ruimte naar linksachter; erachter hingen zes grote kleurentransparanten aan de muur als glas-in-loodramen. Elk moest een naakte vrouw in een artistieke pose voorstellen tegen een achtergrond die bedoeld was om het buitenwereldlandschap weer te geven. Een lelijk geschilderde tekst erboven zei: 'Schoonheid Tussen de Sterren'.

Tafels vulden de rechterkant van de ruimte; bovenop een schap stonden stoffige foto's van ruimteschepen en modellen van de vier Grijze Lijn-schepen voor Codiron: de *Bucyrus*, de *Orestes*, de *Prometheus* en de *Icarus*. Achterin stonden twee vervallen pooltafels, een rij mechanische speelmachines, een dispenser met droge stimulerende middelen en drugs, en een jukebox.

Jean bekeek gespannen de gezichten aan de bar, maar herkende geen van de vroegere vaste gasten. Ze ging op een stoel bij de deur zitten.

De barman veegde zijn handen af aan zijn handdoek, hief zijn hoofd en liep naar haar toe. Hij was een opvallende jongeman met een donkerbruine huid en kortgekapt tarweblond haar. Hij was zichtbaar ingenomen met zijn haast dierlijke profiel en benadrukte zijn gespierde torso door de strakke pasvorm van zijn shirt. IJdel, dom, vastberaden, dacht Jean; ongetwijfeld zag hij zich als een vrouwenverslinder met zijn prachtige donkere huid en blonde haren.

Hij liep tot vlakbij haar en keek haar met geloken ogen aan. Aan de bar draaiden gezichten zich om, het geroezemoes van de gesprekken verstomde.

De jonge barman zei: "Wat mag het zijn?"

"Een eenvoudige citroen spritzer."

Hij leunde vertrouwelijk naar haar toe. "Ik zal je een klein geheim verklappen. Je kunt beter sinaasappel nemen."

"Waarom?" vroeg Jean hees.

"We hebben geen citroen." En hij klapte de handdoek in zijn palm.

"Oké." Jean knikte. "Sinaasappel."

Tien minuten later had hij een date met haar geregeld. Zijn naam was Gem Morales, hij woonde bij Hot-shot Carlson's, en hij werkte de dagdienst bij de Aztec.

Jean legde uit dat ze de weg was kwijtgeraakt; ze had geprobeerd haar oom te vinden, maar was hem op de een of andere manier misgelopen.

"Oh," zei Gem Morales, die zich dat had afgevraagd.

Jean stond op om te vertrekken en legde wat geld op de bar. Gem gooide het in de geldlade. "Acht uur, vergeet het niet."

Jean dwong zich tot een stralende glimlach. Ze hield gewoonlijk wel van knappe jonge mannen. Ze bewonderde de sterke, jonge lichamen, het gevoel van gespierde handen, de luchtige mannelijke ego's. Maar Gem Morales irriteerde haar. Hij was vol van zichzelf, ad rem en luid, maar zonder verzachtende eigenschappen als intelligentie en humor.

VI

Hij arriveerde gecalculeerd twintig minuten te laat om haar in spanning te houden en paradeerde door de lobby naar waar ze een tijdschrift zat te lezen. Hij droeg een extreem pak van ecru flexon met koperen biezen; Jean was bescheiden gekleed in donkerblauw en wit.

Hij nam haar mee naar een vlotte, kleine luchtboot van ongeveer vijf jaar oud, en ze zag met een wrang glimlachje dat het een Marshall Maanjager was van het model dat ze zelf op het oog had. Verdorie, eenmaal terug op aarde zou ze als eerste zo'n prachtige nieuwe luchtboot kopen.

"Spring erin, schat. We vliegen hoog, we vliegen laag, we hebben een halve planeet te ontdekken en er zitten slechts veertien uren in een Codiron nacht."

De luchtboot gromde schuin weg met een vaart die Jean met haar rug in het schuim drukte, vlakte toen af en vloog gladjes door de ijzerkleurige nacht. Boven hen hing de enige satelliet van Codiron, de kleine, heldere Sadiron. Onder hen lagen de zwarte heuvels, de verlaten bergen, toendra's bedekt met de olijfachtige berenzwam. Later scheerden ze over een sombere kleine nederzetting, gemarkeerd door een lint van gele lichten; een paar minuten later gaf een zwakke gloed in het zuiden de locatie aan van Delta, de grootste stad van Codiron.

"Gem," zei Jean, "kom je oorspronkelijk uit Engelenstad?"

Hij snoof verontwaardigd. "Ik? Van hier? Welja! Gelukkig niet, kan ik je melden. Ik kom uit Brackstell op Alnitak Vijf."

"Waarom ben je hier dan?"

Hij trok zijn schouders soepel op. "Ik heb wat problemen gehad. Een of andere gast dacht dat ik niet zo stoer was als ik zei. Hij had het fout, ik had gelijk."

"Oh."

Hij sloeg zijn arm om haar heen. Ze zei: "Gem, ik heb hulp nodig."

"Natuurlijk, alles wat je zegt. Maar later. Laten we het over ons hebben."

"Nee, Gem, ik meen het."

Hij vroeg weifelend, "Hoe bedoel je, hulp? Wat kan ik doen?"

Ze spon een verhaal met sinistere ondertonen, genoeg om zijn interesse te wekken. Ze had ontdekt, zo zei ze, dat de oude eigenaar van de Aztec, Joe Parlier, obligaties bezat die hij waardeloos achtte. Ze waren echter wel degelijk veel waard en zouden ergens tussen zijn spullen te vinden moeten zijn. Ze hoopte een keer op zijn oude zolder te mogen zoeken.

Gems goede humeur raakte ietwat verstoord door de gedachte dat Jeans aanwezigheid niet geheel het resultaat was van zijn uiterlijk en persoonlijkheid. Enigszins nors stuurde hij de Maanjager naar een hoge bergtop met blauwe, groene en rode lichten.

"Skylark Haven," zei hij. "Best mooie plek — voor Codiron dan. De feestvierders komen naar hier van over de hele wereld."

Skylark Haven zag er inderdaad vrolijk uit en was zichtbaar populair. Een zeshoekige toren rees vijftien meter de lucht in, bijna glinsterend door geprojecteerde golven van kleur, een uitbeelding van de geluid-lichtkristallen waar Codiron beroemd om was. De veranderende kleuren reflecteerden fel op de rompen, koepels en luifels van luchtboten die naast de toren geparkeerd stonden.

Gem greep Jeans arm, schreed over het buitenterras, trots zijn dierlijke profiel etalerend. Jean wandelde naast hem, half geamuseerd, half geërgerd.

Ze gingen naar binnen via een poort in een grote muur begroeid met aangenaam ruikende berenzwam. Een man in stemmig zwart leidde hen zwierig naar een klein rond zitje. Terwijl ze gingen zitten bewoog het zitje langzaam, welhaast dromerig meanderend, langs een onnavolgbaar pad door de ruimte.

Een serveerster in doorschijnend zwart kwam langs op motorschaatsen. "Voor mij een old-fashioned," zei Gem. "Citroen spritzer," zei Jean.

Gem trok zijn wenkbrauwen op. "Bah! Neem een echt drankje! Daar ben je hier toch voor!"

"Ik hou niet van alcohol."

"Pff!" zei Gem minachtend.

Jean haalde haar schouders op. Het was duidelijk dat Gem haar als een intellectueel beschouwde... Als ze hem leuker had gevonden, zou het aardig zijn geweest hem het tegendeel te laten ontdekken. Maar hij was niet alleen arrogant, hij had zelfs niet de geringste diepgang.

Een bediende kwam huurschaatsen aanbieden. Gem keek Jean uitdagend aan. Zij schudde haar hoofd. "Ik ben te onhandig. Ik zou alleen maar over mezelf struikelen."

"Het is niet moeilijk hoor," zei Gem. "Kijk eens naar die twee —" hij wees naar een paar dat danste met ogenschijnlijk moeiteloze bewegingen en draaiingen. "Je leert het snel genoeg. Het is echt heel makkelijk. Wijs gewoon je teen naar waar je heen wilt, een klein zetje en je bent er al. Hoe harder je drukt met je teen, hoe sneller je beweegt. Om te stoppen, druk je op je hiel."

Jean schudde haar hoofd. "Ik zou liever hier gewoon zitten en praten."

"Over die obligaties?"

Ze knikte. "Als je me helpt, deel je voor een derde in de opbrengst."

Hij tuitte zijn lippen, kneep zijn ogen samen. Jean besefte dat hij de haalbaarheid van drie derde overwoog in plaats van één.

"Joe Parlier sloeg eindeloos veel rommel op," zei Jean achteloos. "Sommige obligaties zijn trouwens ook gestolen en wanneer je die zomaar in zou leveren zou je veel uit te leggen hebben. Ik weet welke waardevol en eenvoudig in te wisselen zijn."

"Hmmm." Gem nam een slok van zijn old-fashioned.

Jean zei: "Ik weet niet wie nu eigenaar is van de Aztec; misschien zijn alle eigendommen van Joe wel verbrand."

"Daar kan ik je geruststellen," zei Gem nadenkend. "De zolder ligt vol met oude rommel, en Godfrey zegt dat het allemaal van Parlier is geweest. Hij gaat het ooit opruimen, maar komt er nooit aan toe."

Jean nam een slok van haar citroen spritzer om haar opwinding te verbergen. "Hoe laat gaat de bar open?"

"Tien uur. Ik open hem. Ik heb overdag dienst."

"Morgen dan," zei Jean, "ik ben er om negen uur."

"We gaan er samen naartoe," zei Gem. Hij boog zich naar voren en pakte haar handen betekenisvol vast. "Je bent te mooi om je uit mijn ogen te laten voor —" Opeens klonk er een gekras en geschraap van schaatsen. Een harde stem riep: "Blijf met je handen van mijn meisje af!" en een stoer rond gezicht keek naar Gem. Jean zag een dos zwarte krullen, een breed gedrongen lichaam.

Gem staarde een ogenblik, overweldigd door verbazing en woede. Hij schoot naar voren. "Vertel mij niet wat ik wel en niet moet doen, jij —"

De zwartharige jongen wendde zich tot Jean met een bittere uitdrukking. "Wat mij betreft, Jade, kun je naar de hel lopen!"

Hij draaide zich om en liep weg.

Gem zat even als verstijfd. Jean zag een merkwaardige verandering over zijn gelaatstrekken komen. Hij was haar helemaal vergeten, alle aandacht gericht op de zwartharige jongen. Zijn mond vertrok in een humorloze grijns, maar eerder dan de oogleden te luiken, trok hij ze hoog op en zijn ogen werden glazig. Langzaam stond hij op.

Jean zei nuchter: "Doe alsjeblieft niet zo kinderachtig. Ga zitten en gedraag je."

Hij lette niet op haar. Jean deinsde een stukje terug. Gem was gevaarlijk. "Ga zitten," zei ze scherp.

Gems grijns werd een grimas. Hij sprong over de leuning van hun zitje, zwijgend, sinister, achter de zwartharige jongen aan.

Jean bleef ongeduldig zitten en schoof haar glas heen en weer over tafel. Laat ze vechten... Jonge apen, jonge honden... Ze hoopte dat de zwartharige jongen de vloer zou aanvegen met Gem. Al was hij begonnen met ruzie zoeken. Wat dacht hij, haar Jade noemen? Ze had hem nog nooit eerder gezien. Kon de alomtegenwoordige Martha Cholwell ook hier de schuld van krijgen? Ze leek Jean overal vooruit te zijn gesneld. Jean bekeek haar omgeving met hernieuwde belangstelling.

Vijftien minuten verstreken voordat Gem terugkeerde naar de tafel. De waanzinnige blik was van zijn gezicht verdwenen. Hij zag er gebutst, gescheurd en vies uit, maar hij was duidelijk de overwinnaar geweest. Jean zag het aan zijn houding, aan de stand van zijn knappe donkerbruine hoofd... Dwaas jong dier, dacht Jean zonder enige emotie.

Hij zwaaide zijn benen terug in het zitje, nogal stijfjes, viel Jean op. "Die vent heb ik even op zijn plek gezet," zei hij op vriendelijke toon. Jeans vocabulaire was niet bijzonder uitgebreid, en het woord 'catharsis' was haar onbekend. Ze dacht bij zichzelf: "Hij heeft zijn agressie op die zwartharige jongen botgevierd en nu voelt hij zich beter. Hij zal zich waarschijnlijk een tijdje fatsoenlijk genoeg gedragen."

Inderdaad was Gem stil en hield zichzelf op de vlakte de rest van de avond. Tegen twaalven stelde hij voor te vertrekken.

Jean protesteerde niet. De zwartharige jongen was nergens te bekennen, noch iemand die ze kon identificeren als de nicht van Cholwell.

In de luchtboot trok hij haar naar zich toe en kuste haar hartstochtelijk. Jean verzette zich even maar ontspande zich toen. Waarom niet? dacht ze. Het ondergaan was eenvoudiger dan tegenstribbelen. Hoewel ze het in zekere zin haatte om ook maar enigszins bij te dragen aan Gems zelfbeeld...

VII

De zonsopgang op Codiron ging vergezeld van een fenomeen dat uniek was in het hele universum: een gordijn van blauwwit licht dat als een ooglid langs de westelijke hemel trok. Het was alsof een stop uit de horizon was getrokken om de duisternis weg te laten stromen, de ijskleur van de Codironse dag achterlatend. Het effect werd toegeschreven aan een fluorescerende component van de lucht die werd geactiveerd door het actinische licht van Mintaka Sub-30, en de scherpe scheidingslijn werd verklaard door de minieme grootte van de schijf van Mintaka Sub-30 — bijna een puntbron van licht.

Jean gleed stilletjes op tijd haar kamer uit om getuige te zijn van het gebeuren. De Hoofdstraat was lang en leeg, gehuld in blauwe duisternis. De wind joeg door de straat en sneed in haar gezicht. Ze likte hongerig haar lippen en vroeg zich af waar er ontbijt te vinden was. Ooit bediende een slordig koffiehuis in de Paradijssteeg tot in de late uren dronkaards, gokkers en bezoekers van de twee bordelen van de stad; misschien was het nog wel in gebruik.

Jean huiverde in de wind die van de troosteloze rotspieken van Codiron omlaag waaide en trok haar donkerblauwe jasje dicht om haar nek. Onder haar kleren voelde het plakkerig, maar op dat tijdstip was er nog geen warm water voor een bad — een van de vele bezuinigingen waardoor Huis Soone zich de schreeuwerige versiering van de voorgevel had kunnen veroorloven. Luister van buiten, verval van binnen, net als bij bepaalde mensen, en het beeld van Gem Morales schoot haar te binnen. Haar mond vertrok in een koele glimlach. Arrogant, eigenwijs wezen. Hij was heel tevreden met zichzelf van Huis Soone weggeslenterd... Ze bande hem uit haar gedachten. Hij was slechts een atoom in een groot universum; laat hem zich vermaken, zolang hij haar eigen doelen maar hielp bereiken.

Ze huiverde. Het was echt heel koud en erg vroeg voor zo'n onderneming. De zolder zou wel stinken naar tabaksrook, bier en whisky. Het in de loop der jaren verzameld vuil en stof zou klam onder haar vingers zijn, maar ze kon ook niet verwachten dat haar zoektocht louter plezierig zou zijn. Het zou in elk geval eenvoudiger zijn om de bezittingen van Joe Parlier te doorzoeken voordat Gem Morales ten tonele zou verschijnen.

Ze nam de inmiddels bekende bocht om het gerechtsgebouw naar de Paradijssteeg en zag voor zich uit de gele gloed van het New York Café. Ze glipte naar binnen en ging aan de bar zitten naast een kreunende landarbeider die nog steeds daas was van de afgelopen nacht. Rustig dronk ze koffie en at ze, zichzelf bestuderend in de spiegel — een mooi meisje met kortgeknipt zwart haar, huid als een vlak van ivoor omlijst met gouden licht, een brede bleekroze mond in een delicate kaakstructuur, zwarte ogen die dan weer groot konden zijn van opwinding, dan weer lang en smal, gesluierd door zware wimpers… Ik blijf nog wel even aantrekkelijk, dacht Jean, als ik mezelf niet te snel oud laat worden. Het is die uitstraling van vitaliteit — levendigheid — die me zo veel heeft gegeven. Ik hoop dat het niet alleen komt doordat ik zeventien ben: adolescent, om zo te zeggen. Het is meer dan dat.

Ze dronk haar koffie op en stapte de Paradijssteeg weer in. Achter haar scheen blauwwit ochtendlicht door de Hoofdstraat; sommige muren en uitsteeksels vingen het licht en vlamden op als door elmsvuur.

Verderop, groezelig en donker, doemde de voorkant van de oude Aztec Taverne van Joe Parlier op, het huis van haar vroegste herinnering.

Ze liep achterom en kwam op de haar vertrouwde manier binnen: via het dak van de kleine opslagschuur, waar een ruk aan een van de panelen van de ogenschijnlijk stevig vastzittende lamellen een kleine opening bood. Erdoorheen, kronkelend en hijgend, om vervolgens licht buiten adem op een smalle trap naar de zolder te belanden.

Ze luisterde. Doodse stilte.

Zonder aarzeling rende ze de trap op en trok de smerige deur open.

Ze verstijfde even in de deuropening en herinneringen welden op in haar keel, bijna verstikkend, vol medelijden met het kleine, donkere schooiertje dat hier ooit had geslapen.

Ze knipperde met haar ogen en bedwong toen haar emoties. Ze keek om zich heen op de zolder. Licht sijpelde door het vuile raam en toonde haar een stapel bestofte dozen: alles wat er was overbleven van Joe Parlier met de vuile grijns.

Zoals ze had gevreesd was het er stoffig, vochtig en klam en rook het naar de bar beneden.

In de eerste doos vond ze rekeningen, bonnen, geweigerde cheques. De tweede bevatte een fotoalbum dat ze ter zijde legde en een aantal geluidsbanden. In de derde doos zaten — opeens hield ze haar hoofd schuin. Een licht gekraak in de vloer. Jean zuchtte en keek achter zich.

Gem Morales stond in de deuropening naar haar te kijken. Hij glimlachte half, zijn lippen over zijn tanden getrokken — een zeer onaangename uitdrukking.

"Dacht al dat ik je hier zou aantreffen," zei hij zacht.

"Ik dacht al dat ik *jou* hier zou aantreffen," zei Jean.

Hij deed een stap de kamer in. "Jij kleine dief —"

Jean zag zijn gelaatsuitdrukking veranderen en de sequentie van de vorige avond doorlopen. Ze zette zich schrap. In de komende minuut...

Ze zei: "Gem."

"Ja?"

"Ben je bang om te sterven?"

Hij gaf geen antwoord, maar bleef haar gadeslaan als een kat.

Ze zei: "Als je niet heel voorzichtig bent, wordt dit je dood."

Hij stapte zelfverzekerd naar voren.

"Kom niet dichterbij."

Zijn lichaam doemde boven haar op; hij boog lichtjes en reikte naar voren.

"Nog twee stappen, Gem..."

Ze liet hem zien wat ze in haar hand hield: een metalen kastje dat niet groter was dan een luciferdoosje. Vanuit een klein gaatje in de zijkant zou een flinterdun pijltje zich zo'n vijftien centimeter diep in een menselijk lichaam begraven en het strookje mitrox zou exploderen.

Gem hield even in. "Dat zou je niet durven. Je zou me nooit durven doden!" Zijn mentale capaciteiten schoten tekort om zich een universum zonder Gem Morales voor te stellen. Met een soepele beweging dook hij naar voren.

Het pijltje fluisterde door de lucht, boorde zich door zijn shirt. Ze hoorde de ontploffing, zag de buitenkant van zijn borst licht uitzetten, en voelde de trilling toen zijn lichaam de vloer raakte.

Ze trok een grimas en stopte het wapen langzaam terug in haar mouw. Ze draaide zich weer om naar de dozen. Misschien had ze Gem niet moeten verleiden met verborgen rijkdommen; het was niet echt eerlijk om iemand die zo ijdel en zo zwak was een wortel voor te houden.

Ze zuchtte en doorzocht de derde doos. Die bevatte kalenders, evenals de vierde. Joe Parlier had kalenders bewaard, dag na dag afgekruist met rode stift en ieder jaar had hij deze registratie van opgebruikte tijd ter ruste gelegd. Jean had hem in de vakjes zien krabbelen; mogelijk waren het memoranda geweest. Destijds kon ze nog niet lezen.

Ze keek zeventien jaar terug en bladerde door de maanden. Januari, februari, maart — een notitie in vervaagde zwarte inkt trok haar aandacht: 'Zeg Mollie voor de laatste keer dat ze haar verdomde snotaap moet roepen.'

Mollie.

Mollie was dus de naam van haar moeder. En wie was Mollie? Joe's minnares? Was het mogelijk dat Joe zelf haar vader was geweest?

Ze dacht na en besloot van niet. Te vaak had Joe het lot vervloekt dat hem tot haar oppas maakte. En ze herinnerde zich die keer dat Joe buiten zichzelf was van woede na weer een tomeloze dronkenschap. Ze had een pan op de vloer laten vallen; het gekletter had het kluwen van zijn zenuwen nog verder in de war gebracht.

Joe had geschreeuwd als een brulboei; hij vervloekte haar aanwezigheid, haar ogen, haar tanden, ja zelfs de lucht die ze inademde. Hij dreigde met een roekeloos luide stem dat hij haar nog eerder zou vermoorden dan haar nog langer aan te moeten kijken, en dat hij haar alleen duldde tot ze oud genoeg was om haar te kunnen verkopen. Dat maakte dat ze geen enkele twijfel voelde. Als zij een deel van hem was geweest, dan zou hij haar hebben geknuffeld, haar het beste hebben gegeven; ze zou voor hem een plaatsvervangend nieuw begin in het leven zijn geweest.

Joe was niet haar vader.

Maar wie was Mollie?

Ze pakte het fotoalbum — en zat plots stokstijf. Buiten klonken voetstappen. Ze stopten. Ze hoorde de buitendeur rammelen, een stem riep iets dat ze niet kon verstaan. Er klonk opnieuw geratel en toen voetstappen die wegstierven. Daarna was het weer stil.

Jean ging op een doos zitten en opende het album.

VIII

De eerste foto's dateerden uit de kindertijd van Joe Parlier. Een dozijn foto's van een steltenhuis op Venus, kennelijk aan de Brandykust. Een bleek jongetje dat ze herkende als Joe, stond in een gescheurde roze korte broek naast een rondborstige vrouw met een hard gezicht.

Enkele pagina's later was Joe een jongeman geworden, die naast een oude Duraflite-luchtwagen poseerde. Daarachter stonden bruine en witte kwastjesbomen; nog steeds Venus. Op de volgende pagina zat een enkele foto geplakt, een mooi meisje met een nogal lege uitdrukking. In groene inkt was erbij geschreven: 'Jammer, Joe'.

De achtergrond veranderde in die van de aarde: er waren foto's van een bar, een restaurant, een groot tableau met Joe kalm en pompeus te midden van een dozijn mannen en vrouwen, blijkbaar zijn werknemers.

Er zaten verder nog maar een paar foto's in het album; klaarblijkelijk nam Joe's enthousiasme voor fotografie recht evenredig af met zijn fortuin. Twee van deze waren professionele foto's van een koperblonde vrouw, kennelijk een artieste, met een enorme glimlach. Het bijschrift luidde: 'Voor een aardige kerel, Wirlie'.

Er was nog een laatste foto. Deze toonde de Aztec Taverne van twintig jaar eerder, te oordelen aan Joe's uiterlijk. Hij stond in de deuropening, aan de ene kant geflankeerd door twee barmannen in korte mouwen, een portier, een man die Jean herkende als een gokker; aan de andere kant door vier uitdagend kijkende vrouwen in provocerende poses. De legende luidde: 'Joe en z'n bende'. Onder elke figuur stond een naam: 'Wirlie, May, Tata, Mollie, Joe, Steve, Butch, Carl, Hopham'.

Mollie! Met een droge mond bekeek Jean het gezicht. Haar moeder? Een grote vlezige vrouw met een zurige uitstraling. Haar gelaatstrekken waren klein, doorkneed, deegachtig: een gezicht als een pot vol varkenspoten.

Mollie. Mollie wie? Als haar beroep was wat het leek, dan was de kans dat ze nog in de buurt woonde klein.

Jean richtte zich teleurgesteld weer op de kalender, bladerde verder terug door de maanden... Twee jaar voor haar geboortedatum vond ze een aantekening: 'Restitutie borgsom van Mollie en May ophalen'.

Verder was er niets meer. Jean zat even na te denken. Als deze weerzinwekkende Mollie haar moeder was, wie zou haar vader dan zijn? Jean snoof. Het was twijfelachtig of Mollie het zelf wist.

Met merkbare inspanning keek Jean nogmaals naar het reuzelkleurige gezicht, de kleine varkensogen. Het deed pijn. Dus dit is dan Moeder. Haar ogen stroomden plotseling vol met tranen, haar mond trilde. Ze bleef kijken, alsof het een soort boetedoening was. Wat had ze in al haar arrogantie dan verwacht? Een Pontemma-baronet en zijn vrouw, woonachtig in een wit marmeren kasteel?..."Ik wou dat ik niet zo nieuwsgierig was geweest," zei Jean treurig. Ze zuchtte. "Misschien heb ik een voorname vader."

Het idee amuseerde haar. "Hij moet heel, heel dronken zijn geweest."

Ze pakte de foto uit het album, stopte hem in haar zak en kwam enigszins onvast overeind. Tijd om te gaan.

Ze pakte de dozen weer in, en keek vervolgens besluiteloos naar Gems lijk. Het was niet fraai om hem hier op de zolder achter te laten... Niets omtrent Gem was heel fraai. Hij zou hier weken of zelfs maanden kunnen liggen. Ze voelde een lichte misselijkheid in haar maag die ze boos onderdrukte. "Wees verstandig, idioot."

Het zou slimmer zijn om vingerafdrukken af te vegen... Er klonk opnieuw gerammel, een beuken bij de voordeur, een hese stem riep: "Gem!...Gem!"

Jean rende naar de deur. Tijd om te gaan. Iemand moest Gem hebben zien binnenkomen.

Ze glipte de trap af, wurmde zich door de opening van het rooster op het schuurtje en duwde de lamellen voorzichtig weer op hun plek. Ze gleed naar de grond en sprong over een doorhangend hek naar het Alohaplein.

Tien minuten later was ze terug in haar kamer in Huis Soone en gooide ze haar kleren van zich af voor een douche.

De gesoigneerde maar luie klerk in het gerechtsgebouw gromde toen Jean hem benaderde met haar verzoek.

"Alsjeblieft," zei Jean met een verlegen glimlachje, een aloude list. Het omgaf haar met onweerstaanbare aantrekkingskracht, magisch elan, en beloftes van ondenkbare verlokkingen.

De klerk likte aan zijn wijnkleurige oude lippen. "O, vooruit dan. Een klein meisje als jij zou thuis moeten zijn bij haar moeder, niet?" vroeg hij scherp. "Waar lach je om?"

Jean vond het niet verstandig om te vermelden dat haar moeder het onderwerp van haar onderzoek was.

Samen doken ze in de archieven en tape na tape gleed door de leesprojector.

"Dat jaar waren we stervensdruk," bromde de klerk. "Maar we zouden die naam moeten vinden als we — welnu, hier hebben we ene Mollie. Mollie Salomon. Is dat degene? Gearresteerd voor dakloosheid en drugsverslaving op 12 januari, doorgestuurd naar het Reclasseringstehuis op 1 februari. Borgtocht betaald door Joe Parlier, die man runde een kroeg in de Paradijssteeg."

"Dat is 'r," zei Jean opgewonden. "Wanneer werd ze ontslagen?"

De klerk schudde zijn hoofd. "Daar hebben we geen verslag van. Dat moet zijn geweest toen ze van haar verslaving was genezen, mogelijk na een jaar of twee."

Jean rekende, kauwend op haar lip, fronsend. Dat zou Mollie terug in de maatschappij hebben gebracht net voor haar eerste verjaardag.

De klerk keek haar aan als een oude grijze kat, maar zei niets.

Jean vroeg aarzelend: "Ik neem niet aan dat ze hier nog ergens woont?"

De klerk toonde tekenen van onbehagen en friemelde met een decoratieve kwast op zijn revers. "Wel, jongedame, dat is nauwelijks het soort plek waar je haar zou willen zien..."

"Wat is het adres?"

De klerk hief zijn hoofd op en keek haar aan. Rustig zei hij: "Het ligt aan de Meridiaanweg, voorbij El Panatela. Het Tien-Kilometerhuis."

De Meridiaanweg leidde het hoogland in, kronkelde rond de drie vulkanische pieken die de skyline van Engelenstad domineerden, dipte als een kolibrie in elk van de oude mijngronden, en strekte zich daarna uit in de Plaghankvallei. Tien kilometer via de weg was zes kilometer door de lucht, en binnen enkele minuten nadat hij bij Huis Soone was opgestegen zette de taxi Jean neer bij een vervallen oud gebouw.

Overal waar mannen werkten en geld verdienden in een hard en vijandig achterland, verschenen Tien-Kilometerhuizen. Toen er steden werden gebouwd en de beschaving comfort en gematigdheid bracht, raakten de Tien-Kilometerhuizen uitgestorven, en dommelden door de jaren heen in het zachte amberlicht. De kamers werden stoffig en voetstappen weerklonken luid daar waar ooit alleen stilte zou zijn opgevallen.

Toen Jean snel de steenschuimtrap op beende, vond ze de salon beneden leeg. De bar strekte zich uit langs de achterwand en de spiegel erachter ging verborgen achter wel honderd souvenirs uit vroeger dagen: speciale geluid-lichtkristallen, fossielen van Trotters en andere uitgestorven Codironse levensvormen, boormachines, een tableau van zes mijnwerkershelmen, elk beschilderd met een naam.

Een stem raspte achterdochtig: "Wat zoek je hier, meid?"

Ze draaide zich om en zag een oude man met een haviksneus in een hoek zitten. Zijn ogen waren blauw en scherp; met zijn krans witte haren herinnerde hij haar aan een bejaarde parkiet die in zijn slaap was gestoord.

"Ik ben op zoek naar Mollie," zei Jean. "Mollie Salomon."

"Niemand hier met die naam; waarom zoek je haar?"

"Ik wil haar spreken."

De kaak van de oude man bewoog op en neer alsof hij op iets heel heets kauwde. "Waarover?"

"Als ze wil dat je het weet, zal ze het je zelf vertellen."

De blik van de oude man betrok. "Behoorlijk bijdehand ben je, niet?"

Achter Jean klonken zachte voetstappen; een vrouw in een saaie avondjurk kwam de kamer binnen en monsterde Jean met een uitdrukking van weemoedig verlangen en openlijke afgunst.

De oude man blafte: "Waar is Mollie?"

De vrouw wees naar Jean. "Komt zij hier werken? Daar ga ik niet mee akkoord. Ik zal enorme stampij maken zodra zo'n jonge troela haar voet —"

"Ik wil gewoon met Mollie praten."

"Oh. Die is boven… Het tapijt aan het schrobben." Ze wendde zich tot de oude man. "Paisley heeft het weer laten lopen. Als je die ouwe dronkenlap buiten de deur zou houden, zou ik je daarvoor hartelijk bedanken."

"Geld is geld."

IX

Behoedzaam begon Jean de trap te beklimmen, maar een grote vrouwelijke figuur versperde de doorgang.

Ze droeg een emmer en een bezem. Toen ze het licht in liep herkende Jean de vrouw op de foto van Joe Parlier, maar dan aangetast door twintig jaar kwakkelende gezondheid, een slecht humeur en honderd pond verzuurd vlees.

"Mollie?" waagde Jean. "Ben jij Mollie Salomon?"

"Dat ben ik. Wat gaat jou dat aan?"

"Ik wil graag met je praten. Onder vier ogen."

Mollie inspecteerde haar kort en wierp een bittere blik in de salon waar de oude man en de vrouw zaten te luisteren met onverholen interesse. "Oké, kom maar mee."

Ze duwde een gammele deur open en waggelde naar buiten op een kleine veranda met uitzicht op een triest tuintje van ratelaarskruid, pelgrimsklimop en roestachtige schimmels. Ze liet zich in een rieten stoel zakken die onder haar gewicht kraakte.

"Wat is je verhaal?"

Het voorstellingsvermogen van Jean had haar niet op deze ontmoeting kunnen voorbereiden. Wat viel er te zeggen? Kijkend in het vormeloze witte gezicht, zich bewust van de zure stank, kwamen de woorden stotterend naar boven... Plotselinge woede laaide op in Jean.

"Zeventien jaar geleden heb je een baby achtergelaten bij Joe Parlier in Engelenstad. Ik wil weten wie de vader was."

Mollie Salomon vertrok geen spier. Na een ogenblik zei ze met zachte stem: "Ik heb me vaak afgevraagd hoe het met die baby is afgelopen..."

Jean vroeg plotseling hoopvol: "Was het niet je eigen baby?"

Mollie lachte bitter. "Haal je niets in je hoofd. Het was mijn kind, daar bestaat geen twijfel over, geen enkele twijfel... Hoe ben je erachter gekomen?"

"Joe heeft een soort dagboek achtergelaten...Wie was de vader? Was het Joe?"

De vrouw werd zich ineens — bijna hilarisch — bewust van haar waardigheid. "Joe Parlier? Pfff, hoe kom je daar in vredesnaam bij?"

"Wie dan?"

Mollie inspecteerde Jean met sluwe ogen. "Je ziet eruit alsof het je voor de wind gaat..."

Jean knikte. "Ik wist dat het hiertoe zou leiden. Hoeveel?"

Het bedrag dat Mollie noemde was verrassend bescheiden — misschien een graadmeter voor het belang dat ze hieraan hechtte. "Oh tien, twintig dollar, meer om me voor mijn tijd te betalen."

Jean zou haar met gemak honderd, zelfs duizend dollar hebben gegeven. "Hier."

"Bedankt," zei Mollie Salomon met een benepen beleefdheid. "Nu zal ik je vertellen wat ik weet van de hele toestand, wat naar mijn mening een van de vreemdste dingen is die ik ooit heb gehoord."

Jean zei ongeduldig: "Laat maar zitten, wie is mijn vader?"

Mollie zei: "Niemand."

"Niemand?"

"Niemand."

Jean was even stil. Toen: "Het moet toch iemand zijn geweest."

Mollie zei waardig: "Er is niemand die het beter weet dan ik, dat kan ik met zekerheid stellen."

"Misschien was je dronken?" stelde Jean hoopvol voor.

Mollie bekeek haar kritisch. "Behoorlijk vroegwijs voor een tutje van jouw leeftijd... Mijn hemel! Ik deed niet veel voor jou onder hoor; ik was meer dan schattig... En kijk mij nu eens, je zou het niet zeggen. Het gevolg van onafzienbaar sloven in een Tien-Kilometerhuis..."

"Wie is mijn vader?"

"Niemand."

"Dat is onmogelijk!"

Mollie schudde haar hoofd. "Zo is het. Hoe ik dat weet? Omdat ik in het Reclasseringstehuis was opgenomen en ik daar twee jaar heb gezeten. Daar kijk ik op een dag naar beneden en ik zeg: 'Mollie, je wordt groot.' En dan zeg ik: 'Dat moet indigestie zijn.' En de volgende dag zeg ik: 'Mollie, als je niet in deze verdomde gevangenis zat, die gerund wordt als een goudvissenkom, met ieder moment van de dag ogen op je gericht, en je weet zeker dat je geen man hebt gezien behalve die ouwe Cholwell en de directeur'—"

"Cholwell!"

"Ouwe dokter Cholwell was de arts aldaar, een kille vis... Heremijntijd, wat een kil type. Hoe dan ook, ik zei tegen mezelf..."

"Zou het niet Cholwell kunnen zijn?"

Mollie snoof. "Ouwe Cholwell? Dan nog eerder de Aartsengel Gabriël. Die ouwe..." ze begon obsceen te mompelen. "Tot op de dag van vandaag wil ik die lamzak nog wel een lesje leren, hij die me niet liet gaan toen mijn tijd erop zat! Beweerde dat ik een ziekte had, zei dat ik moest wachten! Mooi niet. Ik ben op eigen houtje vertrokken. Ik reed met de vrachtwagen mee de stad in, en niemand die er iets aan kon doen, omdat mijn tijd erop zat en ik werd vastgehouden zonder enige wettelijke reden. En toen — ik ging dus naar de dokter, ouwe dokter Walsh, en hij zegt: 'Mollie, het enige probleem met jou is dat je gewoon zo zwanger bent als de neten.' En voor ik het wist, daar is dat kreng al, en ik geen rooie rotcent, maar ik had natuurlijk wel mijn vrijheid nodig dus breng ik haar naar mijn goede vriend Joe, en wat een stampij dat hij maakte ook…"

"Hoe zit het met de directeur?"

"Wat is er met hem?"

"Kon hij je hebben…"

Mollie snoof ongelovig. "Niet ouwe kieskeurige Richard. Hij heeft zelfs zijn gezicht niet eens laten zien. Bovendien was hij met een of andere jonge deerne op kantoor aan het rotzooien."

Opeens klonk het geluid van zoemende stuwers. Jean sprong overeind en staarde verbluft omhoog naar de vertrekkende luchtboot. "Wat in hemelsnaam…ik vroeg hem nog om te wachten! Hoe kom ik nu terug naar Engelenstad?"

"Wel, wel," zei een lijzige stem vanuit de bar. "Deze tent is bepaald een schilderachtig relikwie."

Mollie Salomon kwam moeizaam overeind. "Die stem!" Haar gezicht kleurde een ongezond roze. "Die stem herken ik uit duizenden, het is de ouwe Cholwell."

Jean volgde haar naar de bar.

"Jij! Kleine smeerlap met je augurkenkop, wat moet jij hier? Weet je dat ik keer op keer heb gezworen dat als ik je ooit buiten dat gore tehuis zou tegenkomen, ik je met drek zou overgieten en dat is precies wat ik nu ga doen…Wacht maar even op mijn emmer…" Mollie draaide zich om en pufte de gang door.

Jean zei: "Heeft u mijn taxi weggestuurd, meneer Cholwell?"

Cholwell boog. "Ja, juffrouw Parlier. Ik wilde u mijn kippenboerderij laten zien en ik dacht dat u vandaag misschien mijn uitnodiging zou accepteren."

"En stel dat ik dat niet doe, hoe kom ik dan terug naar Engelenstad?"

Cholwell maakte een elegant gebaar. "Natuurlijk ben ik bereid om u overal naartoe brengen."

"En stel dat ik niet met u mee wil?"

Cholwell zag er gepijnigd uit. "In dat geval heb ik u natuurlijk met een groot ongemak opgezadeld en kan ik u slechts mijn excuses aanbieden."

Mollie Salomon kwam de kamer binnenrennen met een emmer, puffend en snikkend van woede. Cholwell trok zich met aanzienlijke behendigheid terug naar buiten, zonder aan waardigheid in te boeten.

Mollie rende de veranda op. Cholwell week verder achteruit over het erf. Mollie achtervolgde hem een paar stappen en smeet toen de inhoud van de emmer in zijn richting. Cholwell ontweek de troep met gemak. Mollie schudde haar vuist. "En laat ik je hier nooit meer zien, anders zal het slechter voor je aflopen, véél slechter, jij smerig klein varken." En ze voegde hem nog meer vuigheden toe.

De aanblik van een razende, onbeholpen vrouw die achter de stoïcijnse Cholwell aan zat met een emmer vol drek was te veel voor Jean. Ze begon daverend te lachen. Terzelfdertijd brandden haar ogen van de tranen. Dit waren haar vader en haar moeder. Ondanks de boze ontkenningen van Mollie, erkende Cholwell wel een dochter te hebben die op haar leek: Martha, Sunny, Jade, of hoe ze ook heette.

Jean geen blik waardig keurend, verdween Mollie triomfantelijk naar binnen de bar in. Cholwell kwam dichterbij, geërgerd zijn voorhoofd deppend. "Voor minder zou ik haar aanklagen en haar laten opnemen..."

"Bent u mijn vader, meneer Cholwell?" vroeg Jean.

Cholwell wierp haar een onderzoekende blik toe. "Waarom vraagt u dat, juffrouw Parlier? Dat is een heel intrigerende vraag."

"Mollie is mijn moeder. Ze zegt dat ze zwanger werd terwijl u de enige man in de buurt was."

Cholwell schudde gedecideerd het hoofd. "Nee, juffrouw Parlier. Even los van het morele aspect, verzeker ik u dat ik een man ben met een goede smaak en enig onderscheidingsvermogen."

Jean moest erkennen dat een gepassioneerd samenzijn van Cholwell en Mollie moeilijk voor te stellen was. "Wie is dan mijn vader?"

X

Cholwell trok zijn wenkbrauwen op alsof hij zich bewust werd van een pijnlijke plicht die hij moest volvoeren. "Het lijkt erop dat — sorry, ik zal direct zijn; ik voel dat je, ofschoon nog jong, een realist bent — het lijkt erop dat de relaties van je moeder met mannen dusdanig waren dat het bepalen van de verantwoordelijke schier onmogelijk is."

"Maar ze zat opgesloten in het Reclasseringstehuis; ze zegt dat ze nooit iemand anders dan jou heeft gezien."

Cholwell schudde weifelend het hoofd. "Misschien wil je het tehuis bezoeken? Het grenst bijna aan mijn —"

Jean snauwde: "Voor de laatste keer: ik ben niet geïnteresseerd in je verduvelde kippen. Ik wil terug naar Engelenstad."

Cholwell boog zijn hoofd. "Engelenstad dan, en excuses voor mijn vrijpostigheid."

Jean zei kortaf: "Waar is je luchtboot?"

"Deze kant op, langs de berenzwam." Hij leidde haar om de witte plaat schimmels heen.

De luchtboot was oud en statig. Het opschrift *Codiron Reclasseringstehuis* was overschilderd, maar de contouren waren nog steeds leesbaar.

Cholwell schoof de deur open. Jean aarzelde en keek peinzend naar het Tien-Kilometerhuis.

"Ben je iets vergeten?" vroeg Cholwell beleefd.

"Nee, ik denk het niet."

Cholwell wachtte geduldig. Jean zei boos: "Het is eigenlijk niets, meneer Cholwell. Ik ben jong en er is veel dat ik niet weet, maar..."

"Ja?"

"Ik ben nogal snel geïrriteerd. Dus laten we maar gaan. Naar Engelenstad."

"Naar Engelenstad," zei Cholwell nadenkend.

Jean sprong in de luchtboot. Cholwell sloot de deur, en liep om het toestel heen; plots, alsof hem iets te binnen schoot, opende hij het paneel van het motorcompartiment.

Jean keek behoedzaam toe. Hij leek iets bij te stellen aan de machinerie.

De lucht was bedompt in de cabine, het rook naar vernis en muffe ozon. Ze hoorde het ventilatiesysteem inschakelen: klaarblijkelijk het gevolg van Cholwells ingreep. De lucht werd koel en fris. Erg fris. De geur van dennennaalden en hooi. Jean haalde diep adem. Haar neus en longen tintelden ... Ze fronste. Vreemd. Ze besloot om — maar

Cholwell was al klaar en liep langs de zijkant van de luchtboot. Hij opende de deur en keek naar binnen.

Jean kon zijn gezicht alleen vanuit haar ooghoek zien. Ze kon zijn gezichtsuitdrukking niet plaatsen. Ze dacht dat hij knikte en vervolgens glimlachte.

Hij klom niet meteen in de boot, maar keek nog even over de vallei naar de drie vulkanische bergkammen, zwarte stompen tegen de groezelige lucht.

De geur van dennennaalden en hooi doordrong Jeans hoofd, en vervolgens haar hele lichaam. Ze was licht verontwaardigd... Cholwell trok weer aan de deur en hield hem nog even wijd open. De wind vanuit de Plaghankvallei waaide door de luchtboot en al snel rook ze weer het vertrouwde miasma van stof en hete rots.

Cholwell snoof voorzichtig, klom vervolgens naar binnen en sloot de deur. De luchtboot trilde; het Tien-Kilometerhuis slonk spoedig tot een vervallen miniatuur. Ze vlogen naar het noorden. Engelenstad lag in het zuiden.

Jean protesteerde, in de vorm van zware ademhaling. Cholwell glimlachte zelfgenoegzaam. "Vroeger vervoerden we soms wat onwillige patiënten; erg lastig, totdat we de kalmeringstank hadden geïnstalleerd en op het ventilatiesysteem hadden aangesloten."

Jean haalde diep adem.

Cholwell zei toegeeflijk: "Over twee uur ben je weer zo fris als een hoentje." Hij begon een lied te neuriën, een ouderwetse sentimentele ballade.

Ze vlogen over een heuvelrug, de luchtboot zwaaiend in felle windstromingen, en vervolgens door een vallei. Een grote donkere rotswand rees voor hen op. Helder blauw zonlicht streek langs de wand en reflecteerde op verticale richels alsof het metaalfolie was.

De boot schoof trillend en vibrerend door de vallei langs de grote zwarte klif. Weldra kwam een groep roze gebouwen in het zicht, strak tegen de rots aan gelegen.

"Kun je onze bestemming zien?" Vroeg Cholwell quasi-opgewekt. "Het zal een tijdje je thuis zijn — maar laat me je niet bang maken. Er zal zeker iets tegenover staan." Hij neuriede even zachtjes. "En je geld zal voor een goed doel worden gebruikt." Hij wierp een blik op haar. "Ben je sceptisch? Vind je het geen aantrekkelijke gedachte? Hoe dan ook, ik sta erop dat er genoegdoening zal zijn, want je wordt een van mijn kleine kippetjes." Het idee amuseerde hem zichtbaar. "Een van mijn kleine toom... Maar ik zal er over ophouden; ik wil je niet nodeloos ongerust maken..."

De luchtboot vervolgde zijn koers in de richting van de uitgestrekte groep roze gebouwen. "Een van de oude Trotterkoloniën," zei Cholwell met eerbiedige stem. "Ouder dan mensenheugenis en tevens een perfecte natuurlijke zonnecollector. Zie je wel, ik heb je niets dan de waarheid verteld. Ik moet bekennen dat het bedrijf tegenwoordig verwaarloosd wordt, sterk verwaarloosd, met alleen mezelf plus een kleine staf om de toom te verzorgen... Maar zodra we weer welgesteld zijn kunnen we misschien wat verbeteringen aanbrengen." Hij bekeek de groep gebouwen met wijd opengesperde neusgaten. "Gruwelijk. Het ergste van de eeuw, de Rococo Revival. Met roze stucwerk over het oerdegelijke steenschuim... Maar geld kan herstellen waar wensen en hopen falen." Hij klakte met zijn tong. "Misschien vertrekken we naar een van de tropische planeten; Codiron is somber en streng, en mijn oude botten kunnen de zwartwatervorst steeds minder goed verdragen." Hij lachte. "Ik ratel maar door... Als ik je verveel, moet je me onderbreken... En hier zijn we. Thuis."

Helderroze muren rezen vlak voor Jean omhoog. Ze voelde een steek.

De deur ging open; ze zag Cholwell en keek recht in het grijnzende gele gezicht van een ranke maar gespierde vrouw.

Handen hielpen haar uit de luchtboot en gingen over haar lichaam. Haar mitroxpistool en haar opgerolde glazen mes werden haar afgenomen; ze hoorde Cholwell tevreden grinniken.

Ze werd half geduwd, half gedragen, verder de schemer van het gebouw in.

Ze liepen door een galmende hal, verlicht door een rij hoge, smalle ramen. Cholwell stopte bij een zware deur, draaide zich om, en zijn gezicht zwom in Jeans blikveld.

"Wanneer mijn kleine toom onrustig wordt, moeten ze veilig worden opgesloten... Maar vertrouwen wint vertrouwen, en..." zijn stem ging verloren in het geratel van de sloten.

Jean liep naar voren. Gelaat na gelaat verscheen in haar gezichtsveld. Het ene verbijsterde aangezicht na het andere. Alsof ze in een opeenvolging van spiegels keek. Haar eigen gezicht staarde steeds weer naar haar terug.

Ze voelde iets zachts onder zich en zag niets anders dan het plafond. Ze hoorde de stem van Cholwell. "Dit is jullie verloren gewaande zus, die eindelijk bij ons is teruggekeerd. Ik denk dat er binnenkort goed nieuws voor ons allemaal zal zijn."

Iets heets en zeer pijnlijks raakte haar pols aan. Ze lag naar het plafond te kijken en ademde snel. De pijn verzachtte tot een doffer gevoel.

Haar oogleden gleden dicht.

Jean bestudeerde de meisjes heimelijk van onder haar oogleden. Het waren er zes — slanke donkerharige meisjes met ongeduldige intelligente gezichten. Ze droegen hun haar langer dan het hare, en misschien waren ze zachter en mooier dan zij zelf, hoewel in onbestemde mate. Maar in wezen waren zij haar. Niet slechts *zoals* zij. Zij *waren* haar.

Ze droegen een kostuum als een uniform — witte knielange broek, een losse gele blouse en zwarte sandalen. Hun uitdrukkingen suggereerden dat ze verveeld en stuurs, zo niet gewoon boos waren.

Jean ging rechtop zitten en geeuwde, geeuwde, geeuwde, alsof ze nooit meer zou stoppen. Haar waarneming verscherpte; de herinneringen keerden terug.

De meisjes zaten in een semi-vijandige cirkel. Om hen te begrijpen, zei Jean tegen zichzelf, hoef ik me alleen maar in hen te verplaatsen.

"Wel," zei Jean, "zit daar niet gewoon maar te zitten."

De meisjes bewogen lichtjes, en elk veranderde haar houding als door een gemeenschappelijke zenuwimpuls.

"Mijn naam is Jean." Ze stond op, rekte zich uit en streek haar haren glad. Ze keek de kamer rond. Een slaapzaal in het oude Reclasseringstehuis. "Een verdomd rattennest. Ik vraag me af of de ouwe Cholwell meeluistert?"

"Luisteren?"

"Heeft hij deze kamer voorzien van afluisterapparatuur? Kan hij…" ze merkte de afwezigheid van enig begrip. "Wacht. Ik zal wel even zoeken. Soms zijn de microfoons makkelijk te herkennen, soms niet."

De opnameknoop zou zich dicht bij de deur of dicht bij het raam bevinden, om de bedrading makkelijker te maken. Een radiovariant zou opvallen in deze kale kamer.

Ze vond de knoop waar ze hem verwachtte te vinden, boven de deur, met ragfijne draden die door een scheur liepen. Ze brak de knoop los en liet hem aan de andere meisjes zien. "Kijk. Ouwe Cholwell kon elk woord horen dat we zeiden."

Een van de meisjes pakte het ding behoedzaam vast. "Dus zo komt hij er altijd achter wat er aan de hand is... Hoe wist je dat dit hier zat?"

Jean haalde haar schouders op. "Ze zijn gangbaar genoeg... Waarom zijn we allemaal opgesloten? Zijn we gevangenen?"

"Ik weet niets wat jou betreft. Wij zijn gestraft. Toen Cholwell naar de Aarde ging, gingen sommigen van ons met de bevoorradingsboot mee naar Engelenstad... We krijgen zo'n kans niet vaak. Cholwell was woedend. Hij wei dat we alles zouden bederven."

"Wat is 'alles'?"

Ze maakte een vaag gebaar. "Over een tijdje zullen we allemaal rijk zijn, volgens Cholwell. Wonen we in een goed huis, kunnen we alles doen wat we willen. Maar eerst moet hij genoeg geld zien te krijgen. Zo is het geweest sinds ik me kan herinneren."

"Cherry is achter het geld aan," zei een ander meisje.

Jean knipperde met haar ogen. "Er is er nog een?"

"We waren met zeven. Jij bent nummer acht. Cherry is vanmorgen naar Engelenstad vertrokken. Ze zou geld moeten krijgen; ik denk dat ze de volgende pakketboot naar de Aarde neemt."

"Oh," zei Jean. Was het mogelijk... Zou het... Ze begreep nu de reikwijdte van het plan van Cholwell. Ze zei: "Laat me je hand zien."

Het meisje stak onverschillig haar hand uit. Jean vergeleek hem met haar eigen hand, tuurde nauwlettend. "Kijk, precies hetzelfde."

"Natuurlijk zijn ze hetzelfde."

"Hoezo 'natuurlijk'?"

Het meisje bekeek Jean met een verbaasde, half denigrerende uitdrukking. "Weet je het niet?"

Jean schudde haar hoofd. "Ik heb het nooit geweten totdat — nu ja, er waren geruchten en roddels in Engelenstad — maar tot ik jullie zag, dacht ik dat ik de enige van mij was die er was. Ineens zijn er zes meer."

"Zeven zelfs."

"Zeven meer. Ik ben echt — welja, verbaasd, zelfs overdonderd! Het is ook nog niet helemaal ingedaald."

"Cholwell zegt dat we hem dankbaar moeten zijn. Maar — niemand van ons mag hem. Hij staat ons niets toe."

XI

Jean keek de zes gezichten rond. Ze misten een bepaalde kwaliteit die zij wel had. Vuur? Eigenzinnigheid? Jean probeerde het verschil tussen zichzelf en de anderen te doorgronden. Ze leken even helder en eigenzinnig als zij zelf was. Maar ze hadden niet de gewoonte verworven om onafhankelijk te denken. Ze waren te veel blootgesteld aan dezelfde stimuli, en dachten dezelfde gedachten. Er was geen leiderschap onder hen. Ze vroeg: "Zijn jullie niet nieuwsgierig naar mij? Het lijkt jullie op de een of andere manier weinig te doen."

"Och." Het meisje haalde haar schouders op. "Het wordt vanzelf wel duidelijk."

"Ja," zei Jean. "Ongetwijfeld... Ik vind het hier overigens niet leuk."

"Wij ook niet."

"Waarom vertrekken jullie niet? Ren weg!"

Alle meisjes lachten. "Waarheen? Tweehonderd kilometer over bergen en rotsen? En daarna, wat dan? We hebben geen geld om weg te komen van Codiron."

Jean snoof minachtend. "Een knap meisje kan altijd geld krijgen."

Ze keken oprecht geïnteresseerd. "Hoe?"

"Oh — er zijn genoeg manieren. Ik neem aan dat jullie nog niet veel hebben gereisd."

"Nee. We kunnen wat films kijken, en af en toe televisie; en we lezen boeken."

"Cholwell kiest alle boeken uit?"

"Klopt."

"De oude Svengali..."

"Wie is dat?"

"Iemand als Cholwell, maar dan ongeveer — nee, precies een achtste zo ambitieus... Hoe is het allemaal begonnen?"

Het meisje dat het dichtst bij haar zat haalde haar schouders op. Op de plek waar haar blouse van haar pols was teruggegleden, was een tatoeage zichtbaar. Jean leunde naar voren en las: 'Felice'. Getriggerd door een plotse herinnering bekeek ze haar eigen pols. Getatoeëerd in de ivoren huid las ze 'Jean'.

Nu werd ze echt boos. "Ons oormerken als vee!"

Geen van de anderen deelde haar verontwaardiging. "Hij zegt dat hij ons uit elkaar moet kunnen houden."

"Verdomde ouwe schurk...Op de een of andere manier, om de een of andere reden..." Haar stem stierf weg. Vervolgens: "Hoe komt het dat we allemaal hetzelfde zijn?"

Felice keek haar met heldere, berekenende ogen aan. "Je zult het Cholwell moeten vragen. Hij heeft het ons nooit verteld."

"Maar jullie moeders? Wie zijn jullie moeders?"

Felice trok haar neus op. "Laten we het niet hebben over dergelijke vunzigheid."

Het meisje naast haar zei ietwat vilein: "Heb je de oude Svenska gezien, de vrouw die je heeft geholpen? Dat is de moeder van Felice."

"Oooh!" zei Felice. "Ik heb je gezegd dat je me er nooit meer aan moest herinneren! En vergeet je eigen moeder niet, de vrouw die stierf met dat halve gezicht..."

Jean knarste met haar tanden en liep de kamer op en neer. "Ik wil uit deze verdomde gevangenis komen...Ik ben vaker in gevangenissen, kampen en weeshuizen geweest; ik ben er altijd uit gekomen. Op wat voor manier dan ook." Ze keek achterdochtig naar de zes gezichten. "Misschien lopen jullie allemaal lekker mee met Cholwell. Ik niet."

"Wij ook niet. Maar we kunnen niets doen."

"Heb je er ooit aan gedacht om hem te vermoorden?" Vroeg Jean sarcastisch. "Dat is eenvoudig genoeg. Prik hem een keer met een goed mes, en hij zal van gedachten veranderen de volgende keer dat hij mensen wil opsluiten...ik zal hem prikken als ik de kans krijg..."

Het werd stil in de kamer.

Jean vervolgde: "Weet je wiens geld Cherry op gaat halen? Nee? Wel, het is van mij. Ik heb er veel van. En zodra Cholwell dat te weten kwam, begon hij te plannen hoe het af te pakken. Nu stuurt hij Cherry naar mijn voogd. Cholwell heeft haar verteld wat ze moet doen, hoe ze

Mycroft moet bespelen. Mycroft zal het verschil niet merken. Omdat ze niet alleen op mij lijkt, ze *is* mij. Zelfs onze vingerafdrukken, onze handafdrukken zijn identiek."

"Natuurlijk."

Jean riep boos: "Het probleem is dat jullie nog nooit hebben hoeven werken of vechten; jullie hebben braaf stil gezeten, als huisdieren. 'Kippen', zo noemt Cholwell jullie. En nu is al jullie durf verdwenen. Jullie verdragen dit — dit ..." Ze kwam woorden te kort. Ze maakte een heftig gebaar.

"Jullie vechten niet. Jullie laten je door hem behandelen als baby's. Op de een of andere manier heeft hij ons weggehaald bij onze moeders en heeft hij ons op zo'n manier gevormd dat we allemaal hetzelfde zijn ..."

Een droge, scherpe stem zei: "Zeer interessant, Jean ... Mag ik je een paar minuten apart alsjeblieft?"

Er klonk een geritsel van beweging, angst. Cholwell stond in de deuropening. Jean keek over haar schouder en liep de gang in.

Cholwell leidde haar hoffelijk naar een vrolijke kamer, ingericht als kantoor, waar hij plaatsnam achter een modern elektrisch bureau. Jean bleef staan en keek hem uitdagend aan.

Cholwell pakte een potlood en liet het tussen twee vingers bungelen. Hij koos zijn woorden zorgvuldig.

"Het wordt me duidelijk dat jij een bijzonder probleem vormt."

Jean stampte met haar voeten. "Ik geef niets om jouw problemen, ik wil terug naar Engelenstad. Als je denkt dat je me hier heel lang kunt houden, ben je gek!"

Cholwell inspecteerde het potlood met volmaakte interesse. "Het is een heel bijzondere situatie, Jean. Laat het me uitleggen en je zult zien dat er behoefte is aan samenwerking. Als we allemaal samenwerken — jij, ik en de andere meisjes — kunnen we allemaal rijk en onafhankelijk zijn."

"Ik ben al rijk. En ik ben al onafhankelijk."

Cholwell glimlachte minzaam. "Je wilt je rijkdom niet met je zussen delen?"

"Ik wil mijn rijkdom niet delen met de oude Polton, ook niet met jou, met de taxichauffeur, met de kapitein van de *Bucyrus* ... Waarom zou ik hem met hen willen delen?" Ze schudde fel haar hoofd. "Nee, meneer, ik wil hier nu meteen weg. En je kunt er ook beter direct voor zorgen, of je zult zoveel problemen krijgen —"

"Met betrekking tot geld," zei Cholwell soepel, "hier delen we alles, en delen we gelijkelijk."

Jean grijnsde. "Je had het al bedacht de eerste keer dat je me in het kantoor van meneer Mycroft zag. Je wilde me hierheen brengen en vervolgens zou je een van je meisjes sturen om het geld te halen. Maar je hebt Mycroft verkeerd ingeschat. Hij zal nooit iets overhaast doen. Die Cherry krijgt niet veel van hem."

"Ze zal voldoende krijgen. En anders hebben we de renteopbrengst van twee miljoen dollar. Ergens rond de vijftigduizend dollar per jaar. Wat willen we nog meer?"

Jeans ogen stonden vol tranen van woede. "Waarom riskeer je me in leven te houden? Vroeg of laat ontsnap ik, ga ik ervandoor en het zal me worst wezen of iemand daar nadeel van ondervindt…"

"Mijn lieve meid," gispte Cholwell zachtjes. "Je bent overspannen. Er is zoveel van de context waarvan je je niet bewust bent; het is als het deel van de ijsberg dat onder water zit. Laat me je een verhaal vertellen. Ga zitten, liverd, ga zitten."

"Ik ben jouw lieverd niet, jij ouwe —"

"Tut tut." Hij legde zijn potlood weg en leunde achterover. "Twintig jaar geleden was ik hier de enige arts in het Reclasseringstehuis. Toen was het natuurlijk nog steeds volledig operationeel." Hij keek haar scherp aan. "Dit alles moet vertrouwelijk blijven, begrijp je dat?"

Jean begon hard te lachen. Vervolgens kwam er een opmerking van monumentaal sarcasme in haar op. Maar ze hield zich in. Als de oude Cholwell zo door ijdelheid werd verteerd, als de behoefte aan een intelligent oor zo sterk was dat hij haar daarvoor nodig had, des te beter.

Ze maakte een vrijblijvend geluid. Cholwell keek haar met geloken ogen aan en grinnikte alsof hij het pad van haar gedachten kon volgen. ·

"Maakt niet uit, maakt niet uit," zei Cholwell. "Maar je moet nimmer vergeten dat je me veel verschuldigd bent. De mensheid is mij veel verschuldigd." Hij pauzeerde even om deze gedachte te koesteren, die als boventonen langs zijn mentale gehemelte rolde. "Ja, heel veel.

Jullie meisjes vooral. Zeven van jullie — zou je kunnen zeggen — zijn me daadwerkelijk het bestaan verschuldigd. Van één maakte ik er acht."

Jean wachtte.

"Zeventien jaar geleden," zei Cholwell mijmerend, "kreeg de directeur van het tehuis een indiscrete relatie met een jonge maatschappelijk werkster. De volgende dag, uit angst voor een schandaal als zich een zwangerschap zou voordoen, raadpleegde de directeur mij en ik stemde ermee in de jonge vrouw te onderzoeken. Dat deed ik, en door toepassing van een ingenieuze filtratie kon ik de bevruchte eicel isoleren. Het was de gelegenheid waarop ik had gewacht. Ik voedde de eicel. Ze deelde zich — de eerste stap op weg naar een compleet mens. Heel voorzichtig scheidde ik de twee cellen. Elk van deze deelde zich opnieuw, en weer scheidde ik de doubletten. Opnieuw werden de cellen gedeeld; nogmaals —"

Jean zuchtte diep. "Dan is Mollie toch niet mijn moeder. Het is het bijna waard..."

XII

De dokter berispte Jean met een blik. "Loop niet op de zaken vooruit... Waar ik eerst een enkel individu had, had ik er nu acht. Acht identiteiten. Ik liet deze zich normaal ontwikkelen, hoewel ik denk dat ik het proces wel voor onbepaalde tijd had kunnen voortzetten... Na een paar dagen, toen de cellen goed waren ontwikkeld, bracht ik acht gezonde vrouwelijke gevangenen naar de ziekenzaal. Ik drogeerde ze met een hypnoticum en nadat ik ze met geschikte hormonen had voorbereid, plantte ik een zygoot in de baarmoeder van alle acht."

Cholwell ging comfortabel op zijn stoel zitten, lachte. "Acht zwangerschappen en nog nooit heb ik vrouwen zo verbaasd gezien. Een van deze vrouwen, Mollie Salomon, werd vervroegd vrijgelaten en verliet het tehuis vóór de geboorte van haar kind. Ik veronderstel trouwens dat ik mijn kind zou moeten zeggen. Zij had er eigenlijk heel weinig mee te maken. Door omstandigheden verloor ik haar uit het oog en daarmee ook het achtste kind." Hij schudde spijtig zijn hoofd. "Het liet een onaangenaam hiaat achter in het experiment — maar ik had tenslotte mijn zeven... En dan, zeventien jaar later, loop ik in Metropolis op aarde een kantoor binnen en daar zit — jij! Ik wist dat de voorzienigheid hier in mijn voordeel ingreep."

Jean likte haar lippen. "Als Mollie niet mijn echte moeder is — wie dan wel?"

Cholwell maakte een bruusk gebaar. "Dat doet er niet toe. Het is het beste dat de directe verwantschap onbekend blijft."

Jean vroeg terloops: "Wat is je doel? Je hebt bewezen dat het kan worden gedaan; waarom hou je die arme meisjes hier op Codiron verborgen?"

Cholwell knipoogde ondeugend. "Het experiment is niet helemaal ten einde, lieverd."

"Nee?"

"Nee. De eerste fase was briljant succesvol; nu zullen we het proces herhalen. En deze keer zal ik mijn eigen zaad verspreiden. Ik wil acht geweldige zonen. Acht fijne Cholwell-jongens."

Jean zei met een zachte stem: "Dat is absurd."

Cholwell knipperde een paar keer met zijn ogen. "Helemaal niet. Het is een van de meest dwingende driften van de mensheid, het verlangen naar nakomelingen."

"Mensen pakken het meestal anders aan... En het zal niet werken."

"'Zal niet werken'? Waarom in vredesnaam niet?"

"Je hebt geen pleegmoeders tot je beschikking zoals je eerder had. Er is geen —" Ze zweeg abrupt en beet bijna op haar tong.

"Ik hoef niet verder te zoeken dan achter mijn eigen deur. Acht gezonde jonge meisjes, in de lente van hun leven."

"En de moeder?"

"Om het even wie van jullie acht. Dorothy, Jade, Bernice, Felice, Sunny, Cherry, Martha — en Jean. Een van jullie."

Jean bewoog zich rusteloos. "Ik wil niet zwanger worden. Normaal of op een andere manier."

Cholwell schudde lankmoedig het hoofd. "Toegegeven: het is inderdaad een ontbering."

"Wel," zei Jean. "Wat je ook van plan bent — laat mij erbuiten. En omdat ik het niet ga doen, boeit het me ook niet wat je zegt."

Cholwell liet zijn hoofd zakken en een vage roze blos verscheen op zijn wangen. "Mijn lieve jongedame —"

"Ik ben jouw lieve jongedame niet!"

De teleschermzoemer klonk. Cholwell zuchtte en raakte de knop aan.

Jeans gezicht verscheen op het scherm, bang en wanhopig. Achter haar was een officieel uitziende kamer in beeld, met twee aandachtige mannen in uniform.

Cherry, ongetwijfeld, dacht Jean.

Bij het zien van het gezicht van Cholwell ratelde Cherry er razendsnel op los: "— heeft me hierin betrokken, dr. Cholwell; u haalt me hier ook weer uit!"

Cholwell knipperde verbluft met de ogen.

Cherry's smalle levendige gezicht gloeide van woede en verontwaardiging. "Doe iets! Zeg iets!"

"Waarover?" vroeg Cholwell.

"Ze hebben me gearresteerd! Ze zeggen dat ik een man heb vermoord!"

"Ah," zei Jean met een vage glimlach.

Cholwell schoot naar voren. "Wat is dit allemaal?"

"Het is absurd!" riep Cherry. "Ik heb het niet gedaan! Ik kende hem niet eens, maar ze laten me niet gaan!"

Achter haar zei een van de politieagenten met een barse stem: "U verspilt uw tijd en de onze, juffrouwtje. Deze zaak is zo klaar als een klontje."

"Dr. Cholwell — ze zeggen dat ze me kunnen terechtstellen, me vermoorden voor iets dat ik niet heb gedaan!"

Cholwell zei met vlakke stem: "Ze kunnen niet bewijzen dat jij het was als jij het niet was."

"Waarom laten ze me dan niet gaan?"

Cholwell wreef over zijn kin. "Wanneer vond die moord plaats?"

"Ik denk dat het vanmorgen was."

"Het is allemaal onzin," zei Cholwell opgelucht. "Je was vanmorgen immers hier. Daar sta ik voor in."

Achter het meisje lachte een van de politieagenten schor. Cherry riep: "Maar ze zeggen dat mijn vingerafdrukken op hem zaten! De sheriff zegt dat er absoluut geen twijfel bestaat!"

"Belachelijk!" Barstte Cholwell in een furieuze hoge stem uit.

Een van de politiemannen boog zich naar voren. "Het is een uit-gemaakte zaak, Cholwell. Anders zou je meisje niet zo vrijelijk met je mogen praten. Ik heb nog nooit een duidelijker zaak gezien en ik wed honderd dollar op het vonnis."

"Ze gaan me vermoorden," snikte Cherry. "Dat is het enige waar ze het over hebben!"

"Barbaars!" Stormde Cholwell. "Verdomde wilden! En ze scheppen nog wel zo op over de beschaving hier op Codiron!"

"Wij zijn beschaafd genoeg om onze moordenaars te vangen," merkte de sheriff subtiel op. "En we regelen het ook zo dat ze maar één keer moorden."

"Heb je ooit gehoord van gedragscorrectietherapie?" Vroeg Chol-well met een bijtende stem.

De sheriff haalde zijn schouders op. "Onnodig om dat liedje te zingen, Cholwell. Dit is een eenvoudig land. Als we een moordenaar betrappen, verplaatsen we hem naar waar hij niemand kwaad kan doen. Niets van die strapatsen of luxe ziekenhuizen voor ons; wij zijn een pretentieloos volk."

Cholwell zei zorgvuldig: "Waarom proberen jullie de schuld in de schoenen van — dit meisje te schuiven?"

"Er zijn ooggetuigen," zei de sheriff zelfgenoegzaam. "Twee mensen identificeren haar positief als degene die ze het gebouw zagen betreden waar Gem Morales werd gedood. Er zijn een half dozijn anderen die haar op het juiste moment in de Paradijssteeg zagen. Absolute iden-tificatie, geen twijfel over mogelijk; ze ontbeet in het New York Café. En alsof dat nog niet volstaat, zitten haar vingerafdrukken over de hele plaats delict... Ik zeg je, Cholwell, het is een overduidelijke zaak!"

Cherry riep wanhopig: "Dr. Cholwell, wat moet ik doen? Ze laten me niet — ik kan ze gewoon niet aan het verstand brengen —"

Cholwells gezicht was een wit masker. Hij zei gespannen: "Ik bel je zo meteen terug."

Hij had de verbinding uitgeschakeld. Het scherm met het verwron-gen gezicht flakkerde uit.

Jean zuchtte. Toekijken bij deze scène was in feite angstaanjagender geweest dan wanneer het haarzelf had betroffen; ze zag haar evenbeeld in totale paniek maar was niet bij machte om ook maar een spier te verroeren om te helpen: als in een nachtmerrie waarbij je voeten iedere dienst weigeren.

Cholwell dacht na en bekeek haar met ogen die plots afschuwelijk reptielachtig leken. Hij zei, zacht sissend: "Jij hebt die man vermoord. Jij adder."

Jeans flexibele mond verbreedde zich tot een glimlach. "En wat dan nog?"

"Je hebt mijn plannen verpest!"

Jean haalde haar schouders op. "Je hebt me hierheen gebracht. Je stuurde haar naar Engelenstad om de pakketboot te nemen — om achter mijn geld aan te gaan. Ze moest voor mij doorgaan. Dat is wat je wilde. Fijn. Uitstekend." Ze lachte, een zilveren gerinkel. "Het is eigenlijk best grappig, Cholwell."

Een nieuwe gedachte viel Cholwell in. Hij liet zich achterover zakken in zijn stoel. "Het is niet grappig… Het is verschrikkelijk. Dit breekt het octet. Als ze schuldig wordt bevonden en vermoord door die barbaren in Engelenstad, is de cirkel verbroken, dit keer onherroepelijk."

"Oh," zei Jean opgewekt. "Je maakt je zorgen over de dood van Cherry omdat het de symmetrie van je cirkeltje verpest?"

"Je begrijpt het niet," zei Cholwell met een venijnige stem. "Dit is al zo lang mijn doel… Ik was er bijna, en toen *fssst* —" hij sloeg met zijn hand in de lucht, trok wanhopig zijn wenkbrauwen op "— buiten mijn bereik."

"Het zijn mijn zaken niet," mijmerde Jean, "behalve dat ze bijna mij is. Ik voel me ongemakkelijk om haar bang te zien. Ik geef geen cent om jou."

Cholwell fronste angstaanjagend.

Jean ging verder. "Maar — het zou eenvoudig moeten zijn om haar vrij te krijgen."

"Alleen door jezelf aan te geven," somberde Cholwell. "Dat zou publiciteit met zich meebrengen, en dat kunnen we nu niet gebruiken. Ik zou niet door kunnen gaan…"

Jean keek hem aan alsof ze hem voor het eerst zag. "Dat meen je niet werkelijk?"

"Menen? Natuurlijk meen ik dat." Hij keek boos. "Ik begrijp niet wat je bedoelt."

"Als ik heel hardvochtig was," zei Jean, "zou ik rustig achterover leunen en er hartelijk om lachen. Het is zo gruwelijk grappig. En wreed... Maar ik vrees dat ik niet zo gemeen en stoer ben als ik denk te zijn. Of misschien is het omdat zij — mij is." Ze voelde de schittering van Cholwells ogen. "Begrijp me niet verkeerd. Ik ben niet van plan de stad in te rennen, mijn hoofd op het hakblok te leggen en te roepen: 'Ik heb het gedaan!' Maar er is een heel eenvoudige manier om haar vrij te krijgen."

"Wel?" — met een zijdeachtige stem.

"Ik weet niet veel over de wet, behalve om uit de buurt ervan te blijven. Maar stel dat we met z'n allen de rechtbank binnenlopen. Wat kunnen ze dan? Ze kunnen ons niet allemaal arresteren. Ze kunnen dan Cherry niet meer vasthouden. We zijn met z'n achten identiek, allemaal, zelfs onze vingerafdrukken. Jammer voor ze, maar hun enige bewijzen zijn getuigen en vingerafdrukken; ze denken dat die naar een persoon wijzen. Als er echter zeven anderen zijn waar het bewijs evengoed op van toepassing is, dan kunnen ze niets anders doen dan de handdoek in de ring gooien en vriendelijk vragen, wie het ook heeft gedaan, doe het alsjeblieft niet nog een keer, en vervolgens ons naar huis laten gaan."

XIII

Cholwells gezicht was een masker gesneden in gele was. Hij zei langzaam: "Wat je zegt is volkomen waar... Maar het is onmogelijk." Zijn toon steeg tot een gegrom. "Ik zei dat we de publiciteit niet kunnen hebben. Als we zo'n stunt zouden uitvoeren, dan zouden we overal in het universum bekend worden. Engelenstad zou overspoeld worden met journalisten, druktemakers, onderzoekers. Mijn grote plan zou — onuitvoerbaar zijn."

"Met 'grote plan'," vroeg Jean beleefd, "bedoel je het project om ons allemaal moeders te maken?"

"Natuurlijk. Vanzelfsprekend. Mijn geweldige plan."

"Zelfs als het betekent dat je Cherry opoffert? Haar leven?"

Cholwell zag er gepijnigd uit. "Je drukt het uit in onaangename bewoordingen. Ik vind het helemaal niet leuk. Het betekent zeven in plaats van acht... Maar soms worden we gedwongen dapper te zijn en tegenslagen te verdragen. Dit is een van die keren."

Jean keek hem aan met gloeiende ogen. "Cholwell," fluisterde ze. Ze was niet in staat om nog iets uit te brengen. Uiteindelijk zei ze: "Vroeg of laat…"

De kastdeur sloeg open.

Een harde stem zei: "Welnu, ik heb alles gehoord wat ik kan verdragen. Meer dan genoeg."

Mollie Salomon barstte uit de kast met vlak achter zich de lange vrouw met het gele gezicht, Svenska.

Magie, een wonder, was Jeans eerste geschrokken veronderstelling; hoe anders kon je de twee grote vrouwen in een bezemkast verklaren? Cholwell zat als een elegant gekleed beeld, met zijn uitdrukking bevroren op zijn gelaat. Jean liet haar adem langzaam los. Het was denkbaar dat ze zich dicht opeen hadden gedrukt; de geur, dacht ze wrang, moest zwaar en zuur zijn geweest.

Mollie deed drie snelle stappen naar voren, zette haar handen in haar zij en stak haar ronde witte gezicht naar voren. "Jij naar monster, nu weet ik eindelijk wat er aan de hand was…"

Cholwell stond op, sprong achteruit, snel en geel als een schildpadkat. "Jullie hebben het recht niet hier te zijn, je kunt beter weggaan!"

Alles gebeurde tegelijk — een warrelende storm van geluid, emotie, verwrongen gezichten. Angstaanjagend, grotesk en verschrikkelijk — Jean leunde achterover, niet wetend of ze als een gek moest lachen, of maken dat ze wegkwam.

Svenska schreeuwde gepassioneerd: "Je hebt me verpest, jij varken —"

"Almaar die verwarring," snauwde Mollie, "en al die tijd was jij het met je idioterieën!"

"— ik sla op mijn hoofd, ik huil, ik denk dat mijn man gelijk heeft, dat ik niet goed genoeg ben, ik ben —"

Cholwell stak zijn handen op. "Dames, dames —"

"Wat nou 'dames'?" Mollie greep een bezem uit de kast en begon Cholwell ermee te meppen. Hij greep de bezem vast, probeerde hem af te pakken; hij en Mollie vochten en worstelden over de vloer. Svenska kwam tussenbeide, sloeg haar lange, pezige armen om zijn nek en liet zich door haar knieën zakken; Cholwell strompelde achteruit. Ze vielen allebei op de grond. Mollie pakte de bezem weer beet.

Cholwell schoot overeind, dook naar het bureau en pakte het

mitroxpistool van Jean. Zijn haar hing slap, zijn mond stond open en hij hijgde zwaar. Doelbewust hief hij het wapen. Jean zakte in haar stoel onderuit en schopte naar zijn arm. De pijl explodeerde in het kozijn met een droog klakkend geluid.

Svenska wierp zich op hem, Mollie sloeg met de bezem tegen zijn arm. Het pistool viel op de vloer; Jean pakte het op.

Mollie dreigde hem met de bezem. "Je zou je moeten schamen voor wat je allemaal hebt aangericht!"

Svenska greep Cholwell beet en schudde hem door elkaar. Hij verslapte en verzette zich niet meer.

"Wat ga je eraan doen?" Schreeuwde Svenska.

"Waaraan?"

"Mijn man."

"Ik heb hem nog nooit gezien."

"Nee. Je hebt hem nooit gezien," aapte ze hem na met diepe minachting. "Nee. Maar hij mij wel — hij kwam, hij keek naar mij. Dik; zeven, acht maanden zwanger, dat was ik. Hij noemde me een waardeloze vrouw en hij vertrok. Op naar Puskolith, en ik kreeg nooit meer een echtgenoot. Dat al achttien jaar."

Jean zei ondeugend: "Je moet Cholwell met je laten trouwen."

Svenska dacht even na over Cholwell en kwam tot een beslissing. "Pah, kleine garnalen zoals hij niet goed."

Mollie zei: "En hij stond op het punt om zijn vervelende trucs opnieuw uit te halen; ik wist dat hij niet deugde was toen ik hem voor het eerst zag." Ze keek naar Jean. "Of je nu mijn kleine meid bent of niet, ik wilde die akelige Cholwell niet met jou laten rotzooien en ik wist dat dat was waar hij op hoopte, en dus liet ik ouwe Pop me in zijn luchtboot brengen, en dat is maar goed ook, zie ik nu; ik kom net op tijd."

"Ja," zei Jean. "Ik ben blij dat je bent gekomen." Ze haalde diep adem. "Ik ben heel blij dat je bent gekomen."

Cholwell kwam weer een beetje bij zinnen en herpakte wat er van zijn waardigheid overschoot. Hij ging achter zijn bureau zitten, schoof wat papierwerk met trillende vingers heen en weer. "Jullie hebben — jullie hebben het recht niet om hier binnen te dringen," zei hij met zwakke verontwaardiging.

Mollie maakte een minachtend blazend geluid. "Ik ga waar ik wil, en laat me niet nog eens dergelijke onzin horen, of ik zal je deze bezem weer doen voelen, wat ik toch al half van zins ben, nu ik er weer aan denk hoe je me hier na mijn vrijlating hebt vastgehouden voor je smerige experimenten."

Cholwell draaide zich venijnig om naar Svenska. "Jij hebt haar binnengelaten, terwijl ik je hier heb verzorgd en je al die jaren een goed thuis heb gegeven —"

"Nou! Me tot bloedens toe laten werken, voor jou en die meisjes, altijd maar sloven; het is bepaald geen idylle geweest... Maar vanaf nu doen we het anders. Jij werkt nu voor mij."

"Je bent niet goed wijs, vrouw," snauwde Cholwell. "Ga nu weg — jullie allebei, voordat ik de politie bel." Hij stak zijn hand uit naar het telescherm.

"Wat nou!" blafte Mollie. "Kijk jij maar eens uit, Cholwell!" Ze greep de bezem weer vast. "Nu zal ik jou eens vertellen wat er gaat gebeuren; je hebt me niets dan ellende bezorgd en ik wil schadevergoeding. Ja, meneer," knikte ze kalm, "schadevergoeding. En als ik die niet vasn je krijg, dan sla ik ze uit je met deze bezem."

"Belachelijk," zei Cholwell slapjes.

"Ik zal je laten zien wat belachelijk is. Ik wil waar ik recht op heb."

Jean zei droogjes: "Ik denk dat je van deze oude gebouwen een goede kippenboerderij zou kunnen maken. Cholwell denkt tenminste van wel. Je zou hier kippen kunnen houden en Cholwell zou voor je kunnen werken... Cholwell vertelde me dat er wel geld mee te verdienen is."

Svenska keek sceptisch naar Mollie. Mollie zei tegen Cholwell: "Klopt dat? Wat zij zei?"

Cholwell ging ongemakkelijk in zijn stoel zitten. "Te koud en winderig voor kippen."

"Pah," zei Svenska. "Lekker warm. Midden in de luwte en de zon."

"Dat is wat Cholwell me vertelde," zei Jean.

Cholwell keek haar driftig aan. "Hou je mond! Je hebt me niets dan ongeluk gebracht."

Jean stond op. "Als ik die oude luchtwagen kan besturen, dan vertrek ik." Ze knikte naar Mollie. "Bedankt dat je achter me aan bent gekomen. Ik wens je veel succes met je idee voor een kippenboerderij."

Ze stapte de gang in en liet een zware stilte achter.

Ze aarzelde even en liep toen de gang door naar de bibliotheek. Ze voelde zich licht, energiek en holde het grootste deel van de weg. Bij de deur aarzelde ze opnieuw.

"Och, waarom niet," zei Jean. "Immers — zij zijn mij."

Ze gooide de deur open.

Zes meisjes draaiden zich om en keken haar nieuwsgierig aan. "En? Wat wou ouwe Cholwell?"

Jean keek om zich heen van gezicht tot gezicht, met een glimlach die haar scherpe kleine tanden liet zien.

"Ouwe Cholwell gaat met Svenska de kippenhandel in." Ze lachte. "Het domme oude haantje."

Er hing even een stilte in de kamer, een soort kortademigheid.

"Kom," zei Jean, "we gaan allemaal weg. Onze eerste stop is Cherry. Ze zit in nesten. Ze liet zich door Cholwell voor zijn karretje spannen en nu zit ze in de problemen. Laat dat een goede les zijn. Maar we zullen niet wraakzuchtig zijn. We lopen straks samen het gerechtsgebouw binnen." Ze lachte. "Dat wordt leuk...Daarna gaan we terug naar de Aarde. Ik heb genoeg geld. Ik moest ervoor werken, maar ik denk dat er geen reden is om gierig te zijn." Ze keek rond in de cirkel van gezichten. Het was alsof ze zichzelf in een meervoudige spiegel zag. "We zijn tenslotte echt dezelfde persoon. Het is een vreemd gevoel..."

XIV

De secretaresse en receptioniste van Mycroft keek op met een plotseling benepen mond. "Hallo, Ruth," zei Jean. "Is meneer Mycroft aanwezig?"

Ruth zei koeltjes: "We geven er hier de voorkeur aan dat u van tevoren belt voor een afspraak. Het geeft ons de kans om ons werk te organiseren en optimaal in te richten." Ze bekeek Jean van onder haar oogleden...Ontegenzeggelijk vitaal en mooi. Maar waarom werd Mycroft elke keer als was wanneer hij naar haar keek?

Jean zei: "We zijn net vanmorgen in de stad aangekomen. Met de *Grote Winterster*. We hebben geen tijd gehad om u te bellen."

"We?" vroeg Ruth.

Jean knikte. "Er zijn er acht van ons." Ze giechelde. "We zullen die oude Mycroft nog te vroeg zijn graf in sturen." Ze keek achterom de gang in. "Kom binnen, meiden."

Ruth zakte achterover in haar stoel. Jean glimlachte welwillend, liep de kamer door en opende de deur naar het kantoor van Mycroft. "Hallo, meneer Mycroft."

"Jean!" zei Mycroft. "Je bent terug… Heb je —" zijn stem haperde. "Wie van jullie is Jean? Ik lijk niet in staat om —"

"Ik ben Jean," zei ze opgewekt. "Je zult aan ons wennen. Als er ooit verwarring is, kijk dan naar onze polsen. We zijn allemaal getatoeëerd."

"Maar —"

"Dit zijn mijn zussen. Je bent de voogd van een achtling als het ware."

"Ik sta — perplex," mompelde Mycroft, "op zijn zachtst gezegd… het is wonderbaarlijk… mag ik concluderen dat je je ouders hebt gevonden?"

"Eh — ja en nee. Vooral nee. Om je de waarheid te zeggen, in de opwinding is het me min of meer ontschoten."

Mycroft keek van gezicht naar gezicht. "Weet je zeker dat het geen truc is? Spiegels?"

"Geen spiegels," verzekerde Jean hem. "We zijn allemaal vlees en bloed, en heel lastig."

"Maar de gelijkenis!"

Jean zuchtte. "Het is een lang verhaal. Ik ben bang dat het je oude vriend Cholwell niet in een zeer gunstig licht stelt."

Mycroft glimlachte flauw. "Ik heb geen illusies met betrekking tot Cholwell. Hij was huisarts in het Codiron Vrouwentehuis toen ik er directeur was. Ik ken hem heel goed, maar ik zou hem geen vriend willen noemen… Wat is er aan de hand?"

Jean zei met een trilling in haar stem: "Was jij directeur van het Reclasseringstehuis?"

"Ja. Wat is daarmee?"

"Een ogenblikje. Laat me even nadenken."

Even later: "En Ruth is al lang bij je… Hoelang?"

"Bijna twintig jaar… Waarom?"

"Was ze op Codiron?"

"Ja… Waar gaat dit allemaal over?" De stem van Mycroft werd scherper. "Wat is het mysterie?"

Jean zei: "Geen mysterie. Helemaal geen mysterie." Ze draaide zich om en keek de kamer rond in de gezichten van haar zussen. Alle acht barstten ze in lachen uit.

In de ontvangstruimte boog Ruth zich furieus over haar werk. Arme Mycroft.

De Mitr

Een kaal voorgebergte daalde af naar een baai en het brede, verlaten strand.

Het water rees en daalde amper. De lucht was grijs van een hoge bewolking en het was stil. De baai glansde dof, als oud tin.

Het strand was omzoomd met duinen die niet ver van het water overgingen in een bos van grillige groenzwarte cipressen.

Het bos hield stand tegen het oprukkende zand in, dat het vastlegde met wijdvertakte dunne wortels.

Tussen de duinen stonden ruïnes — glazen muren die melkachtig geschuurd waren door de zilte wind en het zand. In het midden van deze muren had een menselijk wezen van gras en lintwier een leger gemaakt.

Haar naam was Mitr, zo werd ze althans door de kevers genoemd. Bij gebrek aan een andere benaming, had ze het woord tot haar naam gemaakt.

De naam, het bed van plantaardig materiaal en een lap bruine stof die ze van de kevers had gestolen waren haar enige bezittingen. Wellicht zou men ook een schimmelende stapel botten die honderd meter verder in het bos lag tot haar bezittingen kunnen rekenen. De botten boeiden haar hevig, en ze had een vage herinnering aan een verband tussen de beenderen en zichzelf. Vroeger, toen haar armen en benen kort en rond waren, was de tamelijk groteske overeenkomst tussen haar vorm en die van de botten haar niet opgevallen. Nu was zij langer, en de gelijkenis was onmiskenbaar. Ooggaten zoals haar ogen, een mond zoals de hare, tanden, onderkaak, schedel, schouders, ribben, voeten, benen. Af en toe dwaalde ze het bos in en stond er verwonderd naar te kijken, hoewel ze er de laatste tijd minder vaak naartoe ging.

Vandaag was het saai en grijs. Ze verveelde zich, ze had een onprettig gevoel en na enig nadenken concludeerde ze dat ze honger had. Achteloos door de duinen dwalend at ze lusteloos een paar graspeulen op. Misschien had ze eigenlijk toch geen honger.

Ze liep omlaag naar het strand. Daar bleef ze naar de baai staan kijken. Een vochtige wind liet de bruine lap wapperen en blies haar haren dooreen. Misschien ging het regenen. Bezorgd keek ze naar de hemel. Van regen werd ze nat en kreeg ze een mistroostig gevoel. Ze kon altijd tussen de rotsen van het kustgebergte gaan schuilen, maar — soms was het beter om nat te worden.

Ze zwierf over het strand langs het water en ze ving een klein schaaldier, dat ze opat. Het zoute vlees gaf weinig voldoening. Blijkbaar had ze inderdaad geen honger. Ze raapte een puntige stok op en trok een rechte lijn in het vochtige zand — vijftien meter — dertig meter lang. Ze bleef staan, keek om en bezag haar werk met genoegen. Teruglopend maakte ze een tweede streep evenwijdig aan de eerste op een afstand van een handbreedte.

Een heel interessant effect. Aangespoord door een plotseling enthousiasme trok ze nog meer strepen over het strand, op en neer tot ze een uitgebreid rooster van evenwijdige lijnen had gemaakt.

Voldaan keek ze naar het resultaat. Het was plezierig en boeiend om zulke tekens in het zand te maken. Een andere keer zou ze het nog eens doen, en dan misschien met gebogen of kruisende lijnen.

Maar voorlopig was het genoeg. Ze liet de stok vallen. Het hongergevoel dat niet op honger duidde overviel haar weer. Ze ving een zandsprinkhaan, maar gooide hem weg zonder hem op te eten.

Zo snel als ze kon begon ze langs het strand te rennen. Dit was beter, het flitsen van haar benen beneden haar en de schone lucht in haar longen. Hijgend bleef ze staan en toen wierp ze zich op het zand.

Na een poos was ze weer op adem en ze ging zitten. Ze wilde nog wel wat hardlopen, maar ze voelde zich een klein beetje loom. Ze trok een gezicht, maakte een geërgerde beweging. Ze zou naar de kevers op de berg kunnen gaan; misschien wilde het oude grijze wezen dat Ti-Sri-Ti heette met haar praten.

Aarzelend kwam ze overeind en begon terug te lopen. Het plan plezierde haar niet echt. Ti-Sri-Ti had weinig te vertellen dat haar interesseerde. Hij gaf geen antwoord op vragen maar dreunde een onafzienbare hoeveelheid gegevens op over het nest: hoeveel larven volwassenen mochten worden, hoeveel pond spinnen-eieren in de voorraadkamers was opgeslagen, de toestand van zijn monddelen, antennes, ogen...

Ze aarzelde, maar liep even later toch door. Ti-Sri-Ti was beter dan niemand, beter het geluid van een stem dan het eentonige breken van de grijze branding. En misschien zei hij deze keer wel iets interessants. Soms begon hij over minder beperkte onderwerpen en dan luisterde Mitr gefascineerd: "De bergen worden geregeerd door wilde hagedissen en daarachter zijn de Mercaloïde Mechanviki's, die onder de grond wonen en alleen hun rokende schoorstenen en sintelbergen wijzen op hun activiteiten. De kevers wonen langs de kust en van de Mitr is er nog maar één over bij de oude Glazen Stad, de laatste van de Mitr."

Ze had het niet helemaal begrepen, omdat de stroming van de tijd, de denkbeelden voor en na, niets voor haar betekenden. Het heelal was statisch: de ene dag volgde op de andere, niet in een reeks maar als een duplicaat.

Ti-Sri-Ti was met zijn toonloze stem verdergegaan: "Achter de bergen ligt eindeloze woestijn, dan eindeloos ijs, dan eindeloos woest land, dan een land van ziedend vuur, dan het grote water en dan weer het land van leven, de heerschappij en het domein van de kevers, waar ieder solstitium een nieuwe hectare rottend blad wordt gekauwd en gedeponeerd..." En toen wijdde hij een uur lang uit over de zwammenverbouw van de kevers.

Mitr slenterde over het strand. Ze passeerde het prachtige rooster dat ze in het zand had gekrast, ze passeerde haar glazen muren, ze beklom de eerste terrassen van zwarte rots. Ze bleef staan om te luisteren. Hoorde ze daar iets?

Na een aarzeling ging ze verder. Toen was er een stormloop van talrijke voeten. Een lange bruin met zwarte kever besprong haar en drukte haar tegen de rots. Ze verzette zich zwak, maar de voorste voeten drukten haar schouders tegen de bodem en kromden haar rug. De kever hield zijn snuit tegen haar nek en maakte een gaatje in haar huid. Slap van lijf staarde ze in zijn rode ogen terwijl hij dronk.

Toen hij klaar was liet hij haar los. De wond sloot vanzelf. Hij schrijnde en bonsde. De kever klom tegen de rotsen op.

Mitr bleef een uur lang zitten om op krachten te komen. De gedachte aan het luisteren naar Ti-Sri-Ti gaf haar nu geen plezier meer.

Lusteloos doolde ze voort over het zand en ze at een paar stukjes zeewier en een kleine vis die in een plas was achtergebleven nadat de vloed zich had teruggetrokken.

Ze liep naar de rand van het water en staarde naar de horizon. Ze wilde het uitschreeuwen, gillen; het was dezelfde drang die haar had aangezet om zo hard over het strand te hollen.

Ze schreeuwde met luide stem en lang aangehouden muzikale toon. De klamme wind leek het geluid te dempen. Ontmoedigend liep ze weg. Ze belandde bij het beekje, waar ze wat dronk en wat van de bramen at die hier aan verstrengelde struiken groeiden.

Plotseling schoot ze overeind.

Een immens, hoog geluid vulde de hemel alsof het uit de lucht zelf kwam.

Ze verstarde, en toen rekte ze haar nek uit en keek speurend naar de dichte bewolking. Haar benen hielden zich klaar om te vluchten.

Vuurspuwend viel er een lange zwarte luchtvis uit de hemel.

Dodelijk verschrikt deinsde ze achteruit de braamstruiken in. De doornen rukten aan haar benen en daardoor werd ze weer helder.

Ze dook het bos in. Daar verstopte ze zich onder een overhangende cipressenstam.

De hemelvis viel verbluffend snel omlaag. Hij liet zich op het strand zakken en installeerde zich daar met een stille zucht.

Mitr zag gefascineerd en verstijfd toe. Nog nooit had ze zoiets meegemaakt, nooit meer zou ze over het strand lopen zonder de hemel in de gaten te houden.

De hemelvis ging open. Ze zag glinsteringen van metaal en glas. Uit het inwendige sprongen drie wezens. Verwonderd boog ze haar hoofd naar voren. Ze leken wel wat op haar, maar ze waren groot en rood en stevig. Vreemde, beangstigende schepsels. Ze maakten een heleboel lawaai en ze spraken met ruwe, hese stemmen.

Een van hen zag de glazen muren en een poos lang onderzochten ze de ruïnes met grote belangstelling.

De zwart met bruine kever die haar bloed had gedronken haastte zich net op dit moment over de rotsen terug naar het strand. Een van de nieuwkomers begon luid te roepen en de verbijsterde en geïrriteerde kever rende weer terug tegen de rotsen op. De vreemdeling had een glanzend ding in zijn hand. Er spatte een lans van vuur uit en de kever barstte in duizend gloeiende stukjes uit elkaar.

De drie wezens schreeuwden van het lachen en Mitr maakte zich zo klein mogelijk onder de boomstam.

Een van de vreemden zag de plek op het strand waar zij haar rooster had getekend. Hij riep de anderen erbij en zij keken ernaar met alle tekenen van belangstelling en ze bestudeerden haar voetafdrukken aandachtig. Een van hen zei iets, waardoor de anderen in luid gelach uitbarstten. Toen keken ze alle drie op en zagen speurend om zich heen.

Ze zochten haar, dacht Mitr. Ze kroop zo ver naar achter onder de boomstam dat de bast in haar huid drong.

Na een poos verslapte hun belangstelling en ze liepen terug naar de luchtvis. Een van hen haalde een lange zwarte buis naar buiten waarmee hij naar de branding liep. Daar aangekomen gooide hij het uiteinde van de buis ver in het water. De buis werd stijf en begon te rillen, terwijl hij zuigende geluiden maakte.

De luchtvis had dorst en dronk met zijn snuit, dacht Mitr.

De drie vreemde wezens liepen nu over het strand naar het beekje met zoet water. Mitr zag ze bevreesd naderen. Volgden ze soms haar sporen? Haar handen waren nat en haar huid tintelde.

Ze bleven aan de rand van het water staan, knielden en dronken ervan. Ze waren maar een paar stappen bij haar vandaan. Mitr kon ze duidelijk zien. Ze hadden fel koperkleurig haar en kleine haartjes om hun mond. Ze droegen glanzende rode schilden om hun borst, grijze stof om hun benen en metalen voetwindsels. Ze leken sterk op haar — maar ze waren toch anders. Groter, harder, energieker. En ook wreed: ze hadden de bruin met zwarte kever verbrand. Mitr sloeg hen gefascineerd gade. Waar woonden ze? Waren er nog meer zoals deze wezens, zoals zij, in de hemel?

Ze veranderde van houding. De bladeren ritselden. Rillingen van opwinding en angst kropen over haar rug. Hadden zij het gehoord? Ze zat klaar om te vluchten. Nee, ze liepen terug naar de hemelvis.

Mitr sprong op en bleef vanachter de bladeren naar hen kijken. Blijkbaar kon het ze weinig schelen dat er iemand zoals zijzelf in de buurt woonde. Ze werd boos. Nu wilde ze hen berispen en ze van het strand sturen.

Ze weerhield zich. Het zou stom zijn om zich aan hen te vertonen. Misschien smeten ze ook naar haar een lans van vuur om haar te verbranden. In ieder geval waren ze ruw en bruut. Rare wezens.

Ze sloop snel door het bos, van stam naar stam, liet zich plat neervallen als het nodig was, totdat ze zo dicht bij de luchtvis was gekomen als de beschutting reikte.

De vreemdelingen stonden vlak bij de voet van het monster. Ze wekten niet de indruk dat ze verdere verkenningen van plan waren.

De buis die in het water lag werd slap. Ze trokken hem terug in de vis. Betekende dit dat ze weggingen? Mooi zo. Ze hadden niets te maken op haar strand. Ze hadden zich schandalig gedragen door zo arrogant te landen en een van haar kevers te doden. Bijna liep ze het strand op om hen uit te kafferen, maar toen moest ze er weer aan denken hoe ruw en wreed ze waren en daarom bleef ze waar ze was. Haar huid tintelde weer.

Blijf rustig staan. Zo meteen gaan ze weg en dan heb je weer het rijk alleen.

Ze bewoog zich rusteloos.

Ruwe rode bruten.

Beweeg je niet, anders zien ze je. En dan? Ze rilde.

Ze maakten zich klaar om te vertrekken. Ze kreeg een brok in haar keel. Zij hadden haar sporen gezien, maar geen enkele moeite gedaan om haar te zoeken. En ze hadden haar zo makkelijk kunnen vinden, want ze had zich eigenlijk helemaal niet echt verstopt. En nu was ze dichterbij dan ooit.

Als ze maar één stap naar voren ging, dan zouden ze haar zien.

Met een huiverend gevoel schoof ze een heel klein eindje achter de boomstam vandaan. Heel weinig maar. Toen sprong ze met bonzend hart terug.

Hadden ze haar gezien? Plotseling overspoeld door angst hoopte ze van niet. Wat zouden ze doen?

Ze keek behoedzaam om de boomstam heen. Een van de vreemde

wezens stond verbaasd te kijken, alsof hij iets had zien bewegen. Maar zelfs nu zag hij haar nog niet. Hij keek recht in haar ogen.

Ze hoorde hem een schreeuw geven en toen vluchtte ze al door het bos. Hij stormde haar achterna, op de voet gevolgd door de andere twee die ook door het kreupelhout daverden.

Ze lieten haar gekneusd en bloedend achter in een bed van varens en marcheerden door het bos terug naar het strand terwijl ze met hun rauwe, schorre stemmen lachten en praatten.

Ze bleef een tijd rustig liggen.

Hun stemmen verstomden. Ze kroop overeind, stond even te wankelen en hinkte toen achter hen aan.

Een laaiend schijnsel verlichtte de hemel.

Door de bomen zag ze de luchtvis donderend naar boven gaan — hoger en steeds hoger. Hij verdween door de wolken.

Op het hele strand was het stil, buiten het onophoudelijke gemompel van de branding.

Ze liep omlaag naar de waterkant, waar de vloed opkwam. De wolken werden nog grijzer, want het werd avond.

Minutenlang keek ze naar de hemel en luisterde. Geen geluid. De natte wind blies in haar gezicht en speelde met haar haar.

Ze zuchtte. Ze sjokte met tranen op haar wangen naar de verweerde glazen muren.

Het getij spoelde over het rooster van rechte lijnen dat ze zo zorgvuldig in het zand had getekend. Over een paar minuten zou het helemaal weg zijn.

De wereld tussenin

I

AAN BOORD VAN de verkenningskruiser *Blauelm* was zich een lelijke massa psychoneurale aandoeningen aan het ontwikkelen. Het had geen zin om de expeditie, die al drie maanden langer dan voorzien in de ruimte was, nog te rekken: verkenner Bernisty gaf bevel voor de terugreis naar Blauwe Ster. Maar het moreel verbeterde niet, men werd niet vrolijker; de schade was al aangericht. Als reactie op de grote spanningen vervielen de op het scherp van hun zenuwen levende technici tot trieste apathie en ze zaten voor zich uit te staren als andromorfen. Ze aten weinig, spraken nog minder. Bernisty poogde verscheidene listen: wedijver, subtiele muziek, pikant voedsel, maar zonder gevolg. Bernisty ging nog verder: op zijn bevel sloten de speelvrouwen zich op in hun hutten en zongen erotische liederen in het luidsprekerstelsel van het schip. Toen ook deze maatregel bleek te falen, stond Bernisty voor een dilemma. Op het spel stond de identiteit van zijn ploeg, die zo zorgvuldig was samengesteld — die en die meteoroloog moest samenwerken met die en die scheikundige; deze plantkundige voor gene virusanalist. Om zo gedemoraliseerd terug te keren naar Blauwe Ster — Bernisty schudde zijn hoekige hoofd. Geen experimenten meer in de *Blauelm*.

"Laten we dan langer wegblijven," opperde Berel, zijn favoriete onder de speelvrouwen.

Bernisty schudde van nee, denkend dat Berels verstand haar nu in de steek liet. "We zouden van de wal in de sloot raken."

"Wat ga je dan doen?"

Bernisty gaf toe dat hij geen benul had, en hij zonderde zich af om na te denken. Later die dag besloot hij tot een nieuwe koers met vérstrekkende gevolgen; hij zwenkte af om een verkenning uit te voeren van het Kay-stelsel. Als iets het moreel van zijn mannen zou verbeteren, dan was dit het wel.

De omweg was wel een beetje riskant, maar het pikante van het waagstuk kwam van het boeiend vreemde, het eigenaardige van de Kay-steden met hun taboe tegen geregelde vormen, het bizarre sociale stelsel van de Kay.

De ster Kay werd feller en groter, en Bernisty zag dat zijn list werkte. Opnieuw werd er gepraat en gedebatteerd en waren de grijze stalen gangen vol leven.

De *Blauelm* gleed boven de ecliptica van Kay; de verschillende werelden schoten langs, op zo'n geringe afstand dat het bewegen, het bonzen van de steden, de dynamische hartenklop van de werkplaatsen duidelijk te zien waren in de beeldschermen. Kith en Kelmet — deze twee puisterig van de koepels — Karnfray, Koblenz, Kavanaf, dan de centrale zon Kay; dan Koel, te warm voor leven; dan Kerrykirk, de hoofdplaneet van het stelsel; daarna Konbald en Kinsle, de ammoniak-reuzen, bevroren en dood — en het Kay-stelsel lag achter het schip.

Nu wachtte Bernisty op hete kolen. Zou er een terugval volgen naar het levenloze, of was de prikkel voldoende voor de rest van de reis? Blauwe Ster lag vooruit, nog een week reizen. Daartussen hing een gele ster zonder ogenschijnlijk belang…Tijdens het passeren van de gele ster openbaarden zich de ingrijpende consequenties van Bernisty's list.

"Planeet!" zong de cartograaf.

Dit was geen uitroep die opwinding verwekte; de afgelopen acht maanden had hij vele malen door de *Blauelm* weerklonken. Altijd was de planeet zo warm gebleken dat ijzer er smolt; of zo koud dat gas er bevroor; of zo giftig dat de huid verteerde; of zo karig bedeeld met lucht dat de longen uit je lichaam werden gezogen. De uitroep was geen prikkel meer.

"Atmosfeer!" riep de cartograaf. De meteoroloog keek belangstel-lend op. "Gemiddelde temperatuur — vierentwintig graden!"

Bernisty kwam kijken en mat zelf de zwaartekracht. "Eén-eentiende normaal…" Hij wenkte de navigator, die niet meer nodig had om een landing te berekenen.

Bernisty stond de planeetschijf te bekijken in de beeldplaat. "Er moet iets mis mee zijn. Of de Kay, of wijzelf moeten hem honderd keer gecontroleerd hebben; hij ligt direct tussen ons in."

"Er is geen aantekening over deze planeet, Bernisty," meldde de bibliothecaris die gretig in zijn banden en stiften wroette. "Geen dossier van een verkenning; helemaal geen dossier."

"Het is toch zeker bekend dat de ster bestaat?" vroeg Bernisty met een vleugje sarcasme.

"O, zeker — wij noemen haar Maraplexa, de Kay noemen haar Melliflo. Maar er is geen melding dat een van beide stelsels de planeet heeft verkend of ontwikkeld."

"Atmosfeer," riep de meteoroloog. "Methaan, kooldioxide, ammoniak, waterdamp. Onadembaar, maar Type 6-D — potentieel."

"Geen chlorofyl, geen hemafyl, blusk of petradine-absorptie," mompelde de plantkundige met een oog op de spectrograaf. "Kortom — geen inheemse vegetatie."

"Laat mij dit allemaal even begrijpen," zei Bernisty. "Temperatuur, zwaartekracht, en druk zijn in orde?"

"In orde."

"Geen verterend gas?"

"Geen."

"Geen inheems leven?"

"Geen spoor van."

"En geen aantekeningen van exploratie, claims, of ontwikkeling?"

"Geen."

"Dan," zei Bernisty triomfantelijk, "nemen wij hem in bezit." Tegen de radioman: "Zend een intentieverklaring uit. Zend naar alle kwadranten en naar het Archiefbureau. Vanaf dit uur is Maraplexa een ontwikkeling van Blauwe Ster!"

De *Blauelm* vloog langzamer en daalde. Bernisty zat te kijken met Berel het speelmeisje.

"Waarom — waarom — *waarom*?" debatteerde Blandwick de navigator met de cartograaf. "Waarom hebben de Kay hier geen ontwikkeling op gang gebracht?"

"Blijkbaar om dezelfde reden dat wij dat niet hebben gedaan; wij zoeken het te ver."

"We kammen de randen van de melkweg uit," zei Berel met een

listige zijdelingse blik op Bernisty. "We zeven de bolvormige sterren-
hopen."

"En hier," zei Bernisty spijtig, "bijna een buurman van onze eigen
ster — een wereld waarvan alleen de atmosfeer gewijzigd hoeft te worden — een wereld die we tot een tuin kunnen herscheppen!"

"Maar zullen de Kay het toestaan?" bracht Blandwick te berde.

"Wat kunnen ze doen?"

"Dit zal hard aankomen voor hen."

"Des te jammerder voor de Kay!"

"Zij zullen zich beroepen op een eerder recht."

"Er bestaan geen documenten om dat op te baseren."

"En dan —"

Bernisty viel hem in de rede. "Blandwick, ga de schorre onheils-
voorspeller uithangen bij de speelmeisjes. Als de mannen aan het werk
zijn, zullen zij zich vervelen en dus naar jouw gejammer luisteren."

"Ik ken de Kay," hield Blandwick vol. "Zij zullen zich nooit onderwerpen aan wat zij als een belediging zullen opvatten — een stap
vooruit door Blauwe Ster!"

"Ze hebben geen keus; ze moeten zich wel onderwerpen," verkon-
digde Berel, met de lachende roekeloosheid die haar oorspronkelijk
onder Bernisty's aandacht had gebracht.

"Jullie vergissen je," riep Blandwick opgewonden. Bernisty stak zijn
hand op om om vrede te smeken.

"We zullen zien, we zullen zien."

Weldra bracht Bufco — de radioman — drie berichten. Het eerste
kwam van Blauwe Ster Centrale en bracht gelukwensen over; het tweede
kwam van het Archiefbureau en bekrachtigde de ontdekking; het derde
kwam van Kerrykirk en was kennelijk een gehaaste improvisatie. Het
deelde mee dat het Kay-stelsel Maraplexa sinds lange tijd als neutraal
gebied beschouwde, een niemandsland tussen de twee stelsels; dat een
ontwikkeling van Blauwe Ster niet welwillend ontvangen zou worden.

Bernisty grinnikte om elk van de drie berichten, en het meest om
het laatste. "De oren van hun verkenners tuiten; zij hebben nieuw land
nog wanhopiger nodig dan wij, met hun vruchtbare voortplanting."

"Als wroetende varkens, in plaats van ware mensen," trok Berel haar
neusje op.

"Het zijn ware mensen, als de legende geloofd mag worden. Men zegt dat wij allemaal van dezelfde planeet afstammen — allemaal van dezelfde eenzame wereld."

"Het is een mooie legende, maar: waar is deze wereld, deze oude Aarde van de fabel?"

Bernisty haalde zijn schouders op. "Ik hecht geen geloof aan de mythe; en nu — hier ligt onze wereld onder ons."

"Hoe zul je hem noemen?"

Bernisty dacht na. "Te zijner tijd vinden we wel een naam. Misschien 'Nieuwe Aarde', om onze oerplaneet te eren."

Het ongeoefend oog had Nieuwe Aarde wellicht hardvochtig, grimmig, wild gedacht. De winderige atmosfeer brulde over vlakten en bergen; zonlicht straalde fel op woestijnen en zeeën van witte alkali. Bernisty evenwel zag de wereld als een ruwe diamant: het klassieke voorbeeld van een wereld die rijp was voor modificatie. De straling was goed; de zwaartekracht was goed; de atmosfeer bevatte geen halogenen of verterende bestanddelen; de grond was vrij van inheems leven en van inheemse proteïnen die een nog doeltreffender gif waren dan halogenen.

Over het winderig oppervlak slenterend besprak hij dit alles met Berel. "Van zulke aarde worden tuinen aangelegd," sprak hij met een gebaar naar de lössvlakte die zich uitstrekte vanaf de voet van het schip. "En van zulke heuvels —" hij wees naar de keten achter hen "— komen rivieren."

"Als er hemelwater bestaat om tot regen te worden," merkte Berel op.

"Details, details; mogen wij ons ecologen noemen en de moed verliezen door zulke kleinigheden?"

"Ik ben een speelmeisje, geen ecologe —"

"Behalve in de ruimst mogelijke zin."

"— duizend miljard ton water kan ik geen kleinigheid vinden."

Bernisty lachte. "We schrijden voort met gemakkelijke fasen. Eerst wordt de kooldioxide neergezogen en gereduceerd; daarom hebben we vandaag over de löss standaard-basiswikke 6-D uitgezaaid."

"Maar wat moet het ademen? Hebben planten geen zuurstof nodig?"

"Kijk."

Uit de *Blauelm* ontsnapte een wolk bruingroene rook die in een vette pluim opsteeg om door de wind te worden weggedragen. "Sporen van symbiotische korstmossen; Type Z vormt zuurstofblaasjes op de wikke. Type RS is niet-fotosynthetisch — het verbindt methaan met zuurstof om water te maken, dat de wikke voor zijn groei gebruikt. De drie planten vormen de standaard-begineenheid voor werelden als deze."

Berel keek rond de stoffige einder. "Ik neem aan dat het zich zal ontwikkelen zoals jij voorspelt — en ik zal nimmer ophouden mij te verbazen."

"Over drie weken zal de vlakte groen zijn; over zes weken is het sporenvormen en uitzaaien in volle gang; over zes maanden zal de hele planeet twaalf meter diep onder de vegetatie zitten, en over een jaar beginnen we de uiteindelijke ecologie van de planeet te vestigen."

"Als de Kay het toestaan."

"De Kay kunnen het niet voorkomen; de planeet is van ons."

Berel inspecteerde zijn forse schouders, zijn harde profiel. "Jij spreekt met mannelijke zekerheid, terwijl alles afhangt van de tradities van het Archiefbureau. Ik bezit niet zo'n zekerheid; mijn heelal is twijfelachtiger."

"Jij bent intuïtief; ik ben rationeel."

"De rede," peinsde Berel, "zegt je dat de Kay zich zullen neerleggen bij de wetten van het Archief; mijn intuïtie zegt me dat ze dat niet zullen doen."

"Maar wat kunnen zij doen? Ons aanvallen? Ons verdrijven?"

"Wie weet?"

Bernisty snoof verachtelijk. "Dat zullen ze niet durven."

"Hoelang wachten we hier?"

"Alleen tot we kunnen verifiëren of de wikke ontkiemt, dan terug naar Blauwe Ster."

"En dan?"

"En dan — dan komen we terug om de ecologie op grote schaal te ontwikkelen."

II

Op de dertiende dag sjokte Bartenbrock, de plantkundige, terug na een dag op de winderige löss om de eerste scheuten van de vegetatie aan te kondigen. Hij liet Bernisty monsters zien — bleke stengeltjes met glanzende blaadjes aan de top.

Bernisty onderzocht ze kritisch. Aan de stelen zaten zakjes als gallen in twee kleuren — lichtgroen en wit. Hij toonde ze aan Berel. "De groene blaasjes slaan zuurstof op, de witte verzamelen water."

"Zo," zei Berel. "Nieuwe Aarde begint zijn atmosfeer al te veranderen."

"Voor je leven ten einde loopt, zul je steden van Blauwe Ster op die vlakte zien."

"Ergens, mijn Bernisty, betwijfel ik dat."

De koptelefoon maakte een geluid. "Verkenner Bernisty; hier radioman Bufco. Drie schepen cirkelen om de planeet; ze weigeren op seinen te reageren."

Bernisty wierp de wikkestengel op de grond. "Dat zullen de Kay zijn."

Berel keek hem na. "Waar zijn de steden van Blauwe Ster nu?"

Bernisty haastte zich weg zonder te antwoorden. Berel volgde hem naar de regelkamer van de *Blauelm* waar Bernisty de beeldplaat instelde. "Waar zijn ze?" vroeg zij.

"Nu net aan de andere kant van de planeet — op verkenning."

"Wat voor soort schepen zijn het?"

"Aanvals-patrouilleschepen. Kay-fabricaat. Hier komen ze."

Drie donkere vormen verschenen op het scherm. Bernisty beval Bufco: "Stuur de Universele Begroetingscode uit."

"Ja, Bernisty."

Bernisty keek, terwijl Bufco in de archaïsche Universele taal sprak.

De schepen vertraagden, zwenkten, daalden.

"Het lijkt erop," zei Berel zacht, "of ze landen."

"Ja."

"Ze zijn gewapend; ze kunnen ons vernietigen."

"Dat kunnen ze — maar ze zullen het niet durven."

"Ik geloof dat je de psyche van de Kay niet helemaal begrijpt."

"Jij wel?" snauwde Bernisty.

Ze knikte. "Toen ik aan mijn meisjestijd begon, studeerde ik; nu ik het einde ervan nader, ben ik van zins verder te studeren."

"Als meisje ben je productiever; terwijl jij studeert en je knappe kopje volstopt, moet ik een nieuwe metgezellin vinden voor mijn omzwervingen."

Ze knikte naar de dalende zwarte schepen. "Als iemand van ons nog omzwervingen in het verschiet heeft."

Bufco boog zich over zijn instrument toen er een stem uit het rooster kwam. Bernisty luisterde naar lettergrepen die hij niet verstond, maar de gebiedende klanken vertelden hun eigen verhaal.

"Wat zegt hij?"

"Hij eist dat wij de planeet ontruimen; hij zegt dat de Kay hem opeisen."

"Zeg hem dat hij zelf kan ontruimen; zeg hem dat hij gek is…Nee, beter: zeg hem dat hij zich moet verstaan met het Archiefbureau."

Bufco sprak in de archaïsche taal; het antwoord knetterde terug.

"Hij landt. Hij klinkt nogal vastberaden."

"Laat hem maar landen; laat hem maar vastberaden zijn! Onze claim wordt gegarandeerd door het Archiefbureau!" Maar toch zette Bernisty zijn hoofdkom op en hij ging naar buiten om de Kay schepen op de löss te zien landen, en hij huiverde toen de energie de tere jonge wikke verzengde die hij had geplant.

Achter hem kwam Berel naar buiten. "Wat doe jij hier?" vroeg hij bruusk. "Dit is geen plek voor speelmeisjes."

"Ik kom nu als studente."

Bernisty lachte kort; het idee van Berel als ernstig werker leek hem ergens bespottelijk.

"Je lacht," zei Berel. "Goed, laat mij met de Kay spreken."

"Jij!"

"Ik ken Kay en Universeel."

Bernisty keek woedend, toen haalde hij zijn schouders op. "Je mag tolken."

De sluizen van het zwarte schip gingen open; acht Kay-mannen kwamen naar buiten. Dit was de eerste keer dat Bernisty iemand van het vreemde stelsel ontmoette, en op het eerste gezicht vond hij ze even bizar als hij had verwacht. De meesten waren lange, magere mannen. Ze droegen gladde lange zwarte capes; het haar was glad van hun hoofd geschoren en hun schedel was versierd met dikke lagen knalrode en zwarte verf.

"Zonder twijfel," fluisterde Berel, "vinden zij ons even uniek."

Bernisty gaf geen antwoord, omdat hij zichzelf nog nooit uniek had gevonden.

De acht mannen bleven staan, op zes meter afstand, en staarden naar Bernisty met nieuwsgierige, koude, onvriendelijke ogen. Bernisty merkte dat allen gewapend waren.

Berel sprak: de donkere ogen gleden verrast naar haar toe. De voorste Kay-man antwoordde.

"Wat zegt hij?" wilde Bernisty weten.

Berel grijnsde. "Ze vragen of ik, een vrouw, de expeditie leid."

Bernisty rilde en bloosde. "Vertel ze dat ik, verkenner Bernisty, het volledige bevel voer."

Berel sprak weer, nogal wat langer dan nodig leek om zijn boodschap over te brengen. De Kay gaf antwoord.

"Wel?"

"Hij zegt dat wij moeten vertrekken; dat hij een machtiging bezit van Kerrykirk om de planeet te ontruimen, zo nodig met geweld."

Bernisty nam de man op. "Vraag zijn naam," zei hij, om wat tijd te winnen.

Berel ontving een koel antwoord. "Hij is een of ander soort commodore," vertelde ze Bernisty. "Ik weet het niet helemaal zeker. Hij heet Kallish of Kallis…"

"Nou, vraag Kallish of hij van plan is een oorlog te beginnen. Vraag hem aan welke kant hij denkt dat het Archiefbureau zal staan."

Berel vertaalde. Kallish antwoordde wijdlopig.

"Hij houdt vol dat wij ons op Kay-grond bevinden, dat Kay-kolonisten deze wereld hebben verkend maar de verkenning nooit hebben vastgelegd. Hij beweert dat als er oorlog komt, het onze verantwoordelijkheid is."

"Hij wil ons overbluffen," mompelde Bernisty uit zijn mondhoek. "Dat spelletje kan door twee gespeeld worden." Hij trok zijn naaldbundel, kraste een rokende streep in het stof op twee passen voor Kallish.

Kallish reageerde scherp. Zijn hand vloog naar zijn eigen wapen. De rest van zijn groep deed hem na.

Bernisty zei zacht: "Zeg dat ze moeten vertrekken, terug naar Kerrykirk, als ze de straal niet over hun benen willen hebben."

Berel vertaalde en probeerde haar nervositeit uit haar stem te houden. Als antwoord knipte Kallish zijn eigen bundel aan en brandde een laaiend oranje teken voor Bernisty in de grond.

Beverig vertaalde Berel zijn boodschap. "Hij zegt dat we moeten vertrekken."

Langzaam brandde Bernisty nog een streep in het stof, dichter bij de in het zwart gestoken voeten. "Hij vraagt erom."

Berel zei met een bezorgde stem: "Bernisty, je onderschat de Kay! Ze zijn keihard — halsstarrig —"

"En zij onderschatten Bernisty!"

Onder de Kay werd staccato gepraat; toen kwam Kallish hortend zwierig in beweging en legde weer een flikkerende groef neer, vlak bij Bernisty's voeten.

Bernisty zwaaide even heen en weer, maar toen klemde hij zijn kaken op elkaar en boog zich naar voren.

"Dit is een gevaarlijk spelletje," riep Berel.

Bernisty richtte, spetterde heet stof over Kallish' sandalen. Kallish stapte achteruit; de Kay achter hem brulden. Met zijn gezicht in een somber grijnzend masker begon Kallish langzaam een streep te branden die over Bernisty's enkels zou snijden. Bernisty kon achteruitgaan — of Kallish kon zijn bundel afbuigen...

Berel zuchtte. De straal groeide kaarsrecht, Bernisty stond star als een rots. De straal sneed door de grond, sneed over Bernisty's voeten, sneed verder.

Bernisty stond nog te grijnzen. Hij hief zijn naaldbundel. Kallish draaide zich op zijn hielen om, beende weg. De zwarte cape wapperde in de ammoniakwind.

Bernisty bleef staan kijken, een starre gestalte, bevroren tussen triomf, pijn en razernij. Berel wachtte, durfde niet te spreken. Er ging een minuut voorbij. De Kay-schepen stegen op van de stoffige bodem van Nieuwe Aarde, en de energie ervan verbrandde nog meer tere jonge wikke...

Berel keerde zich naar Bernisty; hij wankelde; zijn gezicht was vertrokken en doodsbleek. Ze ving hem op onder zijn armen. Uit de *Blauelm* kwamen Blandwick en een dokter. Ze legden Bernisty op een brancard en brachten hem naar de ziekenboeg.

Terwijl de dokter textiel en leer wegknipte van de verkoolde botten, zei Bernisty schor tegen Berel: "Ik heb vandaag gewonnen. Ze zijn nog niet klaar... Maar vandaag — heb ik gewonnen!"

"Het heeft je je voeten gekost!"

"Ik kan nieuwe voeten laten groeien —" Bernisty hapte naar adem en het zweet brak hem uit toen de dokter een blote zenuw aanraakte "— ik kan geen nieuwe planeet laten groeien..."

In weerwil van wat Bernisty verwachtte, landden de Kay niet meer op Nieuwe Aarde. De dagen verstreken zelfs bedrieglijk rustig. De zon kwam op, straalde een poos over het okeren, gele en grijze landschap, en zonk in een westelijke poel van groen en rood. De winden bedaarden; een eigenaardige kalmte daalde neer over de lössvlakte. Door toediening van hormonen, door transplantaties van calcium en huid, slaagde de dokter erin Bernisty's voeten weer aan het groeien te krijgen. Voorlopig hobbelde hij rond op speciale schoenen en bleef dicht bij de *Blauelm*.

Zes dagen nadat de Kay waren gekomen en gegaan, arriveerde de *Beaudry* van Blauwe Ster. Hij bracht een compleet ecologisch laboratorium met voorraden zaden, sporen, eieren, sperma; kuit, bollen, stekken; bevroren visjes, copepodae, experimentele cellen en embryo's; maden, larven, poppen; amoeben, bacteriën, virussen; benevens voedselculturen en -oplossingen. Er waren ook gereedschappen om ingevoerde soorten te manipuleren of muteren; zelfs een voorraad rauw nucleïne, patroonloos weefsel, helder protoplasma waarmee simpele levensvormen konden worden gebouwd. Nu kon Bernisty kiezen tussen teruggaan naar Blauwe Ster met de *Blauelm*, of blijven om leiding te geven aan de ontwikkeling van Nieuwe Aarde. Zonder er bewust bij na te denken maakte hij zijn keus: hij bleef. Bijna twee derde van zijn technische staf koos hetzelfde. En de dag na aankomst van de *Beaudry*, steeg de *Blauelm* op naar Blauwe Ster.

Het was in verschillende opzichten een opmerkelijke dag. Hij betekende een complete verandering in Bernisty's leven: van verkenner, simpel en zonder omhaal, tot hoger gespecialiseerd meester-ecoloog, met bijbehorende toename van prestige. Op deze dag nam Nieuwe Aarde de schijn van een bewoonbare wereld aan in plaats van alleen een kale massa rots en gas die gemodelleerd moest worden. De wikke op de lössvlakte was tot een gevlekte groenbruine zee bestrooid met plekken korstmos geworden. Het eerste zaad rijpte al. De mossen hadden al drie of vier keer sporen gevormd. Tot dusver was er nog geen waarneembare verandering in de atmosfeer gekomen; die bestond nog steeds uit CO_2, methaan, ammoniak, met sporen waterdamp en edelgassen, maar het effect van de wikke verliep volgens een rekenkundige reeks en voorlopig was de totale massa gewas nog klein.

De derde belangrijke gebeurtenis op deze dag was het verschijnen van Kathryn.

Ze kwam omlaag in een kleine ruimteboot en landde op een ruwe manier die wees op gebrek aan vaardigheid of op grote lichamelijke verzwakking. Bernisty bekeek de landing van de boot vanaf de dorsale wandelgang van de *Beaudry*. Berel stond bij zijn elleboog.

"Een Kay-boot," zei Berel schor.

Bernisty keek haar vlug en verrast aan. "Waarom zeg je dat? Het zou een boot van Alvan of Canopus kunnen zijn — of uit het Graemerstelsel, of een Dannisch schip van Copenhag."

"Nee. Het is Kay."

"Hoe weet je dat?"

Uit de boot strompelde een jonge vrouw. Zelfs op deze afstand kon je zien dat ze heel knap was — iets in haar zelfverzekerde bewegingen, haar vlotte sierlijkheid... Ze droeg een hoofdkom, maar weinig meer. Bernisty voelde Berel verstijven. Jaloezie? Daar had ze helemaal geen last van als hij zich vermaakte met andere speelmeisjes; voelde zij hier een diepere bedreiging?

Berel zei met een keelstem: "Ze is een spionne — een Kay-spionne. Stuur haar weg!" Bernisty zette zijn eigen kom op. Een paar minuten later liep hij de stoffige vlakte op en de jonge vrouw tegemoet, die langzaam tegen de wind optornde.

Bernisty bleef staan, nam haar op. Ze was tenger, fijner gebouwd dan de meeste vrouwen van Blauwe Ster; ze had een dikke kap van zwarte elfenlokken; een bleke huid met de lichtende aanblik van oud velijn, grote donkere ogen.

Bernisty voelde een eigenaardig brok in zijn keel rijzen; een gevoel van ontzag en het beschermersinstinct dat Berel noch een andere vrouw ooit had doen ontwaken. Berel stond achter hem. Berel was vijandig gestemd; Bernisty en de vreemde vrouw voelden het beiden.

Berel zei: "Ze is een spionne — zonneklaar! Zend haar weg!"

Bernisty zei: "Vraag haar wat ze wil."

De vrouw zei: "Ik spreek jouw taal van Blauwe Ster, Bernisty; je kunt het me zelf vragen."

"Uitstekend. Wie ben je? Wat doe je hier?"

"Ik heet Kathryn —"

"Ze is een *Kay*!" zei Berel.

"— en ik ben een misdadigster. Ik ontkwam aan mijn straf en vluchtte in deze richting."

"Kom," zei Bernisty. "Ik zou je nauwkeuriger willen onderzoeken."

In de kantine van de *Beaudry*, die volstond met nieuwsgierige mensen, vertelde ze haar verhaal. Ze beweerde de dochter van een Kirkassische vrijheer te zijn —

"Wat is dat?" vroeg Berel sceptisch.

Kathryn antwoordde rustig: "Een paar van de Kirkassischen hebben nog steeds hun forten in de Keviotbergen — een volk dat afstamt van oude rovers."

"Dus jij bent de dochter van een rover?"

"Meer nog; ik ben op eigen kracht een misdadigster geworden," antwoordde Kathryn kalm.

Bernisty kon zijn nieuwsgierigheid niet langer bedwingen. "Wat heb je gedaan, meisje; wat heb je dan gedaan?"

"Ik pleegde de daad van —" hier gebruikte ze een Kay-woord dat Bernisty niet begreep. Berels gefronste voorhoofd gaf aan dat zij het evenmin kende. "Daarna," vervolgde Kathryn, "keerde ik een wierookbrander om op het hoofd van een priester. Als ik berouw had gevoeld, dan was ik gebleven om gestraft te worden. Maar omdat dat niet het geval was, ben ik naar hier gevlucht in de ruimteboot."

"Ongelooflijk!" zei Berel walgend.

Bernisty keek geamuseerd toe. "Blijkbaar, meisje, denkt men dat jij een Kay-spionne bent. Wat zeg je daarvan?"

"Als ik dat was of niet — in ieder geval zou ik het ontkennen."

"Dan ontken je het?"

Kathryns gezicht plooide zich; ze barstte uit in een lach van louter verrukking. "Nee. Ik geef het toe. Ik ben een Kay-spionne."

"Ik wist het wel, ik wist het wel —"

"Stil, vrouw," zei Bernisty. Hij keek weer naar Kathryn, en zijn voorhoofd was gerimpeld van verbazing. "Geef je toe dat je een spionne bent?"

"Gelooft u mij?"

"Bij de Stieren van Bashan — ik weet niet wat ik geloven moet!"

"Ze is een sluwe bedriegster — listig!" raasde Berel. "Ze smeert handig stroop om je ogen!"

"*Stil!*" brulde Bernisty. "Ik ben minstens zo opmerkzaam als ieder ander!" Weer tegen Kathryn: "Alleen een dwazin zou erkennen dat ze een spionne was."

"Misschien ben ik wel een dwazin," zei zij met ernstige eenvoud.

Bernisty hief zijn handen omhoog. "Goed dan, wat maakt het uit? Er zijn hier toch geen geheimen. Als je wilt spioneren, ga je gang — even steels of openlijk als je wilt, wat je het best uitkomt. En als je alleen een toevluchtsoord zoekt, dan ben je welkom, want dit is het grondgebied van Blauwe Ster."

"Mijn dank aan jou, Bernisty."

III

Bernisty vloog uit met Broderick de cartograaf om kaarten te maken, te fotograferen, te verkennen en in het algemeen Nieuwe Aarde te inspecteren. Het landschap leek overal min of meer gelijk — een naargeestig oppervlak vol littekens als het inwendige van een uitgebrande aardewerkoven. Overal grensden lössvlakten van door de wind verspreid stof aan hardvochtige rotspieken.

Broderick stootte Bernisty aan. "Kijk."

Het gebaar volgend zag Bernisty drie vaag omlijnde maar onmiskenbare vierkanten op de woestijn onder hen — enorme gebieden van verbrokkelde steen bezaaid met zand.

"Dat zijn of de meest gigantische kristallen die het heelal ooit heeft aanschouwd," zei Bernisty, "of — wij zijn niet de eerste intelligente soort die voet op deze planeet zet."

"Zullen we landen?"

Bernisty tuurde door zijn telescoop naar de vierkanten. "Er is weinig te zien… Laat maar over aan de archeologen. Ik zal er een paar bestellen bij Blauwe Ster."

Op de terugweg naar de *Beaudry* riep Bernisty opeens: "Stop!"

Ze landden de verkenner. Bernisty stapte uit en inspecteerde met enorme voldoening een plek bruingroene vegetatie: standaardwikke 6-D, bedekt met blaasjes van de symbiotische korstmossen die hem water en zuurstof voerden.

"Nog zes weken," zei Bernisty, "en dan schuimt de wereld van dit spul."

Broderick tuurde van dichtbij naar een blad. "Wat is die rode vlek?"

"Een rode vlek?" Bernisty tuurde, fronste. "Het ziet eruit als een roest, een schimmel."

"Is dat goed?"

"Nee — natuurlijk niet! Het is — slecht!... Ik begrijp het niet. Deze planeet was steriel toen wij landden."

"Sporen vallen binnen uit de ruimte," opperde Broderick.

Bernisty knikte. "En ruimteboten ook. Kom, we gaan terug naar de *Beaudry*. Heb je de positie van deze plek?"

"Tot op de centimeter."

"Het geeft niet. Deze kolonie zal ik doden." En Bernisty schroeide de grond schoon van de plek wikke waar hij zo trots op was geweest. Zwijgend vlogen ze terug naar de *Beaudry*, over de vlakte die nu dik begroeid was met gevlekte vegetatie. Uitstappend rende Bernisty niet naar de *Beaudry* maar naar de begroeiing en inspecteerde de bladeren. "Hier niet... Hier ook niet — en hier evenmin..."

"Bernisty!"

Bernisty keek om. Baron de plantkundige naderde met een streng gezicht. Bernisty's hart zonk in zijn schoenen. "Ja?"

"Er is een onvergeeflijke onachtzaamheid geschied."

"Roest?"

"Roest. Het vernietigt de wikke."

Bernisty draaide zich op zijn hakken om. "Heb je een monster?"

"In het lab werken we al aan een tegenmiddel."

"Mooi..."

Maar de roest was een taai groeisel; het vinden van een middel dat de roest vernietigde maar de wikke en de korstmossen onaangetast liet, bleek een ontzettend moeilijke opgaaf te zijn. Het ene monster na het andere van virus, kiem, bacterie, kruid en zwam bleek niet aan de eisen te voldoen en werd vernietigd in de oven. Intussen veranderde de kleur van de wikke van groenbruin in groenrood in jodiumkleurig; en de trotse vegetatie verwelkte en begon te rotten.

Bernisty liep slapeloos rond en spoorde zijn technici aan en vloekte ze uit. "Noemen jullie je ecologen? Zo'n simpele kwestie van het scheiden van een roest van de wikke — jullie falen, jullie spartelen! Hier — geef mij die cultuur!" En Bernisty greep de cultuurbak van Baron, die zelf rode ogen had en geïrriteerd was.

Eindelijk werd het gewenste middel gevonden in een cultuur van schimmels. Er verstreken nog twee dagen voor de zuivere stam geïsoleerd was en op kweek gezet. Nu lag de wikke te rotten en de korstmossen lagen verspreid als herfstbladeren.

Aan boord van de *Beaudry* heerste koortsige bedrijvigheid. Ketels vol kweek verdrongen zich in het laboratorium en de gangen; bladen met sporen stonden te drogen in de kantine, in de machinekamer, in de bibliotheek.

Hier werd Bernisty's aandacht weer getrokken door Kathryn toen hij haar droge sporen in distributiedozen zag schrapen. Hij bleef staan om te kijken; hij voelde dat ze naar hem keek maar hij was te moe om te spreken. Hij knikte alleen en ging terug naar het laboratorium.

De schimmels werden verspreid maar het was duidelijk al te laat. "Goed," zei Bernisty, "dan beginnen we met een nieuwe lading zaad — standaardwikke 6-D. Deze keer kennen we het gevaar en de manier om ons te beschermen bezitten we al."

De nieuwe wikke tierde welig; een groot deel van de oude herleefde. De schimmel stierf af toen hij geen roest meer vond — behalve een of twee gemuteerde variëteiten die de korstmossen te lijf gingen. Een poos lang leek het alsof de schimmel even gevaarlijk zou blijken als de roest. Maar in de catalogus van de *Beaudry* stond een virus vermeld dat specifiek was voor de schimmel. Dit virus werd verspreid en de schimmels verdwenen.

Bernisty was toch niet tevreden. Op een bijeenkomst van de voltallige bemanning zei hij: "In plaats van drie soorten — de wikke en de twee korstmossen — zijn er nu zes in omloop, de roest, de schimmel en het virus meegerekend. Hoe meer leven — hoe moeilijker te regelen. Ik wil er heel sterk de nadruk op leggen dat wij goed moeten oppassen en absolute antisepsis moeten betrachten."

Ondanks de voorzorgen verscheen er weer roest — ditmaal een zwarte variëteit. Maar Bernisty was gereed; binnen twee dagen distribueerde hij de verdediging. De roest verdween; de wikke groeide als kool. Overal lag nu het bruingroene tapijt over de planeet. Op sommige plekken rees het wel twaalf meter hoog op, klimmend en worstelend, stengel tegen stengel, blad over blad. Het klom tegen de granieten pieken op; het hing in guirlandes over afgronden. En iedere dag veranderden talloze tonnen CO_2 in zuurstof, en methaan werd water en nieuwe CO_2.

Bernisty hield de atmosfeeranalyse nauwlettend in de gaten; en op een goede dag steeg het percentage zuurstof in de lucht van 'niet waarneembaar' tot 'sporenhoeveelheid'. Op die dag kondigde hij een algemene feestdag met banket af. Het was een formele gewoonte van Blauwe Ster dat mannen en vrouwen gescheiden aten, aangezien de aanblik van open monden even onkuis werd geacht als de uitscheidingsdaad. Maar dit was een hoogst kameraadschappelijke en feestelijke aangelegenheid en Bernisty, die kuis noch gevoelig was, beval dat de gewoonte genegeerd moest worden. Zo begon het banket in een sfeer van vrolijke uitgelatenheid.

Naarmate het banket vorderde en de dranken en sappen begonnen te werken, werd de feestvreugde en losbandigheid geprononceerder. Aan Bernisty's zijde zat Berel, en hoewel zij tijdens de afgelopen koortsige weken zijn bank had gedeeld, had ze gevoeld dat zijn attenties volkomen onpersoonlijk waren; dat zij niet meer was dan een speelmeisje. Toen ze merkte dat zijn ogen bijna uitsluitend op Kathryns van wijn blozende gezicht rustten, onderging zij emoties die haar bijna in tranen deden uitbarsten.

"Dit mag niet," mompelde ze in zichzelf. "Over een paar maanden ben ik geen speelmeisje meer; ik ben studente. Ik paar met wie ik verkies; deze harige egoïstische bruut, deze flirtende Bernisty verkies ik niet!"

Ook in Bernisty's geest gistten vreemde roerselen. "Berel is lief en vriendelijk," dacht hij. "Maar Kathryn! Wat een flair! Wat een spirit!" En toen hij haar ogen op zich voelde, werd hij opgewonden als een schooljongen.

Broderick de cartograaf, met duizelend hoofd van de drank, greep op dat ogenblik Kathryn bij de schouders en trok haar achterover om haar te kussen. Ze maakte zich los, wierp een schalkse blik op Bernisty. Dat was genoeg. Bernisty stond aan haar zij; hij tilde haar op, droeg haar naar zijn stoel, nog altijd hobbelend op zijn verbrande voeten. Haar parfum bedwelmde hem evenzeer als de wijn; Berels woedende gezicht zag hij niet.

Dit mag niet gebeuren, dacht Berel vertwijfeld. En nu kreeg ze inspiratie. "Bernisty! Bernisty!" Ze trok aan zijn arm. Bernisty draaide zijn hoofd. "Ja?"

"De roesten — ik weet hoe ze op de wikke terechtkwamen!"

"Ze zweefden neer als sporen — uit de ruimte."

"Ze zweefden neer in Kathryns ruimteboot! Ze is geen spionne — ze is een saboteuse!" Zelfs in haar woede moest Berel de heldere onschuld op Kathryns gezicht bewonderen. "Ze is een Kay-agente — een vijandin."

"O, bah," mopperde Bernisty schaapachtig. "Dit is vrouwenpraat."

"Vrouwenpraat, hè?" krijste Berel. "Wat denk je dat er nu gebeurt, terwijl jij feest en —" ze wees met een vinger waarop de bloem van metaalfolie huiverde "— en die *bezem* liefkoost!"

"Zeg — ik begrijp je niet," zei Bernisty, die verbaasd van meisje naar meisje keek.

"Terwijl jij je vol zit te stoppen, verspreiden de Kay rampspoed en onheil!"

"Hè? Wat is dat?" Bernisty bleef van Berel naar Kathryn kijken terwijl hij zich opeens onbeholpen en nogal dwaas voelde. Kathryn verroerde zich op zijn schoot. Haar stem klonk vlot, maar nu was haar lichaam stijf. "Als je dat gelooft, controleer dan je radars en beeldplaten."

Bernisty ontspande zich. "O — onzin."

"Nee, nee, nee!" riep Berel schril. "Ze probeert je zand in de ogen te strooien!"

Bernisty gromde tegen Bufco: "Controleer de radar." Toen stond hij op. "Ik ga met je mee."

"Je gelooft toch niet —" begon Kathryn.

"Ik geloof niets tot ik de radarbanden heb gezien."

Bufco haalde schakelaars om, stelde de kijker scherp. Er verscheen een kleine lichtpunt. "Een schip!"

"Komt het of gaat het?"

"Nu gaat het."

"Waar zijn de banden?"

Bufco spoelde de banden af. Bernisty boog zich erover. Zijn wenkbrauwen trokken zich samen. "Hmmf."

Bufco keek hem vragend aan.

"Dit is heel vreemd."

"Wat?"

"Het schip was maar net aangekomen — en bijna onmiddellijk zwenkte het weer weg van Nieuwe Aarde."

Bufco bestudeerde de banden. "Dit gebeurde precies vier minuten en dertig seconden geleden."

"Precies toen wij de kantine verlieten."

"Denk je —"

"Ik weet niet wat ik moet denken."

"Bijna alsof ze bericht kregen — een waarschuwing..."

"Maar hoe? Van wie?" Bernisty aarzelde. "De logische verdachte," zei hij langzaam, "is Kathryn."

Bufco keek op met een eigenaardige glinstering in zijn ogen. "Wat ga je met haar doen?"

"Ik zei niet dat ze schuldig is. Ik merkte alleen op dat zij de logische verdachte is..." Hij schoof het bandmagazijn terug onder de kijker. "Laten we gaan zien wat er gedaan is...Welke nieuwe euveldaden zijn gepleegd..."

Maar er viel niets te zien. De hemel was helder en geelgroen; de wikke gedijde goed.

Bernisty ging de *Beaudry* weer in en gaf bepaalde instructies aan Blandwick, die in de verkennersboot vertrok en een uur later terugkwam met een kleine zijden zak die hij voorzichtig vasthield. "Ik weet niet wat het zijn," zei Blandwick.

"Ze kunnen niet anders dan slecht zijn." Bernisty nam het zakje naar het laboratorium en keek toe terwijl de twee botanici, de twee mycologen en de vier entomologen de inhoud van het zakje bestudeerden.

De entomologen brachten het thuis. "Dit zijn eieren van een of ander klein insect — aan de genentelling en het buigingspatroon te zien een van de mijten."

Bernisty knikte. Zuur keek hij de wachtende mannen aan. "Moet ik jullie nog vertellen wat ons te doen staat?"

"Nee."

Bernisty liep terug naar zijn kantoor en liet even later Berel halen. Zonder plichtplegingen vroeg hij: "Hoe wist je dat er een Kay-schip aan de hemel was?"

Berel staarde uitdagend op hem neer. "Ik wist het niet; ik raadde het."

Bernisty nam haar even op. "Ja — je had het over je intuïtieve vermogens."

"Dit was geen intuïtie," zei Berel minachtend. "Dit was simpel gezond verstand. Het is zo helder als glas. Er verschijnt een Kay-vrouw. Meteen wordt de ecologie verstoord: rode roest en zwarte roest. Je hebt de roest verslagen, je viert het; je voelt je opgelucht. Weet je een beter moment om een nieuwe plaag te zaaien?"

Bernisty knikte. "Er is geen geschikter tijdstip, dat is zeker..."

"Trouwens — wat voor plaag gaat het worden?"

"Insecten — mijten. Ik geloof dat we ze kunnen verslaan voor ze voet aan de grond krijgen."

"En dan?"

"Ik weet het niet."

"Het lijkt dat nu de Kay ons niet kunnen afschrikken, ze van plan zijn te zorgen dat we ons doodwerken."

"Daar ziet het naar uit. Maar kunnen ze het doen?"

"Ik zie niet in hoe we ze tegen kunnen houden. Het is makkelijk om ongedierte te kweken, maar moeilijk om het te doden."

Banta, de chef-entomoloog, kwam binnen met een reageerbuis. "Hier zijn er een paar — uitgebroed."

"Nu al?"

"We hebben het een beetje versneld."

"Kunnen ze in deze atmosfeer leven? Er is niet veel zuurstof, en een heleboel ammoniak."

"Ze genieten ervan; ze ademen het nu."

Triest inspecteerde Bernisty de buis. "En ze eten onze goede wikke op ook."

Berel keek over zijn schouder. "Wat kunnen we tegen ze doen?"

Banta keek weifelend, zoals het hoorde. "Hun natuurlijke vijanden zijn bepaalde parasieten, virussen, waterjuffers, en een klein soort gepantserde mug die zich heel snel voortplant. Ik geloof dat we er goed aan doen ons op die mug te concentreren. We zijn trouwens al bezig met selectieve teelt op grote schaal om een stam te vinden die in deze atmosfeer kan leven."

"Goed werk, Banta." Bernisty kwam overeind.

"Waar ga je heen?" vroeg Berel.

"Naar buiten om de wikke te bekijken."

"Ik ga met je mee."

Op de vlakte had Bernisty zijn aandacht niet zozeer bij de wikke als bij de hemel.

"Waar kijk je naar?" vroeg Berel.

Bernisty wees. "Zie je die sliert daarboven?"

"Een wolk?"

"Een klein beetje vorst — een paar ijskristallen… Maar het is een begin! Onze eerste regenbui — dat zal een gebeurtenis zijn!"

"Vooropgesteld dat het methaan en de zuurstof niet exploderen en ons allemaal naar de dag des oordeels knallen!"

"Ja, ja," mompelde Bernisty. "We zullen wat nieuwe methanofielen moeten uitzetten."

"En hoe verlos je ons van al deze ammoniak?"

"Er is een moerasplant van Salsiberry die onder de juiste omstandigheden de volgende reactie uitvoert: $12NH_3 + 9O_2 = 18H_2O + 6N_2$."

"Wat een tijdverspilling voor die plant," vond Berel. "Wat heeft hij er zelf aan?"

"Niets, helemaal niets. Wat hebben wij aan lachen? Ook niets."

"Een aangename nutteloosheid."

Bernisty onderzocht de wikke. "Daar, daar. Kijk. Onder dit blad." Hij toonde de mijten; trage gele luisachtigen.

"Wanneer zijn je muggen klaar?"

"Banta laat de helft van zijn voorraad vrij; misschien eten ze op eigen gelegenheid sneller dan in het laboratorium."

"Weet — weet Kathryn van de muggen?"

"Je hebt het nog steeds op haar gemunt, hè?"

"Ik geloof dat zij een spionne is."

Bernisty zei rustig: "Ik kan geen manier bedenken waarop een van jullie twee met dat Kay-schip kan hebben gesproken."

"Eén van ons twee?"

"Iemand heeft hen gewaarschuwd dat ze weg moesten. Kathryn is de logische verdachte; maar jij wist dat het schip er was."

Berel draaide zich bruusk om en beende terug naar de *Beaudry*.

IV

Blijkbaar waren de muggen de mijten te lijf gegaan; eerst nam het aantal van beide insecten toe, en toen slonk het. Daarna werd de wikke hoger en sterker. Nu zat er zuurstof in de lucht en de botanici zetten een tiental nieuwe soorten uit: planten met brede bladeren die zuurstof produceerden; stikstofgebruikers die de ammoniak absorbeerden; methanofielen van jonge, methaanrijke planeten, die zuurstof met methaan verbonden en luisterrijke witte torens vormden als bewerkt ivoor.

Bernisty's voeten waren weer heel, en een maat groter dan de vorige zodat hij zijn prettig versleten oude laarzen moest afdanken en ruilen voor een nieuw paar dat uit stijf blauw leer was gesneden.

Kathryn hielp hem speels zijn voeten in het nieuwe schoeisel proppen toen Bernisty als terloops zei: "Dat vraag ik me al een tijd af, Kathryn; zeg eens, hoe roep je de Kay?"

Ze schrok, schonk hem heel kort een jammerlijke blik uit haar grote ogen, als een konijn in de val, en toen lachte ze. "Op dezelfde manier als jij — met mijn mond."

"Wanneer?"

"O, iedere dag om deze tijd."

"Ik zou het graag eens zien."

"Goed." Ze keek naar het raam en sprak in de galmende Kay taal.

"Wat heb je gezegd?" vroeg Bernisty beleefd.

"Ik zei dat de mijten een mislukking waren; dat er hier aan boord van de *Beaudry* een uitstekend moreel heerst; dat jij een geweldig leider bent, een pracht van een man."

"Maar je hebt geen verdere stappen aangeraden."

Ze glimlachte bescheiden. "Ik ben geen ecoloog — opbouwend noch vernietigend."

"Uitstekend," zei Bernisty terwijl hij met zijn nieuwe laarzen aan ging staan. "We zullen zien."

De volgende dag toonden de radarbanden de sporen van twee schepen. Ze hadden een vluchtig bezoek gebracht, "lang genoeg om hun monsterlijke lading te lossen," zoals Bufco aan Bernisty meldde.

De lading bleek te bestaan uit eieren van een verscheurende blauwe wesp die op de muggen joeg. De muggen dolven het onderspit; de mijten tierden welig; de wikke begon te verwelken onder de talloze zuigbuizen. Om de wesp te bestrijden liet Bernisty een zwerm gevederde blauwe vlieglinten los. De wespen legden hun eieren in een eigenaardige kleine bruine donsbalzwam (waarvan de sporen tegelijk met de wespenlarven waren uitgezet). De vlieglinten aten deze donsballen op. Zonder schuilplaats voor hun larven stierven de wespen; de muggen herleefden in grote aantallen en vraten zich vol aan de mijten tot hun thorax openspleet.

De Kay vielen op grotere schaal aan. Drie grote schepen passeerden 's nachts en braakten een heksenketel van reptielen, insecten, arachniden, landkrabben uit, een dozijn fyla zonder formele classificatie. De mensen van de *Beaudry* konden tegen deze uitdaging niet op. Ze begonnen te falen door insectenbeten en één plantkundige liep een kloppend blauwwit gangreen op door de steek van een giftige doorn.

Nieuwe Aarde was niet langer een rustige streek van wikke, korstmos, en stoffige wind; Nieuwe Aarde was nu een fantastische jungle. Insekten beslopen elkaar in de bladrijke wildernis; er waren plaatselijke specialisaties en onwaarschijnlijke aanpassingen. Er waren spinnen, en hagedissen zo groot als katten; schorpioenen die galmden als klokken als ze liepen; langpotige kreeften; giftige vlinders; een gigantische mottensoort die genoot van het milieu en nog gigantischer werd.

Overal in de *Beaudry* hing een sfeer van verslagenheid. Bernisty liep mank door de wandelgang, niet uit lichamelijke noodzaak maar uit een onbewuste geesteshouding. Het probleem was te ingewikkeld voor een enkel brein, dacht hij — of voor een enkele ploeg mensenbreinen. De diverse levensvormen op de planeet, die allemaal evolueerden, muteerden, zich vestigden op beschikbare plekken, zich uitbreidden over het bereik van hun uiteindelijke bestemming — ze vormden een patroon dat te lukraak was voor een computer, zelfs voor een heel computernetwerk.

Blandwick de meteoroloog kwam de wandelgang af met zijn dagelijkse atmosfeerrapport. Bernisty peurde enig droefgeestig plezier uit het bericht dat hoewel er geen grote toename van zuurstof en waterdamp was, er ook geen daling was geweest. "Eerlijk gezegd," zei Blandwick, "zit er een hele hoop water vast in al die kevers en parasieten."

Bernisty schudde zijn hoofd. "Niet zo veel...En ze eten de wikke sneller op dan wij ze kunnen doden. Nieuwe variëteiten duiken sneller op dan wij ze kunnen vinden."

Blandwick fronste. "De Kay volgen geen duidelijk patroon."

"Nee, ze storten gewoon alles waarvan ze hopen dat het een verwoestend effect zal hebben."

"Waarom passen wij dezelfde techniek niet toe? In plaats van specifieke tegenmaatregelen te nemen, kunnen wij ons complete biologische programma in de strijd werpen. Met grof geschut werken."

Bernisty hinkte een paar passen verder. "Ach, waarom niet? Het totale effect zou gunstig kunnen zijn...In ieder geval minder verwoestend dan wat er nu daarbuiten aan de gang is." Hij zweeg even. "Natuurlijk werken we met onvoorspelbare grootheden — en dat is strijdig met mijn fundamentele logica."

Blandwick snoof. "Tot dusver zijn geen van onze vorderingen voorspelbaar geweest."

Bernisty grijnsde, na een kortstondige ergernis, want Blandwicks opmerking was niet correct; had Blandwick hem met de waarheid bestookt, dan zou er reden voor ergernis zijn geweest.

"Uitstekend, Blandwick," zei hij goedgeluimd. "Wij verschieten al ons kruit. Als het lukt, noemen we de eerste nederzetting Blandwick."

"Hmmf," zei de pessimistische meteoroloog. Bernisty ging de nodige bevelen uitdelen.

Nu was ieder vat, blad en rek, iedere kuip, kweekbak en broedmachine in het laboratorium vol; zodra de inhoud ook maar een geringe acclimatisatie met de ammoniakatmosfeer bereikte, werd hij aan de planeet toegevoegd: peulen, planten, schimmels, bacteriën, kruipende dingen, insecten, ringwormen, schaaldieren, landganoïden, zelfs een paar elementaire zoogdieren — levensvormen van meer dan dertig verschillende werelden. Waar Nieuwe Aarde eerst een slagveld was geweest, werd het nu een gekkenhuis.

Eén soort palmen was een ogenblikkelijk succes; binnen twee maanden torenden ze overal boven het landschap uit. Ertussen hingen sluiers van een eigenaardig in de lucht zwevend web dat leefde van vliegende wezens. Onder de takken en de doornen werd naar hartenlust gedood, voortgeplant, gegeten, gegroeid, gevochten, gefladderd en gestorven. Aan boord van de *Beaudry* was Bernisty best in zijn schik en weer goedgestemd.

Hij sloeg Blandwick op zijn rug.

"Niet alleen de stad zullen we naar jou vernoemen, nee, we verbinden jouw naam aan een hele filosofie, de Blandwick-methode."

Blandwick bleef onaangedaan onder het eerbetoon. "Ongeacht het succes van de 'Blandwick-methode', zoals jij het noemt, hebben de Kay nog steeds een woordje mee te spreken."

"Wat kunnen ze doen?" redeneerde Bernisty. "Ze kunnen geen wezens loslaten die unieker of vraatzuchtiger zijn dan die wij zelf los hebben gelaten. Alles wat de Kay nu nog naar Nieuwe Aarde sturen, heeft de aard van een anticlimax."

Blandwick grijnsde zuur. "Denk je dat ze het zo makkelijk zullen opgeven?"

Bernisty werd het onbehaaglijk te moede. Hij zocht Berel op. "Zo, speelmeisje," vroeg hij, "wat vertelt je intuïtie je nu?"

"Die vertelt mij," beet zij, "dat steeds wanneer jij zo optimistisch mogelijk bent, de Kay een verwoestende aanval lanceren."

Bernisty zette een grappig gezicht. "En wanneer zal deze aanval plaatsvinden?"

"Vraag het aan de spionne; zij strooit kwistig geheimen rond."

"Goed," zei Bernisty. "Zoek haar, als je wilt, en stuur haar naar mij toe."

Kathryn verscheen. "Ja, Bernisty?"

"Ik ben nieuwsgierig," zei Bernisty, "naar wat je de Kay vertelt."

Kathryn zei: "Ik vertel ze dat Bernisty ze verslaat, dat hij hun ergste aanvallen trotseert."

"En wat vertellen ze jou?"

"Ze vertellen mij niets."

"En wat raad je ze aan?"

"Ik raad ze aan om óf met een enkele beslissende slag te winnen, óf het op te geven."

"Hoe vertel je ze dat?"

Kathryn lachte en liet haar mooie witte tanden zien. "Ik praat met ze, precies zoals ik nu met jou praat."

"En wanneer denk je dat ze zullen toeslaan?"

"Ik weet het niet... Het lijkt alsof ze al lang overtijd zijn. Vind je ook niet?"

"Ja," gaf Bernisty toe. Toen hij zijn hoofd draaide zag hij de radioman naderen.

"Kay-schepen," zei Bufco. "Een vol dozijn — gigantische tonnen! Ze maakten één omloop — toen verdwenen ze!"

"Zo," zei Bernisty. "Dit is het dan." Hij richtte zijn effen, zakelijk peinzende blik op Kathryn, die zij beantwoordde met de glimlach van bescheidenheid die ze allebei zo vertrouwd waren gaan vinden.

V

Binnen drie dagen was ieder levend ding op Nieuwe Aarde dood. Niet alleen dood, maar opgelost tot een dikke grijze stroop die in de vlakte zakte, als speeksel van de rotsen droop, in de wind verdampte. Het effect was wonderbaarlijk. Waar de jungle zich op de vlakte had verdrongen, bestond alleen nog de vlakte, en nu al blies de wind stofwolken voor zich uit.

Er was maar één uitzondering op de algemene verdwijning van leven: de monsterlijk grote motten, die door een of andere onbekende methode of door hun chemische instelling in leven waren gebleven.

Dwars op de wind zwierden zij door de lucht; broze, wapperende vormen op zoek naar hun vroegere voedsel, die nu niets dan woestijn vonden.

Aan boord van de *Beaudry* heerste verslagenheid; daarna apathie; daarna een doffe woede die geen openlijke uitweg kon vinden, tot Bernisty ten slotte in slaap viel.

Hij werd wakker met een onbestemd gevoel van onbehagen, van moeilijkheden: de instorting van de ecologie van Nieuwe Aarde? Nee. Het was iets dat dieper ging, iets van meer direct belang. Hij sprong in zijn kleren, spoedde zich naar de kantine. Die was vol mensen en straalde barse boosaardigheid uit.

Kathryn zat bleek en star in een stoel: achter haar stond Banta met een worgijzer. Hij bereidde zich kennelijk voor om haar te kelen, met de rest van de bemanning als medeplichtigen.

Bernisty beende door de kantine, brak Banta's kaak en brak de vingers van zijn gebalde vuist. Kathryn keek zwijgend op.

"Zo dan, ellendige verraders die jullie zijn," begon Bernisty; maar toen hij de kamer rondkeek, zag hij geen schaapachtige gezichten, maar groeiende woede, uitdagende blikken. "Wat is hier aan de gang?" brulde Bernisty.

"Zij is een verraadster," zei Berel; "wij stellen haar terecht."

"Hoe kan zij een verraadster zijn? Ze heeft ons nooit haar trouw beloofd!"

"Ze is in ieder geval een spionne!"

Bernisty lachte. "Nimmer heeft zij gepoogd te ontkennen dat zij in verbinding stond met de Kay. Hoe kan ze dan een spionne zijn?"

Niemand antwoordde. De ogen werden neergeslagen.

Bernisty gaf Banta, die net opstond, een schop. "Scheer je weg, schurftige hond... Ik wil geen moordenaars, geen wurgers in mijn bemanning!"

Berel riep: "Zij heeft ons verraden!"

"Hoe kon zij ons verraden? Ze heeft ons nooit gevraagd haar te vertrouwen. Integendeel juist: zij kwam heel openhartig als Kay bij ons; heel openhartig vertelt ze mij dat ze verslag uitbrengt aan de Kay."

"Maar hoe dan?" hoonde Berel. "Ze beweert dat ze met ze praat — om jou te laten geloven dat ze een grapje maakt!"

Bernisty bekeek Kathryn met een peinzende blik. "Als ik haar karakter goed heb gelezen, vertelt Kathryn geen onwaarheden. Dat is haar enige verdediging. Als zij zegt dat ze met de Kay praat, dan doet ze dat..." Hij wendde zich tot de dokter: "Breng een infrascoop."

De infrascoop onthulde vreemde zwarte schaduwen in Kathryns lichaam. Een kleine knoop bij haar strottenhoofd; twee platte doosjes tegen haar middenrif; draden die onder de huid van haar benen liepen.

"Wat is dit?" vroeg de dokter verrast.

"Een interne radio," zei Bufco. "De knoop vangt haar stem op, de beendraden zijn de antenne. Een betere uitrusting kan een spionne zich niet wensen."

"Ze is geen spionne, zeg ik je!" bulderde Bernisty. "De fout ligt niet bij haar — maar bij mij! Ze heeft het mij *verteld*! Als ik haar had gevraagd hoe haar stem de Kay bereikte, dan zou ze het me hebben gezegd — eerlijk en openhartig. Ik heb het haar nooit gevraagd; ik wilde de hele kwestie als een spel beschouwen. Als jullie iemand moeten worgen, worg dan mij! Ik ben de verrader — niet zij!"

Berel draaide zich om en liep de kantine uit. Anderen volgden haar. Bernisty keerde zich naar Kathryn. "Zo — wat ga je nu doen? Je plan is een succes geworden."

"Ja," zei Kathryn, "een succes." Ook zij verliet de kamer.

Bernisty volgde haar nieuwsgierig. Ze liep naar de kasten bij de buitendeur, zette haar hoofdkom op, opende de dubbele sluis en stapte op de dode vlakte.

Bernisty keek haar na vanachter een raam. Waar zou ze heen lopen? Nergens… Ze liep naar haar dood, als iemand die de branding inloopt en recht naar de volle zee zwemt. Boven haar fladderden de reuzenmotten op de wind. Kathryn keek op; Bernisty zag haar ineenkrimpen. Een mot fladderde dichtbij, deed zijn best haar te grijpen. Ze dook ineen; de wind kreeg de tere vleugels te pakken en de mot tuimelde weg.

Bernisty kauwde op zijn lip. Toen lachte hij. "De duivel hale ze; de duivel hale de Kay; de duivel hale alles…" Hij plantte zijn eigen kom op zijn hoofd.

Bufco greep zijn arm. "Bernisty, waar ga je heen?"

"Ze is dapper, ze is standvastig, waarom zou ze sterven?"

"Ze is onze vijand!"

"Ik heb liever een dappere vijand dan laffe vrienden." Hij rende het schip uit over de zachte löss die nu een korst van opgedroogd slijm droeg.

De motten fladderden, doken neer. Een ervan klemde zich aan Kathryns schouders vast met zijn weerhaakpoten; zij stribbelde tegen, sloeg met hulpeloze handen naar een enorme zachte gedaante.

Schaduwen vielen over Bernisty; hij zag het paarsrode glinsteren van grote ogen, het onpersoonlijke gezicht. Hij zwaaide met zijn vuist, hij voelde de chitine kraken. Misselijke pijnsteken herinnerden hem eraan dat zijn hand al gebroken was op Banta's kaak. Terwijl de mot op de grond lag te spartelen rende hij naar Kathryn. Zij lag weerloos op de grond en een mot stak haar met een zuigbuis die niet gewend was door plastic en textiel te snijden.

Bernisty riep bemoedigende woorden; een mot dook neer op zijn rug, wierp hem tegen de grond. Hij rolde om en schopte; hij stond op, ging de mot op Kathryn te lijf, scheurde de vleugels af, trok de kop eraf.

Hij draaide zich om om de andere neerduikende vormen te weerstaan maar nu kwam Bufco uit het schip en met een naaldbundel doorstak hij de motten in de lucht, en daarna kwamen nog anderen naar buiten.

Bernisty droeg Kathryn terug naar het schip. Hij bracht haar naar de ziekenboeg en legde haar neer. "Snij die radio uit haar," droeg hij de dokter op. "Maak haar normaal, en als ze dan nóg inlichtingen aan de Kay weet over te brengen, dan verdienen ze die."

Hij vond Berel in zijn hut in verleidelijke doorkijkkleren op de bank. Hij bekeek haar met een onverschillige blik.

Haar verwarring overwinnend vroeg zij: "Wel, wat nu, Bernisty?"

"We beginnen opnieuw!"

"Weer? Terwijl de Kay de wereld zo vlot van leven kunnen zuiveren?"

"Deze keer gaan we anders te werk."

"Hoe dan?"

"Ken je de ecologie van Kerrykirk, de primaire wereld van de Kay?"

"Nee."

"Over zes maanden zul je zien dat Nieuwe Aarde zo'n compleet mogelijk duplicaat van Kerrykirk is als wij kunnen bereiken."

"Maar dat is dwaasheid! Welk ander ongedierte zullen de Kay zo goed kennen als dat van hun eigen wereld?"

"Zo denk ik er ook over."

Weldra ging Bernisty terug naar de ziekenboeg. De dokter overhandigde hem de inwendige radio. Bernisty staarde ernaar. "Wat zijn deze — deze blaasjes?"

"Dat zijn overreders," zei de dokter. "Ze kunnen heel makkelijk roodgloeiend worden gemaakt."

Abrupt zei Bernisty: "Is ze wakker?"

"Ja."

Bernisty keek neer in haar bleke gezicht. "Je hebt geen radio meer."

"Ik weet het."

"Zul je nog langer spioneren?"

"Nee. Ik schenk je mijn trouw, mijn lief."

Bernisty knikte, raakte haar gezicht aan. Daarna ging hij bevelen uitdelen voor een nieuwe planeet.

Bernisty bestelde voorraden van Blauwe Ster: uitsluitend flora en fauna van Kerrykirk, en hij verspreidde ze naar de omstandigheden toelieten. Kalm gingen er drie maanden voorbij. De planten van Kerrykirk gedijden goed; de lucht werd rijk; Nieuwe Aarde voelde zijn eerste regens.

Bomen en palmvarens van Kerrykirk ontsproten, werden hoog, gedwongen door groeihormonen; de vlakten stonden kniediep in Kerrykirk-gras.

Toen kwamen opnieuw de Kay-schepen; en nu was het alsof ze een sluw spel speelden, zich bewust van hun macht. De eerste lossingen waren niet meer dan kleine plagerijen.

Bernisty grijnsde, en liet Kerrykirk-amfibieën los in de nieuwe plassen. Nu kwamen de Kay-schepen met bijna regelmatige tussenpozen en ieder schip bracht extra woeste of extra vraatzuchtige plagen. De technici van de *Beaudry* werkten zonder ophouden om de opeenvolgende invasies te weerstaan. Er werd gemopperd. Bernisty stuurde zij die dat wilden naar huis. Berel vertrok; haar tijd als speelmeisje was afgelopen. Bernisty voelde een vaag schuldbesef toen zij hem waardig vaarwel wenste. Toen hij terug was in zijn hut en daar Kathryn vond, verdween het schuldgevoel.

De Kay-schepen kwamen; een nieuwe horde hongerige schepsels kwam het land teisteren.

Sommige leden van de bemanning riepen verslagen: "Waar zal dit ooit ophouden? Het gaat maar door; laten we deze ondankbare taak opgeven!"

Anderen spraken over oorlog. "Is Nieuwe Aarde niet al een slagveld?"

Bernisty wuifde met een achteloze hand. "Geduld, geduld; nog maar een maand."

"Waarom nog een maand?"

"Begrijp je het niet? De Kay-ecologen spannen zich in tot het uiterste om deze plagen te kweken!"

"Ah!"

Nog één maand, nog één Kay-bezoeking, een nieuwe regen van gewelddadig leven dat gretig het leven van Nieuwe Aarde bevocht.

"Nu!" zei Bernisty.

De technici van de *Beaudry* verzamelden de nieuwste aanwinsten, de doeltreffendste voortbrengselen van vorige ladingen; deze werden gekweekt; de zaden, sporen en eieren voorbereid, behoedzaam verpakt en opgeslagen.

Op een dag steeg er een schip op van Nieuwe Aarde dat naar Kerrykirk vloog. De ruimen puilden uit van de allergewelddadigste vijanden van het leven op Kerrykirk die de Kerrykirk-geleerden zelf hadden kunnen vinden. Het schip keerde met lege ruimen terug naar Nieuwe Aarde. Pas een half jaar later sijpelde het nieuws van de grootste plagen in de geschiedenis langs de Kay-censuur.

Tijdens deze periode brachten de Kay geen bezoeken aan Nieuwe Aarde. "En als ze verstandig zijn," vertelde Bernisty de ernstige man van Blauwe Ster die hem kwam vervangen, "zullen ze nooit meer komen. Ze zijn te kwetsbaar voor hun eigen ongedierte — zolang wij een Kerrykirk-ecologie in stand houden."

"Een soort mimicry, zou je kunnen zeggen," merkte de nieuwe gouverneur van Nieuwe Aarde op met een dunne glimlach.

"Ja, dat zou je kunnen zeggen."

"En wat ga jij doen, Bernisty?"

Bernisty luisterde. Een zoemend geluid uit de verte bereikte hun oren. "Dat," zei Bernisty, "is de *Blauelm*, van Blauwe Ster. En onder mijn bevel voor een nieuwe vlucht, een nieuwe verkenning."

"Zoek je een andere Nieuwe Aarde?" En de dunne glimlach werd breder, met de onbewuste superioriteit die de gewone mensen voelen tegenover de zwerver.

"Misschien vind ik de Oude Aarde wel…Hm…" Hij schopte een stuk rood glas uit de grond waar de letters STOP in stonden. "Eigenaardig dingetje, dit…"

WANNEER DE VIJF
MANEN OPKOMEN

SEGUILO HAD NOOIT ver kunnen gaan, want hij kon nergens naartoe. Toen Perrin de vuurtoren en het verlaten rotsterrein van een halve hectare eenmaal had afgezocht, bleven er geen mogelijkheden meer over — alleen de hemel en de oceaan.

Seguilo was niet in de vuurtoren en ook niet buiten.

Perrin ging de nacht in en staarde omhoog naar de vijf manen. Seguilo was niet bovenop de vuurtoren te bekennen.

Seguilo was verdwenen.

Perrin staarde besluiteloos naar het stromende zeewater van de Maurnilam Var. Was Seguilo uitgegleden op de natte rotsen en in de zee gevallen? Dan had hij beslist geroepen… De vijf manen straalden verblindend en glinsterend over het water. Het was heel goed mogelijk dat Seguilo op dit moment honderd meter van het land in het water dreef, onzichtbaar.

Perrin riep over de donkere zee: "Seguilo!"

Hij keek weer om naar de vuurtoren. De dubbele bundels rood en wit licht zwierden over de horizon om de schuiten die van het Zuidelijk Werelddeel overstaken naar Ruimtestad te gidsen en ze te waarschuwen voor de Iselklip.

Perrin liep vlug naar de toren. Seguilo lag natuurlijk gewoon te slapen of hij zat op de wc.

Perrin begaf zich naar de bovenste kamer, liep om de lichtinstallatie heen en begon de trap af te gaan. "Seguilo!"

Geen antwoord. De vuurtoren kaatste een trillende, metalen echo terug.

Seguilo was niet in zijn kamer, of op de wc, in de eetkeuken of in de opslagruimte. Waar kon hij dan nog zijn?

Perrin keek uit de deur. De vijf manen wierpen verwarrende schaduwen. Hij zag een grijze vlek — "Seguilo!" Hij rende naar buiten. "Waar heb jij gezeten?"

Seguilo richtte zich op tot zijn volle lengte. Het was een magere man met een wijs, droevig gezicht. Hij keerde zich naar Perrin, maar de wind verwoei het antwoord dat hij gaf.

Plotseling begreep Perrin het. "Je moet onder de generator hebben gezeten!" Dat was de enige mogelijkheid waar hij niet aan had gedacht.

Seguilo was naar hem toegekomen. "Ja... Ik zat onder de generator." Hij aarzelde bij de deur, zijn ogen gericht op de manen, die vanavond allemaal samen als groep waren opgekomen.

Er verschenen verbaasde rimpels in Perrins voorhoofd. Waarom wou Seguilo onder de generator kruipen? "Voel je je wel goed?"

"Ja. Uitstekend."

Perrin deed een stap naar hem toe en keek hem scherp aan in het licht van Ista, Bista, Liad, Miad en Poidel. Zijn ogen stonden dof en maakten Perrin niets wijzer; Seguilo's houding leek stijf. "Heb je je bezeerd? Kom naar de trap en ga even zitten."

"Goed." Seguilo slenterde over de rotsen en ging op de treden zitten.

"Weet je zeker dat je in orde bent?"

"Ja."

Na een aarzeling vroeg Perrin: "Vlak voordat jij — onder de generator verdween, wilde je me iets vertellen dat je belangrijk vond."

Seguilo knikte traag. "Dat klopt."

"Wat wilde je toen zeggen?"

Seguilo staarde stom naar de lucht. Er was niets te horen naast het stromen van de zee en het sissen en borrelen waar de rotsplaat onder de golven verdween.

"Nou?" vroeg Perrin na een tijdje. Seguilo antwoordde niet. "Je zei dat wanneer de vijf manen tegelijk aan de hemel verschenen, het niet verstandig was om iets te geloven."

"Ah," knikte Seguilo, "dat heb ik gezegd."

"Wat bedoelde je daarmee?"

"Ik weet het niet zeker."

"Waarom is het belangrijk om dan niets te geloven?"

"Ik weet het niet."

Perrin rees bruusk overeind. Normaal gedroeg Seguilo zich kordaat, droog, weloverwogen. "Voel je je echt wel goed?"

"Zo fit als een kievit."

Dat klonk beter. "Misschien knap je op van een glas whisky."

"Prima idee."

Perrin wist waar Seguilo zijn privévoorraad drank bewaarde. "Ik haal een glas voor je. Blijf jij hier maar rustig zitten."

"Ja, ik blijf hier zitten."

Perrin haastte zich de vuurtoren in en klauterde de twee trappen naar de provisiekamer op. Of Seguilo inderdaad bleef waar hij was, stond nog te bezien: iets in zijn houding, in zijn betoverde blik naar de zee, deed vermoeden dat hij niet zou wachten. Perrin pakte de fles en een glas en haastte zich de trappen weer af. Eigenlijk wist hij al dat Seguilo verdwenen zou zijn.

Seguilo was er niet meer. Hij zat niet op de treden en hij was nergens op de rotsklip van Isel. Hij had Perrin onmogelijk op de trap kunnen passeren. Maar hij zou weer in de machinekamer geglipt en onder de generator gekropen kunnen zijn.

Perrin wierp de deur open, schakelde het licht aan, bukte zich en tuurde onder de machine. Niets te zien.

De vettige stoflaag, effen en onberoerd, bewees dat er niemand was geweest.

Dus waar was Seguilo gebleven?

Perrin ging naar het bovenste deel van de vuurtoren en doorzocht grondig alle hoeken en gaten van boven naar beneden tot hij bij de buitendeur uitkwam. Geen Seguilo.

Perrin liep naar buiten. De rotsen waren kaal en verlaten; geen Seguilo.

Seguilo was verdwenen. Het donkere water van de Maurnilam Var klotste zuchtend over de stenen.

Perrin maakte aanstalten om over de maanblikkerende golven te schreeuwen, maar om een of andere reden leek dat niet juist. Hij ging terug naar binnen en nam plaats voor de radiozender.

Onzeker betastte hij de knoppen. Het ding was Seguilo's verantwoordelijkheid geweest. Hij had het zelf gebouwd uit onderdelen van oude instrumenten.

Proberend zette Perrin een schakelaar om. Het schermpje kwam spetterend tot leven en de luidspreker zoemde en gonsde. Perrin draaide aan de knoppen. Nu flitsten er blauwe pijlen over het scherm en er ontploften snelle rode vlekken. Vervormd en vaag keek er een gezicht uit het scherm. Perrin herkende een ambtenaar van lage rang in het kantoor in Ruimtestad. Op dringende toon zei hij: "Hier Harold Perrin in de vuurtoren van de Iselklip. Stuur met spoed een hulpboot."

Het gezicht keek hem ingespannen aan alsof hij achter dik flessenglas zat. Een brommend stemmetje achter het gekraak en geknetter zei: "Stel beter in... ik versta u niet..."

Perrin sprak harder. "Hoor je me nu?"

Het gezicht begon te zwemmen en vervaagde toen.

Perrin schreeuwde: "Dit is de vuurtoren van de Iselklip! Stuur een hulpboot! Hoor je me? Er is een ongeluk gebeurd!"

"...signaal komt niet binnen. Maak een rapport op en stuur het..." De stem ging verloren in geknetter.

Binnensmonds woest vloekend draaide Perrin nijdig aan knoppen en schakelaars. Hij sloeg met zijn vuist op het toestel. Het scherm flitste feloranje op en viel toen uit.

Perrin haastte zich naar de achterkant van het apparaat en prutste er vijf minuten lang bezorgd aan, maar zonder dat het iets uithaalde. Hij kon geen geluid en geen beeld krijgen.

Langzaam richtte hij zich op. Door het raam zag hij de vijf manen die een wedstrijd naar het westen deden. "Als de vijf manen samen opkomen," had Seguilo gezegd, "dan is het niet verstandig om iets te geloven." Seguilo was verdwenen. Hij was nu één keer verdwenen en weer teruggekomen; misschien kwam hij nog een keer terug. Perrin trok een gezicht en huiverde. Het zou nu beter zijn als Seguilo wegbleef. Hij holde naar de buitendeur, trok hem dicht en deed de grendel erop. Pech voor Seguilo, als hij terugkwam... Perrin bleef even staan luisteren met zijn rug tegen de deur. Toen ging hij naar de generatorkamer en keek onder de machine. Niets. Hij deed de deur dicht en liep naar boven.

Er was niemand in de eetkamer, in de opslagruimte, de badkamer, de slaapkamers. En ook niemand in de lampenkamer. Niemand op het dak.

Er was niemand in de vuurtoren behalve Perrin.

In de eetkamer zette hij koffie en daarna zat hij een halfuur te luisteren naar het zuchten van het water over het plat en toen ging hij naar zijn kooi.

Toen hij langs Seguilo's kamer kwam, keek hij naar binnen. Er lag niemand in het bed.

Toen hij de volgende ochtend eindelijk opstond, had hij een droge mond, zijn spieren voelden aan als takken en zijn ogen brandden van het staren naar het plafond. Hij spoelde zijn gezicht af met koud water. Daarna ging hij naar het raam en speurde de einder af. Tot aan het oosten hing een vuilgrijze bewolking waar de blauwgroene Magda doorheen scheen als een antieke munt bedekt met verdigris. Op het water vormden zich olieglanzende netten van blauwgroen licht die samenvloeiden en dan weer braken en smolten...In het zuiden ontdekte Perrin twee zwarte streepjes — schuiten die over de Moessonstroming naar Ruimtestad voeren. Na een ogenblik of wat gingen ze op in de wolken.

Perrin zette de hoofdschakelaar om en boven zich hoorde hij het hortende gonzen waarmee de lamp uitdoofde en tot stilstand kwam.

Hij liep de trap af en maakte met stijve vingers de grendel van de buitendeur los, die hij opengooide. De wind blies langs zijn oren. Het rook naar de Maurnilam Var. Het was eb; de Iselklip stak als een zadel uit het water. Aarzelend liep hij naar de waterkant. De blauwgroene zon maakte zich los uit de wolken en het licht priemde onder water. Gevaarlijk over de rand hangend keek Perrin in de diepte, langs de schaduwen en randen en grotten, in de diepe duisternis...Er bewoog iets. Perrin keek ingespannen. Zijn voet gleed uit en hij viel bijna in zee.

Terug in de vuurtoren probeerde hij drie mistroostige uren lang de zender te maken. Uiteindelijk raakte hij overtuigd dat een of ander vitaal onderdeel het begeven had.

Hij maakte een lunchpakket open, trok een stoel naar het raam en keek naar de oceaan. Pas over elf weken kwam zijn aflossing. Samen met Seguilo was de Iselklip al eenzaam genoeg geweest.

Magda zakte in het water. Een zwavelgele bewolking zweefde naar de zon toe. De zonsondergang kleurde de hemel enkele ogenblikken dramatisch; een jadekleurige vlek met violette strepen. Perrin zette de rode en witte lichtbundel in beweging voor zijn nachtelijke patrouille en posteerde zich vervolgens weer bij het raam.

De vloed kwam op, het water stuwde zich met een zwaar geluid over het plat. In het westen zweefde een maan naar boven. Ista, Bista, Liad, Miad of Poidel? Een inheemse bewoner van de planeet zou het met een oogopslag weten. Daar kwamen ze omhoog, de een na de ander, vijf ballen zo blauw als oud ijs.

"Het is niet verstandig om iets te geloven..." Wat had Seguilo daarmee bedoeld? Perrin probeerde zich zijn bewoordingen precies voor de geest te brengen. Seguilo had gezegd: "Het gebeurt niet vaak, eigenlijk maar heel zelden, dat de vijf manen in een tros verschijnen — maar als het gebeurt, dan is de vloed hoog." Aarzelend had hij naar het plat gekeken. "Wanneer de vijf manen tegelijk opkomen," had Seguilo gezegd, "dan is het niet verstandig om iets te geloven."

Perrin had hem aangekeken met een verbaasd gefronst voorhoofd. Seguilo was een oude rot die alle fabels en volkswijsheden kende en deze af en toe te berde bracht. Perrin had eigenlijk nooit hoogte kunnen krijgen van Seguilo. De man had die voor de vuurtorenwachter onmisbare eigenschap — eenzelvigheid. De zendontvanger was zijn hobby geweest; onder Perrins onkundige handen had het apparaat zichzelf vernietigd. Wat de vuurtoren moest hebben, vond Perrin, was een van die nieuwe zendontvangers met ingebouwde energiecel, een simpele bediening en het nieuwe organische scherm, dat zacht en elastisch was, als een groot oog... Plotseling werd de halve hemel afgedekt door een hevige regenbui. De vijf manen stormden op de wolkenbank af. De vloed bruiste hoog over het plat, tot aan een grijze massa die daar lag. Perrin keek er belangstellend naar. Wat kon dat zijn?... Het had ongeveer de afmetingen van een zendontvanger, en ongeveer die vorm. Natuurlijk kon het geen zendontvanger zijn, maar wat zou het geweldig zijn als het er wel een was... Perrin tuurde er scherp naar. Dat daar, dat was toch het melkkleurige scherm van een zendontvanger, en die zwarte stippen moesten de knoppen zijn. Hij sprong overeind, holde de trappen af, de deur uit en de rots op... Dit was waanzin. Waarom zou er precies nu een zendontvanger opduiken, alsof zijn wens verhoord werd? Hij kon natuurlijk afkomstig zijn uit een overboord gespoelde lading...

En inderdaad, het instrument was vastgemaakt aan een vlot van manascostammen en het geheel was blijkbaar met de vloed op het plat aangespoeld.

Perrin, die niet kon geloven dat hij zo bofte, ging op zijn knieën naast de grijze kast zitten. Het ding was gloednieuw en de hoofdschakelaar was nog verzegeld.

Het toestel was te zwaar om te dragen. Perrin scheurde het rode zegel af en schakelde de stroom in. Dit apparaat begreep hij tenminste. Het scherm werd helder.

Perrin draaide de golflengte van het bureau. Hij kreeg een kantoor in beeld en de man die hem aankeek was niet de jonge dienstklopper van de vorige keer, maar hoofdopzichter Raymond Flint in eigen persoon. Het kon niet beter.

"Hoofdopzichter," riep Perrin uit, "hier de vuurtoren van de Iselklip. Met Harold Perrin."

"O ja," zei de opzichter. "Hoe gaat het, Perrin? Wat is er loos?"

"Mijn partner, Andy Seguilo, die is verdwenen — in het niets opgegaan. Ik zit hier helemaal alleen."

Hoofdopzichter Flint keek geschrokken. "Verdwenen? Wat is er dan gebeurd? Is hij in zee gevallen?"

"Ik weet het niet. Hij is gewoon weg. Het is gisteravond gebeurd —"

"Je had meteen moeten opbellen," zei Flint verwijtend. "Dan had ik een reddingskopter uitgestuurd om hem te zoeken."

"Heb ik ook geprobeerd," legde Perrin uit, "maar de gewone zender liet me in de steek. Die gaf de geest. Ik dacht dat ik hier nooit meer weg kon."

Flint fronste nieuwsgierig. "Wat voor zender gebruik je nu dan?"

"Een fonkelnieuwe zendontvanger," hakkelde Perrin. "Zomaar uit zee aan komen drijven. Misschien is hij overboord gevallen van een van de vrachtschuiten."

Flint knikte. "Die schippers zijn zo onverschillig — net of ze niet begrijpen hoe duur goeie spullen zijn. Nou ja, hou je taai. Ik stuur morgenochtend een vliegtuig met je aflossing. En jij wordt overgeplaatst naar de Bloemenkust. Wat zeg je me daarvan?"

"Ik vind het prachtig, meneer," zei Perrin. "Heel prachtig. Ik kan me niets plezierigers voorstellen... De Iselklip begint me op m'n zenuwen te werken."

"Wanneer de vijf manen opkomen, is het niet verstandig om iets te geloven," zei hoofdopzichter Flint met een grafstem.

Het scherm schakelde zich uit.

Perrin stak zijn hand uit en drukte langzaam de knop in. Er viel een druppel regen op zijn gezicht. Hij keek op. De regenbui had hem bijna bereikt. Hij trok aan de zender, wel wetende dat deze te zwaar was. In de opslagkamer had hij een zeil waaronder hij het toestel droog kon houden tot de volgende morgen. De aflossing kon hem helpen het naar binnen te slepen.

Hij holde terug naar de toren, haalde het dekzeil en haastte zich naar buiten. Waar lag de zender ook weer...? Ah, daar was-ie. De regen roffelde op hem neer toen hij naar de zender rende, het zeil erover legde en vastbond en weer naar de vuurtoren draafde. Hij vergrendelde de deur en maakte fluitend een pak avondeten open.

De regen geselde de vuurtoren. De bundels rood en wit licht maaiden star door de hemel. Perrin kroop in zijn bed, waar het warm was en hij werd slaperig... Seguilo's verdwijning was iets verschrikkelijks. Hij zou er een geestelijk litteken aan overhouden. Maar het was afgelopen en voorbij. Hij moest het van zich afzetten en naar de toekomst kijken. De Bloemenkust...

's Ochtends was de hemel schoongewassen. De Maurnilam Var lag glad als glas zo ver het oog reikte. De Iselklip lag bloot onder het zonlicht. Uit het raam kijkend zag Perrin een morsige hoop op de rots — het zeil en de touwen. De zendontvanger en het vlot waren spoorloos verdwenen.

Perrin ging op de drempel van de buitendeur zitten. De zon klom door de hemel. Tien keer sprong hij overeind toen hij het geluid van motoren dacht te horen. Maar er kwam geen vliegtuig.

De zon passeerde het zenit. Een kilometer van de klip dreef een schuit langs. Perrin rende het plat op en ging daar met zijn armen zwaaiend staan schreeuwen.

De slungelige rode matrozen die languit op de lading lagen te luieren, verroerden geen vin. De schuit verdween in het oosten.

Perrin sjokte terug naar de drempel. Hij ging lusteloos zitten. Hij huiverde. Er kwam geen vliegtuig om hem af te lossen. Op de Iselklip zou hij blijven, dag in, dag uit, elf weken lang.

Moedeloos slofte hij de trap op naar de eetkamer. Aan eten had hij geen gebrek, verhongeren zou hij niet. Maar kon hij de eenzaamheid verdragen? De onzekerheid? Seguilo die verdween en weer verscheen, en weer verdween... De schimmige zendontvanger... Wie zat er achter deze wrede grappen? De vijf manen die tegelijk opkwamen — had het iets met elkaar te maken?

Hij pakte een almanak en liep ermee naar de tafel. Bovenaan iedere bladzijde gaf een zwarte strook met vijf witte cirkels de stand van de manen aan. Een week geleden stonden ze op willekeurige plaatsen. Vier dagen geleden stonden de langzaamste, Liad, en de snelste, Poidel, dertig graden van elkaar met Ista, Bista en Miad ertussenin. Twee nachten geleden stonden ze vlak bij elkaar en de vorige nacht raakten ze elkaar bijna. Vannacht zou Poidel net iets voor Ista komen, en morgenavond zou Liad achterblijven bij Bista... Maar waar lag het verband tussen de vijf manen en Seguilo's verdwijning?

Somber werkte Perrin zijn eten naar binnen. Magda verdween zonder praalvertoning in de Maurnilam Var en een doffe schemer daalde neer over de Iselklip terwijl het water zuchtend over het plat stroomde en wegzakte.

Perrin deed het licht aan en zette de grendel op de deur. Hij zou niet meer hopen, niets meer wensen — niets geloven. Over elf weken bracht de boot die met zijn aflossing kwam hem naar Ruimtestad en ondertussen moest hij er maar het beste van maken.

Door het raam zag hij het blauwe schijnsel in het oosten. Hij zag Poidel, Ista, Bista, Liad en Miad rijzen. De vloed volgde de manen. De oceaan was nog glad en elke maan legde een eigen baan van weerspiegeling over het water.

Perrin keek naar de hemel en rond de horizon. Het was een prachtige, eenzame nacht. Toen Seguilo er nog was had hij zich soms wel eenzaam gevoeld, maar nooit zo geïsoleerd als nu. Elf weken eenzaamheid... Als hij een metgezel uit mocht kiezen... Zijn gedachten dwaalden af.

In het maanlicht kwam een slanke gestalte aangelopen. Ze droeg een lichtbruine broek en een wit overhemd met korte mouwen.

Perrin staarde als aan de grond genageld. De gestalte liep naar de deur en klopte aan. Hij hoorde het geluid gedempt in het trappenhuis. "Hallo, is er iemand thuis?" Het was een klare meisjesstem.

Perrin zwaaide het raam open en schreeuwde hees: "Ga weg!"

Ze ging achteruit en keek omhoog en het licht van de maan viel recht op haar gezicht. Perrins stem stokte in zijn keel. Zijn hart bonsde wild.

"Weggaan?" vroeg ze zacht, verbaasd. "Ik kan nergens heen."

"Wie ben jij?" vroeg hij. Hij vond dat zijn stem vreemd klonk — vertwijfeld, hoopvol. Ze was immers mogelijk — zij het bijna onmogelijk knap... Ze had uit Ruimtestad kunnen komen vliegen. "Hoe ben je hier gekomen?"

Ze maakte een gebaar naar de oceaan. "Mijn vliegtuig is vijf kilometer van hier neergestort. Ik ben met het reddingsvlot gekomen."

Perrin keek naar de waterkant. Hij kon nog net de omtrekken van een vlot zien.

Het meisje riep naar boven: "Laat je me binnen?"

Perrin stommelde de trap af. Bij de deur bleef hij staan met een hand op de grendel en het bloed suisde in zijn oren.

Een ongeduldig kloppen op de deur trilde door zijn hand. "Ik bevries hier."

Perrin trok de deur open. Ze keek hem aan met een flauw glimlachje. "Je bent een heel behoedzame vuurtorenwachter — of misschien heb je een hekel aan vrouwen?"

Perrin keek haar speurend aan, haar gezicht, haar ogen, haar mond. "Ben jij...echt?"

Ze lachte, helemaal niet beledigd. "Natuurlijk ben ik echt." Ze hield hem haar hand voor. "Raak me maar aan." Perrin staarde haar aan — de geur van nachtbloemen, zachte zijde, warm bloed, lieftalligheid, verrukkelijk vuur. "Raak me maar aan," herhaalde zij zacht.

Perrin ging onzeker achteruit en zij kwam een stap naar voren, de toren in. "Kun je de kust oproepen?"

"Nee...mijn zender is defect."

Ze keek hem vlug even aan. "En wanneer komt de boot om je af te lossen?"

"Over elf weken."

"Elf weken! Alleen met jou!" Ze zuchtte zacht.

Perrin ging nog een halve stap achteruit. "Hoe wist je dat ik alleen was?"

Ze leek in de war. "Ik weet het niet…Wonen vuurtorenwachters niet altijd alleen?"

"Nee."

Ze kwam een stap naar hem toe. "Je lijkt niet blij om mij te zien. Ben je een…een kluizenaar?"

"Nee," zei Perrin schor. "Allesbehalve…Maar ik weet niet goed wat ik van jou denken moet. Je bent een wonder. Te mooi om waar te zijn. Ik zat nu net te verlangen naar iemand…precies zo iemand als jij. Precies."

"En hier ben ik dan."

Perrin bewoog onbehaaglijk met zijn schouders. "Hoe heet je?"

Hij wist al wat ze zou zeggen voordat ze haar mond opende. "Sue."

"En verder?" Hij probeerde nergens aan te denken.

"O…gewoon Sue. Is dat niet genoeg?"

Perrin voelde zijn gezichtshuid strak worden. "Waar woon je?"

Ze keek vaag over haar schouder. Perrin hield zijn geest blanco, maar het woord kwam toch door.

"De hel."

Perrin ademde scherp in.

"En hoe is het daar?"

"O…koud en donker."

Perrin week achteruit. "Ga weg. Ga weg." Plotseling zag hij heel slecht, haar gezicht smolt alsof zijn ogen hevig traanden.

"Waar moet ik naartoe?"

"Terug naar waar je vandaan kwam."

"Maar —" zei ze verloren "— er is alleen maar de Maurnilam Var daarbuiten. En hierboven —" Abrupt zwijgend stapte ze vlak voor hem en keek hem onderzoekend aan. "Ben je bang voor me?"

Perrin nam met grote inspanning zijn ogen van haar af. "Je bent niet echt. Jij bent iets dat de vorm van mijn gedachten aanneemt. Misschien heb jij Seguilo wel vermoord…Ik weet niet wat jij bent. Maar echt ben je zéker niet."

"Nee? Natuurlijk ben ik echt. Raak me aan. Voel mijn arm." Perrin deinsde weg. Hartstochtelijk zei zij: "Kijk, een mes. Als je dat wilt, snij

— 199 —

mij dan; dan zul je bloed zien. En als je nog dieper snijdt...dan stuit je op bot."

"Wat zou er gebeuren," zei Perrin, "als ik het mes in je hart stak?"

Ze zei niets, maar staarde hem aan met haar grote ogen.

"Waarom kom je hier?" riep Perrin. Ze sloeg de ogen neer, keek om naar het water.

"Het is toverij...duisternis..." mompelde ze verward, maar Perrin realiseerde zich dat het de woorden waren die door zijn hoofd spookten. Had zij het hele gesprek lang alleen nagebauwd wat hij had gedacht? "Dan komt er een kracht die mij langzaam aantrekt," zei zij. "Ik zweef, ik snak naar de lucht, de manen brengen mij omhoog...ik doe alles om mijn plaats in de lucht te houden..."

"Spreek met je eigen woorden," zei Perrin ruw. "Ik weet dat je niet echt bent — maar waar is Seguilo?"

"Seguilo?" Ze bracht een hand achter haar hoofd, raakte haar haren aan en glimlachte Perrin dromerig toe. Echt of niet, Perrins bloed bonsde in zijn slapen. Echt of niet...

"Ik ben geen droom," zei ze. "Ik ben echt..." Ze naderde hem langzaam weer, hoorde zijn gedachten, haar gezicht was ondeugend en zij was gereed.

Met een wurgende stem zei Perrin: "Nee, nee. Ga weg. Ga *weg!*"

Ze bleef meteen staan en keek hem aan met plotseling onleesbaar geworden ogen. "Uitstekend. Ik ga nu weg —"

"Nu! En voor altijd!"

"— maar misschien roep je me nog terug..."

Ze liep langzaam de deur uit. Perrin holde naar het raam en zag de tengere gestalte oplossen in het maanlicht. Ze liep naar de rand van het plat en daar wachtte ze. Perrin kreeg een ondraaglijke steek van spijt. Wat had hij zo ferm van zich weggestoten? Echt of niet, zij was wat hij wilde; ze was identiek met de verlangde realiteit...Hij boog zich naar voren om te roepen: "Kom terug...wat je ook bent..." Maar hij bedwong zich. Toen hij weer keek, was ze verdwenen. Waarom? peinsde hij. Hij keek naar de zee onder het maanlicht. Hij had gewild dat ze terugkwam, maar had niet meer in haar geloofd. Hij had wel geloofd in de gedaante die hij Seguilo noemde, en in de zender — en beide hadden slaafs aan zijn verwachtingen voldaan. Net als het meisje, en haar had hij weggestuurd ... En terecht, zei hij spijtig bij zichzelf. Wie weet waarin ze had kunnen veranderen als hij haar de rug toekeerde ...

Toen het eindelijk licht werd, bleek het opnieuw zwaar bewolkt te zijn. De blauwgroene zon Magda glansde dof en benauwd als een beschimmelde sinaasappel. Over het water lag een olieachtig schijnsel ... In het westen bewoog iets — de boot van een Panapa-opperhoofd die als een waterspin over de horizon wandelde. Perrin rende ijlings naar de lamp bovenin de toren, richtte de bundel op de boot en gaf een stotterende serie lichtflitsen.

De boot voer door. De gelede roeiriemen zwaaiden ritmisch door het water. Een mistflard dreef over de oceaan en de boot werd een trekkende donkere vorm die verdween.

Perrin ging naar de oude zender van Seguilo. Hij zat er een poosje naar te kijken. Toen sprong hij op, trok het mechanisme uit de kast en demonteerde het.

Hij vond geblakerd metaal, tot druppels gesmolten draden, gebarsten keramiek. Hij duwde de warboel in een hoek, stond op en liep naar het raam.

De zon stond in het zenit, het water had de kleur van groene druiven. De zee golfde loom, grote amorfe kammen die zonder kennelijke richting oprezen en neervielen. Het was eb; het plat stak ver boven de oceaan uit als een onwezenlijke, naakte zwarte rots. De zee tastte omhoog, en lager, omhoog en weer laag en zoog luidruchtig aan slierten zeewier.

Perrin kloste de trap af naar de badkamer. Daar keek hij in de spiegel. Bleek, met grote ogen, holle wangen en vreugdeloos keek zijn spiegelbeeld terug. Hij liep verder naar beneden en stapte ten slotte het zonlicht in.

Behoedzaam liep hij naar het plat en keek gefascineerd over de rand. De bewegende golven misvormden het uitzicht onder water en hij zag weinig meer dan schaduwen en verschuivende vingers van licht.

Stap voor stap dwaalde hij verder over de rots. De zon daalde naar het westen. Perrin trok zich terug naar hoger terrein.

Bij de toren gekomen installeerde hij zich op de drempel. Vannacht ging de deur weer op de grendel en dat bleef hij. Geen enkele verlokking kreeg hem zover dat hij nog opendeed; de meest betoverende visioenen zouden vergeefs smeken. Hij moest weer aan Seguilo denken. Wat had

Seguilo geloofd, welk wezen had hij verzonnen met zijn naargeestige fantasie dat de macht en de boosaardige wens had om hem weg te slepen? ... Seguilo en hij schenen het slachtoffer van hun eigen ideeën te zijn. De Iselklip was geen plek voor een verbeeldingsrijk man wanneer de vijf manen samen opkwamen.

Vannacht zou hij de deur stevig vergrendelen, hij ging naar bed en slapen, veilig achter de dubbele barrière van metaal en zijn bewusteloze toestand.

De zon ging onder in een logge wolkenbank. Het noorden, oosten en zuiden bloosden violet; het westen gloeide licht- en donkergroen dat spoedig overging in tinten bruin. Perrin ging naar binnen, sloot de deur af en zette de twee lichtbundels in beweging zodat ze over de horizon cirkelden.

Hij opende een pak avondeten en at het lusteloos op. Buiten was het nu donker en de nacht was leeg tot aan de einder. Naarmate het tij steeg, siste en kreunde het water over het plat.

Perrin lag in zijn bed, maar kon de slaap niet vatten. Het raam liet een elektrisch schijnsel door en toen stegen de vijf manen de hemel in achter de hoge bewolking alsof ze in blauw gaas waren verpakt.

Perrin lag rusteloos te woelen. Hij had niets te vrezen, in de vuurtoren was hij veilig. Mensenhanden konden de deur niet forceren. Daar was de kracht van een mastodont voor nodig, de klauwen van een rotskoundril, de vechtlust van een Maldeense landhaai...

Hij drukte zich op zijn elleboog omhoog... Hoorde hij buiten niet iets? Met zijn hart in zijn keel loerde hij door het raam. Hij zag een lange, onduidelijke gedaante. Terwijl hij keek sloop de gedaante naar de vuurtoren — zoals hij geweten had.

"Nee, nee," jammerde Perrin zacht. Hij wierp zich in zijn bed en verstopte zijn hoofd onder de dekens. "Het is alleen maar wat ik zelf fantaseer, het is niet echt... Ga weg," fluisterde hij fel. "Ga weg." Het ondier moest nu vlak bij de deur zijn. Het zou een grote arm opheffen, de klauwen zouden glimmen in het licht van de manen.

"Nee, nee," riep Perrin. "Er is daar niets..." Hij spitste zijn oren.

Geratel, er schuurde iets over de deur. Een doffe bons toen een log gewicht de deur beproefde.

"Ga weg!" schreeuwde Perrin. "Je bent niet echt!"

De deur kreunde, de grendel kraakte.

Perrin stond bovenaan de trap te hijgen. Nog een ogenblik en de deur knalde open. Hij wist al wat hij dan zou zien: een zwarte gedaante, helemaal rond en hoog met ogen als koetslantaarns. Hij wist zelfs wat het laatste zou zijn dat zijn oren zouden horen — een afschuwelijk, malend, knarsend geluid…

De bovenste grendel brak doormidden en de deur boog zichtbaar door. Een grote zwarte arm reikte naar binnen. Perrin zag de klauwen glimmen toen de vingers naar de tweede grendel tastten.

Hij keek snel om zich heen of er iets was dat hij als wapen kon gebruiken… Hij zag alleen een moersleutel en een tafelmes.

Ook de onderste grendel scheurde en de deur kwam in beweging. Perrin staarde er als verlamd naar. Zijn hersens werkten niet meer. Toen steeg er een gedachte op uit een vergeten hoekje van zijn geest. En dat, wist Perrin, betekende zijn enige kans.

Hij rende zijn kamer weer in. Beneden werd de deur opengesmakt en hij hoorde zware voetstappen. Hij keek zoekend om zich heen. Zijn schoen.

Bons! Het wezen kwam de trap op en de hele toren trilde. Perrins fantasie greep het afschuwelijke aan en bedacht wat hij nu zou horen. En zo klonk er een stem — ruw en hol, maar het leek op een andere stem die lieflijk was geweest. "Ik zei toch dat ik terug zou komen."

Bons — bons — de trap op. Perrin pakte de schoen bij de neus vast, hield hem van zich af, zwaaide hem omhoog en liet hem hard neerkomen op zijn slaap.

Perrin kwam bij. Hij strompelde naar de muur, bleef ertegen hangen om niet te vallen. Na een poosje vond hij op de tast zijn kooi en ging erop zitten.

Buiten was het nog steeds donker. Kreunend keek hij door het raam naar de lucht. De vijf manen stonden laag in het westen. Poidel lag al een stuk voor terwijl Liad achter was geraakt.

Morgenavond zouden de manen los van elkaar opkomen.

Morgenavond was er geen vloed die jammerend aan het plat likte.

Morgenavond zouden de manen geen hunkerende gedaanten uit het stromende donker oproepen.

Nog elf weken voordat de aflossing kwam. Voorzichtig voelde Perrin aan zijn slaap... Het was een flinke buil.

KOM NAAR MISS HEELAL

I

HARDEMAN CLYDELL KEERDE zich naar zijn vlotte jonge assistent Tony LeGrand. "Dat idee van je heeft wel een mal soort bekoring," zei hij. "Maar — kan het iets toevoegen aan wat we al hebben?"

"Dat is een goeie vraag," zei LeGrand. Hij keek uit over wat ze al hadden: de Tri-Centenniale Expo van Californië, een twee kilometer brede betonschijf, bezaaid met witte torens, roestrode terrassen, smaragdgroene tuinen en saffierblauwe waterpartijen, doorsneden door vier weidse esplanades: noord, oost, zuid, west — 3,14116 vierkante kilometers vol pracht en kostelijkheden middenin de Mojave-woestijn.

Een vijftienhonderd meter hoge mast rees op uit het Conclaaf van het Heelal en torste een gigantische parasol van magnesium tegen de brandende felheid van de woestijnzon. Een platform halverwege de mast herbergde de burelen van de administratie en de uitkijk-veranda waar Hardeman Clydell, de Algemeen Expodirecteur, en Tony LeGrand momenteel stonden.

"Ik geloof," zei LeGrand terwijl hij fronsend de sigaar bekeek die Clydell hem had gegeven, "dat alles voor verbetering vatbaar is, inclusief de Tri-Centenniale Expo van Californië."

Hardeman Clydell gunde hem een toegeeflijk lachje. "Aangenomen dat al die schone vrouwen bestaan —"

"Daar ben ik zeker van."

"— hoe dacht je ze dan hierheen te lokken over al die ruimte, al die lichtjaren heen?"

LeGrand, gewiekst, vlot en lang niet onknap, beschouwde zichzelf als een autoriteit inzake vrouwenpsychologie. "Allereerst zijn alle mooie vrouwen ijdel."

"Net als de rest ervan."

LeGrand knikte. "Precies. Dus bieden we ze gratis passage aan op een eersteklas pakketschip en een riante prijs voor de winnares. Met het vergaren van deelneemsters zullen we geen moeite hebben."

Clydell deed een ferme trek aan zijn sigaar. Hij had een fikse lunch verorberd; bouw, installatie en inrichting van de Expo verliepen volgens schema; dus was hij wel in de stemming voor een onbevangen gesprek.

"Slim bedacht," zei Clydell. "Maar —" Hij haalde zijn schouders op. "Buiten louter het bestaan van mooie vrouwen dient men nog wel meer onder ogen te zien."

"O ja, honderd procent mee eens."

"Veel van die buitenwereldlui reizen helemaal niet zo graag. Het juiste woord is 'geborneerd', meen ik. En wat moeten we als prijs uitloven? Dat is pas een vraagstuk!"

LeGrand knikte bedachtzaam. "Het moet om iets spectaculairs gaan." Doorgaans wist hij wel zachtjes te wrikken aan de grond onder Clydells voeten, dusdanig manœuvrerend dat Clydells bezwaren *contra* verkeerden in argumenten *pro*.

"Met spektakel ben je er nog niet," zei Clydell. "We moeten ook nog praktisch blijven. Stel we loven een zeiljacht uit. Een meisje van Deserta Delicta wint het. Die heeft nog nooit iets groters gezien dan een plasje. Wat moet ze met een zeiljacht?"

"Daar moeten we rekening mee houden."

Clydell ging verder. "Neem een meisje op Conexxa. Geef haar edelstenen en ze lacht je uit. Die heeft met diamanten zo groot als je vuist naar straathonden gegooid."

"Maar bijvoorbeeld een Rolls Royce Aëronaut —"

"Ook zoiets. Veidranu berijden vlinders. Denk je eens zo'n Veidranu meisje in dat in haar Aëronaut dwars door al die ranken en bloemen vliegt!"

LeGrand deed een summier trekje aan de sigaar. "Tja, een hele uitdaging, Hardeman…Wat voor prijs zou jij voorstellen?"

"Iets onbepaalds," zei Clydell. "Geef ze wat ze zelf willen. Laat de winnares het maar zeggen."

"Maar stel dat ze dan Los Angeles zei?" zei LeGrand met een olijk lachje.

"Alles binnen redelijke grenzen. Stel een taxatiegrens tot honderd-duizend dollar."

"Tjonge, Hardeman, daar zeg je zoiets, zou ik zeggen!" Tony legde zijn sigaar neer. "Vanzelf zijn er nog problemen..."

Dit was de cruciale zet. Hardeman Clydells lievelingsgezegde was: "Voor elk probleem bestaat een oplossing." Door de term 'probleem' te laten vallen drukte je op een van Clydells betrouwbaarste knoppen.

"Hmmf. Niets dat niet valt op te lossen," zei Clydell. "Voor elk pro-bleem bestaat een oplossing."

Tony's plan naderde nu fase twee; als samenstel was het zo verba-zingwekkend en buitenissig dat hij het niet ineens in zijn geheel durfde opdienen.

"We zouden vanzelf met een flinke beperking zitten," zei hij. "Er zijn maar zo'n vijf, zes werelden met mensachtige wezens. En som-mige daarvan zijn C of D — eigenlijk totaal niet menselijk. En met iets onbenulligs kunnen we niet aankomen." Hij liet zijn vuist in zijn hand kletsen. "Ik heb het! Moet je nu eens horen, Hardeman, dit is een klapper!"

"Ik luister," zei Hardeman afwachtend.

"Laten we die wedstrijd wijd open gooien! Als er eentje mag, dan allemaal! Laat elke planeet zijn mooiste vrouwspersoon sturen!"

Clydell keek hem wezenloos aan. "Hoe bedoel je, 'elke planeet'? Elke planeet van het zonnestelsel?"

"Nee!" riep LeGrand vol geestdrift. "Elke planeet met een intelli-gente beschaving. Laat het hele melkwegstelsel meedoen! Galactisch!"

De vermakelijke gril van zijn secondant deed Clydell glimlachen. "Toe maar. Dan krijgen we een Almaakese en een Janseniër, een stuk of wat Pentacynthai, wellicht een Jandrille van Blauwster als we die krijgen kunnen. Zo gruwelijk dat hun eigen echtgenoten ze niet eens durven aan te kijken. En die zetten we dan in tegen, laten we zeg-gen, Althea Daybro of Mercedes O'Donnell." Clydell spuwde over de reling en schraapte rochelend zijn keel. "Een gruwzaam schouwspel, geef ik toe — maar wat heeft dat met een schoonheidswedstrijd van doen?"

LeGrand knikte peinzend. "Dat is een probleem waar we op moeten studeren. Een probleem dat..."

Clydell schudde zijn hoofd. "Die laatste invalshoek ben ik nog niet voor gewonnen. Het mist beschaving."

"Je hebt gelijk," zei Tony LeGrand. "Het mag geen klucht worden. Want dit is niet zomaar een schoonheidswedstrijd — het is veel meer. Een proeve van interwereldlijke betrekkingen. Stel nu eens dat we voor de jury wat zeer vooraanstaande lieden nemen — jijzelf, bijvoorbeeld — de Secretaris-Generaal — Mathias Bradisnek — Herve Christom. Daarnaast wat juryleden van andere werelden. De Primus van Ursa Major. De Veidranu Procureur — hoe heet hij ook weer? En de Grootmaarschalk van Baten Kaitos..."

Clydell liet zijn sigaar dampen. "Met een dergelijke organisatie zou het jureren wel onpartijdig worden... Maar hoe van zijn leven moet ik nu een leuk aards meisje vergelijken met een Sadal-Suudse Isobrod? Of met een van die Pleiadische draakvrouwen? Daar zit hem de kneep."

"Wel een struikelblok, ja... Een heel probleem. Een heel probleem."

"Tja," zei Clydell. "Voor elk probleem bestaat een oplossing. Dat is mijn axioma."

Bedachtzaam zei Tony: "Stel nu eens dat we elke kandidate beoordeelden naar haar eigen maatstaven? Daarmee wordt de wedstrijd volmaakt eerlijk."

Clydell dampte heftig aan zijn sigaar. "Zou kunnen, zou kunnen."

"We doen wat onderzoek, noteren het ideaal van elke soort. Een lijst van streefgetallen. Degene die de ideale streefwaarden het dichtst benadert wint. Miss Heelal!"

Hardeman Clydell schraapte zijn keel. "Allemaal goed en wel, Tony... Maar je ziet een belangrijk aspect over het hoofd. Het financiële."

"Jammer, hoor," zei Tony.

"Wat is er zo jammer?"

"Dat jij en ik in deze positie zitten. Ethisch gezien aan handen en voeten gebonden."

Clydell keek hem aan met een verbaasde frons, deed zijn mond al open om wat te zeggen, maar Tony ging vlug verder.

"Uitgesloten dat wij dit grandioze spektakel ooit met goed fatsoen zelf kunnen opzetten."

Clydell keek belangstellend op. "Je denkt dat er wat mee te verdienen valt?"

Tony LeGrand lachte wrang. "Hoeveel hebben er nu helemaal zelfs maar een Martiaanse Arenasauriër gezien? Laat staan een Pentacyntha of een Sagittarische Helmkop? En dan hebben wij hier de schoonheidskoninginnen van het ganse heelal bij elkaar!"

"Da's waar," zei Clydell. "Maar al te waar."

"Het wordt het grootste onderdeel van de hele Expo."

Clydell wierp zijn sigarenpeuk in de diepte. "Er valt over te denken."

Wat Tony LeGrand herkende als een vorm van goedkeuring onder voorbehoud.

II

Om redenen die hij zelf het beste kende, was Hardeman Clydell nimmer getrouwd. In zijn huidige levensstadium was hij gezet, glad en roze van gezicht, en voorzien van fijn wit haar met snelle bakkebaardjes. Van huis uit puissant rijk vervulde hij de functie van Algemeen Directeur voor het honorarium van één dollar per jaar. Hij was een vurig sportbeoefenaar; eigenaar van een ruimteboot; liefhebber van kokkerellen, waarbij hij etentjes aanbood met fijne spijzen van verre werelden. Zijn sigaren werden op bestelling handgerold uit de speciale zwarte tabak die men kweekte op de Andamanen, vervolgens rookte boven inheemse kampvuren, verduurzaamde in arak en dan liet rijpen tussen eikenblad. Tony LeGrand had hij ontmoet op het strand van Tannu Tuva, waar hij hem een sigaar had geoffreerd. Toen Tony verklaarde dat dit de beste was die hij ooit had gerookt, wist Clydell een man voor zich te hebben op wiens oordeel hij blindelings kon vertrouwen. Hij nam Tony in dienst als privé-assistent en duvelstoejager.

Tony had zijn waarde meer dan bewezen. Clydell merkte dat sommige van zijn vernuftigste ideeën opkwamen tijdens gesprekken met Tony...Die Galactische Schoonheidswedstrijd, bijvoorbeeld. Uit de kiem van een ideetje — wie had er eigenlijk het eerst over gerept, hijzelf of Tony? — had Clydell nu een concept bereid dat nog voor vele komende jaren gespreksstof zou opleveren!

Nu hij de grote trekken had geschetst liet Clydell het moeras der beuzeldetails verder aan Tony over. Als Tony op iets stuitte dat hij niet aankon, wendde hij zich tot Clydell om raad. Al met al leek hij er zich ferm doorheen te slaan.

Na het doornemen van de uitgebreide lijst van werelden waarvan bekend was dat ze werden bewoond door intelligente of pseudo-intelligente soorten, wist Tony ze onder advies van Clydell uit te wieden tot een laatste drieëndertig. De criteria die ze lieten gelden waren:

1. Kent de soort een sociale ordening?
   (Soorten zonder sociale structuur leefden in staat van heftige wedijver of anarchie en konden wellicht de theorie van het wedstrijdidee niet bevatten, zodat ze zich ontpopten als minder geneigd tot samenwerking en misschien lastig werden als ze er niet in slaagden om te winnen.)

2. Kunnen we voldoende communiceren? Zijn er tolken voorhanden?
   (De stammen van Merak hanteerden helderziendheid om de inwendige zweephaartjes te lezen van een ander individu. De Gongs van Fomalhaut brachten informatie over door middel van geurcomplexen, via in speeksel gedrenkte haarknoedels. De Carboïde luchtzwemmers van 9621 Cephei onderhielden contact met een systeem dat voor geen enkele uitleg vatbaar was. Geen van deze soorten kwam in aanmerking.)

3. Valt het milieu van de soort op aarde makkelijk na te bootsen?
   (De griezelig mooie Pavos d'Oro leefden bij een temperatuur van 2.000 Kelvin. De molecuulcomplexen van de Sabik Beta's ontploften bij een druk lager dan 30.000 atmosfeer. De levensvatbaarheid van Chastaanse Grauwen werd bepaald door hun bloedsomloop van vloeibaar-gasvormig helium, een toestand die zich slechts bij of nabij 0 Kelvin liet handhaven.)

4. Behelst de soort een element dat zich redelijkerwijs als vrouwelijk laat aanduiden?
   (De voortplantingsstijlen van de levensvormen in het heelal kenden vele uitersten van variatie. De Reuze-anneliden van Mauvaise

vielen uiteen in wel tweehonderd segmenten, die elk tot een volwassen
organisme konden uitgroeien. Onder de Gruis Gamma's namen niet
twee maar vijf geslachtsvormen deel aan de voortplantingsdaad. De
mensachtige Churo van Gondwana waren monosexueel.)

5. Is de soort berucht wegens opvliegendheid, valsheid of vechtlust? Zijn ze in staat alle gewoonten of driften te beheersen
die weleens aanstootgevend of gevaarlijk konden zijn voor de
Expo-bezoekers?

Toen de vijf criteria waren toegepast op alle levensvormen van de
werelden van het melkwegstelsel, bleven er dus drieëndertig over waarvan er acht behoorden tot de mensachtigen, van klasse A tot D. (Klasse
A omvatte echte mensen en nabije varianten; alles wat minder mensachtig was dan Klasse D was niet langer echt menselijk.)

Hardeman Clydell controleerde vlug even wat Tony's onderzoek
had opgeleverd, hier de vinger leggend op een leemte, daar op een
rekenfout wijzend; een stuk of twee soorten werden toegevoegd,
enkele andere werden ongeschikt bevonden wegens deze of gene aangelegenheid. Tony betwistte Clydells beslissingen.

"Die Soteraniërs — dat zijn prachtige wezens! Ik heb er plaatjes van
gezien! Enorme ijle vleugelvliezen!"

"Hun verzorging wordt te netelig," zei Clydell. "Ze ademen fluor...
Idem die porseleinen insecten die in het luchtledige leven."

Tony haalde zijn schouders op. "Goed dan. Maar hier —" hij wees
op een van Clydells toevoegingen "— Tinq. Zegt me niets. Eerlijk
gezegd heb ik daar nog nooit van gehoord."

Clydell knikte bedaard. "Belangwekkende soort. Las ik ooit een
artikel over. Star gelaagde ordening; de mannelijke exemplaren doen
het werk en de vrouwelijke blijven thuis om zich op te dirken. Moet
toch een prima aanvulling zijn."

"Hoe zien ze eruit?"

Clydell sneed het puntje van een van zijn sigaren. Tony probeerde
te doen of hij ergens druk mee bezig was, maar Clydell stak zijn siga-
renkoker al uit. "Hier, Tony, steek eens op. Jij weet ze te waarderen; aan
een ander zijn ze niet besteed."

"Dank je wel, Hardeman. Maar nog even die Tinqerds —"

"Eerlijk gezegd weet ik er niet meer zoveel van. Ze wonen in enorme steden, men zegt dat ze onberispelijk gastvrij zijn, een en al vriendelijkheid. Net het type dat we nodig hebben. Wezens van formaat."

"Vooruit," zei Tony. "Tinq, dus."

Op de eindlijst stonden eenendertig soorten. Nu brak de fase aan waarin Tony voor de ideale streefwaarden moest zorgen. Hij stuurde versleutelde ruimtegolfboodschappen naar de aardse vertegenwoordiging op elke planeet met een omschrijving van zijn probleem en het verzoek om volstrekt precieze gegevens aangaande wat men ter plaatse voor vrouwelijk schoon hield.

Toen deze informatie ontvangen en gearchiveerd was stelde Tony de uitnodigingen op, om die na ondertekening door Hardeman Clydell vervolgens te verzenden naar iedere planeet. De waarde van de hoofdprijs was tot een miljoen dollar opgetrokken, zowel om deelneemsters aan te trekken als om meer misbaar teweeg te brengen in de nieuwsorganen van de wereld.

Drieëntwintig van de eenendertig werelden zegden toe een vertegenwoordigster te sturen.

"Denk je eens in!" glunderde Hardeman Clydell onder de indruk. "Wel drieëntwintig werelden voelen zich zo zeker van de schoonheid van hun vrouwen dat ze het die laten opnemen tegen het puikje van de melkweg!"

En Tony LeGrand stelde de publiciteitsmolens in werking.

"De mooiste schepsels van het heelal! Kom naar Miss Heelal, op de Tri-Centenniale Expo van Californië!"

III

De Tri-Centenniale Expo van Californië ontsloot zijn poorten om acht uur 's ochtends op de openingsdag. In de loop van de eerste vierentwintig uur passeerden ruimschoots over de miljoen mannen, vrouwen en kinderen de loketten aan het begin van de vier esplanades of bovenaan de ondergrondse metrostations. De tweede dag beliep het bezoekersaantal bijna 900.000 en op de derde dag werden er 800.000 geteld. Na de eerste week vlakte de betaalde entree af tot een gestage half miljoen per dag.

De Trans-Galactische Schoonheidswedstrijd stond gepland voor februari, de periode waarin men mocht verwachten dat het bezoekersaantal wegens seizoensinvloeden door een dal zou gaan.

Drieëntwintig boxen met glazen wanden, elk zestien meter lang, negen meter diep en zes meter hoog, werden intussen opgetrokken onder gezamenlijk toezicht van het Astrofysisch Genootschap en het Wereldinstituut voor Biologisch Onderzoek. Elke box werd een zorgvuldige kopie van de thuis-omstandigheden qua druk, temperatuur, zwaartekracht, straling en scheikundige samenstelling voor een van de deelneemsters.

In de meeste gevallen ging het om geringe aanpassingen: het toevoegen van enkele procenten zwaveldioxide aan de atmosfeer; het verwijderen van alle waterdamp; het bijstellen van de temperatuur.

Het interieur van elk vivarium bootste een landschap na op de thuisplaneet van de deelneemster. Box nr. 21 was een kwikmeer, doorbroken door klippen van carborundum. De bodem van Box nr. 6 was bedekt met een korst van bruine algen. Achterin hing een gordijn van leverkleurige Spiratofora; een langgerekte iglo van verdord mos vormde een bobbel ter rechterzijde.

Box nr. 17 was gecapitonneerd met ruige bruine vezels, als een enorm uitvergrote spons. Aan haken hingen de omvangrijke toiletvoorzieningen. Dit was het vivarium waarin Miss Tinq zich zou vertonen aan de nieuwsgierige blik der aardse lieden.

Box nr. 20 was een wildernis vol met de rode, gele, blauwe en groene gewassen van Veidranu. Box nr. 15 beeldde de Martiaanse woestijn uit, met de kristallen boog van een stolp-wand aan de achterzijde. Box nr. 9 imiteerde een straat in Montparnasse: platanen, een caféterrasje, kiosken vol affiches. Deze laatste was het Expohoofdkwartier van Miss Aarde, juffrouw Sancha Garay uit Parijs.

Tegen half januari begonnen de deelneemsters te arriveren op de ruimtehaven van Los Angeles. Hardeman Clydell, jurylid, besloot geen van de buitenwereldse schoonheden te gaan zien voordat de eigenlijke wedstrijd daar was, en Tony LeGrand droeg uit zijn naam zorg voor de officiële begroetingen.

Om verslag te doen keerde hij telkens terug naar het Expo-kantoor.

"Tussen de mensachtigen zitten wel een paar leuke. De anderen zijn misschien wel mooi in technische zin — maar niets voor mij."

Clydell keek nieuwsgierig naar een blauwe plek op Tony's gezicht. "Heb je soms gevochten?"

"Dat was die vriendelijke Miss Tinq van je. Ze wilde me even op mijn wang kloppen."

"Ach," zei Clydell. "Een struise dame dus?"

"Groot en ruw. Miss Tinq. Of liever Miss Stinq. Deels olifant, deels draak, deels gorilla, deels leeuw. En een en al genegenheid! Ik ben al uitgenodigd voor een bezoek bij haar thuis. Ik mag zolang blijven als ik wil."

"Speel maar niet met de genegenheid van die dames," waarschuwde Clydell met een schoolmeestersvingertje en een spottend lachje.

"Spelen met Miss Veidranu of Miss Alschain zou ik niet erg vinden…" Hij reikte Clydell een stapel folders met blauwe omslag aan.

"Wat moet ik hiermee?" vroeg Clydell.

"Ze lezen. Gegevens die je nodig hebt bij het jureren: inlichtingen over de achtergrond van de deelneemster, beschrijving van haar thuisplaneet, en het allerbelangrijkste, de maatstaven waarnaar ze moet worden beoordeeld."

"Tjonge, jonge," zei Clydell. "Laat eens zien wat we hier hebben." Hij tastte in zijn humidor naar een sigaar en schoof hem daarna door naar Tony.

"Nu even niet, chef. Ik heb net gegeten."

"Maar dan zijn ze op hun best!"

Tony zocht langzaam een sigaar uit.

"Mooi," zei Clydell, "aan de slag." Hij wierp een blik op het papier dat met een paperclip bovenop de eerste folder zat.

"Dat is de basislijst," zei Tony. "Die gaan we in groot aantal afdrukken en uitdelen onder het publiek."

Clydell bestudeerde het vel papier.

DE EERSTE TRANS-GALACTISCHE SCHOONHEIDSWEDSTRIJD!

Miss Heelal Verkiezing!

PRIJS VOOR DE WINNARES: HAAR HARTENWENS.

Het jureren begint op 1 februari. Elke deelneemster wordt beoordeeld naar de schoonheidsnormen van haar eigen wereld.

JURYLEDEN:

1. De heer Skde Shprosqe, ambassadeur van Gamma Gruis.

2. De heer 92-14-63-55, Commercieel Zaakwaarnemer van Aspidiske (Iota Carinae).

3. De heer A-O-INH, student uit Persigiaan (4A563 Leonis).

4. De heer SSEET-TREET, Commercieel Zaakwaarnemer van Kaus Australis (Eta Sagittarii).

5. Zijne Excellentie Hardeman Clydell van de Aarde.

DEELNEEMSTERS:

1. *Miss Conexxa* —

Tony LeGrand onderbrak Hardeman Clydells lectuur. "Je zult zien dat ik bij elke deelneemster een paar informele notities heb gemaakt. Die zijn alleen voor jou bedoeld — ze komen niet op het openbare programma te staan."

Clydell knikte, deed een genotvolle trek aan zijn sigaar en las de lijst verder door.

1. *Miss Conexxa* (Beta Trianguli). Mensachtig Type A. Rijzig en tenger. Rood haar in gelakte pieken, koperkleurige huid, zwarte lippen en oren. Schenen behaard met glanzend zwart bont, net cowboy-chaparajos. Op een griezelige manier wel aantrekkelijk. Weegt 75 kilo.

2. *Miss Alschain* (Beta Aquilae). Mensachtig Type B. Klein, als een elfje met grote ogen. Wenkbrauwen als groene plukjes veren. Bleek dun haar als viscose. Eet insecten. Weegt 40 kilo.

3. *Miss Chromosphoro* (9518 Centauri). Bovenhelft net een grote rode vis met rondom achttien gelede poten, knieën op ooghoogte. Weegt 75 kilo.

4. *Miss Shaula* (Lambda Scorpii). Omgekeerde tobbe.

Bruin met grijs gevlekt. Glimt. Met van onderen honderd zuignappootjes. Oog als een periscoop in het midden. Weegt 100 kilo.

5. *Miss TIX* (Tau Draconis). Mensachtig D. Bonenstaakmodel. Een meter tachtig en schriel. Groot hoofd zonder kin. Facetogen. Kleur van een kakkerlak. Met zuignappen aan vingertoppen (16 vingers). Weegt 45 kilo.

6. *Miss 44R951 Ariëtis.* Een grote dorre tuimelstruik, waarin verward een honderdtal kwalletjes. Weegt 20 kilo.

7. *Miss Vindemiatrix* (Epsilon Virginis). Doorschijnende paling met puntige rugkam en vier handjes om haar mond. Brein zit in lange, brede ruggenstreng en fosforesceert zichtbaar tijdens het denkproces. Weegt 30,2 kilo.

8. *Miss Achernar* (Alfa Eridani). Gordeldier met wespenkopje. Groen geschubd. Zeer telepathisch. Pas op met wat je denkt in haar buurt. Weegt 75 kilo.

9. *Miss Aarde.* Sancha Garay uit Parijs. Hoef ik haar nog te beschrijven? Weegt 52 kilo.

10. *Miss Theta Piscium.* Veertig zeesterren geregen aan een twee meter lange bamboestaak. Ze rolt, loopt rechtop of springt. Weegt 15 kilo.

11. *Miss Arneb* (Alfa Leporis). Een bal van blauwe gelei. Daarin drijven zeven bollen van geel licht om drie bollen van rood licht. Weegt ?? kilo.

12. *Miss Jheripur* (Omega Crucis). Mensachtig C. Een meter twintig lang, negentig centimeter breed, botergeel. Geen haar. Weegt 125 kilo. Heb je wel je handen vol aan.

13. *Miss Delta Corvi.* Toepasselijke naam. Precies een kraai. Lang, zonder snavel, zwarte huid, geen veren afgezien van een kam vanaf de nek. Weegt 100 kilo.

14. *Miss Alfard* (Alfa Hydrae). Net een metalen kreeft, maar

zonder scharen of voelsprieten. Laag bij de grond. Naar
verluidt nogal rap ter been; tamelijk lichtgeraakt ook.
Geen grapjes mee uithalen. Weegt ??, misschien 250 kilo.
Misschien meer.

15. *Miss Mars.* Lorraine Jorgensen uit de Poolkolonie. Blond
   met grote blauwe ogen. Heel aardig. Weegt 56 kilo.

16. *Miss Claverops.* Mensachtig C. Amfibisch, en gestroomlijnd
   als een zeehond. Groenig bruin. Handen en voeten als bij
   een kikker. Weegt 90 kilo.

17. *Miss Tinq.* Een monster. Vijf en een halve meter lang en de kleur
   van een rauwe oester. Zes grote armen. Maakt voortdurend het
   geluid als van een bulderende lach. Hoofd heeft wel iets van een
   gorilla, borststuk als bij een termietenkoningin. Weegt — ik waag
   me niet aan een schatting. Bij deze moet je oppassen. Ze aait en
   klopt graag. Ik ben al bont en blauw van haar liefkozingen. Stinkt
   als een slachthuis. Het lijkt wel of ze iets wil, maar ik ben er nog
   niet achter wat.

18. *Miss Sadal Suud* (Beta Aquarii). Een alruin. Lijf als een
   groenwitte wortel. Uit hoofd spruit rood gebladerte. Sadal
   Suud betekent Gelukkigste der Gelukkigen. Zal zij het
   winnen? Weegt 75 kilo.

19. *Miss Persigiaan* (225-G Aurigae). Felblauwe hagedis. Leuk
   kleurtje. Brandt bij aanraking als een brandnetel, zegt men.
   Weegt 50 kilo.

20. *Miss Veidranu* (Psi Herculis). Mensachtig B. Broos ding.
   Bestoven met mottenstof. Over haar rug hangt roze, groen
   en blauw folie in plaats van haar. Aardig figuurtje. Lief
   gezicht. Weegt 50 kilo.

21. *Miss Gomeisa* (Beta Canis Minoris). Een dekschuit van drie
   meter met een ijzeren zeil. Leeft in een kwikoceaan. Elektrisch
   geladen. Pas op! Niet aanraken. Weegt ?? kilo. Zwaar.

22. *Miss Procyon* (Alfa Canis Minoris). Twaalf meter manillatros.

23. *Miss Grglash* (Eta Cassiopeiae). Mensachtig D.
Vrouwachtige gedaante is misleidend. Scheikundige basis is
silicium. Schedel is een oven, en uit gaten bovenin spuiten
vlammen. Lijkt dan prachtig oranje haar. Een hete. Niet
aanraken! Weegt 90 kilo.

Hardeman Clydell legde het papier weer neer. "Prima werk. Elke
deelneemster in een notendop." Hij deed een willekeurige greep uit de
blauwe folders. "Miss 44R951 Ariëtis." Hij keek weer op de basislijst.
" 'Een grote dorre tuimelstruik, waarin verward een honderdtal kwalletjes.' Laat eens kijken…'Bewoont het oppervlak van ondiepe, met een
algenkorst bedekte meren. De mannelijke exemplaren richten iglo's
van veenmos op langs de oevers.' Mmm…'Op de heilige meren voeren
zij ingewikkelde dansen uit…' Mmm hmm…Mmm hmm…Aha, dit is
wat ik zocht. De streefwaarden."

"Je zult merken hoe gedetailleerd ze zijn," zei Tony. "Nauwkeurig tot
op de tiende millimeter."

"Zien er wel technisch uit," zei Clydell. " 'Doorsnede gemeten van
agrix tot therulton —' " Hij keek Tony aan. "Wat is een agrix, in hemelsnaam? En een therulton? Word ik geacht dat te weten?"

"Dat wordt uitgelegd in het aanhangsel. Daar staat een schema van
de fysiologie van het schepsel. Die agrix en therulton zijn, als ik me wel
herinner, de eindknopen in een van de veruli. Een verulus is uiteraard
een peesvezel."

"Op die manier, op die manier," mompelde Clydell. "Tjonge, jonge.
'Doorsnede gemeten van agrix tot therulton: 425,71 millimeter. Van
clavoom tot chadel —' Dat wordt zeker ook uitgelegd?"

"O ja. Heel precies."

Clydell trok aan zijn sigaar. " '380,92 millimeter. Ganglion-orgo-
tiën'—"

"Dat zijn die kwaldingetjes."

"—'horen 43 in aantal te zijn.' Wat zijn dit allemaal voor getallen?"
wees hij.

Tony liep om het bureau heen en keek in de folder. "O, die. Dat
zijn de indices voor hardheid, viscositeit, temperatuur en kleur van de
orgotiën — die tussen haakjes geen merkbare geur mogen hebben."

"Word ik dan geacht aan die orgotiën te ruiken — aan alle drieënveertig?"

"Dat neem ik wel aan, ja — voor een eerlijk oordeel."

Hardeman Clydell trok een nors en koppig gezicht. "Ik heb weinig tegen het bestuderen van dijen en het meten van boezems — maar dit gedoe met agrixen en dat geruik aan orgotiën — daar heb ik gewoon geen tijd voor." Peinzend oogde hij naar Tony LeGrand die zich schielijk bukte naar weer een andere folder.

"Maar dan die Miss Veidranu, die heb ik al ontmoet. Zo schattig, om te stelen gewoon. Tjeemig, wat je daar niet allemaal aan moet meten!"

Maar Hardeman Clydell liet zich niet uit de koers brengen. "Tony, ik vertrouw op jouw oordeel als op mijn eigen."

"Ach, zover zou ik niet gaan."

"Jawel," zei Clydell beslist. "We laten mijn naam op de jury-lijst staan — maar jij doet het jurywerk."

"Maar Hardeman — ik geloof nooit dat ik dat aankan!"

"Natuurlijk wel," zei Hardeman bot. "Jij bent al bekend met deze schepsels. Je hebt ze bestudeerd."

"Jawel, maar —"

"Jij doet je metingen, je vormt je een eerlijk eindoordeel. Ik neem het allemaal in overweging, en als de tijd daar is zal ik de honneurs waarnemen."

Tony trok een lelijk gezicht. "Het is vooral die Miss Tinq. Kon ze nu maar haar grote handen thuis houden. Eerlijk, chef —" Hij keek naar zijn sigaar, tikte er zachtjes de askegel af boven een aardewerken schaal, en keek weer op; Clydell keek hem aan met een lichtelijk vragende blik.

"Vooruit dan maar," mompelde Tony. "Ik neem aan dat ik daar nu eenmaal voor betaald word."

Hardeman Clydell knikte. "Precies."

IV

Tony ging even langs bij het Mira Vista Hotel in Los Angeles, waar juffrouw Zzpii Koyae van de veertiende van Alschains planetenzwerm een suite had betrokken. Juffrouw Koyae was een schoonheid naar de maatstaven van ieders wereld. Ternauwernood anderhalve meter lang was ze zo licht als een rookwolkje, zo innemend en ondeugend als een jong poesje in het hoge gras. Haar huid was pastelgroen, het kuifje haar boven haar fijnbesneden gezicht zo bleek als maanlicht. Ze droeg scharlaken muiltjes, een jakje van blauwe tule en aan haar oor een chrysant-achtig groen hangertje.

Ze was net zo'n feetje uit een van de oude sprookjes: net niet helemaal menselijk. Ze ontving Tony met een uitbarsting van opgetogen gebabbel en toen ze hoorde dat Tony in de wedstrijd zou jureren werd ze nog levenslustiger. Ze kende enkele woordjes mensentaal en met Tony's beide handen in de hare, gaf ze uitdrukking aan haar blijdschap over zijn bezoek.

"En na de wedstrijd — dan moet je me komen opzoeken! Op Plais, bij de ster die jullie Alschain noemen. O, dat is toch zo'n heerlijke planeet! Je moet bij mij logeren, dan woon je in mijn huisje aan de oever van de Chthis. Ik ga natuurlijk winnen en dan koop ik een miljoen meter zware zwarte zijde, en dan zul je nog eens zien wat dankbaarheid inhoudt voor iemand van mijn soort!"

Tony moest lachen. "Je bent me er eentje, kleine rakker!" Hij sloeg een arm om haar schoudertjes die klopten als een vogelborst. Hij kuste het puntje van haar neus en had deze aanpak wel willen voortzetten, maar ze weerde hem af. "Nee, nee, Tony van me! Na de wedstrijd!"

Juffrouw Sancha Garay had een appartement genomen in de Desert Inn op de helling van Mount Whitney. Haar belletje ging over en een kamermeisje beantwoordde de oproep. Ze herkende het gezicht op het ontvangstbord en sprak juffrouw Garay aan via de intercom. "Het is dat jongmens van de Expo. Die al die gegevens moest hebben."

"*Merde!*" zei Sancha. "Wat vervelend toch. Moet ik hem echt ontvangen?" Pruilend schopte ze in het kussentje aan haar voeten. "Vooruit dan. Laat hem maar voor twee minuutjes binnen. Niet langer. Wees streng. Geen uitvluchten."

Tony kwam binnen. "Hallo, Mademoiselle Garay." Hij keek even rond. "Alles naar wens, hoop ik?"

"Jawel. Prima." Sancha staarde nors in de verte naar Death Valley, wipte op haar knieën, draaide Tony haar rug toe en legde haar kin op haar handen.

"Lastig, hoor," zei Tony. "Alsof ik niet al genoeg te doen heb. Nu moet ik ook al in de jury voor de schoonheidswedstrijd."

In één snelle beweging was Sancha Garay rondgewerveld en opgesprongen, en nu keek ze hem stralend in zijn gezicht. "Tonieie! Wat heerlijk! En dat terwijl we zulke goeie vrienden zijn!"

"Ja, wel leuk, hè?" zei Tony.

"Mmm," zei Sancha, "wat lief toch van je, om even bij me aan te wippen — Wat lief. Geef me eens een kusje —"

Daar kwam het kamermeisje. "Neem me niet kwalijk, juffrouw Garay. De kleedster is er. Ze kan niet wachten. U moet dadelijk komen."

"Verdikkie," zei Tony. "Nou ja. Dan ga ik maar."

"Grand diable du sacré feu!" zei juffrouw Garay bij zichzelf.

"Wat ben je toch sterk," zei juffrouw Fradesut Consici van Veidranu met haar zoethese stem. "De mannen op mijn planeet zijn weke fatten. Na de wedstrijd wil ik op de aarde blijven, waar mannen sterk zijn! En dat geld dat ik win — misschien wil jij me helpen met het uitgeven? Nou, Tony?"

"Nou en of ik wil helpen," zei Tony. "Ach, wat ben je toch zacht, en zo broos…" Hij legde zijn handen op haar arm, streelde de huid die gloeide in tere mottenkleurtjes, en wilde haar al naar zich toe trekken. Ze fladderde als een van die vlinders waarop ze gewend was over de Veidranu moerassen te vliegen.

"Nee, nee! Liefde is niet voor dit moment! Je wilt toch niet dat mijn huid zijn glans verliest? Ik moet mooi zijn! Later — dan zul je nog eens wat zien!"

"Later," mopperde Tony. "Altijd weer later!"

"Tony!" zuchtte het Veidranu meisje, "Wat nors, wat een rimpels? Toch niet vanwege mij?"

Tony slaakte een zucht. "Nee. Niet helemaal. Ik moet op bezoek bij dat verrekte Tinq-monster, regelen hoe ze naar de Expo zal worden gebracht. Ze is zo groot dat ik twee luchtheffers nodig zal hebben in plaats van één…"

Hij bleef even staan voor het vivarium waar juffrouw Magdaleip van Tinq haar domicilie had en werd opgemerkt door een drukdoenerig

Breiduskje, mensachtig maar dun als een rijshout en met een stem als een krekel.

"Ach, meneer LeGrand, daar bent u dan eindelijk. Juffrouw Magdaleip zit met spanning op u te wachten."

"Ogenblikje," gromde Tony. Eindelijk had hij dan een nuttig doel gevonden voor de sigaren van Hardeman Clydell: hun rook wist de Tinqse atmosfeer goeddeels te beteugelen.

De sigaar was aangestoken. Tony hoestte, spuwde even. "Mooi," zei hij grimmig. "Ik ben zover."

De tolk ging hem voor het vivarium in. Magdaleip lag met haar enorme borststuk van de deur af gekromd. Op de eerste schrille tonen van het tolkenstemmetje draaide ze zich waggelend om, en zodra ze Tony ontwaarde barstte ze uit in blij gebulder. Ze beklopte hem, gaf kneepjes. Tony's ribben kraakten; zijn voeten kwamen van de vloer. De grote muil brulde op nog geen halve meter van zijn oor.

Achter Tony leverde de tolk zijn vertaling. "Juffrouw Magdaleip is blij u te zien. Ze vindt u aardig. Ze zegt, als zij de wedstrijd wint zal ze u uitnodigen in haar paleis op Tinq. Ze zegt dat ze u heel graag mag; u zult het er naar uw zin hebben."

"Kun je net denken," dacht Tony. Hij trok heftig aan zijn sigaar en blies de rook in haar gezicht. Als ze niet terugdeinsde voor een van Clydells speciale sigaren, deinsde ze nergens voor terug. Ze borrelde van genot, wilde hem weer een klopje geven maar miste zijn rug en stompte hem opzij in zijn gezicht. En Tony's schedel galmde als een klok.

V

In de avond van 31 januari takelden vierentwintig luchtheffers drieëntwintig enorme glazen boxen uit diverse delen van Californië hoog de lucht in, en brachten ze dwars over de Mojavewoestijn naar de glinsterend metalen paddenstoel die zich over het bleke zand welfde. In de ochtend van 1 februari troffen de bezoekers van de Tri-Centenniale Expo rondom het Conclaaf van het Heelal de drieëntwintig vitrines aan waarin het schoons van de melkweg was uitgestald.

Op die eerste februari overtrof de betaalde entree van de Expo het aantal van anderhalf miljoen bezoekers.

Het jureren ving aan om vier uur 's middags.

Elk jurylid was verplicht om elke deelneemster apart te onderzoeken en daarbij al haar afmetingen te meten, haar kleur te ontleden, haar viscositeit te bepalen, haar elasticiteit, haar dichtheid, oppervlak, temperatuur, brekingsindex en elektrische geleiding; vervolgens moest hij al die resultaten vergelijken met het eerder vastgestelde streefideaal van de soort.

Het werk vorderde traag. Maar haast was er niet. Elke dag klikten de draaihekjes bij de loketten een miljoen maal of nog meer. Tegen 14 februari waren alle voor de schoonheidswedstrijd begrote kosten gedekt; vanaf dat moment was het pure winst tot de achtentwintigste.

Het grote publiek zag geen reden om het eindoordeel uit te stellen. Naar algemeen gevoelen was Sancha Garay de winnares, gevolgd door Lorraine Jorgensen van Mars, op de voet gevolgd door juffrouw Zzpii Koyae van Alschain, juffrouw Fradesut Consici van Veidranu en juffrouw Ardenillia van Beta Trianguli, die mensachtige van Type A met de rode haarpieken en het zwarte bont op haar benen.

Een van de meer sensatiebeluste nieuwsorganen draaide de kwestie om en organiseerde een Lelijkheidswedstrijd met een even eerlijke grondslag als die waarop de vijf juryleden hun Schoonheidswedstrijd baseerden.

> Onze maatstaf is die van de lichamelijke respons. Wij stellen ons de vraag, welke van deze drieëntwintig lieverdjes doet ons het volmaaktst walgen? Naar deze maatstaf zijn Miss Aarde, Miss Mars, Miss Veidranu, Miss Beta Trianguli en Miss Alschain gedoemd om hopeloos te mislukken. Geen van deze doet ons walgen. Verder is het een nek-aan-nek competitie.
>
> Ons oordeel moet als volgt luiden:
>
> Angstwekkendst en afschuwelijkst gezicht; nrs. 17 en 8.
> Afgrijselijkste kleur; nrs. 17 en 5.
> Hevigste stank; nr. 17.
> Ongelooflijkst; nrs. 21, 23 en 5.
> Minst gezocht als tegenstandster vrij worstelen; nr. 17.
> Minst sierlijk; nr. 17.
> Unaniem gekozen winnares; nr. 17, juffrouw Magdaleip, Miss Tinq.

Het publiek was het ermee eens. Dit was de conclusie die zowat twintig miljoen al eerder hadden kunnen trekken. Dus was het op 28 februari een geweldige verrassing toen de juryleden unaniem nr. 17, juffrouw Magdaleip van Tinq, uitriepen tot winnares van de wedstrijd en haar kroonden tot Miss Heelal, Koningin van Interstellaire Schoonheid.

In het gezamenlijk juryrapport dat naderhand in de pers verscheen klonk wel een verdedigende ondertoon:

"Er is geen ruimte voor twijfel of kritiek. Het oordeel van de juryleden is gebaseerd op uiterst nauwkeurige metingen en definitief. In overeenstemming met het wedstrijdreglement en volgens eenstemmig oordeel van de jury wordt juffrouw Magdaleip van Tinq, gezien ze de ideale maatstaven van haar wereld het dichtst benadert, hiermede uitgeroepen tot Miss Heelal, Koningin van Interstellaire Schoonheid.

"Morgen op 1 maart, te zestien uur, zal Miss Heelal haar Hartenwens bekend maken, en als het binnen de macht ligt van de officials van de Tri-Centenniale Expo van Californië, zal die wens worden vervuld."

VI

Tony LeGrand legde een bezoekje af bij juffrouw Sancha Garay. "Hoor eens, meid," zei hij, "als je eens wist hoe ik me voor je heb uitgesloofd. Waar het maar kon heb ik je voordeel gegeven…"

Van opzij kwam ze als een circusveulen aangesteigerd. "Jij smerige naam van een blauwe hond!" siste ze. "Ga weg en kom nooit weer! Ik spuw in je gezicht!"

Juffrouw Zzpii Koyae van Alschain was minder heftig. "In mijn land geen vechten, geen vijanden. Iedereen doet aardig… En waarom? Omdat wij als we vijanden hebben — dit doen!" En ze zwiepte een lint over zijn gezicht. Het wriemelde van de zwarte stipjes, die oversprongen op Tony's vel en schielijk onder zijn kleren kropen. Weldra begonnen ze te bijten.

Een arts wist het merendeel van de kwaadaardige wezentjes uit Tony's vlees te verwijderen en schreef hem een verzachtend smeersel voor. Tony deed geen poging contact te zoeken met hetzij Miss Veidranu of Miss Beta Trianguli, wier beider soorten nu en dan aan mensenoffers deden.

Het werd bijna tijd voor de Grote Prijsuitreiking, de aanbieding van de Hartenwens. Tony ging terug naar de Expo en nam de lift naar het kantoor.

Clydell begroette hem hartelijk. "Nou, Tony, dat is allemaal prachtig verlopen. Allemaal prima afgehandeld...Zorg maar dat al die vivaria vanavond nog worden weggevlogen. Behalve dan die van Miss Heelal, neem ik aan...Miss Heelal." Clydells rosé gezicht was een en al rimpel. "En er is geen enkele kans op een vergissing?"

"Nee...Die streefgetallen zaten haar als gegoten."

"Dan kan ik alleen zeggen dat de mannen van haar planeet geen blijk geven van een greintje smaak...Welnu, het is kwart voor vier. We zullen het voor haar te pakken krijgen, en haar huiswaarts verschepen."

Na afdaling naar het Conclaaf van het Heelal beklommen ze het presentatiepodium dat voor Box nr. 17 was opgericht.

Het was gepavoiseerd met bloemen, metalen linten en hulderozetten. Er was plaats ingeruimd voor elk van de vijf juryleden, waarvan er nog geen enkele te bekennen viel.

Verslaggevers en tv-cameralieden dromden om Miss Heelal. Ze vertoonden een neiging tot scherts, met veel grappen en grollen onderling, waarbij ze zinspeelden op een ondeugende relatie tussen juffrouw Magdaleip en haar pijpenrager van een tolk.

"Zeg eens, Miss Heelal, hoe voelt het om de mooiste vrouwspersoon van het heelal te zijn?"

"Net als anders," bulderde ze. "Geen verschil."

"Maakt men je op Tinq nogal het hof? Heb je veel vrijers?"

"Ja, hoor. Erg veel."

"Die mannen zijn dan zeker tamelijk stevig?"

"Nee. Zwakkelingen, doetjes. Zij doen het werk."

"Was het een verrassing, dat je won?"

"Geen verrassing."

"Verwachtte je dan om te winnen?"

"Natuurlijk. Geen mogelijkheid dat ik verliezen kon."

"Hoe zit dat dan precies?" vroeg de verslaggever.

Zowel Miss Heelal als de tolk leken tamelijk verbaasd over die vraag; ze hielden enige ruggespraak — bastuba en piccolo. Ten slotte legde juffrouw Magdaleip een verklaring af die de pijpenrager-tolk vertaalde.

"De brief van de aarde komt aan en vraagt maten van mooiste vrouw. Men meet mij. Iets anders sta ik niet toe. Ik ben de mooiste vrouw. Ik ben zelfs de enige vrouw. Ik leg eieren voor hele planeet."

Er ontstond grote opwinding, hilariteit. De verslaggevers wisten Clydell en Tony op te sporen, eisten commentaar. "Heeft Miss Tinq de wedstrijd wel eerlijk gewonnen? Volgt mogelijk diskwalificatie?"

Hardeman Clydell begon rood aan te lopen en keek naar Tony. "Wat is hier allemaal van aan, Tony?"

"Naar mijn aller-allerbeste weten," zei Tony, "heeft Miss Heelal voldaan aan alle voorwaarden om de wedstrijd te winnen. Het feit dat ze op haar planeet de enige vrouw is, is louter een technisch detail."

Clydell kreeg zich weer in de hand. "Dat is precies ook mijn standpunt. Als jullie dus nu zo vriendelijk wilt zijn, heren, gaan we dadelijk bepalen wat de dame zich als prijs wenst. Haar Hartenwens."

De verslaggevers maakten ruimte. Clydell en Tony begaven zich naar het vivarium.

Clydell lichtte zijn hoed voor Miss Heelal die aan de andere kant van het glas met haar geweldig borststuk op de grond beukte.

Clydell keek zoekend rond over het presentatiepodium. "Waar zijn de andere juryleden?"

Een koerierster in een blauwe broek kwam naderbij en fluisterde Clydell iets in. Hij schraapte zijn keel en richtte zich tot de verslaggevers en tv-camera's. "De overige juryleden hebben ons zo veel in hun vermogen lag van hun tijd gegeven; en uit naam van deze Expo wil ik van onze dank jegens hen getuigen. Nu rust op mij de plicht aan Miss Heelal haar Hartenwens te vragen; en om die zover ik daartoe bij machte ben, te vervullen."

Hij draaide zich om en liep naar het vivarium. "Miss Heelal, thans heb ik het voorrecht je Hartenwens te mogen vaststellen."

De tolk piepte de boodschap door. Miss Heelal rommelde en donderde op haar beurt een weerwoord. De tolk wendde zich weer tot Clydell. De verslaggevers hielden hun opnametoestellen in de aanslag; de tv-camera's zonden het tafereel naar honderd miljoen ogen.

"Ze zegt dat ze maar één ding wenst. Daar staat hij." De tolk wees naar Tony.

Tony's knieën knikten. "Ze wil mij?"

"Ze zegt dat je met haar mee moet om in haar paleis op Tinq te wonen. Ze zegt dat ze je heel aardig vindt."

Tony lachte zenuwachtig. "Ik kan niet weg van de aarde…Dat is onmogelijk!" Tony keek de kring van gezichten rond. Clydell keek plechtig; de verslaggevers stonden hun hoofd te schudden. De tv-camera's tuurden hem met hun ondoorgrondelijke glazen oog in zijn gezicht.

Ze konden toch op zijn minst knipogen!

De tolk vervolgde: "Ze zegt: je komt ten minste een maand bij haar logeren."

Clydell zei: "Dat is niet onredelijk, Tony. Een maand is zo voorbij."

Dat vonden ook de verslaggevers. "Klinkt redelijk."

De tolk merkte op: "Een jaar op Tinq komt neer op veertien aardse jaren."

Tony riep uit: "Maar dan is een maand meer dan een aards jaar!"

"Elk jaar," zei weer de tolk, "wordt in vier maanden verdeeld."

"Jeemig!" kreet Tony. "Dat is drieëneenhalf jaar!"

Een verslaggever vroeg: "Waarop berust deze schone vriendschaps-band? Een gemeenschappelijke belangstelling voor iets? Verwantschap van geest? Een platonische verhouding tussen twee zielen?"

"Niet van die onbenullige grappen!" snauwde Tony.

De tolk deelde mee: "Juffrouw Magdaleip houdt van hoe hij ruikt. Hij ruikt erg lekker. Zij liefkoost hem graag."

"Wacht eventjes," zei Tony. "Ik moet even iets controleren. Ik wil haar even alleen spreken." Nog voor hij was uitgesproken was hij al onderweg, waarbij hij in het gedrang in lichte botsing kwam met Clydell, maar zich snel verontschuldigde: "Pardon, kerel. Dat was onhandig van me."

Met de tolk betrad Tony het vivarium; Miss Heelal bestompte hem hartelijk.

"Hoor eens," zei Tony, "jij vindt dus dat ik lekker ruik?" Miss Heelal knerste instemmend.

Hij trad wat dichterbij. "Ruik nu dan eens. Merk je enig verschil?"

Miss Heelal deinsde met bevend borststuk achteruit, alsof ze dit verbaasd beaamde.

"Nou, kijk dan eens," zei Tony. "Zie je die vent met dat roze gezicht, in dat lichtbruine pak? Die ruikt nog altijd zoals ik vroeger deed. Bij mij was het maar tijdelijk. Bij hem is het blijvend."

Clydell stond joviaal op het glas te kloppen. "Waar gebeurt daarbinnen allemaal?"

Tony en de tolk kwamen weer naar buiten. Miss Heelal bolderde naar de deur van haar vivarium.

De tolk wenkte Clydell. "Miss Heelal wil aan je ruiken."

"In orde," zei Clydell luchtig. "Maar dan wel eerst mijn grote gelijkmaker aanzetten — zodat ik Miss Tinq niet hoef te ruiken." Hij trok aan zijn sigaar, liet een fraaie rookpluim ontsnappen uit zijn neusgaten en kwam naar Miss Heelal.

Ze bulderde en beukte Clydell op zijn rug.

De tolk zei: "Miss Heelal heeft het verkeerd gezegd. Ze wil niet Tony. Ze wil *jou*."

Tony knikte peinzend. "Ik dacht al dat ze zich had vergist."

"Ik begrijp hier niets van!" riep Clydell.

"Het schijnt dat je een reis naar Tinq te wachten staat," zei een van de verslaggevers.

"Wat is nu helemaal een maand, beste kerel?" zei Tony.

"Jij ook met je uitheemse ideeën!" beet Clydell hem toe.

"Ik zorg wel dat het kantoor blijft draaien, Hardeman."

Miss Heelal sloeg haar lompe arm om Clydells middel. De tolk zei: "Ze is klaar voor vertrek."

"Maar ik ben nog niet klaar," riep Clydell. "Ik heb niet eens gepakt, ik heb toch kleren nodig, mijn scheergerei!"

"Het is niet koud op Tinq. Vooral niet in de zwermkorf. Kleren heb je niet nodig."

"Maar mijn zaken dan, mijn bedrijf!"

"Ze zegt dat ze nu weg wil, onmiddellijk — meteen."

Met een glimlach herinnerde Tony zich hoe sterk hij in de verleiding was geweest om de nog maar een ogenblik tevoren van Clydell geleende sigaar op te steken. Als hij niet tegen Clydell was gebotst en de afstotelijke kruidenbundel weer in de zak van die verstokte roker had weten terug te stoppen, hoe had hij er dan nu bijgestaan? In Clydells schoenen, zonder twijfel; dan was *hij* de sigaar geweest.

Tony's lach werd breder. Wat een snel denker was hij toch, zo doortrapt en sluw! Zelfs was hem Clydells rare manier van doen met sigaren weer te binnen geschoten. Clydell had er vier of vijf doorgaans in zijn vestzak, maar alvorens er een op te steken had hij de typische gewoonte om dat kruid over te brengen naar de ruime, vlot toegankelijke buitenzak op zijn jasje, een vooruitgeschoven post halverwege als het ware, vanwaar het des te makkelijker naar zijn mond kon verhuizen.

Heel wel mogelijk dat Miss Heelal op haar thuisplaneet met volle teugen genoot van het rijke bouquet van ontbindend plantaardig materiaal, als ware het champagne. Want stellig kon alleen rottend gewas op een vreemde wereld even vunzig stinken als een sigaar van Clydell. Of mogelijk hield Miss Heelal er vanuit Terraans standpunt nog veel decadentere voorkeuren op na en deed ze zich tegoed aan —

Tony rilde. Ach, hij kon het net zo goed wel denken. Eiwitrijk afval — stikstofhoudende organische verbindingen waaruit aminozuren vrijkwamen, in verregaande staat van ontbinding. Een *kadaverbouquet*.

Tony ging heel dicht bij de kooi staan, zijn grijns alweer op zijn gezicht. "Vaarwel, beste kerel!" schreeuwde hij. "En een prettige reis!"

Aanval op een stad

I

EEN ZEKERE ANGUS BARR, officiers-steward aan boord van het ruimteschip *Danaan Warrior*, had zijn gage geïnd en was op zoek naar vermaak het stadsdeel van Hant ingegaan dat bekend stond als Jillyville. Aldaar, volgens door de politie ontvangen inlichtingen, belandde hij in het gezelschap van ene Bodred Histledine, een beruchte rabauw van het district Noordrivier. Het tweetal had zich korte tijd verpoosd in het Epidroom, waar Angus Barr tweehonderd dollar won van een gokmachine. Daarna wandelden zij over de Parade naar café de Zwarte Opaal, waar ze limoenbier dronken en zonder succes twee vrouwelijke toeristen aan de haak poogden te slaan. Verder over de Parade lopend staken ze de rivier de Louthe over via de Boncastlebrug en namen de ratelende oude roltrap tegen de Semafoorheuvel op naar Hongo's Blauwe Lamp Taveerne, en daarna zag men Angus Barr niet meer.

De verdwijning van Barr werd bij de politie gemeld door de hoofdsteward van de *Danaan Warrior*. Afgaand op een tip spoorden rechercheurs Clachey en Delmar de rabauw Bo Histledine op, die ze goed kenden, en namen hem mee naar het centrale gezag voor ondervraging.

Een onderzoek van zijn geest leverde geen duidelijke bewijzen op. Volgens Bo's geheugen had hij een onschuldige avond doorgebracht gezeten voor zijn term*. Helaas voor Bo bevatte zijn geheugen ook fragmentarische herinneringen aan het Epidroom, de Parade en de

---

* Van het acroniem TERM: Totale Ervarings Reproductie Mechanisme.

Zwarte Opaal. De twee vrouwelijke toeristen gaven niet alleen een signalement van de vermiste Barr, maar identificeerden Bo ook eenstemmig.

Delmar knikte met verbeten voldoening. "Wat zeg je daarop?" vroeg hij de schurk.

Bo kromde zijn rug en zijn gezicht werd een masker van koppige strijdlust. "Dat heb ik je al verteld. Ik weet niets van deze zaak. Die loslopers* verwarren mij met een ander. Denk je dat ik me voor zulke taarten zou gaan inspannen? Moet je d'r eens kijken!" Bo gaf een ruk met zijn hoofd naar een van de boze vrouwen.

"Een gezicht als een bord vol gekookte varkenspootjes. Ze draagt geen trui; dat zijn de haren op haar armen. En die schele moeder van haar —"

"Ik ben haar moeder niet! We zijn geen familie!"

"— die is geen fluit beter; ze loopt met kromme poten, alsof ze iemand aan het besluipen is."

Delmar grinnikte; Clachey knikte ernstig. "Aha. En hoe weet jij hoe zij loopt? Ze zaten al toen je hier binnen werd gebracht. Je vuile mond brengt je in moeilijkheden."

Delmar zei: "Dat is alles, dames. Dank u voor uw hulp."

"Het was ons een genoegen. Ik hoop dat hij naar Windrivier wordt gestuurd." Ze doelde op een strafkolonie op de verre planeet Herboren.

"Heel goed mogelijk," zei Delmar.

De toeristen vertrokken. Clachey zei tegen Bo: "Nou, hoe staat het? Wat heb je met Barr gedaan?"

"Nooit van 'm gehoord."

"Je hebt je geheugen laten wissen," zei Delmar. "Je schiet er niets mee op. Windrivier, hou je gereed."

"Je kunt niets tegen me bewijzen," zei Bo. "Misschien ben ik dronken geweest en herinner ik het me niet zo best, maar dat wil nog niet zeggen dat ik Barr zijn nek heb omgedraaid."

Clachey en Delmar wisten net zo goed als Bo dat ze hem weinig konden maken en ze zochten vergeefs naar doorslaggevend bewijsmateriaal.

---

* *Loslopers*: jargon van die periode. Een slecht bedeelde of anderszins afstotende vrouw. Etymologie onbekend.

Uiteindelijk werd Bo beschuldigd van geheugenwissen zonder vergunning, wat geen onbeduidende overtreding was voor iemand met zo'n straflijst. De magistraat legde Bo een boete van duizend dollar op en hing hem een stevige voorwaardelijke veroordeling aan zijn broek. Bo haatte beide straffen uit de diepten van zijn hartstochtelijke ziel en zijn reclasseringsambtenaar, inspecteur Guy Dalby, verafschuwde hij op het eerste gezicht.

Zijnentwege wist inspecteur Dalby, een voormalig astronaut, niets aan Bo te waarderen, noch zijn dikke rossig-blonde krullen, of zijn norse knappe gezicht, wellicht ontsierd door een iets te zware kin en ietwat te volle lippen — noch zijn geraffineerd modieuze kledij, noch Bo's slinkse levensstijl. Dalby koesterde het vermoeden dat achter iedere overtreding op Bo's straflijst een dozijn andere misdaden schuilgingen die nooit onder de aandacht van de autoriteiten waren gekomen. Als astronaut stelde hij zich objectief op tegenover wandaden en hij hield Bo aan de letter van de eisen van zijn proeftijd. Hij onderwierp Bo's wekelijkse budget aan een uiterst sceptisch onderzoek. "Wat is dit voor bedrag, honderd dollar vereffening van een oude schuld?"

"Precies wat er staat," zei Bo, stijf op de rand van de stoel gezeten.

"Wie heeft je dit geld betaald?"

"Een man die Henry Smith heet: het was een speelschuld."

"Breng hem hier. Ik wil dit controleren."

Bo streek door zijn kap van gouden krullen. "Ik weet niet waar hij is. Ik kwam hem toevallig tegen op straat. Hij heeft me mijn geld gegeven en liep weer verder."

"Is dit je totale inkomen van deze week?"

"Precies."

Guy Dalby grijnsde verbeten en knipte met zijn vingers tegen een vel papier. "Dit is een verklaring van een zekere Polinasia Glianthe, beroep: prostituee. 'Vorige week betaalde ik Grote Bo Histledine honderdvijfenzeventig dollar, omdat hij zei dat hij anders mijn oren af zou snijden.'"

Bo maakte een verachtelijk geluid. "Wie geloof je eerder? Mij of een of andere doorgelegen ouwe teef die zelfs in de beste week van haar leven geen honderdvijfenzeventig binnen kon halen?"

Dalby vermeed een rechtstreeks antwoord. "Je moet een baan

zoeken. Je hoort op een aanvaardbare manier in je onderhoud te voorzien. Als je geen werk weet te vinden, dan bezorg ik je wel een baan. Er
is genoeg te doen op Jugurtha." Dat was de wereld die door maatschap-
pelijke delinquenten verfoeid werd om zijn rehabilitatieboerderijen.

Bo kwam onder de indruk van Dalby's koele bondigheid. Zijn
vorige reclasseringsambtenaar was een stadsbewoner geweest die zich
instinctief verliet op een empathische tactiek. Bo had er nooit moeite
mee gehad zijn misstappen te verklaren. En de reclasseringsman
verheugde zich over Bo's vermogen om onderscheid te maken tussen
goed en slecht, althans mondeling. Maar inspecteur Dalby had duidelijk
geen snars belangstelling voor de pijn en ontberingen die Bo's psyche
kwelden. Vloekend en ziedend begaf Bo zich naar het arbeidsbureau en
werd prompt als leerling-metaalbewerker naar de Orion Ruimtewerf
gestuurd tegen een salaris dat hem een flauwe grap leek. Hoe dan ook,
Dalby moest hij te slim af zijn! Ondertussen bleek hij onder het gezag
te staan van een even onsympathieke voorman: ook al een voormalig
astronaut, genaamd Edmund Sarkane. Sarkane legde Bo uit dat hij, om
het loon van een uur te verdienen, ook een uur lang moest zwoegen, wat
voor Bo een geheel nieuw denkbeeld was. Dat kon Sarkane toch niet
ernstig menen! Hij poogde Sarkane's voorschrift op talloze manieren
te omzeilen, maar Sarkane had al duizend leerlingen afgewerkt en Bo
kende slechts één Sarkane. Iedere keer als Bo meende in de schaduwen
te kunnen uitrusten, of een vermoeiende opdracht te kunnen vergeten,
klonk Sarkane's schrapende stem in zijn oren en Bo begon zich ten
slotte af te vragen of hij dan toch het onaanvaardbare zou moeten
aanvaarden. Het werk was op zichzelf eigenlijk niet hinderlijk; en
Sarkane's minachting was bijna een uitdaging voor Bo om zich in ieder
opzicht superieur te betonen aan Sarkane zelf, ook bij de kunst van het
metaalbewerken. Af en toe betrapte hij zich er tot zijn verrassing en
misnoegen op dat hij ijverig aan de arbeid was.

De ruimtewerf zelf was een ervaring. Zoals de meeste stedelingen
bezat hij een gevoelig oog; hij merkte de trieste kleurenharmonie op:
zwarte bouwwerken, de okergele aarde, grijs beton, het rood, blauw
en olijfgroen van borden en tekens, alles bezield door elektrische
glitteringen in vuren en beekjes en het voortdurende va-et-vient van
streng kijkende werklieden. De scheepsrompen torenden tegen de

hemel; zij vervulden Bo met een eigenaardige emotie, half ontzag en half antipathie, want ze symboliseerden de verre werelden die Bo, als stedeling, beslist niet van plan was ooit met een bezoek te vereren, zelfs niet als toerist. Waarom zou je die verre streken peilen? Hij kende de aanblik, de geur en de sfeer van deze werelden middels zijn term; hij had niets gezien dat hier in Hant niet beter geregeld was.

Als je maar geld had. Geld! Een woord met een magische klank. Vanwaar hij met zijn polijstmachine in de weer was kon hij in het zuiden tot Wolkhaven zien, dat sereen en goudkleurig in het middaglicht zweefde. Hier zou hij gaan wonen, beloofde hij zichzelf, en onder het kijken mompelde hij zachte vloeken van verlangen. Geld, dat had hij nodig.

Sarkane's schrapende stem verstoorde zijn dagdromen. "Zet een nummer-vijf-kop op je machine en ga naar de luchthuisperrons. Vlot nu; we hebben een haastklus die vandaag klaar moet." Hij maakte wat Bo een onnodig bruusk gebaar vond.

Bo hees de machine over zijn schouder en liep achter Sarkane aan, noodgedwongen met de gebogen tred van een werkman die een last torst. Hij wist hoe deze manier van lopen er uitzag; introspectie en voortdurende zelfevaluatie zijn onmisbare eigenschappen van de geestelijke machinerie van de stedeling. Hij was woedend en vernederd: hij, Bo Histledine, Grote Bo de Beurzengrisser, die krom liep als een ordinaire arbeider! Hij smachtte ernaar om Sarkane iets toe te schreeuwen in de trant van: "Hé, kalm aan, ouwe gootstinker die je bent, denk je soms dat ik een kameel ben? Hier, draag die verwenste machine zelf maar, of stop 'm in je oor!" Maar hij mompelde deze opmerkingen slechts en ging over in draf om Sarkane bij te houden: door het metalen kabaal van de koudwalswerkplaats, door de opslag van stuwingscocons met de grootse rompen massief in de lucht, over de stellages naar een tros van drie platforms aan de zuidrand van de werf. Op een van de platforms rustte een constructie met een glazen koepel die Bo herkende als een luchthuis: de ere-residentie van een commandeur in de Orde van het Terrestriale Rijk en exclusief gereserveerd voor dergelijke lieden.

Sarkane wenkte Bo en gebaarde naar de onderkant van de randflens. "Schuur dat metaal schoon, haal al die schilfers en oxiden eraf, zodat de kristalleur een nieuwe laag kan aanbrengen. Ze kunnen ieder ogenblik arriveren en wij willen dat het in orde is."

"Wie zijn 'ze'?"

"Een groep mensen van Rampold: een drager van de Orde en zijn gezin. Aan de slag nu, zoveel tijd hebben we niet."

Sarkane verwijderde zich. Bo nam het luchthuis eens op. Rampold? Hij dacht van dat oord weleens gehoord te hebben: het was een verre, halfwilde wereld waar de mensen zich maten met een elementaire omgeving en vijandige inheemsen om nieuwe bewoonbare gebieden te scheppen. Waarom bleven ze daar niet als ze het er zo prettig vonden? Maar ze kwamen altijd trots als een pauw terug naar de Aarde met hun titels en privileges, en daar vonden ze Bo Histledine die metaal voor ze stond te poetsen.

Bo sprong op het dek en nam een kijkje in het inwendige. Hij zag een plezierige maar toch niet weelderige woonkamer met witte wanden, een rood en blauw tapijt en een open haard. Middenin de kamer stond een stapel kisten. Hij las de op de zijkanten geschilderde naam: Commandeur M.R. Tynnott, R.V.D. — de afkorting betekende Ruimteverkenningsdienst.

Sarkane's stem roffelde op zijn rug. "Hé! Histledine! Weg van daar! Wat denk je dat je daar aan het doen bent?"

"Ik kijk alleen maar," zei Bo. "Hou je gemak." Hij sprong op de grond. "Niets aan te zien, trouwens. Ze hebben niet eens tv, laat staan een term. Toch zou ik geen nee zeggen als ze me er een gaven."

"Niets verhindert dat," zei Sarkane op een toon van bijtende spot. "Ga gewoon twintig of dertig jaar lang aan de andere kant van nergens werken; dan geven ze je wel een luchthuis."

"Bo Histledine piekert er niet over."

"Verwachtte ik ook niet. Schuur nu die flens, en zet je beste beentje voor."

Terwijl Bo met zijn machine bezig was dwaalde Sarkane her en der, inspecteerde de reparaties aan de onderkant van het luchthuis, wachtte op de kristalleurploeg, en hield Bo in de gaten.

Het was vermoeiend werk — Bo was gedwongen boven zijn macht te werken. Zijn ijver, toch al niet onverdroten, begon te tanen. Telkens als Sarkane uit het gezicht verdween rekte Bo zich uit en ontspande zich. Commandeur Tynnott en zijn gezin konden wel een uur of twee wachten, of twee of drie dagen, wat Bo betrof. Sterrenlanders waren veel te hooghartig en zelfvoldaan naar zijn smaak. Ze gedroegen zich alsof zoiets simpels als een ruimtereis hen op een of andere manier verhief boven de mensen die verkozen om thuis te blijven in de steden.

Tijdens een van deze rustperioden zag hij in de buurt een taxi landen. Er stapte een meisje uit dat naar het luchthuis liep. Bo staarde er geboeid naar. Een meisje van dit soort had hij nog nooit gezien: ze was heel wat jonger dan hijzelf, volmaakt gebouwd, slank, maar soepel en veerkrachtig, een wezentje van onschatbare waarde. Ze kwam aanlopen met vlotte, montere pas, alsof ze in haar korte leven al overal geweest was, over heuvels en door dalen had gelopen, over bospaden en bergkammen: waar ze maar wilde. Haar glanzende koperkleurige haar hing los tot vlak voorbij de lijn van haar kaak; de ingewikkelde coiffures die momenteel in Hant in de mode waren kende ze niet of ze lieten haar koud. Haar kleren waren al even eenvoudig: een blauwgrijze kiel, witte sandalen, geen enkele versiering. Ze bleef staan naast het huis en zo kon Bo haar gezicht bestuderen. Haar ogen waren donkerblauw en diep als meren; haar wangen vlak; haar mond was breed en door een bekoorlijk maniertje leek hij enigszins wrang en scheef. Haar huid was een gaaf lichtbruin; haar gelaatstrekken konden niet verfijnder zijn. Zonder hem echt aan te kijken sprak ze tegen Bo: "Ik vraag me af hoe ik aan boord kom."

Plotseling galant stapte Bo naar voren. "Hier; laat mij u helpen." Haar aanraken, een van die soepele jonge benen liefkozen (al was het maar een ogenblik) zou werkelijk een genot zijn. Maar het meisje leek hem niet te horen; vlot sprong ze naar de reling en zwaaide zich erover.

Sarkane kwam eraan. Na een bruusk gebaar tegen Bo richtte hij zich tot het meisje. "U bent zeker een van de eigenaars. Tynnott luidt uw naam, meen ik?"

"Mijn vader is Commandeur Tynnott. Ik dacht dat hij hier al zou zijn met mijn moeder. Ze zullen zo wel komen." Haar stem was even luchtig en licht als haar uiterlijk en ze sprak de grijze oude Sarkane aan alsof ze al jaren vrienden waren. "U bent geen stedeling; waar heeft u uw sfeer vandaan?"

Ze doelde op het ondefinieerbare aspect waaraan sterrenlanders en astronauten hun eigen soort wisten te herkennen.

"Hier, daar en overal," zei Sarkane. "De meeste tijd heb ik voor Slade in de Zumberwalts gewerkt."

Het meisje keek hem bewonderend aan. "Dan moet u Vode Skerry en Ribolt Troil hebben gekend, en alle anderen."

"Jazeker, juffrouw, dat klopt."

"En nu woont u in Hant!" zei ze op een toon alsof ze haar verbazing niet op kon. Bo's lippen vertrokken onwillekeurig. Wat was er zo verkeerd aan Hant? vroeg hij zich af.

"Niet lang meer," zei Sarkane. "Volgend jaar ga ik naar Tinctala. Daar heeft mijn zoon een farmstation."

Het meisje knikte begrijpend. Ze bekeek het luchthuis taxerend. "Dit is allemaal zo opwindend, ik heb nog nooit in zulke luxe gewoond."

Sarkane glimlachte toegeeflijk. "Zo luxueus is het allemaal niet, juffrouw, althans niet vergeleken met hoe de rijke mensen daarginds wonen." Hij gebaarde naar Wolkhaven. "Toch zouden ze het allemaal graag voor een luchthuis willen ruilen, heb ik me laten vertellen."

"Dan zijn er dus niet zo veel van deze huizen?"

"Maar tweeduizend, alles bij elkaar, en meer zullen er nooit komen. Zo luidt de wet. Anders zou de hemel ervan vergeven zijn als de zee van kwallen. Iedere scharrelaar en politicus en plutocraat van de wereld zou er een willen hebben. Nee juffrouw, ze zijn gereserveerd voor de dragers van de Orde en zo hoort het ook. Blijft u hier lang?"

"Niet zo lang; mijn vader heeft zaken te regelen met het Bureau, en ik zal wat onderzoek doen als ik hier toch ben."

"Ah, dan bent u zeker student aan de Academie? Een boeiende instelling, altijd het nieuwste van het nieuwste, zeggen ze."

"Vast wel. Ik ben van plan om morgen de Geschiedeniszaal te gaan bekijken." Ze wees naar een dalende taxi. "Daar zijn ze dan eindelijk."

Bo, die binnen gehoorsafstand had staan werken, manipuleerde zijn machine totdat Sarkane met de Tynnotts ging overleggen. Hij poetste langs de flens tot waar het meisje op de reling leunde; toen hij zijn ogen opsloeg zag hij een paar gladde bruine benen en een glimp van haar dij. Ze was zich slechts vaag bewust van zijn bestaan. Bo richtte zich op en zette de uitdrukking van hypnotische mannelijkheid op die hem in het verleden altijd zo goed van pas was gekomen. Maar in plaats van zich aan hem te storen ging het meisje een paar treden naar beneden. "Ik ben al hier," riep ze, "maar ik weet niet hoe ik naar binnen moet."

Bo rilde van wrok. Dus het meisje wilde hem niet aankijken! Dus zij dacht dat hij een stomme arbeider was! Zag ze dan niet dat hij Bo Histledine was, de beruchte Grote Bo, links en rechts van de Noordkust bekend, van de Dipshawhoogten tot aan het Zwerlingpark?

Hij liep de reling langs. Naast het meisje gekomen slaagde hij er in zijn moersleutel op haar voet te laten vallen. Ze gilde van de pijn en de schrik. "Sorry," zei Bo. Hij kon een grijns niet onderdrukken. "Deed het pijn?"

"Niet erg." Ze keek naar de zwarte olieveeg op haar witte sandaal, en daarna draaide ze zich om en liep naar haar ouders die het huis ingingen. Op verbaasde toon zei ze: "Weten jullie, ik geloof echt dat die werkman expres zijn gereedschap op mijn voet heeft laten vallen."

Na een ogenblik zei Tynnott: "Waarschijnlijk wilde hij je aandacht trekken."

"Ik wou dat hij een andere manier had bedacht... Het doet nog steeds pijn."

Twee uur later toen de zon laag in het westen stond liet Tynnott het huis opstijgen. De ruimtewerf verdween in de diepte; de zwarte gebouwen, de skeletten van de ruimteschepen, de taluds, steigers en kranen werden miniaturen. De Louthe strekte zich met zilverbruine slingers overspannen door honderd bruggen over het panorama uit. De Dipshawtoppen rezen op in het westen met witte gebouwen als treden op de helling; daar voorbij en naar het noorden lagen de woonwijken te midden van verspreide parken en groenstroken. In het oosten stonden de vervallen torens van de Oude Stad; in het zuiden, goud in een warboel van cumuluswolken, zweefde Wolkhaven als een prachtig sprookjeskasteel.

Het luchthuis dreef in het volle licht van de ondergaande zon. De Tynnotts, Merwyn, Jade en Alice, leunden op de reling en keken neer op de stad.

"Nu heb je het oude Hant gezien," zei Merwyn Tynnott, "of althans de omvang ervan. Wat denk je?"

"Het is een wilde verwarring," vond Alice. "Zo lijkt het tenminste. Zoveel ongerijmde elementen: Wolkhaven, de Oude Stad, de arbeiderssloppen..."

"En niet te vergeten Jillyville, dat vlak onder ons ligt," zei Jade, "en Collegestation, en het Vreemdenkwartier."

"En de Dipshawhoogten, en Goshen, en de Rivierweide, en Olmhorst, en de Jubavallei."

"Precies," zei Alice. "Ik zou zelfs niet proberen te generaliseren."

"Slimme meid!" zei Merwyn. "In ieder geval is generaliseren een taak voor het onderbewustzijn, dat een bijzonder capabel integratie-mechanisme bezit."

Alice vond dat een boeiend idee. "Hoe kun je onderscheid maken tussen generalisatie en emotie?"

"Dat probeer ik nooit."

Alice lachte om dit grapje van haar vader. "Ik gebruik mijn onderbewustzijn wanneer ik maar kan, maar ik vertrouw er niet op. Mijn onderbewustzijn houdt bijvoorbeeld vol dat een werkman heel zorgvuldig zijn moersleutel op mijn voet liet vallen. Mijn gezond verstand wil dat niet geloven."

"Dan is je gezonde verstand niet gezond genoeg," zei Merwyn. "Het is heel simpel. Hij raakte verliefd op jou en wilde je dat vertellen."

Deels geamuseerd, deels verlegen, schudde Alice het hoofd. "Bespottelijk! Ik was nog maar net op de boot gesprongen!"

"Sommige mensen beslissen snel. Gisteravond was je trouwens ongewoon hartelijk tegen Waldo Walberg."

"Toch niet," zei Alice luchtig. "Waldo is natuurlijk een plezierig persoon, maar echt, geen van ons beiden heeft romantische neigingen. In de eerste plaats heb ik er geen tijd voor en in de tweede plaats betwijfel ik of we wel iets gemeen hebben."

"Je hebt natuurlijk gelijk," zei Jade. "We plagen je maar omdat je zo knap bent en zoveel mannen het hoofd op hol jaagt en dan net doet of je niets merkt."

"Ik zou mezelf natuurlijk afzichtelijk kunnen maken," peinsde Alice. "Ik heb altijd nog dat kunstje dat Shikabay me heeft geleerd."

"Wat voor kunstje? Hij heeft je er zo veel geleerd."

"Het nieuwste is nogal weerzinwekkend, maar hij beweert dat het onfeilbaar is."

"Hoe zou hij dat weten?" vroeg Jade afkeurend. "Lelijke ouwe charlatan die hij is! En nog wulps ook."

"In dit verband," zei Merwyn, "wil ik je waarschuwen: pas op in deze oude stad. De mensen hier zijn stedelingen. De stad woekert van subjectiviteit."

"Ik zal wel oppassen, al kan ik vast wel voor mezelf opkomen. Zo niet, dan zou Shikabay zich heel vernederd voelen... Ik ga wel." De telefoon ging. Waldo's gezicht keek uit het scherm. Het was een knap gezicht met strenge ogen en een rechte neus, en de afhangende mond duidde op gevoeligheid, of charme, of genotzucht, of ongeduld, of allemaal, of geen ervan, afhankelijk van wie het gezicht beoordeelde en onder welke omstandigheden. Overeenkomstig de mode had Waldo zijn haar laten knippen tot een stoppelveld dat vervolgens glanzend zwartgelakt was en zorgvuldig in een reeks drieste bochten, kruisingen en hoeken was gesneden. Ook zijn tanden waren zwartgelakt; hij droeg zilveren lippenverf en zijn oren waren klein en plat en aan het rechter hing een gouden snuisterij. Voor in stadse subtiliteiten geschoolde personen wees Waldo's kostuum op hoge afkomst en zijn manieren waren die van Wolkhaven en van nergens anders. "Hallo, Waldo," zei Alice. "Ik zal mijn vader roepen."

"Nee, nee, wacht! Jou wil ik spreken."

"O? Waarvoor?"

Waldo bevochtigde zijn lippen en tuurde in het scherm. "Ik had gelijk."

"Hoezo?"

"Jij bent het opwindendste, betoverendste, hartveroverendste wezen in, op, boven of beneden de stad Hant."

"Wat idioot," zei Alice. "Ik ben alleen maar mij."

"Je bent fris als een bloem, een oranje goudsbloem die danst in de wind."

"Wees alsjeblieft ernstig, Waldo. Je belt zeker over het boek, *Steden van het verleden*."

"Nee. Ik bel je over steden van het heden, namelijk Hant. Waarom gaan wij de stad niet bekijken als je hier maar zo kort blijft?"

"Doen we al," zei Alice. "We kunnen helemaal naar Olmhorst in het zuiden kijken, naar Vogeloord in het noorden, naar de Oude Stad in het oosten, en de zonsondergang in het westen."

Waldo tuurde onderzoekend in het scherm. Gebrek aan ernst?

Logge humor? Reine stommiteit? Opperste naïviteit? Hij kon het niet bepalen. Beleefd zei hij: "Ik bedoelde dat wij een kijkje zouden kunnen gaan nemen bij een van de evenementen, iets dat je op Rampold misschien niet te zien krijgt. Een concert bijvoorbeeld? een tentoonstelling? een percept?…Wat doe je daar?"

"Ik noteer een idee voordat ik het weer vergeet."

Waldo trok zijn dure wenkbrauwen op. "En daarna zouden we ergens een hapje kunnen gaan eten en elkaar beter leren kennen. Ik weet een bijzonder schilderachtig etablissement, het Oude Rovershol, waarvan je denkelijk wel zou genieten."

"Waldo, ik heb eigenlijk geen zin om uit het luchthuis te komen; het is hier zo vredig en we praten over zulke interessante dingen."

"Jij en je ouders?" Waldo was hogelijk verbaasd.

"Er is hier niemand anders."

"Maar je blijft maar zo kort in Hant!"

"Weet ik…misschien moet ik mijn tijd uitbuiten. Plezier maken kan later wel."

Waldo kreeg een dikke stem. "Maar ik wilde dat je vanavond plezier zou hebben!"

"Nou, vooruit dan maar. Maar laten we het niet te laat maken. Morgenochtend ga ik naar de Academie."

"We zullen de omstandigheden laten beslissen. Ik kom je over een uur ophalen. Heb je dan genoeg tijd om je op te poetsen?"

"Kom maar wat vroeger als je wilt. Over tien minuten ben ik klaar."

II

Waldo arriveerde een halfuur later. Alice wachtte hem op. Ze droeg een eenvoudige japon van een dof donkergroen materiaal en een band van in gouddraad gevatte vlakke jadesteentjes die haar haren bijeenhield. Ze inspecteerde Waldo nieuwsgierig, en zijn kleding viel dan ook op door elegantie en bewerkelijkheid. Zijn broek, gemaakt van een lichte stof in de kleuren zwart, bruin en kastanje stond kunstig bol om de heupen, omklemde zijn kuiten, en hing achteloos slordig over zijn sloffen van zwart en rood gelakt metaal. Zijn bloes was een oranje, grijze en zwarte toestand en daarover droeg hij een zwart jasje met een smal middel, ingenomen ellebogen en uitlopende manchetten, en een schitterende kravat van zijde met de zinderende kleuren van een olielaagje op water.

"Wat een interessant kostuum!" riep Alice uit. "Ieder detail heeft vast zijn speciale symbolische waarde."

"Zo ja, dan ben ik me daar niet van bewust," zei Waldo. "Goedenavond, Commandeur."

"Goedenavond, Waldo. En waarheen richten jullie schreden zich vanavond?"

"Dat hangt van Alice af. Er wordt een concert gegeven in de Contemporanea: muziek van Vaakstra's, heel belangwekkend."

"Vaakstras?" Alice dacht na. "Nooit van hem gehoord. Maar natuurlijk zegt dat niets."

Waldo lachte toegeeflijk. "Een cultus van dissidente muzikanten is naar de kust van Groenland geëmigreerd. Ze hebben hun kinderen zonder enige muziek opgevoed, zonder ze zelfs het woord 'muziek' te leren. Na de puberteit gaven ze de kinderen een stel instrumenten en eisten dat ze zich daarmee uitdrukten en eigenlijk een muzikaal weefsel schiepen dat gebaseerd was op hun aangeboren emotiepatronen. De muziek die daaruit is voortgekomen is beslist een uitdaging. Luister maar." Hij haalde een zwart doosje uit zijn zak. Er gloeide een raampje in waarachter een inhoudsopgave verscheen en Waldo stelde het apparaatje in. "Hier is een voorbeeld van Vaakstra's; het is niet direct te herkennen als muziek."

Alice luisterde naar de klanken uit de muziekspeler. "Ik heb betere kattengevechten gehoord."

Waldo lachte. "Het is een veeleisende muziek, en vraagt empathie van de luisteraar. Hij moet zijn eigen archief van patronen doorzoeken, al rommelend en keurend tot hij helemaal op de bodem de juiste patronen vindt, en deze moeten in zijn geest de wilde emoties van de Vaakstra-kinderen synthetiseren."

"Laten we ons daar vanavond niet mee vermoeien," zei Alice. "Ik zou nooit zeker weten of ik de juiste patronen had opgediept en misschien zou ik allemaal verkeerde emoties voelen, en ik vind het trouwens niet zo verschrikkelijk boeiend om andermans emoties te ondergaan. Ik heb er zelf genoeg."

"We vinden wel iets dat je bevalt, maak je maar geen zorgen." Waldo boog beleefd voor Merwyn en Jade en loodste Alice in de taxi die een schuine baan naar de stad in de diepte beschreef.

Waldo keek Alice van opzij aan. Hij verklaarde: "Vannacht ben je een betoverde prinses uit een sprookje. Hoe doe je dat?"

"Ik weet het niet," zei Alice. "Ik heb niets speciaals geprobeerd. Waar gaan we heen?"

"Tja, er is een tentoonstelling van Latushenko's geestkristallen, die hij in nieuwe graven kweekt; of we zouden naar de Arnaud Intrinsicalia kunnen gaan, waar ze een hele knappe voorstelling geven die ik al drie keer heb gezien; ik weet zeker dat je ervan zou genieten. De operateurs zijn prothetisch gekoppeld aan marionetten die de meest avontuurlijke en schandelijke daden plegen. Vanavond geven ze *Salammbô*, en *Het geheime poederdonsje*, dat nogal ondeugend is, als je van zulke dingen houdt."

Alice schudde glimlachend van nee. "Ik ben toevallig eens op de mammoet-atrachiden van het Didionmoeras in de bronsttoestand gestoten, en sindsdien ben ik alle interesse in voyeurisme kwijtgeraakt."

Waldo was geschokt. Hij knipperde met zijn ogen en verschikte zijn kravat. "Nou — we hebben altijd nog het Perceptorium — maar je bent niet bedraad en zou dus een heleboel missen. In het Hypersensorium is een expositie: de Poses van John Shibe. Of misschien hebben we geluk en kunnen we een paar plaatsen krijgen voor het Conservatorium; vanavond doen ze Oxtots *Opwekking van fundamentele pijn*, met vijf muziekmachines."

"Ik ben echt niet zo'n enorme liefhebber van muziek," zei Alice. "Ik kan gewoon niet zo lang stil zitten terwijl ik me steeds afvraag waarom iemand het nodig vond deze of gene reeks noten te produceren."

"Op m'n woord," zei Waldo verbluft. "Hebben jullie dan helemaal geen muziek op Rampold?"

"O, muziek is er genoeg. De mensen zingen of fluiten wanneer ze maar zin krijgen. En op de stations is er altijd wel iemand met een banjo."

"Dat is niet helemaal precies wat ik bedoel," zei Waldo. "Muziek, en in feite de kunst in het algemeen, is het proces waarbij men bewust een emotioneel oordeel of standpunt in termen van abstracte symboliek communiceert. Ik geloof niet dat het fluiten van een horlepijp onder die definitie valt."

"Je hebt vast wel gelijk," zei Alice. "Ik weet zeker dat dat nooit bij me is opgekomen als ik fluit. Toen ik heel klein was hadden we een schooljuffrouw van de Aarde, een ouwe dame die overal verschrikkelijk bang voor was. Ze probeerde ons subjectiviteit te leren; ze liet ons de ene muziekplaat na de andere horen maar zonder resultaat; wij genoten allemaal meer van onze eigen emoties dan van die van andere mensen."

"Wat een klein barbaartje ben jij, zeg!"

Alice lachte. Arme ouwe juffrouw Burch! Ze was zo in de war! De enige naam die ik me nog herinner is Bargel, of Bengel, of zoiets, en die liet zijn dingen altijd eindigen met een enorme stampei en fanfares."

"'Bargel'? 'Bengel'? Bedoel je soms Baraungelo?"

"Ja, inderdaad, dat was 'm. Wat slim van je!"

Waldo lachte droevig. "Dat was een van de grootste componisten van de vorige eeuw. Dus je wilt niet naar concerten of tentoonstellingen of naar het Perceptorium," zei hij klaaglijk. "Wat doe je nu? Alweer aantekeningen maken?"

"Ik heb een slecht geheugen," zei Alice. Als ik een idee krijg moet ik het ook meteen opschrijven."

"O," zei Waldo kleurloos. "Wel — wat stel je voor?"

Alice probeerde zijn gevoelens te sussen. "Ik ben bijzonder ongeduldig. Subjectiveren trekt me gewoon niet, net zomin als ervaringen uit de tweede hand…O, jee, daar ga ik weer, en nu is het nog erger geworden. Het spijt me."

Waldo was wat beduusd door alles. "Wat spijt je?"

"Misschien heb je het niet gemerkt, en dat is maar goed ook."

"Och kom. Zo ernstig kan het niet geweest zijn. Zeg het maar!"

"Het is niet belangrijk," zei Alice. "Waar gaan de astronauten heen als ze zich willen vermaken?"

Waldo antwoordde op afgemeten toon: "Ze drinken in kroegen, of escorteren weelderige dames naar het Hoogstijl restaurant, of sluipen door Jillyville, of gokken in het Epidroom."

"Wat is Jillyville?"

"Dat is het ouwe marktplein, en soms zal het wel amusant zijn. Het Vreemdenkwartier ligt vlak na de Lichtjaarweg; de jeeks en de wampoens en de tinko's hebben allemaal winkeltjes op de Parade. Er zijn kleine bistro's en dronken astronauten, mystici, kwakzalvers en poten, gonkers en gonkhandelaren en allerhande soorten heimelijke wanhopelingen. Het is meer dan een klein beetje vulgair."

"Jillyville is misschien de moeite waard," zei Alice. "Dat leeft tenminste. Laten we daarnaartoe gaan."

Wat een vreemd meisje! dacht Waldo. Mooi genoeg om van te smelten, een dochter van Commandeur Merwyn Tynnott, Ordedrager, lid van de galactische adel met een ver boven de zijne verheven status, maar wat was ze provinciaal, en ongelooflijk zelfverzekerd voor haar leeftijd, die nauwelijks meer dan zeventien of achttien bedroeg! Ze leek hem soms gewoon als een kind te behandelen alsof hij de cultureel onderontwikkelde sterrenlander was en zij een vrouw van de wereld! Welaan, dacht Waldo laten we de zaken in een amusanter kanaal leiden. Hij boog zich naar haar toe, legde zijn hand op haar wang en poogde haar te kussen, wat hem weer het initiatief in handen zou geven. Alice dook weg en Waldo's plan was verijdeld. Verbluft vroeg ze: "Waarom deed je dat?"

"Om de gebruikelijke redenen," zei Waldo met een gesmoorde stem. "Die zijn heel goed bekend. Ben je nog nooit gekust?"

"Sorry als ik je gevoelens gekwetst heb, Waldo. Maar laten we gewoon terloopse vrienden blijven."

Waldo zei weids: "Waarom zouden we ons hoe dan ook beperken? Er is ruimte voor iedere relatie die wij willen! Laten we overnieuw beginnen. We doen alsof we elkaar net ontmoet hebben, maar nu al wederzijds belangstelling hebben gekregen!"

"De laatste die ik voor de gek wil houden ben ikzelf," zei Alice. Ze aarzelde. "Ik weet amper wat voor advies ik je moet geven."

Waldo keek haar met een slap gezicht aan. "Waarover?"

"Subjectiviteit."

"Ik ben bang dat ik je niet begrijp."

Alice knikte. "Het is net alsof je een vis vertelt dat hij nat is… Laten we over iets anders praten. De lichtjes van de stad zijn werkelijk luisterrijk! De oude Aarde is echt wel schilderachtig! Is dat daar beneden het Epidroom?"

Met een schuinse blik naar haar bekoorlijke gezicht antwoordde Waldo met een enigszins metalen stem: "Dat is de Meridiaancirkel aan het eind van de Parade, waar de cultussen en discussiegenootschappen samenkomen. Zie je die staaf van wit luciflux? Dat is het teken van de Parade. Die lichtgevende groene cirkel is het Epidroom. Zie je die gekleurde lampen aan de andere kant van de Parade? Dat is het Vreemdenkwartier. De jeeks houden van blauwe lampen, de tinko's staan op geel licht, en de wampoens willen helemaal geen licht, en daardoor ontstaat dat vreemde effect."

De taxi landde; Waldo hielp Alice galant naar buiten. "We staan aan het begin van de Parade; daar ligt heel Jillyville voor ons…Wat heb je daar?"

"Mijn camera. Ik wil een paar van die prachtige kostuums vastleggen, en dat van jou ook."

" 'Kostuums'?" Waldo keek naar zijn kledij. "Barbaren dragen kostuums. Dit zijn gewoon kleren."

"Hoe dan ook, ze zijn heel interessant…Wat een bijzondere verzameling mensen!"

"Ja," zei Waldo sip. "Op de Parade zie je iedereen en alles. Loop niet te dicht achter de jeeks. Ze hebben een nogal weerzinwekkend verdedigingsmechanisme boven hun staarthoorn. Als je een man met een rode hoed ziet dan is het een bonze van het Externe Magma. Niet naar hem kijken anders wil hij een 'verhelderingshonorarium' hebben voor het raden van zijn gedachten. Die drie mannen daarginds zijn astronauten — uiteraard dronken. Helemaal aan het eind van de Parade heb je het Astronautenrustoord: een gevangenis speciaal voor al te onstuimige ruimtevaarders. Verderop is de Baund, de schreeuwerigste sector van Jillyville: kroegen, bordelen, shampoosalons, cultusstudio's, curiositeitenwinkeltjes, gedachtenlezers, evangelisten en profeten, gonkventers — allemaal in de Baund."

"Wat een pittoresk oord!"

"Ja, dat zeker. Hier is het Zwarte Opaal Café, en daar is een lege tafel; laten we even gaan zitten en rondkijken."

Een poos lang hielden ze zich onledig met een drankje: Waldo met een helder Hyperionees Elixir en Alice met een beker populaire Pootjehakerspunch. Ze keken naar de voorbijgangers: toeristen uit de binnenlanden, astronauten, de jongelieden van Hant. Dames van de nacht slenterden voorbij met een oogje op de astronauten en met polskettingen die rammelden van verloopstekkers. Ze kleedden zich op de meest extreme modieuze wijze en staken het haar hoog op en besprenkelden het met schitterende lichtjes. Sommigen hadden hun huid geverfd, anderen droegen wangschijven met pluimen van kleurige veren. Hun oren waren altijd met klemmen in elfenoren veranderd — hun oprijzende schouderbekroningen liepen uit in groteske spitsen. Waldo stelde voor dat Alice ze fotografeerde, hetgeen ze deed. "Maar ik stel echt meer belang in foto's van representatieve lieden, zoals jijzelf en dat knappe jonge paartje daar. Zijn ze niet schilderachtig? Mijn woord, wat zijn dát voor wezens?"

"Dat zijn jeeks," zei Waldo. "Van Caph Drie. We hebben er hier een hele kolonie van. Zie je dat orgaan boven de dorsale rughoorn? Dat spuit lichaamsteer, met een geur die je nergens op Aarde tegenkomt… Kijk ginds, die lange witte schepsels. Dat zijn wampoens van Argo Navis. Er wonen er ongeveer vijfhonderd in een oud pakhuis voor bak-stenen. Ze komen er niet vaak uit. Tinko's zie ik nu niet, en de spangs komen pas vlak voor dageraad op straat."

Een lange man botste tegen de reling op en hing zijn harige gezicht over hun tafeltje. "Kunt u een dollar of twee missen, uwe heerschap-pen? Wij zijn maar arme achterlanders op zoek naar werk, en we hebben zo'n honger dat we nauwelijks meer lopen kunnen."

"Probeer het eens met gonk," stelde Waldo voor, "dat leidt je aan-dacht af van je problemen."

"Gonk is ook niet gratis, maar als u mij wilt verplichten met een paar munten, dan zal ik vrolijk en zwierig worden."

"Probeer dat witte gebouw aan de overkant. Daar zorgen ze wel voor je."

De gonker brulde een onzedelijkheid. Hij keek Alice aan. "Ergens, mijn lieflijke schat, hebben wij elkaar ontmoet. Ergens daarbuiten, in een of ander beeldschoon land van roem; jouw gezicht zal ik nooit ver-geten. Om die goeie ouwe tijd te gedenken, een dollar of twee!"

Alice pakte een biljet van vijf dollar. Grinnikend van waanzinnig amusement greep de gonker het beet en waggelde weg.

"Geldverspilling," zei Waldo. "Hij koopt er gonk van, een of andere goedkope nieuwe episode."

"Dat zal wel…Waarom is bedraden niet tegen de wet?"

Waldo schudde zijn hoofd. "Dan zouden de perceptoria op de fles gaan. En vergeet de macht van de liefde niet."

"Van de liefde?"

"Geliefden laten zich speciale contacten aanmeten zodat ze zich op elkaar kunnen aansluiten. Doen jullie dat op Rampold niet?"

"O, nee, helemaal niet."

"Aha. Je bent gechoqueerd."

"Nee hoor. Niet eens verrast. Denk je eens in, je kunt zelfs vrijen per telefoon of televisie, of via een opname; je hoeft alleen maar de goeie bedrading te hebben."

"Dat is ook gedaan. De gonkproducenten zijn zelfs nog veel verder gegaan; hersenbedrading plus een percept is gonk."

"O. Is gonk dat. Ik dacht dat het een hallucinerende drug was."

"Het is beheerste hallucinatie. Hoe hoger je het voltage draait, hoe levendiger de hallucinatie wordt. Voor de gonker is het leven grijs en de kleuren komen pas als hij de gonk inschakelt. Het echte leven is een naargeestig intermezzo tussen de weelderige gonk-episoden…O, het is beslist verleidelijk!"

"Heb je het geprobeerd?"

Waldo haalde zijn schouders op. "Het is tegen de wet maar bijna iedereen probeert het weleens. Belangstelling?"

Alice schudde ontkennend haar, hoofd. "In de eerste plaats ben ik niet bedraad. En in de tweede — maar dat doet er niet toe." Ze kreeg het druk met haar aantekeningen.

"Wat schrijf je nu allemaal?" vroeg Waldo. "Over gonk?"

"Zomaar een idee of twee."

"Zoals?"

"Het zou je waarschijnlijk niet interesseren."

"O, jawel hoor! Al jouw aantekeningen interesseren me."

"Misschien begrijp je ze niet."

"Laat maar eens horen."

Met een schouderophalen las Alice: " 'Stedelingen als verkenners van de innerlijke ruimte: d.w.z. — subjectiviteit. De kapiteins: psychologen. De pioniers: abstractionisten. Het credo: perceptiviteit, beheersing van ideeën. De woordvoerders: critici. De toonbeelden: de 'belezen man', de 'goede verstaander', de 'scherpzinnige toeschouwer'.

" 'Voorafgaand aan gonk: theatervoorstellingen, percepten, muziek, boeken: alle stadse cultusobjecten.

" 'Abstractie: het werk van de stedelingen. Belevenissen uit de tweede hand: de levensstroom van de stedelingen. Subjectiviteit: de stadse geestenstroom.' "

Ze keek Waldo aan. "Dat zijn maar een paar ruwe aantekeningen. Wil je nog meer horen?"

Waldo zat verbeten te kijken. "Geloof je dat echt allemaal?"

" 'Geloven' is niet helemaal het juiste woord." Alice dacht even na. "Ik heb alleen een stel feiten in een patroon gerangschikt. Voor een stedeling reiken de implicaties heel ver — eigenlijk ontzettend ver. Maar laten we over iets anders praten. Ben je ooit in Nicobar geweest?"

"Nee," zei Waldo die naar de Baund keek.

"Ik heb gehoord dat de Verzonken Tempel bijzonder boeiend is. Ik zou weleens willen proberen de glyphen te ontcijferen."

"Ja?" zei Waldo fronsend. "Ben je op de hoogte van oud-Gondwanees?"

"Natuurlijk niet! Maar glyphen hebben gewoonlijk een symbolische oorsprong. Niet naar die lampen staren, Waldo; je valt nog in slaap."

"Wat?" Hij ging rechtop zitten. "Hoe kom je daarbij? Het zijn alleen de lampen van het carrousel."

"Weet ik, maar doordat ze achter die pilaren langsgaan fluctueren ze ongeveer tien keer per seconde, zou ik schatten."

"En wat zou dat?"

"De lampen sturen prikkels naar je hersens die elektrische golven opwekken. Met die bepaalde frequentie, als de golven maar sterk genoeg zijn of lang genoeg aanhouden, raak je algauw bedwelmd. Zo gaat het met de meeste mensen."

Waldo gromde sceptisch. "Waar heb je dat geleerd?"

"Dat is algemeen bekend — althans onder neurologen."

"Ik ben geen neuroloog. Jij wel?"

"Nee. Maar onze klusjesman op Rampold wel, dat beweert hij tenminste. Hij is ook goochelaar, worstelt met beren, is cryptoloog, botenbouwer, kruidendokter, en nog een half dozijn andere mooie dingen. Moeder vindt hem bizar, maar ik bewonder hem enorm, omdat hij capabel is. Hij heeft me allerlei nuttige vaardigheden geleerd." Alice plukte een roze bloem uit een pot naast het tafeltje. Ze legde hem op het tafelblad, bedekte hem met haar handen. "Onder welke hand ligt hij?"

Enigszins neerbuigend wees Waldo haar linkerhand aan. Alice lichtte haar rechterhand op en onthulde een rode bloem.

"Aha," zei Waldo. "Je hebt er twee geplukt! Haal je andere hand eens weg."

Alice gehoorzaamde. Op de tafel lag het gouden sieraad te glinsteren dat aan Waldo's oor had gehangen. Waldo knipperde met zijn ogen, voelde aan zijn oor, staarde Alice aan. "Hoe heb je dat te pakken gekregen?"

"Toen je naar de lampen keek. Maar waar is de roze bloem?" Grinnikend als een duiveltje keek ze hem aan. "Zie je hem?"

"Nee."

"Voel eens aan je neus."

Waldo knipperde opnieuw met zijn ogen en raakte zijn neus aan. "Daar zit geen bloem."

Alice lachte uitbundig. "Natuurlijk niet. Wat dacht je dan?" Ze nam een slok van haar beker en Waldo pakte enigszins geërgerd zijn glas op, en ontdekte daarin de roze bloem. "Heel handig." Hij kwam stijf overeind. "Zullen we verder gaan?"

"Zodra ik het schilderachtige paar daar verderop heb gefotografeerd. Ze schijnen je te kennen. Ze hebben tenminste naar ons zitten kijken."

"Ik heb ze nog nooit van mijn leven gezien," zei Waldo. "Ben je gereed? Laten we dan gaan."

Toen ze over de Parade liepen zei Alice: "Dat is nog eens een grote jeek. Wat draagt hij daar?"

"Waarschijnlijk vuilnis voor zijn soep. Kom niet te dicht achter hem... Nou ja, we zitten er al achter. Stoot hem alleen niet aan, anders —"

Van opzij verscheen een arm die de staarthoorn van de jeek een forse klap verkocht. Alice dook weg; de straal lichaamsteer miste haar en trof Waldo op zijn hals en zijn borst.

III

Na zijn werk van die dag reed Bo Histledine met de glijstoep naar de metrobuis. Daarin werd hij met grote snelheid naar Fulchock in het noordwesten vervoerd waar hij een kleine flat in een stokoude betonnen konijnenburcht bewoonde. Daar werd hij opgewacht door Hernanda Degasto Confurias, die hij nog pas kort geleden het hof gemaakt en gewonnen had. Ze was volmaakt uitgemonsterd, vond hij; niemand was gevoeliger voor de nieuwste subtiele snufjes van de mode; niemand wist de laatste modegrillen beter aan zichzelf aan te passen dan zij, zodat zij en de stijl niet meer van elkaar te onderscheiden waren; iedere keer dat ze zich verkleedde nam ze het bijpassende temperament aan. De top van haar hoofd werd omvat door een cilinder van transparante folie en bevatte een schuim van zwarte krullen, kunstig vermengd met bellen van lichtgroen glas. Haar oren waren concave schalen van zeven centimeter hoog, van boven afgerond, met smaragden doppen. Haar huid was gemarmerd, haar lippen zwart getint, haar ogen en wenkbrauwen, beide zwart, vielen niet te verbeteren en behielden hun natuurlijke uiterlijk. Hernanda was lang. Haar borsten waren kunstmatig gereduceerd tot afgeronde bergjes; haar torso was een nogal magere cilinder waarover ze een tube van grof wit textiel had gestulpt die haar dijen samenperste. Op haar schouders stonden kleine bronzen ornamenten als urnen of eindbekroningen en in elk ervan had ze een drachme van haar persoonlijke parfum gedaan. Op haar handen droeg ze beschermers van zwart metaal met trossen groene stenen. In haar rechteroksel zat een stopcontact waarvan de onderste ingang versierd was met een roze hartje waarin de initialen *B.H.* waren gegraveerd.

Hernanda liet zich trots en zwijgend door Bo inspecteren, wetend dat ze volmaakt was. Bo groette haar niet, en zij zei niets tegen hem. Hij beende de binnenste kamer in, baadde en trok een wit-zwart geblokte bloes aan, een wijde limoengroene broek met lange pijpen die hij in zijn sandalen stak om met zijn lange witte tenen te kunnen pronken. Hij bond een violette en blauwe doek zwierig scheef om zijn hoofd en hing een streng zwarte parels aan zijn rechteroor. Toen hij terugkwam in de woonkamer had Hernanda zich schijnbaar niet verroerd. Zwijgend als een obelisk wachtte ze naast de muur. Bo stond te piekeren. Hernanda was in alle opzichten precies goed. Hij bofte maar dat hij de stekker van haar contact bezat. En toch... En toch wat? Nijdig zette hij de gedachte van zich af.

"Ik wil naar het Oude Rovershol," zei Hernanda.

"Heb je geld?"

"Niet genoeg."

"Ik ook niet. We gaan naar Fotzy."

Buiten de flat stelden ze zorgvuldig de alarminstallatie in; nog de vorige week was er ingebroken door gonkers die Bo's dure term hadden gestolen.

Bij Fotzy drukten ze knoppen in om de schotels van hun keuze te bestellen: hete klonten pasta in kruidensaus, voedzame korstjes op een bed van natuursla uit de hydroponische tuinen van de Oude Stad. Na een ogenblik of twee zei Bo: "De ruimtewerf stelt niets voor. Ik ga er weg."

"O? Waarom?"

"Er is een man die mij in de gaten houdt. Als ik niet als een kaffer sta te sloven vaart hij tegen me uit. Het is gewoon niet prettig."

"Arme ouwe Bo."

"Als ik niet aan die verflitste voorwaardelijke veroordeling vastzat zou ik een knoop in hem leggen en de benen nemen. Ik ben geschapen voor schoonheid, niet voor arbeid."

"Ken je Suanna? Haar broer is naar de ruimte gegaan."

"Net alsof je in het niets springt. Hij mag net zo veel ruimte hebben als hij wil."

"Als ik geld had zou ik een reis maken. Geef me duizend dollar, Bo."

"Geef mij maar duizend dollar. Dan ga ik op reis."

"Maar je zei dat je niet wou!"

"Ik weet niet wat ik wil."

Hernanda berustte in dit antwoord. Ze liepen het restaurant uit en gingen de Shermondboulevard op. In het zuiden achter de Oude Stad reed Wolkhaven tussen de wolken van zonsondergang; in het rustige licht leek het alsof het het roemrijke toppunt van menselijke inspanning had kunnen zijn, of had moeten zijn, maar iedereen wist beter.

"Ik heb liever een luchthuis," mompelde Bo.

Een van Hernanda's weinige gebreken was de neiging om overduidelijke zaken te verwoorden met een houding alsof ze een verrassende nieuwe waarheid poneerde. "Je hebt geen vergunning voor een luchthuis. Die geven ze alleen aan Ordedragers."

"Allemaal kul. Ze moeten ze geven aan iedereen die het kan betalen."

"Dan zou je er nog steeds geen krijgen."

"Dat geld krijg ik wel, maak je maar geen zorgen."

"Denk aan je proeftijd."

"Mij nagelen ze niet meer vast."

Hernanda dacht er het hare van. Ze wilde dat Bo een huisje in Galberg nam en in de smaakstoffenfabriek ging werken. Maar vanavond leek de kans daarop zo vluchtig als rook. "Waar gaan we heen?"

"Ik wou maar eens bij Hongo binnenlopen voor het nieuws."

"Ik vind Hongo eigenlijk helemaal niet zo leuk."

Bo zei niets. Als Hernanda geen zin in Hongo had, dan ging ze maar ergens anders heen. En gister had ze nog zo'n aanwinst geleken!

Met de glijstoep gingen ze naar de Prospect-roltrap en omhoog naar de Dipshawheuvel. Hongo's Blauwe Lamp Taveerne had een fraai uitzicht op de Louthe, de ruimtewerf en het merendeel van west-Hant, en was ouder dan mensenheugenis. Het houtwerk was zwart verkleurd, de stenen vloeren gesleten door de oneffen tred van onnoemelijke voetstappen; de zoldering ging verloren in het donkere waas van de tijd. Hoge ramen zagen uit op het panorama van Hant en op regenachtige dagen was Hongo een rustige haven om de stad te aanschouwen.

Hongo had geen al te frisse reputatie; er waren eigenaardige dingen voorgevallen binnen het etablissement of kort nadat klanten vertrokken waren. De Blauwe Lamp stond bekend als een oord, waar je het hoofd koel diende te houden, maar deze reputatie leverde geen verlies van klandizie op; nee, het waas van ondeugd en gevaar trok mensen uit heel Hant aan en bovendien nog toeristen uit de achterlanden en astronauten.

Bo loodste Hernanda naar de box waar hij gewoonlijk zat en vond daar twee van zijn maten: Raulf Dido en Paul Amhurst. Bo en Hernanda gingen zitten zonder een woord ter begroeting, zoals de huidige gewoonten eisten.

Na een poos zei Bo: "De ruimtewerf houdt me uit de bak, maar verder is het een ramp."

"Je verdient een eerlijk loon," zei Raulf Dido.

"Hah! Bah! Bo Histledine, een leerling van zestien dollar per dag? Je geeft me de stuipen!"

"Praat dan met Paul. Hij heeft iets moois te pakken."

"Een geweldige nieuwe serie gonk," zei Paul Amhurst. "Wordt gemaakt in Aquitaine en het is zo goed als 't maar kan."

Hij liet een aantal foto's zien. De afbeeldingen waren levendig en provocerend. Auw-wauw," zei Bo. "Dat is goed spul. Daar neem ik zelf ook wat van."

Hernanda bewoog zich ongeduldig en pruilde; het was tegen het fatsoen om over gonk te praten waar je dame bij was, aangezien gonk onvermijdelijk erotische en super-erotische episoden inhield.

"Iemand gaat de distributie voor Hant krijgen," zei Paul, "en ik hoop dat ik het word. Zo ja, dan heb ik hulp nodig; jij en Raulf, misschien nog een paar als we Julio's terrein moeten openkraken."

"Hmm," zei Bo. "Hoe staat het met de Ouwe?"

"Ik heb een week geleden een aanvraag ingediend. Hij heeft hem niet laten ketsen. Gister heb ik Jantry gezien en die stak zijn duim op. Dus het ziet er goed uit."

"Genine klaart het niet met Julio."

"Nee. We zouden het zelf door moeten rammen. Het zou weleens heet kunnen toegaan."

"En nat," zei Paul, doelend op de lijken die soms drijvend in de Louthe werden aangetroffen.

"Die verflitste proeftijd," spuugde Bo. "Daar moet ik voortdurend aan denken. Trouwens, kijk daar! Mijn privé-ongedierte, Clachey en Delmar. Verstop de gonk! Ze komen hierheen."

De twee rechercheurs bleven naast de tafel staan; ze keken omlaag met hun kwikkleurige ogen, heen en weer tussen Bo, Raulf en Paul. "Fraai stelletje geteisem," zei Clachey. "Wat voor kattenkwaad beramen jullie nu weer?"

"We maken plannen voor een verjaardagspartijtje voor onze moeders," zei Raulf. "Wilt u ook komen?"

Delmar keek Bo schattend aan. "Jouw proeftijd, als ik het me goed herinner, hangt er onder andere van af dat je slecht gezelschap vermijdt. Toch zit je hier met een stel gonkslijters."

Bo keek hem aan met een stenen gezicht. "Over zulke dingen hebben ze nooit met me gesproken. Eigenlijk zijn we allemaal van plan ons in te schrijven op de politieschool."

Clachey reikte naar de stoel tussen Bo en Paul en haalde de foto's tevoorschijn. "Kijk, wat hebben we hier? Zou het gonk kunnen zijn?"

"Het lijken een paar foto's," zei Raulf. "Ze lagen er al toen wij hier kwamen."

"Zozo," zei Clachey. "Dus jullie denken erover Aquitaanse gonk te importeren? Hebben jullie misschien tabletten bij je?"

"Natuurlijk niet," zei Raulf. "Waar zien jullie ons voor aan? Misdadigers?"

"Maak je zakken maar leeg," zei Delmar. "Als iemand hier gonk heeft, dan ziet het er heel slecht uit voor iemands proeftijd."

Paul, Raulf en Bo stalden woordeloos de inhoud van hun zakken op tafel uit. Een voor een stonden ze op terwijl Delmar ze behendig fouilleerde. "Zo, wat mag dit wel zijn?" Uit Pauls broeksband peuterde hij een apparaatje dat de naam prikker droeg en naalden verdovende of dodelijke middelen door een kamer of over een straat in iemands nek kon schieten. Op Bo en Raulf was niets aan te merken.

"Neem maar afscheid van iedereen," zei Clachey tegen Paul. "Ik geloof dat dit omhoog en ver weg betekent, Amhurst."

"Dat zou best kunnen," beaamde Paul triest.

Een dronkenlap wankelde van de bar weg en tuinde tegen een van de rechercheurs op. "Kan je hier niet eens in vrede drinken zonder dat er neuzen in je nek ademen?"

Een kelner trok hem aan zijn arm en mompelde een paar woorden.

"Dus ze zitten achter gonkers aan!" stormde de dronkenlap. "Wat zeg je me daarvan? Daarboven in Wolkhaven hebben ze luxe gonksalons! Waarom gaan de neuzen daar geen inval doen? Het zijn altijd de arme sloffers die de klappen krijgen."

De kelner slaagde erin hem af te voeren.

Bo zei: "Ja, dat wil ik weleens weten: hoe komt het dat jullie nooit in Wolkhaven opereren?"

"We hebben onze handen vol aan de sloffers, zoals die knaap zei," antwoordde Delmar zonder vuur.

Clachey verduidelijkte het: "Zij betalen wel; ze hebben er het geld voor. De sloffers niet. Zij stelen om het te krijgen. Zij zijn het probleem, zij en jullie slijters."

Delmar zei tegen Bo: "Dit is een laatste kennisgeving die in je dossier wordt opgenomen. Ik waarschuw je dat je gezien bent in het gezelschap van bekende misdadigers. Als het nog een keer gebeurt is het ook voor jou omhoog en ver weg geblazen."

"Dank voor uw zorgzaamheid," zei Bo zwaar. Hij stond op en gaf een ruk met zijn hand naar Hernanda. "Kom mee. We kunnen zelfs niets drinken in een keurige kroeg zonder lastiggevallen te worden."

Delmar en Clachey voerden de mistroostige Paul Amhurst weg.

"Eigenlijk maar goed ook," zei Raulf. "Hij is te onevenwichtig."

Bo gromde wat. "Ik moet me op de vlakte houden. Tot ik iets bedenk."

Raulf gebaarde dat hij het begreep. Bo en Hernanda vertrokken. "Waar nu naartoe?" vroeg Hernanda.

"Ik weet niet… Ik heb eigenlijk nergens zin in. Er is niets leuks." Bijna onwillekeurig blikte hij naar de sterren die door de gloed van de nacht brandden. Rampold? Waar lag dat?

Hernanda nam Bo bij de arm en leidde hem via de roltrap naar de glijstoep van Shermond. "Ik ben al een tijd niet in Jillyville geweest. Het is net over de brug."

Bo mopperde automatisch, maar wist ook niets beters te doen.

Ze staken de rivier over bij de brug in de Verteslaan en slenterden door de bloemenmarkt die al eeuwen een gebied van klonterende kleuren in de schaduw van het Epidroom schiep.

Hernanda wilde door het Epidroom dwalen en misschien een dollar of twee riskeren op een kansspel. "Zolang je het maar van je eigen geld doet," zei Bo niet erg vriendelijk. "Ik ben niet van plan om goud in een rattenhol te gooien. Niet met zestien dollar per dag aan die polijstmachine."

Hernanda begon te mokken en weigerde het Epidroom in te gaan, wat Bo allang best vond. Somber liepen de twee naar de Parade. Toen ze langs het Zwarte Opaal Café kwamen zag Bo opeens het koperglanzende haar van Alice. Hij bleef bruusk staan, toen leidde hij Hernanda naar een tafeltje. "Laten we wat drinken."

"Hier? Maar het is de duurste tent op de Parade!"

"Geld betekent niets voor Grote Bo de Histle."

Hernanda haalde haar schouders op maar protesteerde niet.

Bo koos een tafel op een meter of zes van waar Alice met Waldo zat. Hij drukte knoppen in en deponeerde munten; een ogenblik later bracht een diendertje limoenbier voor Bo en ijskoude rum voor Hernanda.

Alice zag hen en hief haar camera; geërgerd liet Bo zijn hoofd op zijn hand zakken. Hernanda staarde naar Alice en de camera. Overal toeristen die foto's namen.

"We zouden ons gevleid moeten voelen." Bo keek Waldo boos aan. "Dure lieden op sloppentocht. Hij tenminste. Zij is van een andere planeet. Een sterrenlander."

Hernanda inspecteerde ieder detail van Alice's japon, haren, gezicht en haar haarband van jaden steentjes. "Het is maar een kind en ze is een beetje slonzig. Ze ziet eruit alsof ze nog nooit van haar leven bij een stileur is geweest."

"Dat zal wel kloppen."

Hernanda keek hem argwanend van opzij aan. "Stel je belang in haar?"

"Niet zo veel. Ze ziet er gelukkig uit. Ik vraag me af waarom. Ze is waarschijnlijk voor het eerst in Hant; binnenkort gaat ze weer terug naar nergens. Waar leeft ze voor?"

"Ze zal wel zwemmen in het geld. Dat zou ik ook kunnen als ik met zo'n soort leven genoegen wilde nemen."

Bo grinnikte. "Het is heel bijzonder, dat zeker. Nou ja, ze zal wel onschuldig zijn, neem ik aan."

"Een schoonheid is het niet. Een en al jonge begerigheid en gedans rond de meiboom. Haren als een hooiberg... Bo!"

"Wat?"

"Je luistert helemaal niet."

"Mijn gedachten dwalen over de sterrenwegen."

Waldo en Alice stonden op en vertrokken. Bo's wulpse fantasieën benamen hem de adem. "Kom mee."

Hernanda draaide mokkend haar hoofd af en bleef zitten. Bo stoorde zich niet aan haar. Sprakeloos van verontwaardiging keek ze hem na.

Waldo en Alice bleven staan om een jeek te ontlopen. Bo stak zijn hand uit en gaf een harde mep op de staarthoorn van het wezen. De jeek ontlastte zich op Waldo. Alice keek Bo verbijsterd aan, zei toen tegen Waldo: "Die man daar heeft het gedaan!"

"Waar? Welke man?" wist Waldo uit te brengen.

Opeens beseffend dat hij gevaar liep gevangen en aangeklaagd te worden glipte Bo weg door de menigte. Stinkend en woedend achtervolgde Waldo hem. Bo rende de Parade over en een van de gore steegjes van het Vreemdenkwartier in. Wild van woede haastte Waldo zich achter hem aan.

Bo rende over het plein waar een dozijn of meer jeeks aan een borsthoge kraam zoutschuim stonden te eten. Waldo bleef staan, keek om zich heen. Bo schoot tevoorschijn en stiet hem in de groep jeeks. Waldo's vaart deed de kraam omvallen. Bo vluchtte lichtvoetig terwijl de jeeks Waldo vertrapten, hem sloegen met hun secundaire stompjes en hem met teer bestraalden.

Alice kwam aan met een tweetal agenten die de jeeks met flitsende rode lampen in het gezicht schenen waardoor ze verstarden.

Waldo kroop op handen en knieën over het plein en gaf over tot hij niet meer kon.

"Arme Waldo," zei Alice.

"Laat hem maar aan ons over, juffrouw," zei de agent. "Een paar vragen en dan bel ik een taxi. Wie is deze heer?"

Alice gaf Waldo's naam en adres.

"En hoe is hij in deze smeerboel beland?"

Alice legde het zo goed mogelijk uit.

"Is deze man met de groene broek aan een van u bekend?"

"Beslist niet. De hele zaak is zo vreemd."

"Dank u wel, juffrouw. Komt u maar mee, dan bel ik een taxi."

"Wat gebeurt er met arme Waldo?"

"Die komt wel in orde. We nemen hem mee om hem schoon te laten maken. Morgen is hij weer zo goed als nieuw."

Alice aarzelde. "Ik laat hem niet graag in de steek, maar ik moet eigenlijk naar huis want ik heb morgen een heleboel te doen."

IV

Bo dacht geen ogenblik meer aan Hernanda. In een eigenaardige woeste stemming schreed hij over de Parade zonder er iets van te begrijpen. Waarom had hij zich zo raar gedragen? Niet dat het hem speet; integendeel. Hij had gehoopt dat het meisje ook besmeurd werd.

Terug in zijn flat in Fulchock dacht hij weer aan Hernanda. Ze was er niet, en dat had hij ook niet verwacht, en hij wilde haar ook niet zien. Waar hij naar smachtte was iets onbereikbaars, iets onbeschrijflijks.

Hij wilde het roodharige meisje hebben, en voor het eerst van zijn leven dacht hij niet in termen van zuivere onderwerping, maar van bewondering en genegenheid en een manier van leven die hij zich alleen met de grootste moeite kon voorstellen. Hij wierp zich op de bank en bleef als verdoofd liggen.

Hij ontwaakte in een grijsblauw licht. Kreunend rolde hij zich om en ging zitten.

Hij liep naar de spiegel. Het norse gezicht met de zware kaken onder de wirwar van blonde krullen schonk hem droefenis noch vreugde; Bo Histledine keek alleen naar Bo Histledine.

Hij douchte, kleedde zich aan, dronk een beker bittere mayhaw-thee en dacht log na.

Waarom niet? vroeg hij zichzelf. Hij was even goed als wie ook, en beter dan de meesten. Zo niet op de ene manier, dan op een andere, maar haar bezitten zou hij. De ambities van de vorige nacht waren vluchtige schimmen; Bo was een praktisch man.

De ruimtewerf? De polijstmachine? Even ver weg als de wind van de vorige zomer.

Bo verkleedde zich zorgvuldig in een grijs met witte broek, een wijd donkerblauw overhemd met een donkerrode kravat, een zachte grijze pet die hij laag over zijn voorhoofd trok. Toen hij zich in de spiegel bekeek was hij vreemd ingenomen met zijn verschijning. Hij zag er, zo dacht hij, minder omvangrijk en zelfs wat jonger uit: misschien doordat hij zo opgewonden was.

Hij deed de kravat weer af en maakte de boord van zijn overhemd open. Dit effect beviel hem wel: hij zag er — vond hij — nonchalant en vlot uit, minder zwaar van kin en kaak. Wat moest hij denken van de dikke blonde krullen die over zijn oren bloesden en zijn gezicht — vond hij — een norse, dominerende aanblik gaven? Hij rukte de pet over zijn voorhoofd en verliet zijn flat.

In een studio in de buurt snoeide een kapper de krullentrossen weg en smeerde een bruine tint in het resterende haar. Anders, vond Bo. Beter? Moeilijk te zeggen. Maar wel anders.

Met de buis ging hij naar het Werelmeer in Olmhorst en vandaar met de glijstoep naar de Academie.

Nu bewoog hij zich aarzelend, want nooit eerder was hij in de Academie geweest. Hij liep onder de Poort van het Universum door en keek uit op de campus. Gigantische olmen stonden te dromen in het fletse ochtendlicht; verderop torenden de zalen van de verschillende academische richtingen. De studenten stroomden langs hem heen; jonge mannen en vrouwen uit de achterlanden en de verre werelden, een paar van Wolkhaven en de patricische buitenwijken, anderen uit de arbeiderswijken in het noorden.

De dag was nog maar net begonnen. Bo won inlichtingen in en werd naar het centrale taxiplat verwezen; hier leunde hij tegen een muur en bereidde zich voor op wat misschien een lange wachttijd zou worden.

Terwijl er een uur voorbijging bladerde hij door een afgedankte studentenkrant en vroeg zich af waarom iemand het de moeite waard vond om zulk gebeuzel te drukken.

Er landde een taxi en Alice stapte uit. Bo liet de krant vallen en bestudeerde haar als een havik. Ze droeg een zwart jasje, een grijze rok, zwarte kousen bijna tot aan haar knieën; aan haar middel hingen haar spullen om aantekeningen te maken. Een ogenblik bleef ze staan en keek om zich heen, alert en aandachtig, bijna glimlachend.

Bo boog zich naar voren en omvatte haar met de hete kracht van zijn wil. Hij bestudeerde haar centimeter voor centimeter en prentte ieder detail in zijn geheugen. Lichaam: slank, soepel; verrukkelijk tengere benen. Het haar stroomde en gloeide als brandend koper. Gezicht: kalm, doordrongen van — wat? Vrolijkheid? Uitbundigheid? Optimisme? De lucht om haar heen huiverde van haar dringende aanwezigheid.

Bo haatte haar zelfverzekerdheid. Daar ging het juist om! Ze was zelfvoldaan! Arrogant! Ze dacht dat ze beter was dan gewone mensen omdat haar vader een Commandeur van de O.T.R. was...Bo moest erkennen dat dit niet waar was. Hij wou dat het wel waar was. Haar onafhankelijkheid was aangeboren. Bo benijdde haar: een luchtbel van zelfkennis spatte uiteen in zijn hersens. Zo wilde hij ook zijn: vlot, rustig, luisterrijk. De innerlijke kracht van deze sterrenlandse was zodanig dat ze er zelfs niet aan dacht zich met anderen te meten. Ja! Alice was niet zelfvoldaan of arrogant, integendeel, ze was niet ijdel, zelfs niet trots. Ze was zichzelf; ze wist dat ze intelligent, knap en goed was; meer was niet nodig.

Bo klemde zijn lippen op elkaar. Zij moest toegeven dat hij haar gelijke was. Zij moest zijn kracht leren kennen, zijn vurige viriliteit erkennen.

Mogelijk hield de situatie een tragedie in. Zo ja, laat maar komen! Hij was Bo Histledine, Grote Bo de Blonde Bruut, die deed zoals hem behaagde, die roekeloos en driest door het leven schreed zonder voor iemand opzij te gaan.

Alice liep naar de zalen der geleerdheid. Bo volgde haar op twintig passen afstand en bewonderde haar kwiek bewegende lichaam.

V

Die morgen direct na het ontbijt had Alice Waldo in Wolkhaven opgebeld. De Waldo die op het scherm verscheen was wel een heel andere dan de knappe, serene en galante Waldo die de vorige avond per taxi was gearriveerd om haar de stad te laten zien. Deze Waldo was bleek, ingevallen en verbeten en hij onderging Alices meelevende blik met rusteloze ogen. "Niets gebroken," zei hij met omfloerste stem. "Daarmee heb ik geluk gehad. Als de jeeks eenmaal een mens aanvallen, dan gaan ze ermee door tot hij dood is, en ze kunnen niet gestraft worden omdat het vreemden zijn."

"En dat spul waar ze je mee bespoten hebben; is dat giftig?"

Waldo maakte een keelgeluid en wierp een brandende, achterdochtige blik in het scherm. "Ze hebben me geboend en geschrobd, en al mijn haar afgeschoren. Maar ik ruik het nog steeds. Het spul reageert blijkbaar met de huideiwitten, en het blijft hangen totdat er een huid-laagje afgesleten is."

"Een heel eigenaardige zaak," peinsde Alice. "Wie zou zoiets willen doen? En waarom?"

"Ik weet in ieder geval wie het gedaan heeft. Het was die kerel met die groene broek aan het tafeltje tegenover ons. Dat wilde ik je vragen: heb je hem niet gefotografeerd?"

"Ja, dat is waar! Het leek zo'n typisch paartje! Ik denk niet dat je de man kunt laten identificeren want zijn hoofd is afgewend. Maar de vrouw staat er duidelijk op."

Waldo stak met iets van zijn vroegere bezieling zijn hoofd naar voren. "Mooi! Wil je die foto brengen? Dan laat ik hem aan de politie zien; zij zorgen gauw genoeg voor identificatie. Hier gaat iemand een zware dobber aan krijgen."

"Ik zal je de foto sturen," zei Alice. "Maar ik ben bang dat ik geen tijd heb om even langs te komen. Vandaag staat de Academie op mijn programma."

Waldo ging met glinsterende ogen weer rechtop zitten. "In één dag zul je niet veel leren. Gewoonlijk kost het een week om je alleen maar te oriënteren."

"Ik geloof dat de inlichtingen die ik zoek in een uur of twee te vin-den zijn en bovendien kan ik er verder geen tijd voor uittrekken."

"Mag ik informeren naar de aard van deze inlichtingen?" Nu had Waldo's stem beslist een scherpe klank gekregen. "Of is dat geheim?"

"Natuurlijk niet!" Alice moest lachen. "Ik ben lichtelijk nieuwsgie-rig naar de methoden waarmee de stadse ideologie wordt doorgegeven. Academici zijn natuurlijk een uiteenlopend gezelschap, maar in het algemeen zijn het verstokte stedelingen. Dat is vermoedelijk zelfs de basis waarop ze hun positie bereiken. Tenslotte huren konijnen geen leeuwen om hun jongen te onderwijzen."

"Ik kan je niet volgen," zei Waldo uit de hoogte.

"Het is heel eenvoudig. De Academie indoctrineert jonge konijnen in de konijnigheid, en ik stel enig belang in de technieken daarvan."

"Dat is tijdverspilling," zei Waldo. "Ik zit op de Academie en ik ben me niet bewust van 'konijnigheid', zoals jij het noemt."

"Het zou je eerder opvallen als het er niet was," zei Alice. "Dag,

Waldo. Het was heel aardig van je om me Jillyville te laten zien; het spijt me dat het zo onprettig is afgelopen."

Waldo staarde naar het frisse jonge gezicht, zo zorgeloos en monter. " 'Dag, Waldo'?"

"Misschien zie ik je niet meer. Zo lang blijven we niet in Hant. Maar misschien kom je nog een keer naar de sterrenlanden."

"Je tante op een houtvlot," mompelde Waldo.

Eigenaardige kwestie, dacht Alice toen ze met de taxi naar de Academie ging. De man met de groene broek zag Waldo kennelijk voor een ander aan. Of hij handelde uit louter balorigheid; zulke lieden waren waarschijnlijk niet zeldzaam in de psychologische stamppot van de grote stad Hant.

De taxi zette haar af op een platform in het midden van de campus. Een ogenblik bleef ze staan om het uitzicht te bewonderen; de paden en glijstoepen her en der door het parklandschap, de witte zalen onder de grote olmen, de grote klokkentoren ter nagedachtenis aan Enoie, gevormd uit een enkel kwartskristal van honderdveertig meter hoog. De studenten passeerden haar in hun schilderachtige kledij, elk van hen een kleine eenzame kosmos die geraffineerd gevoelig was voor de psychische dwang van zijn omgeving. Alice schudde weemoedig haar hoofd en liep naar een informatiebord waarop de afzonderlijke gebouwen van de Academie stonden aangegeven: de zalen voor natuurwetenschappen, biologie, wiskunde, menselijke geschiedenis, antropologie en vergelijkende cultuur, genologie, kosmologie, menselijke ideeën en kunsten, een dozijn andere. Ze las een aankondiging bestemd voor bezoekers:

> Iedere zaal bestaat uit een aantal kanalen of thematische gangen voorzien van doelmatige pedagogische instrumenten. De gangen zijn onderling verbonden om een flexibele route door iedere studierichting te vormen, overeenkomstig de behoeften van het individu. De student bepaalt welk gebied zijn speciale belangstelling geniet en krijgt een kaart die zijn route door de zaal aangeeft. Hij beweegt zich voort in het tempo dat zijn opnamevermogen toestaat; zijn

begrip wordt voortdurend getoetst; bij het eind gekomen
is hij zijn onderwerp meester.

Alice begaf zich naar de zaal van de geschiedenis. Binnen staarde ze in
ontzag rond de schitterende hal die de bezoeker een bijna bedwelmend
bewustzijn van het menselijk avontuur opdrong. Onder een heldere
kristallen vloer van vijftien centimeter dik lag een lichtgevende kaart
van het aardoppervlak in een eigenaardige verschuivende projectie die
vervormingen tot een minimum reduceerde. De donkerblauwe koepel
van het plafond vonkte van sterrenbeelden. Rondom de muren liep iets
boven ooghoogte een continu-percept van een langzame processie van
mannen, vrouwen en kinderen: haveloze boeren; barbaren in kleren
van veren en leer; clans die marcheerden op muziek van klaroenen en
trommels; eenzaam voortschrijdende helden; prelaten en sacerdotes;
hetaeren, bloemenmaagden en dansmeisjes; onaangedaan kijkende lieden uit tientallen tijdperken; Etrusken, Kelten, Scythen, Zumbelieten,
Dagonieten, Mennonieten; priesters van Babylon, krijgers uit de
Kaukasus. Aan de ene kant van de zaal doemden ze op uit een mistig
waas; onder het lopen keken ze soms naar degenen die de zaal van de
geschiedenis bezochten; aan de andere kant van de hal vervaagden ze
weer in de mist en verdwenen.

Alice ging naar de inlichtingenbalie waar ze een catalogus kocht. Eerst
werden de fundamentele routes door de gangen opgesomd, en daarna
meer gecompliceerde die de aspecten van speciale studies omvatten.
Alice koos de algemene route: *De menselijke geschiedenis: van de oorsprong
van de mens tot het heden*. Daarna kocht ze voor drie dollar toegang tot
de gangen en kreeg ook een kaart die haar route aangaf. Een jonge man
in een donker hemd direct achter haar, zag ze toevallig, koos dezelfde
route: blijkbaar was het een populair onderwerp bij de studenten.

Haar route bleek heel eenvoudig te zijn: Gang 1 van begin tot eind,
met alle omwegen, bochten en lussen naar andere gangen die haar interesse mochten wekken.

De jonge man ging vooruit. Toen ze de gang inliep zag ze hem voor
de uitstalling van menselijke voorlopers staan. Hij keek Alice even aan
en schoof beleefd een eindje op zodat zij het diorama kon bestuderen.
"Wat een ruw geboefte!" merkte hij joviaal op. "Een en al haar en vuil."

"Ja, precies." Alice liep erlangs.

De jonge man liep mee. "Neemt u me niet kwalijk, maar bent u niet een sterrenlandse? Van Engsten, of eerder nog van Rampold?"

"Ja, inderdaad! Ik kom van Rampold. Hoe wist u dat?"

"Zomaar goed geraden. Wat vindt u van Hant?"

"Boeiend." Nogal preuts rechtop liep Alice verder.

"Ugh," zei Bo. "Wat eten ze daar?"

"Vermoedelijk een of ander natuurvoedsel," zei Alice.

"U zult wel gelijk hebben," zei Bo. "Erg kieskeurig waren ze niet in die tijd. Bent u hier student?"

"Nee."

"O, ik snap het. Een toerist."

"Niet helemaal. Ik ben nieuwsgierig naar de plaatselijke versie van de geschiedenis."

"Ik dacht dat de geschiedenis overal gelijk was," zei Bo.

Alice keek hem vlug even aan. "Het is lastig voor een geschiedkundige om objectief te blijven, vooral voor de stadse geschiedkundige."

"Ik wist niet dat er zoveel aan vastzat," zei Bo. "Ik dacht dat ze gewoon een stel percepten en kaarten lieten zien. Doen ze het op Rampold dan niet zo?"

"Wij hebben niets van deze magnifieke aard."

"Komt allemaal op hetzelfde neer," zei Bo royaal. "Wat er gebeurd is, is dood en weg, maar hier noemen ze het geschiedenis en bestuderen het."

Alice haalde haar schouders op en vervolgde haar weg. Bo begreep dat hij de verkeerde toon had aangeslagen, en dat ergerde hem. O, waarom moest het ook zo omslachtig? Waarom moest hij zich aan anderen storen? Hij zei: "Natuurlijk weet ik nog niet zoveel van het onderwerp af. Daarom ben ik hier; ik wil erover leren!"

Deze verklaring werd uitgesproken op een gemaakte, al te fijnzinnige toon die Alice amuseerde en daarom enig verder onderzoek waard leek. "Allemaal goed en wel, als je er iets nuttigs van leert. In jouw geval betwijfel ik of..." Ze ging niet verder; waarom zou ze de stumper de moed benemen? "Je bent dus zeker geen student?" vroeg ze.

"Nou, nee. Niet precies."

"Wat doe je dan?"

"Ik — ach, ik werk op de ruimtewerf."

"Dat is nuttig werk," zei Alice pienter. "En je kunt er trots op zijn. Veel succes met je studie." Ze knikte hem vriendelijk toe en ging verder naar een percept dat de dagelijkse bezigheden van een gezin uit het mesolithicum toonde. Bo keek haar fronsend na. Hij had zich het verloop van deze ontmoeting ietwat anders voorgesteld, met Alice die hem met grote ogen en schuchter aankeek betoverd door het magnetisme van zijn persoonlijkheid. Hij was alleen bezorgd geweest dat ze hem misschien zou herkennen, want ze had hem al twee keer gezien. Zijn angst was ongegrond gebleken. Blijkbaar had zij totaal geen aandacht aan hem besteed. Nou, daar zou ze voor boeten. En ze gedroeg zich nu veel te achteloos, ze behandelde hem alsof hij een klein jongetje was. Daar zou hij haar ook wel van genezen.

Langzaam volgde Bo haar door de tunnel. Hij bekeek het percept, kwam toen een stap dichterbij. Hij zei: "Soms beseffen we gewoon niet wat een bofferds we zijn, en zo is het maar net."

" 'Bofferds'?" zei Alice afwezig. "Wie? De inwoners van Hant? Of de Cro-Magnons?"

"Wij natuurlijk."

"O."

"Vind je van niet?" vroeg Bo royaal.

"Niet helemaal."

"Kijk ze dan eens. Ze wonen in grotten. Ze dansen om een kampvuur. Ze eten een stuk van een dooie beer. Dat lijkt me niet zo vrolijk."

"Ja, het ontbrak aan teergevoeligheid in hun leven." Alice liep door, met forse passen en een lichte frons. Ze wierp een blik op percepten die aspecten van de protobeschavingen uitbeeldden; ze bleef staan bij een percept dat in een gecomprimeerde tijdreeks de ontwikkeling van Hialkh vertoonde, de eerste stad die de archeologen kenden. De aankondiger sprak: "Op dit ogenblik van het menselijk epos is de beschaving begonnen. Hiervoor: de lange grijze eeuwen van de dageraad. Hierna: de zegetocht die culmineert in Hant! Maar pas op! kijk ginds aan de overkant van de Pontus! De wrede barbaren van de steppen, die bedreven strijders op het zwaard en de bijl die de steden keer op keer hebben geplunderd!"

Bo's nu al te bekende stem zei: "De enigen die tegenwoordig nog plunderen zijn de toeristen."

Alice zei niets. Ze keek in de gezichten van Xerxes, Subotai, Napoleon, Shgulvarsko, Jensen, El Jarm. Ze zag slagvelden, belegeringen, slachtpartijen en bloedbaden. Steden ontwikkelden zich uit dorpen, werden groots, stortten neer in ruïnes, gingen in vlammen op. Bo luchtte zijn indrukken en opinies, die Alice vluchtig beantwoordde. Hij was een beetje een lastpost maar ze was te goedhartig om hem op zijn nummer te zetten en zo zijn gevoelens te kwetsen. Alles bij elkaar vond ze hem ietwat afstotend, een eigenaardig mengsel van onschuld en cynisme, van logge vriendelijkheid en plotse sinistere zwijgzaamheid. Ze vroeg zich af of hij niet licht gestoord was, en wat vreemd dat iemand met zijn kenmerken de geschiedenis van de mens bestudeerde! De percepten en uitstallingen begonnen haar niettegenstaande hun schitterende aanblik te vervelen; er was gewoon veel te veel om allemaal in je op te nemen bij een terloopse inspectie, en ze wist al lang wat ze had willen weten. Tegen Bo zei ze: "Ik denk dat ik maar ga. Ik hoop dat je munt slaat uit je studie; ik weet zeker dat dat wel zal lukken als je je er vol ijver op toelegt. Goedendag."

"Wacht," zei Bo, "voor vandaag heb ik genoeg gezien." Hij ging naast haar lopen. "Wat ga je nu doen?"

Alice keek hem schuins aan. "Ik ga wat te eten zoeken. Ik heb honger. Waarom vraag je dat?"

"Ik heb ook honger. Zoveel verschillen wij niet van elkaar, jij en ik."

"Alleen omdat we allebei honger hebben? Dat is niet logisch. Kraaien, gieren, ratten, haaien en honden: allemaal krijgen ze honger. Ik voel geen enkele verwantschap met een van hen."

Bo fronste, dacht na over deze opmerking. Ze verlieten de zaal van de geschiedenis en kwamen weer in het daglicht. Nors vroeg hij: "Bedoel je dat je vindt dat ik op een vogel of een rat of een hond lijk?"

"Nee, natuurlijk niet!" Alice lachte om deze typische eigendunk. "Ik bedoel dat wij uit heel verschillende samenlevingen komen. Ik ben een sterrenlander; jij een stedeling. Jouw manier van leven is heel oud, en misschien een beetje — nou ja, laten we zeggen passief, of introvert."

Bo gromde wat. "Als jij het zegt. Zo heb ik er nooit over gedacht. Maar daar verderop is een filiaal van de Synthetique. Wil je daar eten? Ik betaal."

"Nee, ik denk het niet," zei Alice. "Ik heb die gekleurde pasta's en voedzame snippers boombast gezien en het ziet er niet erg smakelijk uit. Ik ga thuis eten. Dus nogmaals: gegroet. Ga maar lekker eten."

"Wacht!" riep Bo. "Ik heb een beter idee! Ik ken nog een ander restaurant, een oude taveerne waar astronauten en allerlei soorten mensen komen. Het is heel oud en beroemd. Hongo's Blauwe Lamp. Het zou doodzonde zijn als je daar niet eens naartoe ging." Hij veranderde zijn stem in de schorre, overredende toon waarin de vrouwelijke wilskracht altijd oploste als suiker in warm water. "Kom mee, dan bestel ik een uitstekende lunch voor je en dan kunnen we elkaar beter leren kennen."

Alice glimlachte beleefd en schudde het hoofd. "Ik moet weer verder. Maar ik dank je wel."

Met op elkaar geperste lippen stapte Bo achteruit. Triest wendde hij zich af, bracht zijn hand naar zijn gezicht. Dat gebaar sloot een kring in Alice's geheugenbank. Dit was de man die Waldo zo onheus had bejegend! Heel eigenaardig! Wat een vreemde samenloop dat zij hem hier bij de Academie moest ontmoeten! Een samenloop? Die kans leek gering. "Hoe heet je?" vroeg ze.

Met een norse, wrokkige stem antwoordde hij: "Bo, dat is een afkorting van Bodred. Mijn achternaam is Histledine."

"Bodred Histledine. En je werkt op de ruimtewerf?"

Hij knikte. "Hoe heet jij?"

Alice leek het niet te horen. "Misschien ga ik toch wel in die taveerne lunchen — als je mij de weg wilt wijzen."

"Zo'n grote expeditie is het ook weer niet," zei Bo nijdig, "dat ik als een gids voorop moet lopen. Ik neem je mee als mijn gast."

"Nee, dat zou ik niet prettig vinden," zei Alice. "Maar ik wil wel deze taveerne bezoeken: ja. Ik geloof dat ik eens met je wil praten."

VI

Waldo schoof de foto over het bureau naar inspecteur Vole, die hem grondig bekeek. "De man is niet herkenbaar, zoals u zelf kunt zien," zei Vole. "De vrouw — ik ken haar niet, maar ik zal kijken of de identificatie iets oplevert." Hij verdween. Waldo roffelde met zijn vingers op de tafel. Af en toe dreef er een vleugje lichaamsteer in zijn neus waardoor hij rilde en zijn hoofd wegdraaide.

Vole kwam terug met de foto en een computerformulier dat de foto's van een dozijn vrouwen droeg. Hij liet ze aan Waldo zien. "Dit heb ik van de machine gekregen. Herkent u er een van?"

Waldo knikte. "Dit is d'r." Hij raakte een van de gezichten op het papier aan.

Dat dacht ik ook," zei Vole. "Bent u van plan een aanklacht in te dienen?"

"Misschien. Maar niet meteen. Wie is ze?"

"Ze heet Hernanda Degasto Confurias. Haar adres is 214-19-64 in Bagram. Als u deze vrouw en haar vriend rekenschap wilt vragen, raad ik u aan u door een politieman te laten vergezellen."

"Dank u; die raad zal ik in gedachten houden." Waldo verliet het kantoor.

Vole dacht even na, drukte toen enkele knoppen in. Hij keek naar het computerscherm dat reageerde met een bevredigende reeks groene lichtjes: de naam Hernanda Degasto Confurias was niet onbekend in de politiedossiers. In plaats van een opsomming van gegevens kreeg hij het gezicht van zijn collega rechercheur Delmar op het scherm.

"Wat heb je over Hernanda Confurias gehoord?" vroeg Delmar.

"Niets van groot gewicht," zei Vole. "Gisteravond op de Parade —" Hij beschreef het gebeurde. "Een zinloze kwestie, zo op het eerste gezicht."

"Stuur me die foto maar," verzocht Delmar. Vole facsimileerde hem een exemplaar toe.

"Ik zou er niet op willen zweren," zei Delmar even later, "maar volgens mij is dat Grote Bo Histledine."

Toen Waldo de flat met het nummer 214-19-64 had gevonden ging hij naar een park in de buurt en benaderde daar een tweetal tienermeisjes. "Ik heb jullie hulp nodig," zei hij. "Een zekere vriendin van mij is boos, en ik ben bang dat ze niet opendoet als ze mijn gezicht in het dievenportret ziet, en daarom zag ik graag dat een van jullie of allebei, voor mij op de bel drukt." Tegelijk haalde hij een biljet van vijf dollar tevoorschijn. "Ik zal jullie natuurlijk voor de moeite belonen."

De meisjes keken elkaar aan en giechelden. "Waarom niet? Waar woont ze?"

"Daar verder," zei Waldo. "Kom maar mee." Hij instrueerde de meisjes en bracht ze naar de deur terwijl hij wachtte buiten het bereik van de camera die het 'dievenportret' op het scherm in de flat produceerde.

De meisjes belden aan en wachtten terwijl de vrouw binnenin keek wie er voor de deur stonden.

"Wie moeten jullie hebben?"

"Hernanda Degasto Confurias. We komen van de mannequinschool."

"Wat?" De deur ging open en Hernanda keek naar buiten. "Welke mannequinschool?"

Waldo stapte naar voren. "Komen jullie maar een andere keer terug, meisjes. Hernanda, ik moet met je praten."

Ze probeerde de deur dicht te doen maar Waldo drong zich naar binnen. Hernanda rende naar de alarmschel. "Verdwijn! Anders bel ik de politie!"

"Ik ben de politie," zei Waldo.

"Nee, dat ben je niet! Ik weet wie je bent."

"Wie dan?"

"Dat maakt niet uit. Verdwijn hier ogenblikkelijk!"

Waldo wierp de foto op tafel. "Kijk daar maar eens naar."

Hernanda bekeek de foto aarzelend. "Nou — wat is ermee?"

"Wie is die man?"

"Wat kan jou dat schelen?"

"Je zegt dat je weet wie ik ben."

Hernanda maakte een half bevreesd, half uitdagend hoofdgebaar. "Hij had het niet moeten doen — maar ik zeg niets."

"Of je vertelt het aan mij, of aan de politie."

"Nee! Hij zou mijn oren afsnijden, hij zou me aan de gonkers verkopen."

"Daar krijgt hij de kans niet voor. Vertel het me nu in het geheim, anders zal de politie je arresteren als zijn medeplichtige."

"In het geheim?"

"Ja. Hij krijgt niet te horen hoe ik aan zijn naam ben gekomen."

"Zweer je dat?"

"Ja."

Hernanda deed een schuchtere stap voorwaarts. Ze pakte de

foto op, keek er even naar, gooide hem verachtelijk weer op de tafel. "Bodred Histledine. Hij woont in Fulchock: 663-2-99. Hij werkt op de ruimtewerf."

"Bodred Histledine." Waldo noteerde de naam en het adres. "Waarom heeft hij gedaan wat hij deed?"

Hernanda schudde peinzend het hoofd. "Hij is een hele vreemde man. Soms is-ie net een kleine jongen, droevig en lief, maar soms is-ie net een wild beest uit het oerwoud. Heb je zijn ogen gezien? Het zijn de ogen van een tijger."

"Dat kan wel zijn. Maar waarom heeft hij mij zo behandeld?"

Hernanda's ogen flitsten. "Om dat meisje dat bij je was! Hij is gek!"

Waldo maakte een bitter geamuseerd geluid. Hij nam Hernanda nauwkeurig op; zij op haar beurt keek naar hem. Vast en zeker een patriciër; een van die types van Wolkhaven.

"Hij zit altijd in de Blauwe Lamp Taveerne," zei Hernanda. "Dat is zijn hoofdkwartier. Hij loopt in een proeftijd, weet je. Gister hebben de rechercheurs hem nog gewaarschuwd." Nu ze kalm was werd Hernanda vriendelijk. Ze kwam naar de tafel toe.

Waldo keek haar uitdrukkingsloos aan. "Waar hebben ze hem voor gewaarschuwd?"

"Omgang met gonkers."

"Aha. Is er nog iets dat je me wilt vertellen?"

"Nee." Nu gedroeg ze zich bijna schalks. Ze kwam om de tafel heen. "Zul je hem niet vertellen dat je met mij hebt gesproken?"

"Nee, beslist niet." Weer ving Waldo een vleug van die verfoeide geur op. Met zijn ogen rollend draaide hij zich om en vertrok.

VII

Gearriveerd in de Blauwe Lamp Taveerne bleef Alice staan en tuurde rond in het schemerlicht. Misschien voor het eerst in haar onstuimige jonge leven voelde ze de levende aanwezigheid van de tijd. Op die lange toog van zwart mahonie hadden reeds tien eeuwen lang de mannen hun ellebogen laten rusten. Het oude hout wasemde de dampen uit van het bier en de alcoholische dranken die ze hadden weggezet; hun geesten waren bijna voelbaar en hun gesprekken hingen in het donker onder de van ouderdom zwarte zoldering. Alice bestudeerde het lokaal en liep toen naar een tafel onder een van de hoge ramen die uitkeken op het afwisselende panorama van Hant. Bo kwam nogal dwaas achter haar aan draven en plukte aan haar arm om haar naar de plek te loodsen waar hij meestal zat. Alice negeerde hem en ging rustig zitten aan de tafel die zij had uitgekozen. Met treurige ogen en mond liet Bo zich op de stoel tegenover haar zakken. Een lang ogenblik staarde hij haar aan. Haar gezicht was gaaf en zuiver, maar toch niet buitengewoon; waarom had zij zo'n storende invloed? Omdat ze ondraaglijk zelfverzekerd was, zei hij bij zichzelf; omdat zij haar eigen oordeel over zichzelf oplegde aan degenen die haar bewonderden... Hij zou meer doen dan haar alleen bewonderen; tot het eind van haar dagen zou zij aan hem blijven denken. Want hij was Bo Histledine! Bo de Bofferd! Grote Bo de Rammerbok! die niets dan het beste accepteerde. En dus: aan de slag, haar interesse wekken, haar domineren met zijn eigen trots. Hij zei: "Je hebt me je naam nog niet verteld."

Alice wendde zich van het raam af en keek hem aan alsof ze hem helemaal vergeten was. "Mijn naam? Juffrouw Tynnott. Mijn vader is Commandeur Tynnott."

"En je voornaam?" vroeg Bo geduldig.

Alice negeerde de vraag. Ze wenkte de kelner en bestelde een boterham en een beker Pootjehaker. Ze keek om zich heen naar de andere klanten. "Wie zijn deze mannen? Ook werklieden zoals jij?"

"Sommigen wel," zei Bo effen. "Die twee —" hij knikte "— komen van een zeeschip bij de rivierkaden. Die lange magere man komt uit de achterlanden. Maar ik stel meer belang in jou. Wat voor soort leven leid je daar op Rampold?"

"Dat is steeds anders. Het werk van mijn vader brengt hem overal. Wij gaan de wildernis in om kanalen en aquifers te plannen; soms kamperen we wekenlang. Het is een heel opwindend leven. Op Rampold zijn we bijna klaar; het wordt er al heel aardig bevolkt, en dan verhuizen we misschien weer naar een nieuwe wilde planeet; daarom zijn we nu hier op Aarde."

"Hmmf," zei Bo. "Het lijkt me dat je liever in Hant wilt blijven en een poos plezier maken; de percepten bekijken, mensen ontmoeten, nieuwe kleren kopen, je haar volgens de laatste mode laten doen, zulke dingen."

Alice grinnikte. "Ik heb geen kleren nodig. Mijn haar ben ik tevreden mee. En wat percepten betreft, ik heb tijd noch zin in tweedehands leven. De meeste stedelingen hebben natuurlijk niet veel keus; of zo, of helemaal niets."

Bo keek haar aan. "Ik snap het niet helemaal. Weet je zeker dat je weet waar je over praat?"

"Natuurlijk. Passieve, vreesachtige, op hun gemak gestelde mensen hebben de neiging in steden te gaan wonen. Ze hebben geen trek in het echte bestaan, ze behelpen zich met een tweederangs bestaan via anderen. Als ze zich dit realiseren, zoals de meesten al dan niet bewust doen, worden ze soms koortsachtig en wild."

"Bah," gromde Bo. "Ik woon in Hant; ik wil nergens anders wonen. Tweederangs is voor mij niet goed genoeg. Ik streef naar het beste; ik krijg altijd het beste."

"Het beste van wat?"

Bo keek het meisje scherp aan. Spotte ze met hem? Maar nee, ze keek onschuldig boven haar boterham uit.

"Het beste van alles wat ik hebben wil," zei Bo.

"Wat je denkt dat je wilt is maar een schim van wat je werkelijk wilt. Stedelingen zijn ontevreden mensen; ze hunkeren allemaal naar het verloren paradijs, maar ze weten niet waar ze dat zoeken moeten. Ze speuren alle fasen van de subjectiviteit af: ze proberen drugs, muziek, percepten —"

"En gonk. Vergeet de gonk niet!"

"Het stadsleven is het toppunt van menselijke tragedie," zei Alice. "De mensen kunnen niet ontsnappen behalve door rampen. Rijkdom kan geen objectiviteit kopen; de mensen in Wolkhaven zijn de subjectiefste van heel Hant. Je hebt geluk dat je op de ruimtewerf werkt; jij staat in contact met iets reëels."

Bo schudde van verwondering zijn hoofd. "Hoe oud ben je?"

"Dat is werkelijk niet relevant."

"Dat heb je vast niet allemaal zelf bedacht. Daar ben je te jong voor."

"Ik heb geleerd van mijn ouders. Maar de waarheid staart je in het gezicht, als je er maar naar durft te kijken."

Bo was verbijsterd en nijdig. "Ik zou zeggen dat jij zelf helemaal niet zoveel ervaring hebt. Heb je ooit een vrijer gehad?"

"Gisteravond," zei Alice, "formuleerde iemand die vraag iets fijnge-voeliger. Hij vroeg of ik ooit verliefd was geweest, en natuurlijk voelde ik er niets voor om daar op in te gaan."

Bo nam een diepe slok uit zijn kroes limoenbier. "En wat vind je van mij?"

Alice nam hem achteloos op. "Ik zou zeggen dat je een behoorlijk energiek individu bent. Als je een richting koos en jezelf in de hand hield, zou je op een goeie dag weleens een belangrijk man kunnen wor-den: voorman, of zelfs opzichter."

Bo keek een andere kant uit. Hij tilde zijn kroes op, dronk en zette hem zorgvuldig neer. Weer keek hij Alice aan. "Wat schrijf je daar alle-maal op?"

"O — ik krabbel alleen wat ideeën neer die bij me opkomen."

"Waarover?"

"O — over de mensen van de stad en hun gewoonten."

Bo zat haar brandend aan te kijken. "Je hebt me zeker de hele ochtend zitten bestuderen. Ben ik soms een van de schilderachtige inboorlingen?"

Alice lachte. "Ik moet weer eens naar huis."

"Nog een ogenblik," zei Bo. "Ik zie iemand die ik even wil spreken." Hij liep naar een tafeltje waar Raulf Dido het komen en gaan onopval-lend gadesloeg.

Met een ruwe en strakke stem zei Bo: "Heb je gezien wie ik bij me heb?"

Raulf knikte onbewogen. "Heel smakelijk, op een vreemde manier. Wie is het?"

"Een sterrenlandse, en als je met d'r praat zou je denken dat heel Hant van haar is. Zo'n verwaandheid heb ik nog nooit meegemaakt."

"Ze ziet eruit alsof ze naar een gemaskerd bal gaat."

"Zo is de mode daar in de ruimte. Ze is volstrekt onschuldig, zo zuiver als dauw. Ik bezorg d'r wel. Hoeveel?"

"Helemaal niets. Ik moet me gedeisd houden. Het is gewoon te veel herrie."

"Niet als het handig gedaan wordt."

"Ik zou haar naar Nicobar of Mauritan moeten sturen. En dat is het risico niet waard."

"Kom, kom. Waarom draaien we niet een snel filmpje in elkaar in de studio zoals we met die tweelingen hebben gedaan?"

Raulf schudde weifelend van nee. "We hebben geen decors; we hebben geen script; we zouden een bok moeten hebben —"

"Ik speel wel voor bok. We hebben alleen de studio nodig. Geen verhaal, geen decors: gewoon de situatie. Ze is zo arrogant, zo hooghartig! Ze maakt eersteklas misbaar! Verontwaardiging. Angst. Razernij. Alles wat je hartje begeert! Mijn handen jeuken om dat prachtige lichaam aan te raken."

"Ze geeft je aan. Als ze er dan nog is."

"En of ze er dan nog is. Ik wil dat ze het zich heel lang herinnert. Ik zal wel een clownsmasker moeten opzetten; ik kan niet riskeren dat Clachey of Delmar naar de gonk kijken en zeggen: 'Hé! Daar heb je Bo!' Ik zal je vertellen hoe we het zo kunnen doen dat wij buiten schot blijven —"

Raulf keek in Alice's richting. "Al te laat. Ze vertrekt."

"Het nare monstertje! Ik heb haar gezegd dat ze moest wachten!"

"Blijkbaar heeft ze zich dat net herinnerd," zei Raulf rustig. "Want nu is ze opeens weer gaan zitten."

Alice had genoeg van de Blauwe Lamp, en meer dan genoeg van Hant; ze wilde terug naar het luchthuis hoog in de zuivere blauwe hemel. Maar er was iemand binnengekomen, iemand die onopvallend aan de zijkant ging zitten, en Alice tuurde er verwonderd naar. Dat was Waldo toch niet? Maar ja, hij was het. Al had hij nu een slappe goudbruine hoed op, bronzen wangschijven en een parasolcape met een zwartgroene keverkleur zo groot als een tent. Alles bij elkaar was hij grondig vermomd. Waarom was Waldo nu naar de Blauwe Lamp gekomen? Alice bedwong een ondeugende opwelling om naar hem toe te gaan en hem deze vraag te stellen. Bo en zijn vriend zaten tegen elkaar te fluisteren; kennelijk beraamden ze een of andere dolle streek, iets dat geen van beiden eer zou aandoen. Alice keek weer naar Waldo en merkte dat hij haar steels, verbluft, zat te bestuderen. Deze emotie vond Alice bijzonder amusant, en ze besloot nog een paar minuten te wachten om te zien wat er zou gebeuren.

Twee andere mannen namen plaats aan Waldo's tafeltje. Een van de twee vestigde zijn aandacht op Bo met een bijna onmerkbare beweging van zijn hoofd. Waldo keek verbaasd, sprak tegen zijn informant, en het leek alsof hij zei: "Maar hij is niet blond! De man op de foto had blond haar!" En zijn metgezel merkte misschien op "Haarverf is goedkoop." Waarop Waldo weifelend knikte.

Alice begon te trillen van vrolijkheid. Het had Waldo verbaasd om haar hier in de Blauwe Lamp aan te treffen, maar over een moment zou Bo naar haar toe komen waggelen, en inderdaad stond hij al op. Even bleef hij zonder iets te zien voor zich uit kijken, met een volgens Alice nogal onaangename meesmuilende grijns. Zijn omvang, zijn vlezige kaken, zijn ronde starende ogen, zijn wijde neusgaten, deden haar denken aan de afbeelding van een Minoïsche stiermens die ze eerder die dag had gezien; de gelijkenis was fascinerend.

Bo liep naar het tafeltje waar Alice zat. Waldo boog zich voorover met openhangende mond van schrik.

Bo ging zitten. Alice was zich sterk bewust van zijn veranderde stemming. Zijn nogal kruiperige gedrag was verdwenen; nu leek hij een stank van bravoure en macht af te geven. Alice zei, "Ik sta op het punt om weg te gaan. Bedankt dat je me deze taveerne hebt laten zien; het is echt een typisch oud ding en ik ben blij dat ik het gezien heb."

Bo zat haar aan te kijken, wel iets intiemer dan ze leuk vond. Met schorre stem zei hij: "Mijn vriend daarginds is politieman. Hij wil me een gonkstudio laten zien die ze net overvallen hebben; misschien wil je meekomen?"

"Wat is een gonkstudio?"

"Een studio waar fantasievolle percepten worden gemaakt. Soms zijn ze erotisch; soms zijn het fantastische ervaringen en degeen die zich erop aansluit wordt de persoon die het avontuur meemaakt. Het is natuurlijk tegen de wet; iemand die aan gonk verslaafd is kan niet veel anders meer doen dan er op aangesloten blijven als hij er eenmaal de smaak van te pakken heeft."

Alice dacht na. "Het klinkt interessant, als je in de stemming bent voor ontaarding. Maar ik geloof dat ik vandaag al genoeg heb gehad."

"Genoeg wat?" vroeg Bo schertsend. "Genoeg ontaarding? Echt, je hebt nog niets gezien."

"Toch ga ik maar naar huis." Alice stond op. "Het was leuk om je te ontmoeten, en ik hoop dat het je goed gaat op de ruimtewerf."

Bo kwam ook overeind. "Ik zal je naar het taxiplat brengen. Het is deze kant op, aan de achterkant. Net om de hoek."

Ietwat weifelend liep Alice met Bo naar een schemerige gang, een paar betonnen treden af naar een ijzeren deur die uitkwam op een steegje. Alice bleef staan, keek Bo even aan, die wat dichterbij stond dan haar beviel. Hij streelde haar haren. Alice stapte fronsend achteruit. "En waar is de taxi?"

Bo grijnsde. "Vlak om de hoek."

Met een behoedzaam oog op Bo liep Alice de steeg af met Bo twee passen achter zich aan. Ze zag dat er opzij een kleine bestelwagen was geparkeerd. Toen ze erlangs liep hoorde ze achter zich roffelende voetstappen; zich snel omdraaiend zag ze twee mannen die Bo tegen de grond smeten. Een derde gooide een deken over haar hoofd en trok een riem om haar knieën; ze werd opgetild en in de bestelwagen gegooid. De deur ging dicht en even later reed de wagen weg.

Alice rolde om en maakte het zich zo gerieflijk mogelijk. Het kostte geen moeite om te ademen en eerst was ze alleen verontwaardigd. Hoe durfde iemand haar zo oneerbiedig te behandelen!

Ze begon zich af te vragen wat het doel van deze euveldaad mocht zijn, en wat ze vermoedelijk kon verwachten; ze werd er niet vrolijker op.

Schoppend en met haar ellebogen werkend bevrijdde ze zich van de deken en de riem, maar een verbetering was dit nauwelijks. De bestelwagen was donker en de deuren zaten op slot.

Het voertuig stopte; de achterdeur ging open en gaf uitzicht op een kamer met betonnen muren. Twee mannen keken naar binnen; de kappen die hun gezicht verborgen monterden Alice iets op omdat het ernaar uitzag dat ze van plan waren haar leven te sparen, al was dat dan misschien ook het enige.

Ze sprong eruit en keek om zich heen. "Wat is de bedoeling hiervan?"

"Kom mee, deze kant op. Je gaat beroemd worden."

"O? Op welke manier?"

"Je wordt de ster van een opwindend nieuw percept."

"Aha. Is dit wat 'gonk' wordt genoemd?"

"Ik heb het wel 'gonk' horen noemen. Ik zie het graag als 'kunst'."

"Ik ben bang dat ik geen gewillige medewerker zal zijn. De productie wordt vast een mislukking."

"Niets in het leven is zeker. Toch is het de moeite van het proberen waard. Kom deze kant op."

Alice gehoorzaamde. Ze liep door een gang naar een grote raamloze kamer die verlicht werd door panelen aan het plafond en in de muren. In de vier hoeken en boven zich zag ze opnameapparatuur. Een man met een witte baret, een klein masker en wangschijven stond te wachten. Hij kwam Alice inspecteren. "Je lijkt niet erg bezorgd."

"Dat ben ik ook niet, niet bijzonder."

Raulf Dido, de man met de witte baret, was even van zijn stuk gebracht. "Misschien staat het idee je wel aan."

"Zo ver zou ik niet willen gaan."

"Ben je bedraad?"

Alice glimlachte, alsof ze zojuist een naïeve vraag van een kind had aangehoord. "Nee."

"Dan willen we dat je dit inductietoestel draagt. Het is niet zo natuurgetrouw als een directe verbinding maar beter dan niets."

"Wat zijn jullie precies van plan?" vroeg Alice.

"We willen een erotisch percept produceren met emotionele begeleiding. Zoals je ziet hebben we hier geen exotische rekwisieten, maar wij geloven dat jouw speciale persoonlijkheid er een interessante vertoning van zal maken. Voor je je uitleeft in woedeaanvallen of hysterische uitbarstingen zouden we graag dit inductietoestelletje aan je nek bevestigen."

Alice keek naar de inrichting van de kamer: een bed, een stoel, een kist met verschillende voorwerpen die Alice reden gaven haar lippen wrang van weerzin te tuiten. "Je begrijpt mijn 'speciale persoonlijkheid' niet," zei zij. "Dit wordt een bijzonder saai percept. Heb je misschien een tijdschrift of een krant die ik kan lezen terwijl jullie je percept proberen te maken?"

"Je zult je echt niet vervelen, geloof me maar." Deze opmerking kwam van een nieuwkomer: een lange en sterke man met massieve schouders en een kaalgeschoren hoofd. Hij had een masker van bladgoud voor en droeg een wijde zwarte broek, een rood, zwart en wit geblokte bloes; in zijn kracht zag hij er bijna monumentaal uit. Alice herkende Bo meteen en proestte van het lachen.

"Wat is er zo grappig?" grauwde hij.

"Deze hele toestand is zo lachwekkend. Ik voel er echt niet voor om me in te laten met zo'n farce. Tenslotte heb ik mijn trots."

De man met het gouden masker stond haar stuurs aan te kijken. "Je zult wel merken of het lachwekkend is of niet." Tegen de andere man zei hij: "Controleer mijn signaal." Hij stak een stekker in het contact onder zijn rechterarm.

"Uitstekend. Je bent in goeie vorm."

"Doe haar inductie aan; dan gaan we beginnen."

De man met het maskertje kwam naar haar toe; Alice maakte een gebaar, pakte de inductiecel, zwaaide met haar handen en de cel was verdwenen. Bo en Raulf staarden er geërgerd naar. "Wat heb je ermee gedaan?" vroeg Bo nijdig.

"Hij is weg," zei Alice. "Voorgoed. Of misschien is hij ergens daarboven." Ze sprong op het opnameplatform en gooide de apparatuur omver. Camera's, recorders en andere apparaten stortten op de vloer, wat woedende kreten ontlokte aan Raulf en Bo. Ze renden op haar af om haar te vangen maar bleven abrupt staan toen het rumoer van een vechtpartij opklonk: vloeken en kreten, doffe klappen. Vier mannen stormden de studio in. Waldo hield zich afzijdig terwijl zijn metgezellen Raulf en Bo benaderden en hen met leren knuppels begonnen te slaan. Het tweetal brulde van razernij en poogde zich te verdedigen, met slechts gering succes, terwijl de slagen van alle kanten op hen neer regenden.

"Hallo, Waldo," zei Alice. "Wat doe jij hier?"

"Dat zou ik jou ook kunnen vragen."

"Bodred heeft me hierheen gebracht in een bestelwagen," zei zij. "Hij scheen mijn hulp te willen hebben bij het maken van percepten; ik stond op het punt te vertrekken toen jij arriveerde."

"Je wou net vertrekken?" Waldo lachte smadelijk. Hij legde zijn armen om Alice's middel en trok haar tegen zich aan.

Ze legde haar handen op zijn borst en hield hem op een afstand. "Kom, kom, Waldo, beheers je. Ik hoef niet gerustgesteld te worden."

"Weet je wat ze met je gingen doen?" vroeg Waldo met een dikke stem.

"Het interesseerde me niet bijzonder. Alsjeblieft, Waldo, doe niet zo verliefd. Ik weet zeker dat de vrouwen van je eigen ras voldoende zijn voor je behoeften."

Waldo maakte een geluid diep in zijn keel. Hij riep zijn huurlingen toe: "Laat maar. Niet doodmaken. Breng die kerel hier."

De mannen duwden Bo naar hem toe. Waldo had een klein pistool in zijn hand waar hij achteloos mee zwaaide. "Jullie stonden blijkbaar op het punt om gonk te produceren."

"Nou en wat dan nog?" hijgde Bo. "Heb jij daar iets mee te maken? Waarom ben je hier zo komen binnenvallen?"

"Denk maar eens terug aan gisteravond."

"O. Jij was die gozer achter de jeek."

"Juist. Ga verder met je gonk." Waldo gaf een ruk met zijn hoofd naar Alice. "Pak haar. Gebruik haar. Ik hoef haar niet."

Bo keek onzeker naar Raulf die nog op de vloer lag, en terug naar Waldo met een zijdelingse blik op diens wapen. "En dan?"

"Ik ben nog niet klaar met jou, als je je daar zorgen om maakt. Je hebt nog heel wat tegoed, en dat zul je krijgen ook."

Alice zei verbaasd: "Waldo, wou je werkelijk voorstellen dat deze akelige wezens doorgaan met wat ze wilden doen?"

Waldo grijnsde. "Waarom niet? Een beetje nederigheid leren zou je een hoop goed doen."

"Aha. Zozo. Weet je, Waldo, ik voel er niets voor om mee te doen aan zoiets onverkwikkelijks. Ik sta versteld over jou."

Waldo boog zich naar haar toe. "Ik zal je precies vertellen waarom ik dit doe. Omdat je zo arrogant bent en omdat ik pijn in mijn maag krijg van die ijdelheid van jou."

"Bravo, bravo!" riep Bo schor. "Je zegt precies wat ik denk."

Alice zei op zachte toon: "Jullie vergissen je allebei. Ik ben niet ijdel en arrogant. Alleen superieur." Ze kon haar vrolijkheid niet onderdrukken toen ze het gezicht van Waldo en Bo zag. "Misschien ben ik onaardig. Het is eigenlijk niet jullie schuld: jullie zijn allebei nogal zielige slachtoffers van de stad."

"Een 'slachtoffer'?" riep Waldo uit. "Ik woon in Wolkhaven!"

En bijna tegelijk: "Ik, Grote Bo, een slachtoffer? Niemand draait mij een loer!"

"Allebei begrijpen jullie dit natuurlijk — onderbewust. Het gevolg is schuld en kwaadaardigheid."

Waldo luisterde ironisch, Bo met een hatelijke spotlach.

"Uitgesproken?" vroeg Waldo. "Zo ja —"

"Wacht! Een ogenblik," zei Alice. "Hoe staat het met de camera's en de inductiecel?"

Kreunend hinkte Raulf naar een van de camera's die Alice niet op de grond had gesmeten. "Deze werkt nog wel. De cel is weg; haar spoor maken we er later wel bij."

Bo keek de kamer rond. "Ik weet niet of ik deze hele menigte wel zo leuk vind. Iedereen moet weg. Anders kan ik me niet concentreren."

"Ik ga niet weg," zei Waldo. "Wachten jullie drie maar in de hal. Over een poosje heb ik weer werk voor jullie."

"Nou, als je mij maar niet meer laat slaan," jankte Raulf. "Ik heb niks gedaan."

"Hou op met grienen!" snauwde Bo. "Zet die camera aan. Dit is niet helemaal zoals ik het me had voorgesteld, maar als het niet goed gaat, dan doen we het nog een keer over."

"Wacht!" zei Alice. "Nog één ding. Kijk naar mijn handen. Kijken jullie?" Rechtop staand voerde ze een reeks schijnbaar zinloze bewegingen uit. Ze hield op, stak haar handen uit met de palmen naar boven. Op elk ervan lag een klein mechanisme. Uit het ding in haar rechterhand sprong een stroom van verblindend licht, dat tienmaal per seconde pulseerde; het andere voorwerp braakte een bijna massief tandenklapperend lawaai uit: een bonzende krijstoon in fase met het licht: *erriééék erriééék erriééék!* Waldo en Bo krompen in elkaar en deinsden achteruit met overbelaste en verdoofde hersens. Het pistool viel uit Waldo's hand. Omdat ze er op voorbereid was, had Alice veel minder last van het effect. Ze legde het baken op de tafel en raapte het wapen op. Waldo, Bo en Raulf stonden te wankelen en wiebelen terwijl hun hersengolven met een desoriënterende frequentie resoneerden.

Met een strak gezicht van concentratie ging Alice de kamer uit. In de hal glipte ze langs Waldo's gehuurde boeven die er besluiteloos bijstonden en kwam zo op de straat. In een telefooncel alarmeerde ze de politie die twee minuten later landde. Alice legde de toedracht uit; zonder omwegen haalde de politie een stel norse gevangenen tevoorschijn.

Alice keek toe terwijl ze in de politiewagen werden gedreven. "Dag, Waldo. Dag, Bo. Je pak slaag ben je in ieder geval ontlopen. Ik weet niet wat er nu met jullie gaat gebeuren, maar erg veel medeleven kan ik niet opbrengen, want jullie zijn allebei schurken."

Waldo vroeg zuur: "Breng je overal waar je gaat zoveel ellende teweeg?"

Alice vatte het op als een retorische vraag waarop geen exact of accuraat antwoord nodig was; ze wuifde alleen en keek terwijl Waldo, Bo, Raulf en de drie woestelingen werden weggevoerd.

In de loop van de middag kwam Alice terug in het luchthuis en daar bleken haar ouders hun zaken te hebben afgehandeld. "Ik hoopte al dat je vroeg terug zou komen," zei Merwvn Tynnott, "zodat we vanavond kunnen vertrekken. Heb je een prettige dag gehad?"

"Het was wel interessant," zei Alice. "De onderwijsprocessen zijn spectaculair en doelmatig, maar ik vraag me af of ze de fantasie van de studenten niet de kop indrukken door de gebeurtenissen zo categorisch aan te bieden."

"Het is mogelijk. Moeilijk te zeggen."

"Hun gezichtspunt is uiteraard stads. Toch spreken de zaken voor zichzelf, en ik vermoed dat de geschiedenisstudent door de sociale druk tot stadse doctrines vervalt."

"Heel waarschijnlijk. De sociale druk is sterker dan de logica."

"Ik heb geluncht in de Blauwe Lamp Taveerne, een spookachtig oud ding."

"Ja. Ik ken het goed. Het is een overblijfsel van oeroude tijden, en ook een pleisterplaats van de onderwereld. Tientallen astronauten zijn verdwenen na een bezoek aan de Blauwe Lamp."

"Ik heb er zelf een avontuur beleefd; en Waldo Walberg heeft zich nogal ernstig misdragen en ik geloof dat hij nu is weggebracht voor een penologische behandeling."

"Het spijt me dat te horen," zei Merwyn. "Hij zal Wolkhaven missen, vooral als ze hem naar de sterrenlanden sturen."

"Jammer van arme Waldo, en van Bodred trouwens ook. Bodred is de werkman die zijn moersleutel op mijn voet smeet. Je had helemaal gelijk over zijn drijfveren. Ik ben ietwat ontgoocheld, al weet ik dat dat verkeerd is."

Merwyn omhelsde zijn dochter en zoende haar op de kruin. "Maak je er geen zorgen meer over. We gaan weg van Hant, en je hoeft nooit meer terug te komen."

"Het is een vreemd, verdorven oord," zei Alice, "hoewel ik nogal van Jillyville heb genoten."

"Jillyville is altijd amusant."

Ze gingen de koepel in; Commandeur Tynnott manipuleerde de besturing en het huis zweefde weg naar het zuidoosten.

Verantwoording

Meisje van goud
Oorspronkelijk verschenen als "Golden Girl", *Marvel Science Stories*, Vol. 3:3, mei 1951, p. 74–84
Vertaling: Venugopalan Ittekot
Eerder verschenen in *De tempel van Han*, Meulenhoff, 1991

Maskerade op Dicantropus
Oorspronkelijk verschenen als "The Masquerade on Dicantropus", *Startling Stories*, Vol. 24:1, september 1951, p. 89–98
Vertaling: Annemarie van Ewyck
Eerder verschenen in *Er was eens... 2001*, Meulenhoff, 2001

Station Abercrombie
Oorspronkelijk verschenen als "Abercrombie Station", *Thrilling Wonder Stories*, Vol. 39:3, februari 1952, p. 11–47
Vertaling: Warner Flamen
Eerder verschenen in *Sulwens Planeet*, Meulenhoff, 1976

Cholwells kippen
Oorspronkelijk verschenen als "Cholwell's Chickens", *Thrilling Wonder Stories*, Vol. 40:3, augustus 1952, p. 84–112
Vertaling: Evert Jan de Groot
Eerste publicatie in deze bundel

De Mitr
Oorspronkelijk verschenen als "The Mitr", *Vortex*, Vol. 1:1, zomer 1953, p. 116–122
Vertaling: Jaime Martijn
Eerder verschenen in *Morreion*, Meulenhoff, 1978

De wereld tussenin

Oorspronkelijk verschenen als "Ecological Onslaught", *Future*,
Vol. 4:1, mei 1953, p. 10–28
Voorkeurstitel van de auteur: "The World Between"
Vertaling: Warner Flamen
Eerder verschenen in *Alfa drie*, Meulenhoff, 1975

Wanneer de vijf manen opkomen

Oorspronkelijk verschenen als "When the Five Moons Rise",
Cosmos Science Fiction, Vol. 1:3, maart 1954, p. 93–105
Vertaling: Jaime Martijn
Eerder verschenen in *Slaven van de Klau*, Meulenhoff, 1980

Kom naar Miss Heelal

Oorspronkelijk verschenen als "Meet Miss Universe", *Fantastic
Universe*, Vol. 3:2, maart 1955, p. 4–21
Vertaling: Venugopalan Ittekot
Eerder verschenen in *SFantastisch weer*, Meulenhoff, 1994

Aanval op een stad

Oorspronkelijk verschenen als "Assault on a City", *Universe 4*,
samengesteld door Terry Carr, Random House, New York,
maart 1974, p. 4–65
Voorkeurstitel van de auteur: "The Insufferable Red-headed
Daughter of Commander Tynnott, O.T.E."
Vertaling: Warner Flamen
Eerder verschenen in *Sulwens Planeet*, Meulenhoff, 1976

Jack Vance werd in 1916 geboren in een welgesteld Californisch gezin dat tegen het einde van zijn kindertijd moeilijke tijden doormaakte. Als jonge man probeerde hij een aantal onbevredigende baantjes uit alvorens aan de Universiteit van Californië in Berkeley mijnbouwkunde, natuurkunde, journalistiek en Engels te gaan studeren. Hij ging van school toen de oorlog uitbrak en werd matroos op de koopvaardij. Later werkte hij als rolbrugmachinist, landmeter, keramist en timmerman, voordat hij zich door het produceren van een gestage stroom aan SF, mysterieromans en korte verhalen als voltijds schrijver vestigde.

Hij was meer dan zestig jaar actief als schrijver, en voor zijn werk ontving hij onder andere drie *Hugo Awards*, een *Nebula Award*, een *World Fantasy Award* œuvreprijs, en een *Edgar* van de *Mystery Writers of America*. De *Science Fiction & Fantasy Writers of America* kroonden hem tot Grootmeester, en hij werd opgenomen in de roemruchte *Science Fiction Hall of Fame*.

In zijn werk overschreed Jack Vance vaak de grenzen van het genre: van weemoedige fantastiek (de zeer invloedrijke *Stervende Aarde* verhalen) tot interstellaire space opera (de vijfdelige *Duivelsprinsen* reeks), van heldhaftige fantasy (de *Lyonesse* trilogie) tot de mysterieuze moorden die een sheriff in landelijk Californië moet oplossen (de *Joe Bain* boeken).

Toen hij reeds op leeftijd was, vormde zich een internationale groep van Vance-fans die zich tot doel stelde om het complete œuvre van Vance in de oorspronkelijke staat te herstellen, daarbij tientallen jaren van redactionele ingrepen en ongewenste wijzigingen ongedaan makend. Dit resulteerde in de toonaangevende Engelse *Vance Integral Edition* die als 44 hardcover delen in een beperkte oplage verscheen.

In 2013, kort nadat hij zijn eerste jazz-album had opgenomen, overleed Jack Vance op 96-jarige leeftijd in het huis dat hij eigenhandig had gebouwd in de beboste heuvels buiten Oakland. In het jaar van zijn honderdste geboortedag begint Spatterlight met het uitgeven van een nieuwe Nederlandse editie. In 62 paperbacks verschijnen zowel alle Vance verhalen die al eerder zijn uitgegeven, alsook alle titels die nog niet eerder in het Nederlands verkrijgbaar waren.

Colofon

Dit boek is gezet uit 11,5 pt Adobe Arno Pro.

Deze uitgave kwam tot stand met de hulp van Wil Ceron.

Omslagontwerp: Howard Kistler

Typografisch ontwerp: Joel Anderson

Zetwerk: Joel Anderson

Management: John Vance, Koen Vyverman

www.ingramcontent.com/pod-product-compliance
Lightning Source LLC
Chambersburg PA
CBHW030349020726
47493CB00003B/752